Nadja Schwertfeger in einem Antiquariat eine Erzählung über das Kriegsende 1945. Stunden vor dem Einmarsch der US-Army hören in einem kleinen Dorf Einheimische, Flüchtlinge und versprengte Soldaten gemeinsam die Rundfunkübertragung zu Hitlers 56. Geburtstag. Als der Strom ausfällt, läuft die Zusammenkunft aus dem Ruder … Eine Erfindung? Nadja stolpert über ein seltsames Detail: die Beschreibung einer schwarzen Stoffkatze mit rosa Tatzen. Sie selbst besitzt eine solche Katze – die einzige Verbindung zu ihrer Mutter, die sie nach Kriegsende einer anderen Frau überlassen musste. Nadja recherchiert. Hat es ein solches Dorf gegeben? Bald wird sie wirklich fündig. Doch niemand dort will mit ihr reden. Schließlich wird sie auf jemanden verwiesen, der hier ebenfalls aufgewachsen ist und später Polizist wurde: Den ehemaligen Kriminalkommissar Hans Berndorf, der schließlich mit ihr auf eine Zeitreise geht …

Ulrich Ritzel, geboren 1940, gilt als einer der besten Kriminalautoren Deutschlands. Nach seinem Jurastudium arbeitete er jahrelang für verschiedene Zeitungen, 1981 erhielt er für seine Gerichtsreportagen den renommierten Wächter-Preis. Seine Kommissar-Berndorf-Krimis »Schwemmholz« und »Der Hund des Propheten« waren preisgekrönt, »Beifang« wurde mit dem Deutschen Krimipreis 2010 ausgezeichnet, »Schlangenkopf« und »Trotzkis Narr« standen monatelang auf der Krimizeit-Bestenliste. Ulrich Ritzel lebt seit 2008 in der Schweiz.

Ulrich Ritzel

Nadjas Katze

Ein Berndorf-Roman

btb

Die Originalausgabe erschien 2016 bei btb Hardcover.

MIX
Papier aus verantwortungsvollen Quellen
FSC® C014496

Verlagsgruppe Random House FSC® N001967

1. Auflage
Genehmigte Taschenbuchausgabe Dezember 2017

Neumarkter Str. 28, 81673 München
Covergestaltung: semper smile, München
unter Verwendung eines Motivs von
© Anna Mutwil/Arcangel Images
Druck und Einband: GGP Media GmbH, Pößneck
AH · Herstellung: sc
Printed in Germany
ISBN 978-3-442-71581-7

www.btb-verlag.de
www.facebook.com/btbverlag

DONNERSTAG

Besuch beim Trödler

Durch den Hinterhof führt der Weg an Parkplätzen und Abfallcontainern vorbei zu einem niedrigen Fachwerkbau mit Walmdach. Öffnet man die massive Tür an der Schmalseite des Gebäudes, so gelangt man in ein Lager mit wandhohen Regalen. Die Möbelfabrik, für die der Fachwerkbau als Werkzeug-Magazin diente, wurde bereits in den Achtziger Jahren aufgegeben, doch in dem langgestreckten Raum hängt noch immer der Geruch nach Werkstatt und Politur, inzwischen vermischt mit dem von altem staubbedeckten Papier. Was bis zur Decke gestapelt ist, sind keine Lackdosen, Schrauben und Holzdübel mehr, sondern Bücher, und zwar so viele, dass die Regale gar nicht mehr genügen, sondern vor ihnen weitere Stapel aus dem betonierten Boden wachsen und dem Besucher im Weg stehen – das heißt, es ist in diesem Fall eine Besucherin, Nadja Schwertfeger, eine nicht mehr junge Frau, schlank, das graue Haar kurz geschnitten. Unter ihrem Dufflecoat trägt sie Jeans und einen grobgestrickten Rollkragenpullover, das noch volle Gesicht mit den großen graublauen Augen ist kaum oder gar nicht geschminkt. Zwischen den Regalen bewegt sie sich achtsam und suchend, bis sie stehen bleibt und im Licht einer flackrigen Neonröhre einen Stapel von Büchern durchstöbert, angezogen von dem obersten Band, einer frühen Ausgabe von Kasacks *Stadt hinter dem Strom*, und schließlich ein dünnes Heft in den Händen hält, knapp vierzig graue brüchige Seiten umfassend, der Text in altmodischer Antiqua gesetzt. Über den verblichen-gelben Umschlag zieht sich in schwarzer Flammenschrift der Titel

Die Nachtwache des Soldaten Pietzsch, als Autor ist ein Paul Anderweg angegeben. Der Name sagt Nadja nichts, und in dem Impressum auf der zweiten Seite steht nur, die Erzählung – oder was es sonst sein mochte – sei 1947 im Selbstverlag erschienen und in Nördlingen gedruckt worden. Sie wendet sich zum Gang, auf dem sich gerade der Antiquar mit einem Karton voller Bücher nähert, den er mit beiden Händen halten muss.

»Wie sind Sie zu dem da gekommen?« Sie fasst ihn über ihre Lesebrille hinweg ins Auge und zeigt ihm das Heft.

»Ist das aus diesem Stapel da?«, fragt der Antiquar und deutet mit dem Kinn auf den Bücherhaufen vor dem Regal. Dabei lehnt er sich im Stehen zurück, damit er den Karton nicht absetzen muss. Er ist ein weißbärtiger beleibter Mann und eigentlich gar kein Antiquar, sondern ein Trödler, der die Bibliotheken emeritierter Freiburger Professoren und Studienräte verramscht. »Der gehört zum Nachlass eines Journalisten, Kisten über Kisten, ein paar alte Sachen, das meiste aber wie neu, kein Fleck, nirgends, auch nichts hineingemalt, es sieht aus, als hätte er die Bücher nicht einmal aufgeschlagen …«

»Es werden Besprechungsexemplare gewesen sein«, bemerkt Nadja sanft und will wissen, was das Heft kostet. Aus ihr selbst nicht so ganz klaren Gründen hat sie vor einiger Zeit begonnen, Bücher und Texte vergessener Autoren zu sammeln, am liebsten von solchen, die es in der Literaturgeschichte noch nicht einmal zu einer Fußnote gebracht haben, und Paul Anderweg scheint ihr – auch wenn es sich bei dem Namen wohl um ein Pseudonym handelt – ein denkbarer Kandidat zu sein. Der Antiquar verlangt – ohne rot zu werden – fünf Euro, und sie bezahlt, ohne zu murren. Sie verstaut das Heft in ihrer Umhängetasche und verlässt den Laden; draußen regnet es, sie zieht sich die Kapuze ihres Dufflecoats über den Kopf und geht an den Abfallcontainern vorbei zur Straße und zur Haltestelle der Straßenbahn. Im überdachten Wartehäuschen fällt ihr ein Plakat auf, das ein Theater-Gastspiel mit Shakespeares *Troilus und Cressida* ankündigt, innerlich schüttelt sie sich, denn von allen Theaterstücken, die sie kennt, ist ihr dies das abscheulichste. In der überfüllten Straßenbahn steht eine Studentin auf und bietet ihr den Platz an, so etwas gibt ihr – noch immer – einen kleinen Stich. Aber sie bedankt sich und nimmt das Angebot an. An der Padua-Allee steigt sie in den Bus um, der sie in den Vorort bringt, wo sie sich vor Jahren bereits ein Zwei-Zimmer-Appartement gekauft hat – das heißt, es ist gar kein Vorort, sondern ein Dorf für sich, auch wenn es bereits vor Jahrzehnten von Freiburg eingemeindet wurde. Während der Fahrt läuft der Regen an den Busscheiben hinunter und erlaubt weder einen Blick auf die Weinberge des Kaiserstuhls noch auf die Höhen des Schwarzwalds. Sie freut sich auf eine Tasse Tee und eine CD – vielleicht die Goldberg-Variationen mit Glenn Gould?

Eine Viertelstunde später ist sie zu Hause, setzt das Teewasser auf und hört den Anrufbeantworter ab – Bastian von der Bürgerinitiative gibt einen Termin für die erweiterte Vorstandssitzung durch, und die Bäuerin vom Agnesenhof will wissen, ob Nadja ihr ein paar Gläser Quittengelee abnimmt. Nicht angerufen hat die Enkelin, die sich immerhin für das Geburtstagsgeschenk hätte bedanken können – wenn schon nicht für den afrikanischen Comic-Band, den Nadja ihr ausgesucht hat, so doch für den beigelegten Geldschein. Aber vielleicht weiß die Enkelin nicht, was sie zu einem Comic sagen soll, der das Leben eines Straßenkinds in Lagos schildert, und ruft deshalb nicht an. Nadja beschließt, nicht weiter darüber nachzudenken, gießt den Tee auf, lässt ihn kurz ziehen, legt nicht die CD mit Glenn Gould auf, sondern *Searching for Sugar Man*, setzt sich in ihren Lieblingssessel, schenkt sich ein und trinkt einen Schluck Tee … Während sie, zurückgelehnt in den Sessel, noch immer die Tasse in der Hand hält und Sixto Rodriguez hört, fällt ihr das Mitbringsel ein. Sie zögert, vielleicht deshalb, weil sie insgeheim die nächste Enttäuschung fürchtet. Nicht alles, was von der Literaturkritik ignoriert wird, muss deshalb schon lesenswert sein … Schließlich – nach *Can't Get Away* – steht sie dann doch auf und holt das Heft, blättert es durch, zuckt die Achseln, trinkt noch einen Schluck Tee, nimmt das Heft wieder auf und liest den Anfang eines Absatzes:

> *Haben schwarze Katzen rosa Tatzen und eine rosa Schnauze? Pietzsch wusste es nicht …*

Sie schüttelt den Kopf und will weiterblättern, hält dann aber plötzlich inne und liest die gesamte Passage, dann den Schluss der Geschichte. Aber von einer schwarzen Katze mit rosa Schnauze ist nicht mehr die Rede. Sie legt das Heft zur Seite und starrt zum Fenster hinaus, noch ist es nicht ganz dunkel, auch hat der Regen aufgehört, trotzdem nimmt sie nichts wahr, nicht einmal Rodriguez' Stimme, auch nicht die buntscheckigen Dächer der alten Dorfhäuser oder die blauschwarze Linie der Berge dahinter. Irgendwann steht sie auf, nimmt den Schlüsselbund und fährt mit dem Lift in den Keller hinunter, wo sie ein eigenes Abteil hat – gerade genug Platz für das ausrangierte Fahrrad und ein Regal, das neben einer kaputten Kaffeemaschine und einem alten Tonbandgerät vor allem Kartons enthält, Kartons voller Mitschriften aus dem Studium, Lehrbücher, Unterrichtspläne, nichts Aufregendes, du lieber Himmel, was soll am Leben einer Studienrätin für Deutsch und Geschichte auch aufregend sein! Aus einem der Kartons bleckt ihr der Ordner mit den Gerichtsakten ihrer Scheidung entgegen, schnell wieder zugeklappt … Plötzlich

Schulhefte, die akkurate linksgeneigte Schrift der Siebzehnjährigen, nein, was sie als Siebzehnjährige über Werther gedacht hat, will sie jetzt nicht nachlesen! Ein Karton enthält das zusammengelegte Gummiboot der Enkelin, darüber ist eine Plastiktüte gestopft, Nadja öffnet sie, greift hinein und ertastet etwas, das sich gepolstert anfühlt und so, als sei es mit einem aufgerauten Stoff bezogen. Sie lächelt, denn diese Berührung ist ihr sehr vertraut, von langer Zeit her. Entschlossen holt sie heraus, was in der Tüte steckt, und blickt in das Gesicht ihrer Kindheitskatze Maunz. Es ist ein vorwurfsvolles Gesicht, denn Maunz hat nur noch ein Auge, die andere grüne Glasperle ist abgerissen. Der schwarze Stoff scheint abgewetzt, die rosa Tatzen und die rosa Schnauze sind nicht mehr rein rosafarben, aber die Nähte haben gehalten – warum, ist selbst im schlechten Licht der Kellerlampe zu sehen: sie sind von Hand gearbeitet.

Entschuldige Maunz, sagt Nadja (oder denkt es), *ich habe dich vernachlässigt … aber offenbar willst du zurück in mein Leben. Wir müssen jetzt nämlich etwas lesen, das uns beide betrifft. Oder zu betreffen scheint.* Sie räumt die Kartons zurück, fährt mit der Stoffkatze unterm Arm wieder nach oben zu ihrem Appartement, setzt Maunz neben der Teekanne ab und schaltet die Stehlampe ein. Dann setzt sie sich und schlägt das Heft mit dem gelb-verblichenen Umschlag auf und beginnt zu lesen.

Die Nachtwache des Soldaten Pietzsch

Einer dieser Vorfrühlingsabende zog herauf, an denen es lange nicht Nacht werden will. Die bewaldeten Hügelketten im Westen sahen aus, als hätte man sie aus schwarzem Seidenpapier ausgeschnitten und vor das letzte Licht der untergegangenen Sonne gespannt. Nur im Südwesten stand vor dem allmählich fahl werdenden Himmelsblau noch immer scharf umrissen der dunkle Rauchpilz, der dort schon am Morgen aufgestiegen war.

Pietzsch ließ das Fernglas sinken und betrachtete die Straße, die sich wie ein graues Band durch das Tal schlängelte und unten am Dorf vorbeiführte. Ein steiler Fußweg führte von der Straße zum Dorf hinauf, vorbei an der Barrikade aus eilig zurechtgehauenen Baumstämmen. Zwei Kameraden aus Pietzsch' Zug hielten hier Wache, der eine war ein in eine Uniformjacke gezwängter Buchhalter, der andere ein halbes Kind, keine siebzehn Jahre alt, beiden hatte man einen Karabiner in die Hand gedrückt, und so waren sie Soldaten. Pietzsch sagte ihnen, dass sie um Mitternacht abgelöst würden. Aber kaum dass er das gesagt hatte, duckte er sich, zwei Jabos waren am Horizont aufgetaucht, kurvten über das Dorf hinweg, drehten wieder nach Westen ab und gingen heulend in den Tiefflug über.

Pietzsch wartete, dann hörte er – nicht sehr laut – Einschläge, offenbar hatten die Jabos ein Angriffsziel entdeckt. Die Bahnlinie? Das wäre seltsam, dachte er. Ein oder zwei Tage noch, und sie würde dem Feind von Nutzen sein. Er zuckte mit den Schultern, wandte sich ab, stieg zum Schulgarten hinauf und ging an den abgedeckten Beeten vorbei und über den Pausenhof zurück zum Schulhaus, einem großen hellen Gebäude, das wohl erst in den letzten Jahren vor dem Krieg errichtet worden war. Das Schulzimmer lag im Erdgeschoss, aber die Bänke hatte man herausgetragen und im Vorraum gestapelt, um Platz für Strohschütten zu schaffen. Pietzsch' Männer – oder was von ihnen noch übrig war – kampierten jetzt dort und waren dabei, sich aus den im Dorf erbettelten Resten einen Eintopf zu kochen; als Herd diente der Kanonenofen in der Ecke des Schulzimmers, und der Geruch nach Kohl und gestocktem Fett zog sich über den Schulhof.

Pietzsch betrat den Vorraum. Rechts von der Tür befand sich an der Wand ein steinernes Waschbecken mit einem Wasseranschluss, eine Frau stand davor und füllte einen Eimer mit Wasser. Er sah ihr zu und ertappte sich dabei, wie seine Augen über die Hüften und den Rücken glitten, der schlank war wie der eines Mädchens. Die Frau spürte, dass sie beobachtet wurde, stellte das Wasser ab und drehte sich zu Pietzsch um. Sie war noch jung, aber schon lange kein Mädchen mehr, trug ein dunkles kurzärmeliges Kleid und sah anders aus als die Frauen aus dem Dorf, aber auch nicht so, als gehöre sie zum Haushalt des Lehrers in der ersten Etage. Ein Flüchtling, dachte Pietzsch, oder sollte man sagen: eine Flüchtlingin? Das hörte sich merkwürdig an.

»Guten Abend«, sagte sie, das war schon wieder seltsam, aber es störte Pietzsch nicht weiter. Sollen die Leute neuerdings oder künftig grüßen, wie sie wollen! Er hob kurz die Hand, das mochte durchgehen als was auch immer. Er wollte wissen, ob sie hier im Schulhaus wohne, und sie sagte, »ja, ganz oben, da sind noch zwei Dachkammern, wissen Sie?«

»Wie ist das eigentlich …«, fuhr sie fort, hob den Eimer von dem steinernen Waschbecken herab und warf ihm aus dem schmalen, im Licht der Dämmerung verschatteten Gesicht einen scharfen Blick zu, »da unten am Dorfeingang hat man so Balken auffahren lassen … Sie werden sich da also verschanzen und den Feind zurückschlagen, ja? Es geht mich ja nichts an, aber wenn es wirklich losgeht, wäre ich mit meinem Sohn nicht gerne da oben.« Sie deutete zum Dach hinauf.

Pietzsch schüttelte unwillig den Kopf. Die Zeit war noch nicht vorbei, in der einen solche Fragerei um Kopf und Kragen bringen konnte – der Bluthund Schelmer und seine Schergen fuhren noch immer umher, vor ein paar Tagen waren Pietzsch und seine Leute durch ein Dorf gekommen, da war die Leiche einer Frau an einen Baum gebunden, mit dem Schild um den Hals: Ich bin eine Verräterin. Und niemand traute sich, sie loszubinden und ihr wenigstens ein Grab zu geben. »Nicht heute«, sagte er dann, »noch nicht morgen. Aber gehen Sie morgen Abend mit dem Kind in einen Luftschutzkeller. Muss es ja geben hier im Dorf.«

»Danke.« Im Dämmerlicht ahnte er die Andeutung eines Lächelns. »Und was dann kommt – sind das Franzosen oder Amerikaner?« Das Lächeln war verschwunden.

»Zuerst wohl Amerikaner. Aber bei denen passieren auch Dinge, da ist das Kind dann besser nicht dabei.« Er versuchte, ihr in die Augen zu sehen, aber in dem dämmrigen Licht des Vorraums ging das schlecht. Sie bückte sich und wollte den Eimer aufnehmen, »lassen Sie nur«, meinte Pietzsch und streckte die Hand aus. Die Frau zögerte und hob ein wenig die Augenbrauen. »Wir Frauen werden lernen müssen, noch ganz andere Sachen zu schleppen …«

»Wenn es so kommen sollte, dann kommt es früh genug«, antwortete Pietzsch und durfte den Eimer dann doch hochtragen, vorbei an der Lehrerswohnung, eine Holzstiege hinauf auf den Dachboden. Die Frau öffnete eine Tür und ging ihm voraus, er folgte ihr, beim Vorbeigehen sah er einen Zettel, mit einer Reißzwecke in Augenhöhe an die Tür geheftet, auf dem stand wohl ein Name, aber im Treppenhaus war es zu dunkel, um es genauer zu erkennen. Pietzsch trat in eine Kammer, in der Kartons gestapelt waren. Durch ein Mansardenfenster, das nach Norden ging, fiel dämmriges Licht; auf einem Holztisch stand Geschirr, daneben eine Spülschüssel und eine elektrische Kochplatte. Die Frau wies auf einen Hocker, auf dem er den Eimer abstellen konnte. Er wandte sich ihr zu, für einen Augenblick standen sie sich gegenüber, dann öffnete sich die Tür einer zweiten Kammer, und ein Bub – vielleicht vier oder fünf Jahre alt – erschien im Türrahmen, die Klinke in der Hand, und betrachtete ihn mit aufmerksamem, fast prüfendem Blick. »Das ist Lukas«, sagte die Frau, und – zu dem Buben gewandt –, dass der Soldat ihr den Eimer hochgetragen habe. Der Bub ließ die Klinke los und kam zu Pietzsch und reichte ihm die Hand und neigte dabei den Kopf. – Pietzsch brauchte einen Augenblick, um zu begreifen, dass Lukas gerade einen Diener gemacht hatte.

»Haben Sie kein Gewehr?«, fragte der Bub und ließ die Hand los. In diesem Alter siezen einen Kinder doch nicht, dachte Pietzsch und meinte, das Gewehr sei beim Tragen von Wassereimern eher hinderlich. »Überhaupt ist es einem eigentlich immer nur im Weg, weißt du«, fuhr er fort. Aber Lukas sah ihn nur streng an, und ging dann zurück in die zweite Kammer, zu einem Tisch, der dort an das Mansardenfenster geschoben war.

Sie könne ihm leider nichts anbieten, sagte die Frau, höchstens eine Tasse Pfefferminztee. »Wollen Sie? Vorausgesetzt, wir haben noch Strom.« Pietzsch bedankte sich, ja doch, eine Tasse Tee wäre wunderbar, und die Frau schaltete die Kochplatte ein und legte prüfend die Hand darauf. Offenbar erwärmte sich die Platte, und so schöpfte sie aus dem Eimer zwei oder drei Tassen Wasser in einen kleinen Aluminiumtopf und setzte ihn auf. Mit der Hand wies sie einladend in die zweite Kammer, die offenbar das Wohnzimmer war, und Pietzsch setzte sich an den Tisch vor dem Fenster, durch das man in der Dämmerung draußen die Fichten sah, die sich am Rande des Schulhofs erhoben. In dem

Zimmer standen zwei Betten mit Tagesdecken, an jeder Seitenwand eines. Außerdem gab es einen Kanonenofen, und auf dem Tisch lagen Wörterbücher, ein deutsch-französisches und ein deutsch-englisches, außerdem eine englische Grammatik. Ja doch, dachte er schwerfällig, wer damit umgehen kann, für den wird so etwas wohl bald von Nutzen sein. Unauffällig sah er sich um, ob irgendwo eine Fotografie mit einem Trauerflor aufgestellt war, aber er entdeckte nichts. Ihm gegenüber spielte Lukas mit Bauklötzen, es waren nur vier oder fünf, zu wenige, um damit ein Haus oder sonst etwas zu bauen, und so stellte der Junge sie alle auf, bis auf einen, und mit dem stieß er die anderen dann um.

»Das ist aber ein ungerechter Krieg«, stellte Pietzsch fest. »Die einen fallen nur um und können sich gar nicht wehren.« Doch der Junge sah ihn nur trotzig an und zog mit beiden Händen seine Bauklötze zu sich her, als müsste er sie verstecken. Sie möge es nicht, dass er so etwas spiele, erklärte seine Mutter, die an den Tisch getreten war, aber viel anderes gebe es ja nicht.

Weiter kam sie nicht, denn von unten hörte man rasche Schritte, im Flur rief jemand nach Pietzsch, er erhob sich, blieb einen Augenblick stehen, zuckte mit den Achseln und verabschiedete sich dann. »Schade um den Tee«, sagte er noch, und die Frau meinte, die eine Tasse habe er gut bei ihr.

Unten im Hausflur stand der 17-Jährige und äugte suchend zu Pietzsch hoch, als dieser die Treppe herunterkam. »Da ist einer gekommen, der sagt, er sei der Kampfkommandant.« Pietzsch runzelte die Stirn, dann ging er die Treppe zum Schulzimmer hinunter und auf den Hof hinaus. Ein schwerer, massiger Mann in Zivil, bebrillt, das Gesicht rußverschmiert, mit einer Wehrmachtsmütze auf dem Kopf, kam hinkend auf ihn zu und warf die Hand mit der nachlässigen, im Handgelenk nach hinten abknickenden Geste hoch, die nur den höheren Parteiführern vorbehalten war, auch wenn er es vorgezogen hatte, jetzt keine Parteiuniform zu tragen: Heilhittläh! Sein Sakko war von einer Militärkoppel eingeschnürt, an der eine Pistolentasche hing.

Ein Goldfasan also, dachte Pietzsch, zögerte kurz – eine Sekunde oder einen Bruchteil davon –, dann salutierte er und machte Meldung. Der Goldfasan hatte zwei oder drei Uniformierte im Gefolge, alle von der Sorte mit den Runen im Kragenspiegel, da machte man sich besser keine Gedanken, ob man es womöglich mit einem Verrückten zu tun hatte. Einer der SS-Leute trug den notdürftig verbundenen Arm in der Schlinge, das war wohl passiert, als die Jagdbomber den Treck angegriffen hatten. Auch der Goldfasan musste etwas abbekommen haben, ein Hosenbein war aufgerissen, rußverschmiert waren auch das Sakko und die zu langen weißen Haare, die zum Vorschein kamen, als er die Mütze abnahm und sich mit der Hand über die Stirn fuhr.

»Zehn Mann haben Sie noch?«, fragte der Goldfasan. »Alles solche Helden wie die zwei an dem Verhau dahinten? Nennen Sie das vielleicht eine Stellung?« Pietzsch sagte nichts, eine Antwort war auch nicht erwartet worden, und der Neuankömmling ging schnurstracks auf das Schulhaus zu. »Ist der Lehrer Beug noch da? Und haben wir Telefon-Verbindung?«, fragte er im Vorbeigehen. Pietzsch bestätigte, jedenfalls habe er am Morgen noch mit dem Bataillonsstab in der Kreisstadt sprechen können. Dazu machte er Anstalten, den Goldfasan zu der im ersten Stock gelegenen Lehrerswohnung zu begleiten. Aber der schickte ihn mit einer abwehrenden Handbewegung weg – er kenne sich hier aus, sagte er. Eine stämmige weißblonde Frau, die über ihrem schwarzen Kostüm einen Rucksack trug, löste sich aus der Gruppe und folgte ihm fast leichtfüßig. Mit einigem Abstand stapfte ein älterer Mann in Zivil hinter ihnen her, mit einem mächtigen Zinken, nach vorne gebeugt und zwei schwere Aktentaschen schleppend.

Die SS-Leute hatten inzwischen das Schulzimmer bezogen, Strohschütten gab es dort noch genug. Von dem Eintopf wollten sie nichts, aber sie fragten, ob es im Dorf einen Arzt gebe, der sich um ihren Verwundeten kümmern könne, und einer aus Pietzsch' Zug machte sich auf den Weg zum Dorfgasthof, wo sich der russische Militärarzt einquartiert hatte, den die Wlassow-Leute dort vergessen hatten. Falls er es nicht selbst darauf angelegt hatte, vergessen zu werden. Ohnehin kam es für diese Leute nicht mehr darauf an, was sie taten oder unterließen, dachte Pietzsch, der Teufel hatte sie so oder so am Kragen. Von oben kam ein Mann mit spärlichem aschblonden, nach hinten gekämmtem Haar die Treppe herunter, der Dorflehrer und Ortsgruppenleiter Beug, und wandte sich mit geröteten Wangen an Pietzsch: der Kampfkommandant wolle ihn sprechen!

Der Goldfasan saß am Schreibtisch im Arbeitszimmer des Lehrers, das Telefon vor sich, auf einem Beistelltischchen standen die zwei schweren Aktenmappen. »Was haben Sie mir da für einen Dreck erzählt?«, fuhr er Pietzsch an und hielt ihm zornig den Telefonhörer entgegen. »Die Leitung ist tot, mausetot, wie halten Sie denn Kontakt zu Ihrem Bataillon?«

Er habe Weisung, sagte Pietzsch, die Stellung hier zu halten.

»Stellung!«, unterbrach ihn der Goldfasan und blickte zu dem SS-Mann, der Pietzsch nach oben begleitet hatte, »dass ich nicht lache ... Wie soll ich jetzt von hier wegkommen, sagen Sie mir das mal! Ich habe kriegswichtiges Material dabei.« Fast anklagend wies er auf die beiden Aktentaschen. »Kriegswichtiges Wissen, das muss gerettet werden, Sie Stellungshalter, Sie!« Schließlich sprach er mit normaler Stimme weiter. Ob es im Dorf noch Autos oder Motorräder gebe? Pietzsch blickte zu Beug, aber der – noch immer im Türrahmen stehend – schüttelte nur den Kopf. »Dann vielleicht ein Pferdegespann?«

»Es ist so«, sagte Beug, »also, es gibt nur noch drei oder vier alte Klepper im Dorf ... die gehen nicht so weit, die bleiben einfach stehen, und man weiß nicht, was sie tun, wenn Flieger kommen …«

Der Goldfasan nahm die Brille ab und rieb sich die Druckstellen an der Nasenwurzel. Pietzsch sah ihm zu, dann wurde sein Blick von dem großen hellen Rechteck angezogen, das in der angegrauten Tapete an der Wand hinter dem Schreibtisch prangte. Aus den Augenwinkeln sah er, dass auch der SS-Mann neben ihm dieses Rechteck musterte, mit einem verächtlichen Lächeln auf dem Gesicht. Es war ein Unterscharführer, ein Kerl wie ein Baumstamm, aber Pietzsch kam es vor, als brauchte man ihm und dem Goldfasan und einfach allen nur einen kleinen Stups zu geben, und es bliebe auch von ihnen nur noch eine leere Stelle übrig, ganz wie von dem Bild, das so viele Jahre dort an der Wand gehangen hatte.

»Mein lieber Beug«, seufzte der Goldfasan, »du bist mir so ein Held geworden … ich erkenn dich nicht wieder.« Zornig schlug er mit der Hand auf den Tisch. »Aber das ist es ja, was uns in diese Scheiße gebracht hat, fett sind wir geworden, bequem, niemals hätte der Führer das zulassen dürfen.« Er schüttelte den Kopf, dann setzte er die Brille wieder auf und fasste Pietzsch ins Auge. »Ich muss die Kreisleitung verständigen. Einer Ihrer Helden soll sich ein Fahrrad besorgen, so etwas wird sich doch wohl auftreiben lassen!«

Plötzlich war es nun doch Nacht geworden. Hinter der aus Baumstämmen improvisierten Schutzwehr hockte der verkleidete Buchhalter auf der Kiste mit den Panzerfäusten, die man ihnen dagelassen hatte, und nuckelte an einer kalten Stummelpfeife. Neben ihm kauerte einer der Überlebenden der Infanteriedivision 260, der noch aus dem Kessel von Tscherwan herausgekommen war, den Kopf gesenkt, vielleicht schlief er auch. Er war die Ablösung für den 17-Jährigen, der sich mit dem Damenfahrrad der Lehrersgattin Beug auf den Weg zur

Kreisleitung gemacht hatte. Pietzsch betrachtete den Himmel im Westen, über den von Zeit zu Zeit Leuchtspurpatronen ihre Schussbahnen zogen wie Raketen an Silvester. Irgendwo, in regelmäßigen Abständen, schlug Artilleriefeuer durch die Stille. Er vermutete, dass eine Batterie ihre Munition verschoss, um es morgen beim Davonlaufen leichter zu haben.

Er spürte, dass jemand neben ihm stand. Es war die Frau aus dem Schulhaus, sie trug einen Mantel aus Schaffell, der war in der Dunkelheit wie ein leuchtend weißer Fleck. Auf der Straße seien noch immer Leute unterwegs, sagte sie, woher kommen sie und wohin gehen sie?

Es seien Flüchtlinge, antwortete er. »Flüchtlinge wie Sie.« Und Soldaten. »Soldaten auf dem Rückzug. Soldaten wie ich. Rückzug können wir inzwischen ganz gut.«

Rückzug wohin?

»Jetzt zum Beispiel in das Schulhaus«, antwortete er. »Ihr Mantel ist zu auffällig. Kommen Sie!« Pietzsch nickte dem Buchhalter zu und begleitete die Frau durch den Garten und über den Schulhof. Sie hätte den Tee inzwischen aufgegossen und in die Thermoskanne abgefüllt, sagte sie. Ob er eine Tasse wolle? Gerne, wollte er sagen, aber da waren sie schon im Schulhaus, wo auch der russische Arzt endlich eingetroffen war, ein großer ruhiger Mann mit einer schwarzen Haartolle über der ausgeprägten Stirn, der sich den Verwundeten und dessen halbzerfetzten Arm ansah. Der Verwundete hockte auf einer der Schulbänke, die in den Vorraum des Klassenzimmers gebracht worden waren, und wurde von seinen Kameraden festgehalten, weil der Russe ihm den einen oder anderen Splitter aus dem Arm holen wollte. Um das trübe Licht der Deckenlampe aufzuhellen, hielt einer der Soldaten eine Schreibtischlampe, die mit Hilfe einer Verlängerungsschnur ans Netz angeschlossen war, und richtete den Lichtschein auf die Wunde. Trotz dieser Erschwernisse wirkten die Bewegungen des Arztes behutsam und sicher, und der Verwundete schrie auch nicht und hielt still, der Arzt musste ihm etwas gegeben haben, Morphin oder wenigstens Evipan-Natrium. Pietzsch wollte keine Maulaffen feilhalten, aber die Frau war stehen geblieben und sah zu dem Arzt, als warte sie darauf, dass sie helfen könne. Einmal schaute der Arzt kurz zu ihr auf und bewegte fast unmerklich, aber irgendwie verneinend oder abweisend den Kopf. Schließlich begriff Pietzsch, dass er nicht weiter gefragt war, und ging ins Schulzimmer, wo die Kameraden noch einen Napf Zusammengekochtes für ihn übriggelassen hatten.

Später. Wie viel später? Pietzsch wusste es nicht. Einen Augenblick lang wusste er nicht einmal, wo er sich befand. Sein Blick fiel auf eine große, schlecht abgewischte Schiefertafel, auf der selbst im trüben Licht der abgedunkelten Lampen noch ein paar Buchstaben zu erkennen waren, wann immer hier zum letzten Mal Unterricht abgehalten worden war. *Die Kuh macht m…*, konnte er entziffern. Neben ihm stand der Schulmeister und Ortsgruppenleiter, hielt ihn am Arm und erzählte etwas von einer wichtigen Rundfunksendung. »Ja doch«, sagte Pietzsch, »danke!« Längst war es Zeit für eine wichtige Rundfunksendung, dachte er bei sich, allerhöchste Zeit war es dafür, wenn man ihn gefragt hätte oder sonst eines der Frontschweine. Wollte einer der Kameraden mitkommen? Die meisten winkten ab, nur der Unterscharführer kam mit hoch in die Lehrerswohnung. Als sie dort eintraten, war das Wohnzimmer bereits voll von Menschen, einige hatten rund um den Tisch Platz genommen, an den auch für den Goldfasan – von dem Pietzsch inzwischen erfahren hatte, dass er Johler hieß, Theodor Johler –, an den also auch für Johler ein Lehnstuhl herangeschoben war mit einem gepolsterten Schemel für das Bein, bei dem die Hose unterm Knie abgetrennt und der Unterschenkel bandagiert war. Andere Besucher saßen auf Schemeln und Stühlen, die man eilig hereingetragen hatte, wieder andere standen im

Hintergrund. Pietzsch schob sich an eine Stelle, an der er sich gegen die Wand lehnen konnte; als er sich im Halbdunkel umsah, erkannte er neben sich die Flüchtlingin und nickte ihr zu. Sie antwortete mit einem kurzen Lächeln, wandte den Kopf aber gleich wieder ab.

Auf einer Kommode stand ein Radioapparat, ein DKE 38: im graublauen klotzförmigen Bakelit das große kreisrunde, mit Stoff bespannte Brüll-Loch. Daneben eine altväterliche Petroleumlampe, wie man sie in den Dörfern wieder vom Dachboden geholt hatte, seit immer öfter der Strom ausfiel. Der Lehrer hatte sich an dem Radioapparat zu schaffen gemacht, der Empfang war lausig, immer wieder von Rauschen und Pfeifen gestört. Noch kam Musik, irgendwie getragen, irgendwie weihevoll, vielleicht Wagner? Kein gutes Zeichen, dachte Pietzsch. Was ist das heute überhaupt für ein Tag? Der 19. April?

Ach so.

Der Schulmeister und Ortsgruppenleiter Beug hatte inzwischen den Reichssender etwas klarer eingestellt, die Musik brach ab, ein Sprecher kündigte – schon wieder irgendwie getragen, irgendwie weihevoll – eine Ansprache an, eine Ansprache zum Vorabend des 56. Geburtstags von … ja, von wem wohl? Und wer wohl ergriff da das Wort? Die Stimme seines Herrn ergriff das Wort, diese eine ganz besondere Stimme, die so jaulen und heulen konnte wie keine andere im ganzen Deutschen Reich.

Pietzsch zwang sich zuzuhören. Deutschlands Schicksal stehe auf des Messers Schneide, tönte die Stimme mit metallischem Klang, und Pietzsch dachte bei sich, dass Messers Schneide doch schon alles entschieden habe – weiß das der in Berlin nicht? Nein, fuhr die Stimme fort, in dieser Lage sei es nicht angebracht, den Geburtstag des Führers mit den – plötzlich schwenkte die Stimme ins Höhnische – traditionellen Glückwünschen zu begehen. Glückwünsche?, dachte Pietzsch und dachte an das leere helle Rechteck in des Lehrers Arbeitszimmer, das Rechteck, das so leer und hell war, dass es sogar im Halbdunkel leuchtete. Die Zeit in all ihrer dunklen und schmerzenden Größe habe im Führer den einzig würdigen Repräsentanten gefunden, sagte die Stimme – die jetzt auf wehende Ehrfurcht umgeschaltet hatte – und redete unverdrossen weiter in das Rauschen und Spotzen und Piepsen des Reichssenders hinein, wobei Pietzsch aber nur noch Bruchstücke verstand wie gesittetes Abendland, Kultur und Zivilisation, Strudel des Abgrundes, klar umrissenes Aufbauprogramm, menschen- und völkerbeglückend …

Beug hatte sich wieder an dem Radio zu schaffen gemacht, dabei für ein paar Zeittakte die Stimme ganz abgedreht, dann war sie plötzlich wieder da, röhrend wie auf dem Jahrmarkt, heulte von verwüsteter Landschaft, versprach neue und schönere Städte und Dörfer, bewohnt von glücklichen Menschen, und kam plötzlich klar und ohne Störung durch den Äther: »… Gott wird Luzifer, wie so oft schon, wenn er vor den Toren der Macht über alle Völker stand, wieder in den Abgrund zurückschleudern, aus dem er gekommen ist. Nicht die Unterwelt wird diesen Erdteil beherrschen, sondern …«

Damit brach die Stimme ab, als wäre ihr mit einem einzigen eisernen Griff die Gurgel abgedreht worden, die Zuhörer fanden sich in völliger Finsternis wieder, einen letzten Widerschein der erloschenen Lampe auf der Netzhaut. »Ach!«, sagte eine Stimme. »Reine Sabotage«, schnauzte ihr eine zweite ins Wort, es musste die von Johler sein, »wie die ganze Zeit schon, überall Saboteure, davon hätte er reden sollen!« Einen Augenblick lang herrschte verlegene Stille, dann erfüllte plötzlich eine erschreckend nahe, seltsam getragene Männerstimme das Zimmer: »Da sprach der Herr zu Mose: Recke deine Hand gen Himmel, dass eine solche Finsternis werde in Ägypterland, dass man sie greifen kann.«

Der Dorfpfarrer? Pietzsch schüttelte unwillkürlich den Kopf: Es hatte eher nach der Stimme eines Laien geklungen, nach der eines von den Pietisten oder Stundenleuten, die es in dieser Gegend wohl noch gab ... Streichhölzer wurden angerissen und pfutzten nur, plötzlich hörte man das unverwechselbare jaulende schleifende Pumpen, mit dem eine Knijpkat angetrieben wurde, ein notdürftiges Licht funzelte auf und ließ die Rücken und Hinterköpfe der Leute, die vor Pietzsch und der Flüchtlingin saßen, aus der Dunkelheit hervortreten. Ein großgewachsener Mann, die Dynamo-Taschenlampe in der Hand und auf Touren haltend, schob sich an ihm vorbei, das Licht tastete sich zu der Kommode und erfasste die Petroleumlampe, Pietzsch erkannte den Russenarzt, der die Taschenlampe so hielt, dass die Lehrersfrau die Lampe anzünden konnte. Nach ein paar vergeblichen Versuchen zitterte ein gelbliches Licht auf und beruhigte sich dann. Schwarz zeichnete sich davor die untersetzte Silhouette der Lehrersfrau ab.

»Na, welcher Merkwürden hat denn da von der ägyptischen Finsternis gemunkelt?« Johler beugte sich ein wenig vor und suchte mit zornfunkelndem Blick die Gesichter der Männer rund um den Tisch ab. Schließlich blieb sein Blick an einem älteren, grobknochigen mageren Mann hängen, der ihm gerade ins Gesicht sah. Johler hob den Finger und deutete auf den Alten. Was er denn sagen wolle mit seinem frömmlerischen Spruch?

»Die Finsternis war nicht die letzte der Plagen«, kam die Antwort.

»Und, was soll dann die nächste sein, bitt schön? Schlangen, Heuschrecken, oder was?«

Unvermittelt und seltsam aufgeregt schaltete sich der Lehrer ein. »Unser Herr Reiff ist der Kirchenvorsteher hier«, erklärte er, »und ein treuer Volksgenosse dazu, aber ja doch! Außerdem ist er der Kommandant der Feuerwehr. Und wenn er mal den Zeigefinger hebt, dann hat er auch meistens Recht, unsere ländliche Jugend braucht manchmal ein wenig moralische Wegweisung!«

»Bekanntlich«, meinte Johler höhnisch, »bekanntlich sind moralische Fingerzeige genau das, was wir in diesen Zeiten am Allernotwendigsten brauchen!« Plötzlich verfiel er ins Brüllen. »Ja, Herrgottsakrament! Noch wenn uns das Messer am Hals sitzt, heben wir Deutschen den Finger und reden vom kategorischen Imperativ! Oder von den Zehn Geboten!« Er schlug auf den Tisch und blickte mit zornfunkelnden Augen um sich. »Wenn ihr hier nicht begreifen wollt, was die Stunde geschlagen hat, dann schicke ich euch den Parteigenossen Schelmer in seinem grauen Daimler, der lernt's euch ganz schnell, noch schneller, als ihr an euren Mostbäumen baumelt!«

»Das mit Ägypten hab ich auch nicht ganz verstanden«, hörte Pietzsch neben sich die Flüchtlingin sagen. »Die Finsternis kam doch, damit der Pharao die Juden gehen ließ, nicht wahr? Aber gibt es denn überhaupt noch welche, die ... die man gehen lassen kann?« Sie hatte nicht »man« sagen wollen, dachte Pietzsch: die unser Pharao gehen lassen kann, das hatte sie gemeint.

»Was reden Sie da!«, fuhr Johler auf und ließ gleich wieder die Stimme sinken, ins Halblaut-Lauernde. »Haben Sie nicht gehört, was ich gerade gesagt hab? Der Schelmer schert sich nix, der knüpft auch Frauen auf!« Er sah um sich, runzelte die Stirn und fuhr mit noch einmal anderer, beherrscht klingender Stimme fort. »Im Übrigen, junge Frau, haben wir alle jetzt gerade andere Sorgen, ein paar Jüdlein hin oder her fallen nicht mehr ins Gewicht, es geht jetzt um uns, allein um uns und um unsere nackte Existenz, auch um die Ihre, junge Frau, von allem Anfang an ist es nur darum gegangen, denken Sie an mich!« Wieder sah er um sich, und diesmal blieb sein Blick an dem Arzt hängen. »Fragen wir doch einmal unseren russischen Freund, was er davon hält!«

»Die Toten sind tot«, antwortete der Arzt. »Und die Lebenden müssen damit leben. Wenn zu viele Tote, es wird schwierig.« Johler runzelte die Stirn und legte den Kopf ein wenig schief, als hätte er nicht richtig verstanden.

»Jedenfalls war es eine sehr schöne Rede«, meinte der Lehrer Beug und nahm den nächsten Anlauf, das Gespräch zu entschärfen. »Eine bewegende, ja: eine beglückende Rede, die ganze Größe des … das Heroische … Vielleicht sollten wir …«

»Ich hab jetzt keine Lust zum Singen«, fiel ihm Johler ins Wort und blickte suchend um sich, bis er Pietzsch entdeckte. »Wann zum Teufel kommt denn Ihr Rad fahrender Bote zurück?« Pietzsch räusperte sich und sagte, dass es gut und gerne sieben Kilometer bis in die Kreisstadt seien.

»Sieben Kilometer!«, schnaubte Johler. »Das reiß ich in einer Viertelstunde runter, hätt ich nicht die Schramme an der Wade, und bin doch nicht mehr der Jüngste! Aber das hab ich gleich gesehen, dass ihr hier ganz besondere Helden seid.« Er wandte sich an den Lehrer. »Sag mal, Beug, hast du noch einen Schnaps im Haus? Den könntest du jetzt anbieten. So zum … ach, ist ja egal, was einer damit runterspült, ich zum Beispiel kann ein bestimmtes Gewäsch nicht mehr hören, und damit meine ich nicht nur die ganz besonders Frommen, mit Verlaub! Viel zu lange haben da viel zu viele solche Reden gehalten, und der mit dem Klumpfuß ist der Schlimmste von allen, wenn ich das nur höre: menschen- und völkerbeglückend, da lachen ja die Hühner, aber wir, die Frontschweine der Partei, sollen das Geschwätz vor den Leuten vertreten! Nun glotz nicht so, Beug, du tapferer Gesinnungsheld! Wenn schon der Führer keinen Schnaps trinkt, dann kippen wir jetzt einen auf das leere Rechteck an der Wand in deinem Schulmeisterzimmer!«

Der Lehrer brachte nur ein Krächzen heraus, und so fiel seine Frau ein und sagte, sie hätten leider nur noch ein wenig Franzbranntwein im Haus, und der Goldfasan warf einen Blick an die Zimmerdecke. Nein, meldete sich da der Lehrer Beug zurück und war wieder halbwegs bei Stimme, es wäre noch ein Fässchen Most da und vielleicht auch ein oder zwei Flaschen Trollinger, nein, es müssten sogar noch drei sein. »Her damit«, unterbrach ihn Johler, »Trollinger, Most, egal! Das Zeug muss weg, was glaubst du, was die Amis mit deiner sparsamen Hausfrau machen, wenn sie das Zeug gefunden und ausgesoffen haben, und erst ihre Nigger-Soldaten!« Er setzte eine Lache auf, beugte sich zur Seite und schlug der Lehrersgattin auf die Schenkel, die entsetzt aufsprang und in die Küche entfloh. »Wir holen nur rasch die Gläser«, sagte Beug und eilte ihr hinterher, beschwichtigend beide Hände hochhaltend, »gleich sind wir zurück!«

Pietzsch räusperte sich und sagte, dass er seinen Rundgang machen müsse. »Aber wenn Sie etwas zum Trinken ausgeben wollen, denken Sie bitte auch an die Kameraden unten im Schulzimmer!« Er hob grüßend die Hand und ging, aber als er die Tür der Lehrerswohnung hinter sich zuziehen wollte, sah er, dass ihm jemand gefolgt war, ein untersetzter Mann mit zerknautschtem Gesicht und einer Halbbrille. Es war der Dorfbürgermeister Pfeifle, Pietzsch hatte mit ihm schon zu tun gehabt, als es um die Einquartierung ins Schulhaus und um Stämme für die Barrikade ging. Der Schultes, wie es in dieser Gegend hieß, war ein pensionierter Schutzpolizist, und tatsächlich wollte er mit Pietzsch reden. Worüber? »Über diese Barrikade«, sagte Pfeifle, »Sie wissen doch, was da passiert?«

»Vermutlich«, antwortete Pietzsch. Sie hatten das Schulhaus verlassen, und Pietzsch dachte, sie würden zu dem Anbau gehen, in dem das Rathaus untergebracht war. Doch plötzlich blieb Pfeifle vor ihm stehen. Ob es ihm etwas ausmache, die Sache bei ihm zu Hause zu bereden? »Es ist nicht weit, und in der Stube hat es Licht.«

Pietzsch machte eine Handbewegung, die Einverständnis zeigen sollte, und so gingen sie schweigend durch die Dorfgasse.

Als sie an der Kirche vorbeikamen, riss der nachtbleiche Wolkenhimmel auf, und im Schein des halben Mondes sahen sie den Turm mit seinem spitzen Helm unerwartet wuchtig und widerspenstig über sich aufragen. Unterhalb des Kirchhügels steuerte Pfeifle ein kleines Haus an, an das nur ein Schuppen angebaut war, kein Stall und keine Scheuer wie bei den richtigen Bauernhäusern im Dorf. Er stieß die Haustür auf, sie öffnete sich auf einen mit Steinplatten gedeckten Flur, eine zweite Tür führte in einen niedrigen Raum, der sowohl als Wohnzimmer wie auch als Werkstatt zu dienen schien. Im Schein einer Petroleumlampe arbeitete eine schwarz gekleidete Frau an einer Nähmaschine, die mit einem Trittbrett angetrieben wurde. Als die Frau bemerkte, dass Pfeifle einen Besucher mitgebracht hatte, hörte sie abrupt mit der Arbeit auf, erhob sich eilig und fuhr sich dabei mit der Hand übers Gesicht, als müsse sie eine Haarlocke aus der Stirn streifen. Dabei war das flachsfarbene Haar straff nach hinten gezogen und zu einem Dutt geknotet. Sie war nicht mehr ganz jung, konnte aber vom Alter her kaum Pfeifles Frau sein. Ihre Wangen waren gerötet, sei es von der Arbeit, sei es wegen des unerwarteten Besuchers; ihre vorstehenden Zähne verliehen ihrem Gesicht einen flehenden und zugleich bedrohlichen Ausdruck.

»Elfie, ich hab mit dem Herrn Soldat was zu besprechen«, sagte Pfeifle anstelle einer Begrüßung. Ob sie ihnen einen Krug Most hole? Aber von dem für sonntags! Er wandte sich Pietzsch zu und wies einladend auf einen der Stühle, die um den Wohnzimmertisch herum standen. Aber Pietzsch war noch dabei, sich umzusehen, auf einer Kommode stand ein gerahmtes Foto, es zeigte einen jungen Mann mit kantigem Gesicht und in Wehrmachtsuniform, unten war quer über das Foto der Trauerflor gezogen. »Juli dreiundvierzig, Kursker Bogen«, erklärte Pfeifle, Pietzsch nickte und wandte sich der Nähmaschine zu, auf der ein merkwürdig kleinteiliges Arbeitsstück lag.

»Elfie macht Puppen«, sagte Pfeifle. »Und Stofftiere. Aus Resten, die sie findet oder sich zusammensucht. Angefangen hat sie mit einer Puppe für das Kleine, aber das hat sie dann doch verloren. Und so…« Er nahm die Petroleumlampe und stellte sie behutsam auf den Wohnzimmertisch. Trotzdem flackerte die Flamme ein wenig, und der gedrungene Schatten des Bürgermeisters huschte zittrig über Wände und Decke. Pietzsch trat an den Arbeitstisch, der neben der Nähmaschine stand, und nahm eine Katze aus schwarzgrauem Uniformtuch auf, die auf der Platte saß, mit Tatzen und einer Schnauze aus rosa Stoff und einem Schwanz aus weicher schwarzer Wolle, der sich um sie legte. »Mittlerweile hat sie viele Kunden, kommt mit den Aufträgen kaum nach, in den Läden gibt es ja sonst nichts.«

Haben schwarze Katzen rosa Tatzen und eine rosa Schnauze? Pietzsch wusste es nicht. »Oh«, sagte eine Stimme in seinem Rücken, »es ist ja noch gar nicht fertig!« Elfie stand im Zimmer, ein Tablett mit einem Steingutkrug und zwei Gläsern in den Händen, und starrte vorwurfsvoll und mit geröteten Wangen zu ihm herüber. Pietzsch bat um Entschuldigung, setzte die Stoffkatze behutsam wieder auf den Arbeitstisch und nahm selbst Platz. Elfie stellte Krug und Gläser ab und ließ – als sie an Pietzsch vorbeikam – noch einmal ihre vorstehenden Zähne sehen. Es sei jetzt gut, meinte Pfeifle, sie solle in ihr Zimmer gehen, »morgen ist auch ein Tag!«

Als sie allein waren, schenkte der Bürgermeister die beiden Gläser voll und schob Pietzsch das seine zu. Die beiden Männer tranken sich zu, der Most perlte leicht und hatte einen kaum spürbaren Beigeschmack von Birne. »Ja«, sagte Pfeifle, »Mostbirne kannst du dazugeben, aber nur wenig, sonst bleibt der Most trüb!« Plötzlich kehrte Schweigen ein, die beiden Männer sahen sich an, das heißt, Pfeifle hatte den Kopf ein wenig gesenkt und musterte Pietzsch über die Halbbrille hinweg, und Pietzsch gab den Blick zurück.

»Das ist doch ein kleines Dorf«, sagte Pfeifle schließlich. »Ein kleines armseliges Dorf, und alles kleine Bauernhöfe. Haus und Scheuer unter einem Dach. Wie bei kleinen armseligen Leuten eben. Und in den Scheuern Stroh und Spreu und ein Rest Heu. Eine Panzergranate hinein und alles brennt wie Zunder, verstehst du?« Offenbar hatte er beschlossen, Pietzsch als Kollegen anzusehen oder als einen vom Dorf.

Er verstehe das sehr gut, antwortete Pietzsch. Aber das Kommando habe der da drüben – er deutete mit dem Daumen seitwärts.

»Der will doch weg. Lieber jetzt als gleich!«

»Er bräuchte halt ein Fuhrwerk, wenn sie aus der Kreisstadt schon keine Kutschen schicken und keinen Lastwagen und nichts«, sagte Pietzsch, worauf der Bürgermeister meinte, dass er das schon verstanden habe. »Nur, das ist ein großer Herr, ein grausig großer. Dem schiebst du ungefragt kein Fuhrwerk unter den Arsch!«

»Der hätt sich aber draufgesetzt«, wandte Pietzsch ein. »Vorhin jedenfalls. Da wollte er ein Pferdegespann. Angeblich habt Ihr so was nicht im Dorf.«

»Kühe tun es auch«, erwiderte Pfeifle. »Aber …« Er brach ab und wandte sich um, denn es hatte geklopft, die Tür öffnete sich, und herein kam die Flüchtlingin im weißen Schaffellmantel, zwei alte krumme Leute im Gefolge. Es waren keine Leute von hier, der Mann – weißhaarig, mit einem weißen Kinnbart – schleppte einen Rucksack und einen Lederkoffer, mit dem er anderswo und zu einer anderen Zeit an die Rezeption eines Grandhotels hätte treten können; die Frau trug unterm offenen Stoffmantel ein Tweedkostüm und hatte einen Hut auf, der in Pietzsch' Augen irgendwie nach Sylter Strandpromenade 1938 aussah. Mit unsicheren Schritten ging die Frau bis zum Tisch und hielt sich an einer Stuhllehne fest. Pietzsch stand auf und zog einen zweiten Stuhl herbei, dass sie sich setzen konnte, und fing den Rucksack auf, den sie von ihren Schultern gleiten ließ.

»Sie sind schon die ganze Nacht unterwegs«, erklärte die Flüchtlingin aus dem Schulhaus, »und wollen noch in die Kreisstadt.«

»Wir kennen dort jemanden«, erklärte der Weißhaarige, »einen Geschäftsfreund, es ist der Direktor der Kreissparkasse, er würde sich gewiss erkenntlich zeigen, und auch wir…« Er sprach ein s-teifes Norddeutsch, und Pietzsch überlegte sich, ob diese armen Leute wohl wüssten, wie gerne man in diesem Landstrich einen solchen Tonfall hören mochte.

Für diese eine Nacht könne er sie schon unterbringen, meinte Pfeifle, aber das wollte der Norddeutsche nicht hören. »Sicher geht in der Früh doch das eine oder andere Fuhrwerk in die Stadt, nicht wahr? Das kann doch gar nicht anders sein, wir können auch gut bezahlen, wirklich!« Beschwörend beugte er sich vor und legte die Hand auf Pfeifles Oberarm. »Sie sind doch der Herr Bürgermeister, nicht wahr? Sie müssen wissen, die Amerikaner sind keine dreißig Kilometer von hier entfernt, und dazwischen ist nichts mehr, keine Wehrmacht, kein Volkssturm, gar nichts!«

Ja, das kenne er schon, unterbrach ihn Pfeifle und trat einen Schritt zurück, aber er wisse von durchaus keinem Fuhrwerk. Er sprach nicht weiter, denn Pietzsch hatte ihm ein Zeichen gegeben. Die beiden Männer wechselten einen Blick, Pfeifle runzelte die Stirn, dann schien er zu begreifen. »Höchstens«, sagte er langsam, »dass wir den Vöhringer fragen. Aber man muss ihm sagen, dass es für den Führer ist.« Er warf einen Blick zu Pietzsch. »Für den gibt er alles!«

Das Dorf lag im Dunklen, ebenso wie das Schulhaus, aber man schlief nicht, keineswegs schlief man, die Klänge eines Akkordeons dudelten bis auf den Schulhof hinaus und mischten sich seltsam mit dem Muhen der beiden Kühe, die irgendjemand in der Nacht aus ihrem Stall und auf die Dorfstraße geholt hatte.

Pietzsch stieß die Tür zum Vorraum auf, der seltsam weihnachtlich erleuchtet war, denn überall – auf Schulbänken und Mauersimsen – waren funzelnde Hindenburglichter aufgestellt. Vor den aufgestapelten Bänken tanzten zwei Paare, eine Blonde mit langen Zöpfen ließ sich von dem Unterscharführer schwenken, eine Rothaarige schob ihren Unterbauch gegen die Hüften eines der Halbwüchsigen aus Pietzsch' Zug, drei oder vier andere von seinen Leuten standen um die Tanzenden herum, eine Rotweinflasche kreiste und war nicht die erste in dieser Runde. Auf der Treppe saß der Akkordeonspieler, auch er war einer aus Pietzsch' Zug, ein nicht mehr ganz junger Mann, der zuvor Musiker in einem ziemlich bekannten Orchester gewesen war, so dass ihn der Heldenklau erst ganz zuletzt einkassiert hatte.

Er konnte nicht nur spielen, sondern sang auch dazu, mit einer Altstimme, als wäre er eine verkleidete Frau. »In der Nacht ist der Mensch nicht gern alleine.« In einer solchen erst recht nicht, dachte Pietzsch. »Denn die Liebe im hellen Mondenscheine…« Unsinn, Blasenverkühlung und kalter Arsch! »Ist das Schönste, Sie wissen, was ich meine…« Im Halbdunkel am oberen Ende der Treppe lehnte eine schlanke Gestalt an der Wand, die Arme vor der Brust gekreuzt, und sah dem Akkordeonisten zu, Pietzsch versuchte ein Lächeln und ließ es gleich wieder bleiben. »Einesteils und andrerseits und außerdem!«

Mindestens, dachte Pietzsch und klatschte wie die anderen auch, denn der Akkordeonspieler spielte den letzten Akkord und salutierte verlegen zu Pietzsch. Das Gerät da habe er vom Schulmeister bekommen, sagte er, als das Klatschen aufgehört hatte. Pietzsch warf einen Blick ins Schulzimmer, aber in einer Ecke lag dort nur der SS-Mann mit dem frikassierten Arm, auf einer Holzkiste neben ihm brannte wie zum Trost ein Hindenburglicht.

Der Akkordeonspieler hatte den nächsten Schlager intoniert, Pietzsch erkannte ihn, noch bevor der Spieler seinen Alt losließ: »Davon geht die Welt nicht unter«, und so schob er sich am Akkordeonisten vorbei die Treppe hinauf. Die schmale schwarze Gestalt, die eben noch an der Wand gelehnt und der Musik zugehört hatte, war verschwunden. Er ging weiter zur Lehrerswohnung, die Tür war offen, aus dem Wohnzimmer drangen Tabakqualm und der Lärm von lautem Streitgespräch, Pietzsch blieb im Türrahmen stehen und blickte hinein. Um den Tisch voller Gläser, Weinflaschen und Aschenbecher saßen nur noch einige wenige Männer, der Goldfasan Johler, der Lehrer Beug, der Aktentaschen-Mann mit der Rübennase, ein Bauersmann mit einem Gesicht wie ein eingeschrumpelter Apfel und der Kappe neben sich auf dem Tisch. Die meisten anderen, die sich zur Sondersendung eingefunden hatten, waren wieder gegangen.

»Wir alle müssen doch sehen, dass unser Vaterland in einem elenderen Zustand ist als selbst 1648, geschändet, zerstört, verwüstet!« Pietzsch beugte sich vor, der da redete, war ein noch nicht alter, aber bereits grauhaariger Mann mit amputiertem Unterschenkel, und während er redete, hatte er seine Krücke auf den Goldfasan gerichtet und stieß sie wie zur Bekräftigung vor, bei jedem einzelnen Wort, geschändet, zerstört, verwüstet!

Pietzsch blickte zu dem Goldfasan, der einen Römer in der Hand hielt und davon oder von der Rede des Einbeinigen ganz schmale Augen bekommen hatte. »Mit der Krücke brauchen Sie nicht nach mir zu stoßen«, sagte Johler schließlich, als dem anderen der Atem ausgegangen war, »wenn Sie nur zugehört hätten, was ich sage! Bin ich denn vielleicht ein Freund vom Klumpfuß, hä? Die ganze Partei weiß das, dass der Klumpfuß und ich uns auf den Tod nicht…« Er wandte sich zum Lehrer, »sag ihm das, Beug! Auf den Tod nicht! Und das mit den neueren und schöneren Dörfern und Städten, dieses Gesäusel ist nicht auf meinem Mist gewachsen, Armut und Mangel und das allereinfachste Leben, das ist meine Predigt!« Er brach ab und blickte auf, »haben Sie jetzt verdammt noch mal Nachricht, Sie an der Tür?«

Pietzsch salutierte und erklärte, leider sei noch kein Bote eingetroffen. Außerdem müsse er den Kampfkommandanten davon in Kenntnis setzen, dass die Amerikaner nur noch zwanzig Kilometer entfernt seien. »Da es im Augenblick westlich von uns keine Widerstandslinie mehr gibt, kann der Feind bereits im Morgengrauen hier eintreffen. Vermutlich geht das Bataillonskommando davon aus …«

»Hören Sie auf!«, fiel ihm Johler ins Wort. »Keine Widerstandslinie mehr! Das ist doch einfach lachhaft, zum Wiehern lachhaft!« Er blickte sich um, aber niemandem schien nach Lachen zumute.

»Das Bataillonskommando wird davon ausgehen, dass der Feind bereits hier ist«, fuhr Pietzsch ungerührt fort. »Im Übrigen wird im Dorf ein Fuhrwerk bereitgestellt, um besonders gefährdete Personen noch in die Kreisstadt zu bringen.«

»Was sagen Sie da?« Johler stemmte sich mit beiden Armen am Tisch hoch. Warum er das erst jetzt erfahre? Und ob man im Dorf da nicht ein bisschen früher hätte draufkommen können? Ohne eine Antwort abzuwarten, kippte er den letzten Rest aus seinem Römer in sich hinein, warf das Glas mit angewiderter Miene ins Zimmer, dass es klirrend in Stücke sprang, und hob die Hand. »Heilhittläh!«

Zornig brüllten die Kühe und scheuten die Dunkelheit, und einen Leiterwagen wollten sie schon gar nicht ziehen. Die umliegenden Gehöfte hatten schattenhafte Gestalten hervorgebracht, als müssten sie sich der Abreise des hohen Besuchs vergewissern. Für Johlers Frau hatte man eine Decke gefunden, in die sie sich einwickeln konnte, und einen Packen Stroh als

Sitzplatz. Die zwei SS-Männer hatten sich auf den Boden des Leiterwagens gehockt, der dritte von ihnen, der Verwundete, wurde im Schulhaus zurückgelassen; er sei nicht transportfähig, hatte der Russenarzt gesagt. Dicht beieinander kauernd hatte auch das Flüchtlingspaar aus Norddeutschland ein Plätzchen auf dem Leiterwagen gefunden und war still und froh, dass die anderen es duldeten. Johler selbst stand breitbeinig im Wagen, die Hände auf den vorderen Querbalken gelegt, ganz so, wie er sich zu anderer Zeit im offenen Daimler oder Maybach durch Stuttgart oder Friedrichshafen hatte kutschieren lassen.

Der Bauer Vöhringer hielt eine der beiden Kühe an einem Halfter und redete ihr zu, aber sie war unwillig und stieß mit dem Kopf nach ihm, das störte die andere Kuh auf, und plötzlich setzten sich beide in Bewegung, und der Leiterwagen nahm rumpelnd bescheidene Fahrt auf, als dahinter Geschrei aufkam. »Halt! So haltet doch!« Jeder zwei Koffer in den Händen und dick in Mäntel verpackt kamen die Eheleute Beug angerannt, mit Mühe stoppte Vöhringer seine Kühe, eilig huschten schattenhafte Gestalten herbei und halfen den Beugs auf den Leiterwagen, und kaum waren sie oben, ließen sich die Kühe auch schon nicht mehr halten. Pietzsch legte grüßend die Hand an die Uniformmütze, aber für diesmal musste sich Johler mit beiden Händen am vorderen Querbalken festhalten, also kein Heilhittläh! und nichts, dafür rutschte eine schwere Aktentasche vom Leiterwagen und plumpste Pfeifle vor die Füße.

»Lass fahren dahin!«, sagte der und hob die Aktentasche auf.

Es roch nach kaltem Tabakqualm und dem Mief von alten Männern. Eine Stalllaterne verbreitete ihr unfreundliches Licht. Auf dem Sitzungstisch des Rathauses war ausgeleert, was sich in der zurückgelassenen Aktentasche an hochgeheimen Staatspapieren gefunden hatte: blanko Kennkarten und Reisepässe des

Deutschen Reiches, ferner ein Stapel Entlassungspapiere der Wehrmacht, dazu Stempel, Stempelkissen für die Fingerabdrücke und Hefter für die Passfotos.

»Ausfüllen tu das besser ich«, sagte Pfeifle, »damit es wenigstens ungefähr nach Kanzleischrift aussieht. Und wenn du einen neuen Namen willst, brauch ich noch ein Foto. Und die Unterschrift musst du vorher einüben, damit sie locker von der Hand geht. Noch was …« Er blickte zur Seite, als ob er plötzlich verlegen wäre. »Ich bin hier sozusagen auch die Ortspolizeibehörde – wenn du willst, stell ich dir eine Anmeldebestätigung aus, dann kannst du fürs Erste bei uns wohnen.«

Ihm sei sein alter Name recht, gab Pietzsch zurück.

»Schön für dich«, meinte Pfeifle. »Das mit dem Zimmer wär kein Problem, und Arbeit hat es im Dorf auch für dich, überleg dir's! Und schick mir deine Kameraden! Eine Sache von zwei Minuten, und der Krieg ist für sie aus.« Pietzsch zögerte. »Ich weiß nicht, ob die so ohne Weiteres mitziehen. Muss erst mit ihnen reden.«

»Dass sie mitreden sollen, sind die nicht gewohnt.« Pfeifle schüttelte den Kopf. »Der Johler – der hat doch gesagt, er sei jetzt der Kampfkommandant? Dann sag ihnen, es sei ein Befehl von ihm!«

Pietzsch verließ das Rathaus und ging die Außentreppe hinab, die zum Schulhof führte. Niemand war mehr zu sehen, nicht einmal ein Schatten von jemandem. Am Himmel jagte der halbe Mond durch ein Wolkenmeer. Pietzsch kam auf die Terrasse, von der aus es zu den Schülerklos im Untergeschoss des Rathauses ging, in der Ecke lehnte das Tier mit den zwei Füßen und den zwei Rücken an einer Wand und kam bereits ins Keuchen, Pietzsch sah nicht näher hin und bemerkte doch das eine weiße Bein und den in einem Streifen Mondlicht zuckenden blonden Zopf. Der Unterscharführer fiel ihm ein: Wie schnell einer ersetzt werden kann!

Als er über den Hof ging und genug Abstand vom Schulhaus hatte, blickte er hinauf zu dem Mansardenfenster des Dachkämmerchens. Dann verzog er das Gesicht und ging weiter, bis zu dem Verhau, an dem noch immer zwei von den Leuten aus seinem Zug Wache schoben. »Besondere Vorkommnisse? Noch keine Ami-Panzer da unten?«

»Nein, nichts.«

»Dann ist es gut«, sagte Pietzsch und schnüffelte. »Haben euch die Kameraden keinen Wein gebracht? Oder wenigstens einen Most?«

»Wein? Most? Uns doch nicht.«

»Dann kommt mit!« Die beiden Wachsoldaten sahen sich an.

»Wir haben was zu bereden«, erklärte Pietzsch. »Nein, nichts zu bereden. Ein Befehl vom Kampfkommandant.«

Zu dritt überquerten sie den Hof und traten in den Vorraum. Die meisten der Hindenburglichter waren ausgebrannt und das Akkordeonspiel verstummt. Im Halbdunkel waren noch zwei oder drei Männer zu ahnen. Pietzsch wollte wissen, wo die anderen seien. »Einer ist schon im Stroh«, sagte eine Stimme, »und zwei …« Irgendwo erhob sich eine Hand, den Daumen zwischen Mittel- und Zeigefinger eingeklemmt.

»Also«, sagte Pietzsch, »ich hab jetzt keine Lust, hier rumzubrüllen. Überhaupt hat es sich ausgebrüllt. Ich will nur einen schönen Gruß vom Kampfkommandanten Johler ausrichten, und ihr geht jetzt einer nach dem anderen nach nebenan ins Rathaus und lasst euch eure Entlassungspapiere geben. Und sagt gefälligst den anderen Bescheid.« »Jetzt?« »Ja, jetzt, sofort.«

Er sah sich um und blickte in leere, ratlose und verwirrte Gesichter. Plötzlich begriff er, dass seine Kameraden Angst hatten, Angst vor dem Bluthund Schelmer im grauen Daimler und seinem fliegenden Standgericht, das jeden aufknüpfen ließ, der auch nur mit einem weißen Taschentuch angetroffen wurde. Aber auch Angst davor, dass ihnen von nun an niemand mehr sagte, was sie zu tun hätten.

»Ich hab's euch doch gesagt, dass das ein Befehl ist. Punkt. Weiter hab ich euch nichts mehr zu sagen, zu befehlen oder vorzuschreiben. Lasst euch die Papiere geben oder lasst es bleiben, geht nach Hause oder fragt die Bauern, ob sie Arbeit für euch haben, oder verkriecht euch, bis die Amis kommen, die sind in ein paar Stunden da oder am Abend! Und wenn ihr mir nicht glauben wollt, dann rennt dem Kampfkommandanten und seinen Kühen hinterher und bittet um Erlaubnis, den Heldentod sterben zu dürfen. Was immer ihr macht, macht es gut! Es war mir – na ja, ein direktes Vergnügen war es wohl nicht.«

Er nickte ihnen zu, wandte sich um und füllte an dem Handwaschbecken seine Feldflasche mit frischem Wasser auf und schraubte sie wieder zu. Einen Augenblick blieb er stehen, als horchte er auf das, was seine Kameraden halblaut beratschlagten. Dann zuckte er die Achseln wie jemand, bei dem es auf nichts mehr ankommt, also auch nicht auf einen letzten Versuch, und stieg das stockdunkle Treppenhaus hoch, vorsichtig, damit er nicht über irgendwelche Reste der Geburtstagsfeier stolperte, und weiter die Treppe zu den beiden Dachkämmerchen und klopfte an der Tür, erst behutsam, dann stärker, wartete, horchte, klopfte noch einmal. Plötzlich hörte er dieses schleifende, jaulende Geräusch, zum zweiten Mal an diesem Abend, die Tür vor ihm wurde aufgeschlossen, jemand leuchtete ihm ins Gesicht.

»Sie wecken meinen Sohn«, sagte die Flüchtlingin, und in ihrer Stimme schwang nichts von dem, was er sich eingebildet haben mochte. Hastig und verlegen bat er um Entschuldigung, er habe nicht stören wollen. »Aber falls Sie eine Kennkarte brauchen oder einen Reisepass, für sich oder jemand anderen … im Rathaus sind jetzt welche zu erhalten, jetzt gleich, verstehen Sie, heute Nacht noch! Keine Geburtsurkunde notwendig, kein Staatsangehörigkeitsnachweis, aber es geht wirklich nur heute Nacht!«

Von Osten her dämmerte der Morgen herauf, grau und unausgeschlafen. Pietzsch, in seinen Uniformmantel gehüllt, saß auf einem Baumstamm, einem Überbleibsel der Barrikade, die vor zwei oder drei Stunden von dem Feuerwehrkommandanten Reiff und ein paar alten Bauern abgebaut worden war, ein weißes Badehandtuch neben sich, das er in der verlassenen Lehrerswohnung requiriert hatte. Er schaute auf das Tal, durch das sich die Straße von Westen her schlängelte, als käme sie aus der Nacht. Niemand war unterwegs, weder Flüchtling noch Soldat, und die Marauders und Spitfires hatten – vermutlich gerade deshalb – ihre Jagdflüge noch nicht wieder aufgenommen. Für einen kurzen Moment schloss er die Augen und spürte, wie abgrundtief müde er war … Schlafen? Er tastete nach dem Tablettenröhrchen in seiner Manteltasche, holte es heraus und schraubte es auf. Ein paar Pillen waren noch darin, er nahm eine davon und spülte mit einem Schluck aus der Feldflasche nach. In einer halben Stunde würde es ihm besser gehen.

Ein neuer Tag. Was würde er ihm bringen? Pietzsch schaute zum Wolkenhimmel hinauf, der ihm gerade so kalt und gleichgültig vorkam wie der Himmel über der endlosen Straße, durch die er frühmorgens zur Schule musste, den schweren Ranzen auf dem Kinderrücken. Aber die Kindheit war vorbei, und ob jenes ferne Straßendorf nun abgebrannt war oder vielleicht doch so halbwegs davongekommen, so hatten sie dort jedenfalls anderes zu tun, als auf ihn zu warten. Aber egal! Das Leben war ihm noch etwas schuldig. Zumindest eine Tasse Tee. Die war ihm versprochen, und so würde nicht einmal er mit ganz leeren Händen aus dem Krieg heimkehren.

Plötzlich hörte er Motorengeräusch. Er stand auf und griff sich das weiße Frotteetuch. Über eine Kuppe der Straße schob sich ein Lastwagen in graugrüner Tarnfarbe, die Scheinwerfer ausgeschaltet, und kroch auf das Dorf zu, ein zweiter – scheinbar ziviler – Wagen folgte. Es war also so weit, dachte Pietzsch und ging den Weg zur Straße hinab, das weiße Badetuch mit beiden Händen hochhaltend, jetzt – jetzt endlich – wird der Krieg für dich aus sein! Warum kein Jeep?, dachte er noch, aber da war er bereits unten an der Straße angekommen, der Lastwagen rollte aus und fuhr ein paar Meter an ihm vorbei, dann kam das zweite Fahrzeug vor ihm zum Stehen, und er sah, was es war: ein grauer Daimler.

NOCH DONNERSTAG

Kleines Dorf im kargen Land

Der Regen hat aufgehört, aber Sturmböen werfen sich gegen die Fensterfront von Nadjas Appartement und lassen das Teelicht zittern, dass ein Widerschein davon im einzigen Auge der Stoffkatze Maunz aufblitzt. Nadja hat das Heft mit der Geschichte vom Soldaten Pietzsch auf den Tisch zurückgelegt, sie hat sie gelesen und betrachtet nun die Stoffkatze, als wüsste Maunz, was davon zu halten ist. Keine ganz so lustige Geschichte, überlegt sie, und offenbar keine mit einem Happy End. Soll ich jetzt gerührt, betroffen oder ratlos sein? Vermutlich hat der Autor Anderweg so etwas beabsichtigt, aber es tut mir leid, das Schicksal des Soldaten Pietzsch ist mir ziemlich wurscht, mich interessiert, liebe Maunz, ob du das bist, was da beschrieben wird? Eine große Rolle spielst du in dieser Geschichte ja nicht, aber von einer Stoffkatze kann man das auch nicht verlangen. Aber es gibt etwas anderes, das zählt. Wenn ich das richtig sehe, bist du ein Unikat. Etwas, das es nur ein Mal gibt. Verstehst du? Und wenn du die Katze aus dieser Geschichte bist, wie bist du dann zu mir gekommen? In meine Wirklichkeit?

Doch Maunz gibt keine Antwort, und so steht Nadja auf und geht zum Sekretär und holt daraus den einen alten Aktenordner, den sie nicht in den Keller verbannt hat. Der Ordner ist an den Rändern abgestoßen, und die Bügel sind ein wenig angerostet. Die abgehefteten Dokumente und Atteste sind teils in altertümlicher Perlschrift getippt, teils in akkurater, gut lesbarer Handschrift ausgefertigt. In einer eidesstattlichen Erklärung versichern die Eheleute Ferdinand und Roswitha Schwertfeger, wohnhaft in Ravensburg/Württemberg, das damals etwa vier Wochen alte Kind Nadeshda Helena * * * sei ihnen am 26. Februar 1946 von dessen Mutter, einer ihnen unbekannten Polin oder Russin – einer sogenannten *Displaced Person* –, anvertraut worden. Die Frau habe glaubhaft versichert, sie sei krank und müsse in ärztliche Behandlung. Angeblich wollte sie das Kind in wenigen Tagen wieder abholen, sei aber nie mehr erschienen … Es folgen Bescheinigungen des Jugendamtes Ravensburg über die Pflege des Kindes und dessen behördlicherseits nicht zu beanstandende Verfassung, ferner ein Attest des Staatlichen Gesundheitsamtes Ravensburg, das unter dem Datum vom 24. Juni 1949 dem Ehepaar Schwertfeger die für die Adoption eines Kindes erforderliche körperliche und geistige Gesundheit bescheinigt; schließlich die vom Vormundschaftsgericht Ravensburg ausgestellte Urkunde über die Annahme der Nadeshda Helena * * *, geboren am 31. Januar 1946, durch die Eheleute Schwertfeger an Kindes statt.

Nadja lehnt sich zurück und schließt die Augen. Es ist nicht das erste Mal, dass sie den Ordner durchgesehen hat, doch wie beim ersten Mal wirft die Lektüre mehr Fragen auf, als sie beantwortet. Gut, Nadeshda Helena mag der Name gewesen sein, den sie von ihrer wirklichen Mutter bekommen hat. Und dass sie Ende Januar 1946 auf die Welt gekommen ist, wird der Arzt – dem Roswitha Schwertfeger pflichtbewusst das kleine Mädchen zur Untersuchung brachte – wohl richtig geschätzt haben. Auch gut. Das Geburtsdatum 31. Januar selbst scheint ihr aber von Amts wegen zugewiesen worden zu sein, so dass sie sich glücklich schätzen kann, dass man nicht den 30. Januar genommen hat. Und Maunz, die Stoffkatze? Sie gehört zu ihr, seit sie denken kann, und als Roswitha dem Mädchen Nadja-Nadeshda eines Tages erklärte, dass sie ein adoptiertes Kind sei und man von ihren leiblichen Eltern leider nichts wisse, überhaupt nichts, und als Nadja-Nadeshda deshalb ganz und gar verstört war, da wusste die Roswitha keinen anderen Trost als den, dass die richtige Mutter dem Baby die kleine Stoffkatze mitgegeben habe… Nadja betrachtet Maunz, und plötzlich ist ihr, als hörte sie eine Antwort nach Katzenart, nämlich kühl und unbeteiligt: Was du wissen willst, musst du schon selbst herausfinden!

Nadja steht auf und geht zu ihren Bücherregalen, die sie nach ihrem eigenen System geordnet hat, und findet fast auf Anhieb, was sie zur Zeitgeschichte noch so besitzt. Ein in grünes Leinen eingebundener Band – das Papier kaum weniger vergilbt als das der Erzählung von der *Nachtwache des Soldaten Pietzsch* – behauptet, eine Geschichte des Zweiten Weltkriegs zu sein. Wonach muss sie suchen? Dieser Autor, der sich Paul Anderweg nennt, berichtet von einem Dorf, das in Süddeutschland liegt. Man mag die Leute mit dem s-pitzen S-tein nicht, der Bürgermeister wird auch Schultes genannt, ein Mann hört sich an wie einer von den Stundenleuten, wie man im Schwäbischen die Pietisten nennt, die Bauernhöfe sind so klein und armselig, dass man die Kühe als Zugtiere nimmt … Für Nadja, im katholischen Oberschwaben aufgewachsen, wo die Kirchtürme triumphierend barock und die Bauernhöfe groß und stattlich sind, ist der Fall klar: Das Dorf des Soldaten Pietzsch kann nur irgendwo im Gebiet des alten, von Protestantismus und Erbteilung geprägten vor-napoleonischen Württemberg liegen, irgendwo also zwischen Donau und Neckar.

Welche Informationen enthält der Text noch? Die Erzählung spielt in der Nacht vom 19. auf den 20. April 1945, zu einem Zeitpunkt, an dem die amerikanischen Truppen angeblich nur noch wenige Kilometer entfernt sind. Das heißt, der Autor Anderweg behauptet das, und Nadja – die Anderweg noch nicht einmal den Namen glaubt – hält es für durchaus möglich, dass er dieses Datum nur gewählt hat, um den Hitler-Geburtstag zum Anlass einer kleinen Orgie zu nehmen. Aber wenn sie herausfinden will, was es mit der Stoffkatze auf sich hat, muss sie zuerst einmal nachprüfen, ob sich das Dorf anhand der gegebenen Beschreibung identifizieren lässt. Was also weiß der Historiker vom süddeutschen Kriegsgeschehen in den letzten Apriltagen 1945?

Anderweg schreibt vom Soldaten Pietzsch und einer in Auflösung begriffenen Armee. Kurt von Tippelskirch, der Autor der dickbäuchigen Weltkriegsgeschichte, war nicht einfach bloß Soldat, sondern – melde gehorsamst! – General der Infanterie und beschreibt das mutmaßlich gleiche Geschehen wie folgt:

> *… Durch mannigfache Aushilfen, Verlagerung des Schwergewichts der Abwehr auf den am meisten bedrohten Ostflügel und Aufnahme weiterer Ersatzeinheiten und aufgelöster Schulen in ihre gelichteten Reihen kämpfte sich die deutsche 1. Armee hinter die Donau zurück, die sie nach schweren Verlusten bis zum 26. April …*

Was für ein hohles Geschwätz!, geht es Nadja durch den Kopf. In einer finsteren Vorahnung schlägt sie das Vorsatzblatt auf, wie erwartet steht dort der Name ihres Ex. Das sieht ihm ähnlich, denkt sie zornig, was macht sie jetzt mit dem Schrott? Behalten geht nicht, und nachschicken auch nicht, denn dann hält er es in seiner grenzenlosen Ichbezogenheit für einen Versuch der Kontaktaufnahme. Also legt sie den Band erst einmal zur Seite, setzt sich an ihren Schreibtisch, schaltet den PC ein und beginnt zu suchen, was sich im Internet über das Kriegsende in Württemberg finden lässt.

Der Abend zieht sich hin. Längst sind im Dorf die Lichter und die Fernseher ausgeschaltet, aber noch immer lassen

Sturmböen die Fensterrahmen erzittern. Nadja massiert sich die verspannten Nackenmuskeln und überlegt, wie sie sich denn ein Bild machen soll von dem, was sie da zusammengesucht und gelesen hat. Wie sieht das aus, wenn Krieg ist? Jeden Tag kann man sich im Fernsehen vorgebliche Dokumentationen zum Thema Zweiter Weltkrieg reinziehen, es ist dies eine Art Endlos-Recycling von Wochenschau-Aufnahmen, Panzer rollen von links nach rechts über den Bildschirm und dann wieder von rechts nach links, Gebüsch niederwalzend und Hütten zermalmend, Infanteristen rennen gebückt und hakenschlagend, das Sturmgewehr in der Hand, übers Gelände oder zwischen brennenden Ruinen hindurch … Waren amerikanische Kamerateams am Werk, erlebt der Betrachter das Geschehen in Farbe, die Jeeps und die Sherman-Panzer sind staubig grün, dafür leuchtend rot die Lippen der den Befreiern zujubelnden Pariserinnen, weiß und lässig hängt die *Camel* im Mundwinkel des GI auf seinem Sherman-Panzer. Was von alldem ist authentisch, und was ist gestellt, arrangiert, nachkoloriert?

Nadja schüttelt den Kopf. Das geht sie alles nichts an. Sie will ein Dorf finden. Nichts mehr, nichts weniger. Dieses Dorf liegt irgendwo in Württemberg, am 19. April 1945 sind die Amerikaner nicht mehr weit, aber zumindest Anderwegs Flüchtlingin ist sich da nicht so sicher, sie will von Pietzsch wissen, ob es nicht auch Franzosen sein könnten, die da kommen werden. Nicht nur der Flüchtlingin ist das wichtig. Die Frage hat sich auch sofort in Nadjas Kopf festgehakt, ohne dass sie über den Grund dafür lang hätte nachdenken wollen. Den Franzosen und vor allem ihren marokkanischen Kolonialsoldaten war damals ein Ruf vorausgeeilt, der dem der Soldaten der Roten Armee nicht nachstand. Kein bisschen.

Also: Amerikaner oder Franzosen? Wer ist wann wo? Nadja versucht, die Zettel mit den Notizen zu ordnen, die sie sich gemacht hat. Zumindest für Freitag, den 20. April 1945, also für Adolf Hitlers 56. Geburtstag, ergibt sich ein halbwegs überschaubares Bild.

In Süddeutschland rücken die ersten französischen Einheiten in Stuttgart ein und können auch die Stadt Reutlingen besetzen, die von ihrem späteren Oberbürgermeister Oskar Kalbfell übergeben wird. Weiter im Osten geht die unglückliche Stadt Crailsheim – von der SS für ein paar Tage zurückerobert – in einem Flammenmeer unter, während die Panzer der 10th und der 12th Armoured Division, die *Tigers* und die *Hellcats*, bereits nach Südosten zur Donau abdrehen, Stoßrichtung Ulm und weiter nach Bayern. Wer hält die Verbindung zwischen Franzosen und den beiden US-Panzerdivisionen? Auf einem ihrer Zettel hat Nadja die 103. US-Division vermerkt, die einen Saguaro-Kaktus im Wappen führt. In diesen Frühlingstagen liegen vor ihr die Vorberge und das blaue Band der Schwäbischen Alb, aber die 103. hat bereits in den Vogesen gekämpft und ist nicht beeindruckt, mit dem 411. Regiment wird sie die Honauer Steige, mit dem 410. die Uracher Steige nehmen. Weiter südlich sind es wieder französische Einheiten, die mit besonderem Eifer in Richtung Sigmaringen streben, wo ihre Landsleute Pétain und Laval hastig und verzweifelt die Koffer für die Flucht in die Schweiz packen.

Stopp! Wieso mache ich mich eigentlich über diesen Bruder Tippelskirch lustig?, fragt sich Nadja. *Cactus-Division! Tigers! Hellcats!* Werde ich nächstens hier einen Sandkasten aufstellen? Und die Ardennen-Offensive nachspielen oder die Schlacht um Stalingrad? Ein Dorf will ich finden, aber es können Dutzende Dörfer sein, die an diesem 20. April auf den Einmarsch der Amerikaner hoffen oder den der Franzosen befürchten …

Sie steht auf und geht ins Bad, und während sie sich die

Zähne putzt, geht es ihr durch den Kopf, dass es gut und gerne hundert Dörfer sein könnten.

Und?, fragt sie sich, als sie ihr Gesicht mit einer Handvoll kaltem Wasser abwäscht. Es können sogar zweihundert Dörfer sein. Dieses eine wirst du trotzdem finden!

FREITAG

Die zehnte Plage

Weißt du eigentlich, wie spät es ist?«, fragt Wally und wirft ihr Cape auf den Stuhl, auf dem sie auch schon die Stofftasche mit den Flugblättern abgestellt hat. »Halb elf ist es, Schätzchen, seit sieben steh ich an unserem Stand auf dem Wochenmarkt, Vergnügungssteuer muss ich dafür keine zahlen, und einzig die Hoffnung auf eine Tasse Tee bei dir hat mich aufrecht gehalten.« Sie tritt ans Wohnzimmerfenster und schüttelt sich, und weil in diesem Augenblick die Sonne durch die Wolkenbänke bricht, leuchtet ihre rote Mähne auf, in einem wohlberechneten Kontrast zu der graublauen Strickjacke, die erkennbar *Irish Handcraft* ist. Wally ist Ortschaftsrätin, war schon beim Aufstand gegen das AKW Wyhl dabei, kämpft unverdrossen gegen Fessenheim und neuerdings auch gegen Windräder, »diese Betonköpfe von der Staatspartei, einfach schrecklich, früher konnten sie nicht genug Atommeiler haben, jetzt muss auf jedes Hügelchen ein Windrad, und dann wollen sie ausgerechnet mich über die Gefahren der Kernkraft aufklären … Was treibst du da eigentlich?« Sie ist vor Nadjas Schreibtisch stehen geblieben, auf dem eine Deutschlandkarte ausgebreitet ist, von unzähligen Notizzetteln bedeckt, auch eine dickbäuchige Weltkriegsgeschichte liegt daneben. »Bist du unter die Militärhistoriker gegangen? Davon gibt es genug hier, weißt du das?« Dann entdeckt sie das Heft mit der Erzählung über die *Nachtwache des Soldaten Pietzsch*. »Ach so! Du hast wieder einen vergessenen Dichter aufgetan … taugt er was?«

Nadja, noch im Bademantel, greift sich die Stoffkatze

Maunz, um sie rasch vom Teetisch zu entsorgen. »Ob er was taugt?«, fragt sie zurück. »Kann ich nicht sagen … es ist nur … der hat da was beschrieben, das interessiert mich, es ist eigentlich nur ein Detail, eine Randbemerkung.«

»Ich liebe Details«, fällt ihr Wally ins Wort, »und Randbemerkungen sind mir schon immer das überhaupt Interessanteste gewesen. Aber was willst du da vor mir verstecken? Lass mal sehen …« Kaum hat sie Maunz in der Hand, stellt sie fest, dass dieses arme Tier unbedingt zwei neue saphirgrüne Augen brauche. »Außerdem müffelt sie!« Als Nadja unvorsichtigerweise erklärt, dass Maunz im Keller war, in einen Karton verpackt, will Wally sofort wissen, warum sie oder er heraufgeholt wurde, warum es gerade jetzt geschehen sei und was das mit diesem Chaos von Landkarte und Notizzetteln und Weltkriegsschmökern auf Nadjas Schreibtisch zu tun habe. So kommt es, dass Nadja – als der Tee auf dem Tisch steht und auch das alternative Backwerk aus dem Agnesenhof – nun doch von ihrer Kindheitskatze erzählen muss und davon, was Maunz für sie bedeutet und warum, und schließlich sogar das Heft holt und die Stelle aufschlägt, an welcher der Soldat Pietzsch die Handarbeiten der Tochter (oder vielleicht auch Schwiegertochter) des Bürgermeisters Pfeifle betrachtet.

Wally wirft einen kurzen Blick darauf und dann einen auf Nadja. »Das mit der Adoption wusste ich nicht, du hast nie was davon erzählt …«

»Muss man davon erzählen?«

»Aber es ist doch nichts dabei …«

»Eben!«

Wally begreift, dass sie jetzt nicht insistieren darf. »Entschuldige«, sagt sie, »du wolltest mir da was zeigen …« Sie nimmt das Heft wieder auf und liest den Absatz, auf den Nadja gedeutet hat. Sie fühlt sich ein wenig zurechtgewiesen, was man an ihrer Oberlippe sehen kann, die ganz leicht angezogen ist. Es ist eine Stimmungslage, in der sie so schnell von nichts zu überzeugen ist.

»Okay«, sagt sie schließlich, »da wird eine Katze aus schwarzem Tuch mit rosa Pfoten beschrieben. Also eine, wie du sie hast. Aber wenn ich so etwas machen wollte, bräuchte ich erst einmal ein Schnittmuster. Ich wüsste sonst nicht, wie ich den Stoff zuschneiden muss, dass der Kopf überhaupt ein Katzenkopf wird und der Hals nicht zu dick oder zu dünn. Ganz bestimmt hat es bereits damals Handarbeitszeitschriften gegeben, vielleicht das *Nähkästchen für die deutsche Frau* oder so, und da war dann das Schnittmuster beigelegt. Du kannst also gar nicht wissen, ob nicht noch viel mehr solcher Stoffkatzen …«

Sie bricht ab und wirft einen Blick zu Nadja, auf deren Stirn sich eine scharfe Falte eingegraben hat. »Auf der anderen Seite«, fährt sie eilig fort, »werden die wenigsten so gewesen sein wie die deine hier – schwarz, aber mit rosa Schnauze und Pfoten … Trotzdem, diese Elfie hat ja für Kundschaft gearbeitet, also hat sie das gemacht, was ihr erstens gut von der Hand ging und wofür sie zweitens das Material besaß …« Wieder nimmt sie Maunz auf. »Diese rosa Pfoten und die Schnauze sehen mir sehr nach Seide aus, vermutlich aus einem Hemdchen, was die *deutsche Frau* damals so als Reizwäsche trug … Wenn diese Elfie aber ein solches Teil zerlegt hat, dann blieb ihr genug Material für jede Menge anderer Pfoten und Schnauzen …«

»Das bestätigt nur«, sagt Nadja in einem Ton, der keine weitere Widerrede duldet, »dass dieser Paul Anderweg jemanden beschreibt, der genau solche Stofftiere hergestellt hat wie das hier.« Sie greift sich Maunz und stellt sie neben sich in das Regal, wo sie vor einer Reihe kleinformatiger Paperbacks zu sitzen kommt, die zusammen das Farbspektrum eines Regenbogens ergeben. »Und wenn ich wissen will, wie diese Katze zu mir gekommen ist, muss ich zuerst das Dorf finden, in dem diese angebliche Elfie gelebt hat.«

Wally wirft ihr einen zweifelnden Blick zu. »Und um dieses Dorf zu finden, hast du dir die ganze Nacht um die Ohren gehauen?« Sie trinkt einen Schluck Tee und setzt entschlossen die Tasse ab, als müsse jetzt Klartext geredet werden. »Sag mal, das war doch damals ein einziges Chaos ... der Zusammenbruch eben, wie es früher hieß, alles war kaputtgegangen, Zehntausende von Familien auseinandergerissen, ach was! Hunderttausende ... Ich erinnere mich noch an die Plakate vom Rot-Kreuz-Suchdienst, die hingen im Postamt aus oder auf der Sparkasse, mit so kleinen Passfotos, da waren Mädchen drauf mit Schleife oder Zöpfen und Buben mit akkuratem Scheitel, und drüber stand: *Wer kennt unsere Eltern und unsere Herkunft?* Ich hab das nie anschauen mögen, und irgendwie ... also entschuldige bitte, aber du kommst mir jetzt gerade so vor, als ob du ein Foto von deiner Stoffkatze ...«

»Nein«, fällt ihr Nadja ins Wort. »Ich habe durchaus nicht die Absicht, den DRK-Suchdienst einzuschalten. Ich will im Augenblick nichts weiter, als dieses Dorf finden, das dieser Anderweg beschrieben hat ...«

»So toll beschrieben finde ich das nicht«, widerspricht Wally, die gerade das Heft durchblättert, »da ist von einem Schulhaus die Rede, von einer Kirche mit einem spitzen Turm, von Bauernhöfen ... weißt du, es gibt – glaube ich — ziemlich viele Dörfer, die so was haben ... Aber vielleicht habe ich etwas übersehen ...« Und sie beginnt, Pietzsch' Geschichte von Anfang an zu lesen. Nadja gießt Tee nach und beschließt bei sich, Wally lieber keinen Vortrag über das Ergebnis ihrer nächtlichen Recherche zu halten. Und damit Ruhe im Karton ist, geht sie an ihren Schreibtisch, räumt den Zettelkram auf, faltet die Deutschlandkarte zusammen und stellt den Generals-Schmöker wieder zurück ins Regal.

»Sag mal«, hört sie Wally fragen, »kannst du mal das Internet anmachen? Mir ist da was aufgefallen.« Nadja zuckt die Schultern und schaltet ihren PC ein. »Da tritt doch ein Mensch auf, der heißt Johler und ist ein Goldfasan«, fährt Wally fort, »also ein Nazi-Bonze, wenn ich das richtig verstehe, und der Bonze sagt von sich, er könne den mit dem Klumpfuß nicht ab ... Da meint er doch den Goebbels, nicht wahr? Aber wenn er so von dem redet, dann muss er selbst ein ziemlich hochrangiger Bonze sein, also nicht bloß ein Kreisvorsitzender, nein, Kreisleiter hießen die ...«

»Du meinst, da wäre ein Gauleiter beschrieben?«, kürzt Nadja ab. »Möglich. Ich meine, es müsste dann der von Württemberg sein ...« Auf dem Bildschirm ist inzwischen die Internet-Maske erschienen, und sie gibt einen Suchbegriff ein. Nach zwei oder drei weiteren Klicks hat sie einen Wikipedia-Beitrag auf dem Schirm, den 1888 in Esslingen geborenen Wilhelm Murr betreffend, kaufmännischer Angestellter einer Maschinenfabrik, Nazi der ersten Stunde, ab 1933 Gauleiter und Staatspräsident von Württemberg. Ein Foto zeigt das Gesicht eines kleinstädtischen Amtsvorstehers mit cäsarischen Allüren. Sie überfliegt den Text, plötzlich aber glättet sich die Falte auf ihrer Stirn.

»Du wirst es nicht glauben«, sagt sie und blickt zu Wally hoch, die neben sie getreten ist, »aber der hat tatsächlich diesen Gauleiter Murr gemeint.« Wally versteht nicht, und Nadja zeigt auf eine Passage in der Wikipedia-Biographie: Danach hat sich der damals 21jährige Sohn des Gauleiters Murr, ein SS-Mann, 1944 im besetzten Belgien erschossen, als er wegen zweifacher Vergewaltigung vors Kriegsgericht gestellt werden sollte. Wally versteht noch immer nicht. »Als der Strom ausfällt«, erklärt Nadja, »zitiert einer der Zuhörer den Bibelvers über eine der ägyptischen Plagen, die der Finsternis, und der angebliche Johler regt sich darüber auf und will wissen, was dann wohl die nächste Plage sein wird, ja? Aber es kommt keine Antwort, sondern der Schullehrer redet plötzlich ganz aufgeregt dazwischen, als ob er ablenken wollte … und genau das hat er auch tun müssen, denn laut der Bibel wäre die nächste der ägyptischen Plagen der Tod aller Erstgeborenen gewesen …«

»Ach so«, sagt Wally zögernd, »du meinst – dieser Gauleiter Murr wäre ausgerastet, wenn das jemand angesprochen hätte … Aber warum wird das im Text überhaupt nicht erklärt?«

»Weil es sich um eine Erzählung handelt und nicht um einen Tatsachenbericht«, antwortet Nadja. »Das siehst du schon daran, dass die Geschichte etwas Märchenhaftes hat, denk doch nur an die vom Fuhrwerk heruntergefallene Aktentasche mit den Entlassungspapieren und den Reisepässen, die man nur noch ausfüllen muss … Auch die Stelle, wo Johler auf dem von Kühen gezogenen Fuhrwerk steht wie früher im offenen Daimler oder Maybach, sich aber festhalten muss und deswegen den Hitlergruß nicht zeigen kann – die riecht doch sehr nach Erfindung. Hätte ich das zu lektorieren gehabt, ich hätte es dem guten Paul Anderweg rausgestrichen. Weil er sich also zumindest einige Freiheiten herausgenommen hat, konnte Anderweg den Gauleiter Murr nicht unter dessen Klarnamen auftreten lassen. Die Anspielung auf den Sohn hat er aber als sozusagen boshaftes Bonbon für diejenigen reingepackt, die Bescheid wissen. Und um zu zeigen, dass auch er selbst genau weiß, wen er da porträtiert.«

»Nett«, meint Wally, »aber wieso … Ich meine, die Nazis hatten doch sonst keine Skrupel im Umgang mit den Frauen in den besetzten Ländern oder der Zivilbevölkerung überhaupt. Warum also kam damals ein SS-Mann wegen so etwas überhaupt vors Kriegsgericht? Vor allem, wenn er auch noch Sohn eines Gauleiters war?«

»Vielleicht gerade darum. Um ein Exempel zu statuieren. Vielleicht wussten sie schon, was im Osten mit den deutschen Frauen passieren würde oder auch schon passiert war. Also wollten sie im Gegensatz dazu als diejenigen erscheinen, welche die Ehre der Frau und so weiter …« Nadja schüttelt sich. »Vielleicht auch hat jemand eine Rechnung mit dem Gauleiter Murr offen gehabt. Eine ganze Menge Leute müssen das gehabt haben. Diese Bonzen hätten sich doch am liebsten gegenseitig ins KZ geschickt oder gleich ins Gas.«

»Und was wurde dann aus ihm, ich meine – aus dem Gauleiter?«

»Das ist hier sogar sehr ausführlich beschrieben«, antwortet Nadja und lehnt sich zurück, damit Wally den Eintrag selbst lesen kann. Diesen Angaben zufolge hatte Wilhelm Murr – als Franzosen und Amerikaner vor Stuttgart standen – zwar jedem mit Erschießung und Sippenhaft gedroht, der eine weiße Fahne hissen würde, sich selbst aber am 19. April zusammen mit seiner Frau und seinen engsten Gefolgsleuten abgesetzt. Über das ehemalige Kloster Urspring auf der Schwäbischen Alb gelangte er nach Kißlegg/Allgäu und weiter ins Große Walsertal, wo er am 13. Mai 1945 auf einer Almhütte über Schröcken dann doch von französischen Soldaten festgenommen wurde. Den Franzosen gegenüber gab er sich noch als ein Wilhelm Müller aus, einen Tag später aber zerbissen er und seine Frau die Giftampullen, die beide bei sich trugen.

»Am 19. April also ist er aus Stuttgart davongelaufen«, sagt Wally nachdenklich. »Das passt doch … Im Grunde müssten wir nur die Strecke zwischen Stuttgart und diesem komischen Kloster abfahren. Wo hast du die Landkarte hin?«

SAMSTAG

Die Frau am Straßenrand

Es ist Samstagmittag, kein Ferien- und auch kein Berufsverkehr, trotzdem rollen die Autokolonnen dicht gedrängt über die vier Fahrspuren Richtung Stuttgart, und irgendwo dazwischen rollt auch ein rotes viereckiges Allzweck-Auto, mit einer Friedenstaube auf dem Heck und Anti-Kernkraft-Aufklebern. Im Autoradio läuft eine CD von Joan Baez, am Steuer sitzt Wally, die für zwei Tage alle ihre Termine abgesagt hat, sogar die Teilnahme an einer Kreisdelegiertenkonferenz. Neben ihr hat Nadja eine Straßenkarte für die Region Stuttgart/Ulm auf den Knien, Maßstab 1:50 000, dazu noch ein paar Ausdrucke aus dem Internet, darunter ein Foto des einstigen Gauleiters Wilhelm Murr.

Nadja will sich ein Bild machen. Wie ist das zugegangen, damals, im April 1945? Wie verhält sich jemand, der da mitten drinsteckt und seinen verfluchten Hals retten will? Von Norden und Nordosten kommen die Amerikaner auf Stuttgart zu, von Westen her die Franzosen mit ihrer 5e *division blindée*. Für Wehrmacht und SS in und rings um Stuttgart baut sich eine riesige Falle auf, gleich wird sie zuschnappen, aus der fast schon eingekesselten Stadt zieht sich zurück, was nicht in Gefangenschaft geraten will, oder wird hinausgetrieben, was irgendwo anders als Kanonenfutter verwendet werden soll. Und dazwischen der Treck des Gauleiters, vielleicht von Feldjägern begleitet, die ihm Platz machen müssen für seine Flucht. Welchen Weg nimmt so jemand, was geht in seinem Kopf vor? Was denkt so einer, wenn er an den endlosen Kolonnen von elenden und fußkranken Soldaten vorbeifährt und an den Schutthaufen der zerbombten Städte und Dörfer? – Ach, du liebes Kind! An sein eigenes Fortkommen wird er gedacht haben, woran sonst!

»Diese Geschichte, die du mir da zum Lesen gegeben hast«, hört sie neben sich Wally fragen, »die hab ich überhaupt nicht so richtig verstanden. Vor allem den Schluss nicht. Da ist auf einmal ein Auto da, und das ist grau, und damit ist die Geschichte aus. Verstehst du das?«

»In dem grauen Daimler sitzt der Militärrichter Schelmer«, antwortet Nadja, »der mit seinem fliegenden Standgericht angebliche Deserteure jagt. Im Text wird schon zuvor immer wieder auf ihn hingewiesen, fast zu aufdringlich, das ist auch so etwas, was ich dem Autor Anderweg rausgestrichen hätte. In Wirklichkeit hat es sich bei diesem Schelmer um einen Major Helm gehandelt, Erwin Helm, der ich weiß nicht wie viele angebliche Deserteure hat erschießen oder aufhängen lassen und der – ganz wie in Pietzsch' Geschichte – in einem grauen Mercedes herumgefahren ist …«

»Aber was heißt das jetzt … ich meine, wie geht die Geschichte dann aus?«

»Das kannst du dir doch ausrechnen … Der Soldat Pietzsch hält den Konvoi für die Vorhut der Amerikaner und läuft mit dem weißen Badetuch in den erhobenen Händen auf sie zu, um sich zu ergeben, er stolpert Helm oder Schelmer vor die Füße und damit in den Strick, mit dem man ihn noch in der nächsten Stunde aufhängen wird.« Kaum hat sie es ausgesprochen, fällt ihr ein, dass man das auch etwas weniger melodramatisch hätte erklären können. Aber Wally bemerkt nur, die Geschichte habe ihr von Anfang an nicht gefallen.

Vor ihnen kommt eine Schilderbrücke in Sicht und weist auf die Ausfahrt nach Tübingen und Reutlingen hin sowie auf die zum Flughafen Stuttgart-Echterdingen. Joan Baez singt gerade *Where Have All The Flowers Gone*, wird aber von der sanft-tyrannischen Stimme des Navigationssystems unterbrochen: »Bleiben Sie auf der Autobahn A 8 …«

»Nein«, sagt Nadja scharf, »wir biegen ab, Richtung Reutlingen und Tübingen, und stell – bitte! – diese Nervensäge ab!«

»Aber warum denn nur«, protestiert Wally, »wir wollen doch …« Trotzdem ordnet sie sich gehorsam rechts ein. »Warum nicht Autobahn? Die gab es doch damals schon und war der Nazis ganzer Stolz …«

»Im April fünfundvierzig waren deutsche Autobahnen schon lange nicht mehr passierbar. Wenn ein Teilstück überhaupt noch genutzt wurde, dann als Start- und Landebahn für die paar Jagdflugzeuge, die sie noch hatten. Am Albaufstieg war die Drachenlochbrücke bereits im März gesprengt worden, damit die Alliierten sie nicht benützen konnten.« Nadja hebt einen Stapel ihrer Ausdrucke und Notizzettel hoch, als ob sie der Fahrerin etwas zeigen wolle. »Außerdem verläuft die Autobahn Stuttgart–Ulm hier zunächst zu weit nördlich, Murr hätte sie schon allein deswegen gar nicht nehmen können, weil ihn sonst die Amerikaner geschnappt hätten. Er musste irgendwie zwischen Amerikanern und Franzosen hindurch in südöstlicher Richtung über die Alb und zur Donau und hatte dabei weniger als einen Tag Zeit.«

Ohne weitere Widerrede ist Wally auf die B 27 Richtung Tübingen abgebogen, und Nadja nimmt sich noch einmal Murrs Foto vor. Hinter der Maske von Selbstgefälligkeit und lauerndem Jähzorn könnte noch anderes verborgen sein, denkt sie, irgendetwas, was mit besonders grobschlächtigem, besonders bösartigem Auftreten überspielt werden musste. Vielleicht war dieser Gauleiter Wilhelm Murr in seinem Kern ein schwacher und ängstlicher Mensch und ständig auf der Hut, sich das nur ja nicht anmerken zu lassen. Dabei muss er über einiges Talent zur Intrige verfügt haben, sonst hätte er –

der selbst unter Nazis nicht als große Leuchte galt – sich nicht zwölf Jahre lang in den internen Machtkämpfen gehalten. Intrigant und berechnend also und jemand, dem es in Fleisch und Blut übergegangen war, dass er sich immer und überall eine Hintertür offen halten musste. Plötzlich ist es Nadja klar, dass Murr keinesfalls über Tübingen geflohen sein kann. Dort wären die französischen Panzer schon viel zu nahe gewesen. Und noch in einem anderen Punkt ist sie sich sicher: Murr hat am 19. April nicht einfach kopflos das Weite gesucht. Er muss seine Flucht sorgfältig vorbereitet haben.

Aber welchen Weg hat er genommen? Offenbar war eine der ersten Stationen seiner Flucht das – damals längst nicht mehr als solches genutzte – Kloster Urspring bei Schelklingen, geschätzte dreißig Kilometer westlich von Ulm. In Schelklingen gab es ein von der SS geführtes Erziehungsheim für junge Elsässer, die zu strammen Nazis gedrillt werden sollten – mag sein, dass Murr dort einen Knotenpunkt seines innerparteilichen Netzwerks besaß. Und wenn sie die Straßenkarte richtig gelesen hat, führt die vermutlich kürzeste Verbindung zwischen Stuttgart und jenem Kloster Urspring über Nürtingen nach Neuffen und von dort hinauf auf die Alb.

Nur – auch diese Route kann der Gauleiter Wilhelm Murr nicht genommen haben, nicht, wenn man die Notizen zugrunde legt, die sich Nadja gemacht hat. Denn auch das, was von den deutschen Truppen in und um Stuttgart übriggeblieben ist, zieht sich über Nürtingen zurück, und so kriecht in jenen Aprilnächten ein Heerwurm aus Lastwagen und überladenen Fuhrwerken, von entkräfteten, vorwärts gepeitschten Pferden gezogen, durch das vom Krieg fast unversehrte Nürtingen, quält sich weiter durchs Tiefenbachtal und am Fuß des Hohenneuffen mit seiner gewaltigen Burgruine vorbei, nur kein Aufenthalt! Man muss durch Neuffen hindurch und hinauf zum Albtrauf, der steil abfallenden Nordkante der

Schwäbischen Alb, wo die Albrand-Stellung angeblich bereits aufgebaut ist, wo angeblich bereits kampfbereite Einheiten sich eingegraben haben. Aber dann bleibt der erste Lastwagen liegen, weil der Motor überhitzt ist oder der Treibstoff verbraucht, Pferde brechen zusammen und stehen nicht mehr auf, vielleicht auch drängt eine zweite Kolonne aus nordöstlicher Richtung – von den *Tigers* der 10th Armoured Division vor sich hergetrieben – zur Neuffener Steige, und plötzlich geht gar nichts mehr … In Nadjas Notizen spiegelt sich das Bild eines stummen, herzzerreißenden Elends, das zum Himmel nur deshalb nicht schreit, weil sich aus diesem Himmel vom Morgengrauen an die Jagdbomber auf den gelähmten hilflosen Heerwurm stürzen. In den Tagen darauf sind dort Hunderte von Pferdekadavern in Bombenkrater geworfen oder sonst wo verscharrt worden. Nein, Wilhelm Murr kam nicht hierher, er wäre zwischen toter und sterbender Kreatur steckengeblieben, und kein Feldjäger hätte ihm den Weg freimachen können.

»Was jetzt?«, will Wally wissen, denn ein Vorwegweiser kommt in Sicht, sie müssen sich zwischen Reutlingen und Tübingen entscheiden.

»Reutlingen«, sagt Nadja, »und dann weiter Richtung Pfullingen und Honauer Steige, falls das ausgeschildert ist.« Über der Honauer Steige erhebt sich westlich das Schlösschen Lichtenstein, eine Spielzeugburg im Maßstab 1:1, ein französischer oder amerikanischer Artillerist wird sie so ernst nehmen, dass er ihr einen richtigen Treffer in den Schlossturm verpasst. Vor allem aber ist die Honauer Steige ganz einfach der westlichste Albaufstieg, den Murr genommen haben kann.

Eine gute halbe Stunde später öffnet sich die weite Hochfläche der Alb vor ihnen, mit Äckern und Hängen voller Wacholdergebüsch, manchmal eine alleinstehende, ausladende Buche im Herbstlaub. Sie kommen an Dörfern und ihren Neubausiedlungen vorbei, keines der Dörfer sieht so aus, wie es nach Nadjas Vorstellung aussehen müsste: mit einem weißen, oberhalb der Straße gelegenen Schulgebäude am westlichen Ortsende. In einem der größeren Dörfer, das sogar noch einen Bahnhof aufweist, führt eine ehrwürdige Steinbrücke über einen kleinen munteren Fluss hinauf zu einem Gasthof, wo sie mit gemessener Höflichkeit bedient werden. Nadja bekommt – obwohl die Mittagszeit eigentlich schon vorbei ist – eine Bachforelle, und für Wally gibt es sogar etwas Vegetarisches.

»Sag mal«, fragt Wally kauend, »du hast mir vorhin geschildert, warum er den einen Aufstieg nicht genommen haben kann, aber da, wo wir jetzt hochgefahren sind – denk nur an die eine Serpentine! –, da muss doch genauso ein Stau gewesen sein. Warum …?«

»… glaube ich, dass Murr hier vorbeigekommen ist?«, vollendet Nadja die Frage. »Ich hab keine Ahnung. Irgendwo muss er durchgekommen sein. Vielleicht hat es für ihn oder andere Bonzen eine geheime Auffahrtstraße gegeben, die für alle anderen gesperrt war, vielleicht über eine Jagdhütte … Ich kann mir auch vorstellen, dass er sich zu einem Fußpfad hat bringen lassen, der zum Albtrauf hinaufführt, und oben stand dann für ihn und seine Begleitung ein Lastwagen bereit.«

»Bis auf den Lastwagen hört sich das an wie bei Karl May … Aber bitte! Und mit dem Lastwagen ist er dann in dieses Kloster bei Schelklingen gebracht worden?«

»Vielleicht. Aber vielleicht sind sie dann auch wirklich von einem Jagdbomber angegriffen worden, und der Paul Anderweg hat das genauso in seine Geschichte reingepackt wie den Hinweis auf den Selbstmord von Murrs Sohn …«

Irgendwann – nachdem sie noch einen Kaffee getrunken haben – fahren sie weiter, das Tal mit dem kleinen munteren

Fluss entlang, kommen an einem Landesgestüt vorbei, das heißt Marbach, ganz wie Schillers Marbach am Neckar, und ist seiner Trakehner wegen in der übrigen Welt deutlich berühmter als jenes. »Zumindest am englischen Königshof«, behauptet Nadja und muss erklären, dass Queen Elizabeth II. einst – als man ihr während eines Staatsbesuchs die Kostbarkeiten des Marbacher Literaturarchivs vorstellte und kein Ende damit fand – mit halblauter Stimme gefragt haben soll, *and where are the horses*? Nadja ist aber nicht der Pferde wegen hier, sie fahren weiter, mal weitet sich das Tal, mal ragen plötzlich steil und unwirsch Kalkfelsen an der Straße hoch, und von den Dörfern, durch die sie kommen, will schon wieder keines so aussehen, wie von Paul Anderweg beschrieben …

»Wir kommen viel zu weit nach Süden«, stellt Nadja plötzlich fest, »diesen Weg kann er nicht genommen haben, Schelklingen liegt jetzt deutlich östlich von uns …«

Wally zuckt die Achseln und fragt zurück, wer denn hier darauf bestanden habe, das Navigationsgerät auszuschalten, worauf Nadja entgegenhält, dass das Navi jetzt zu gar nichts nütze sei, weil sie ja nicht nach Schelklingen wollten, Gott behüte!, den Namen könne sie schon nicht mehr hören, sondern zu einem Dorf irgendwo davor. Sie einigen sich darauf, bei nächster Gelegenheit links abzubiegen, verlassen dann auch das Tal mit dem munteren Fluss und kommen nach einem unerwartet steilen Anstieg auf eine Hochebene mit weiten Ackerflächen, von baumbestandenen Kuppen und Schafheiden und Wacholder unterbrochen, in der Ferne ist ein Kirchturm mit einem barock-katholischen Zwiebeldach zu sehen. »Jetzt sind wir aber ganz falsch«, weiß Nadja und ist dankbar, dass Wally einfach lacht und die Geschichte von ihrem Münchner Patenkind erzählt, das einmal über Würzburg gefahren sein muss, um sie in Freiburg zu besuchen. »Da wächst eine Generation heran, zu gern würde ich mal Mäuschen spielen und wissen wollen, was die für ein Weltbild in ihren Köpfen haben!«

Sie fahren durch ein langgestrecktes Trockental, an dessen Hängen sich Fichtenwald hinzieht, der barocke Kirchturm bringt Wally dazu, von ihrer Kindheit in einem protestantischen Dorf inmitten von katholischen Nachbarorten zu erzählen; als sie in die Oberschule gekommen sei, habe sie sich gewundert, dass die katholischen Kinder in ihrer Klasse gar nicht viel anders ausgesehen hätten, »an denen war soweit alles dran, verstehst du? Zwei Füße, zwei Hände, die Mädchen mit Zöpfen oder auch schon mal einem Pferdeschwanz, aber überhaupt keine Flügel oder so was ...«

»Die zwei Konfessionen hatten wir im Haus«, sagt Nadja, »die Roswitha-Mutter war gut evangelisch und konnte gar nicht ab, was der Vater so las, der war zwar katholisch, aber irgendwie freigeistig infiziert, hatte die *Frankfurter Hefte* abonniert, hörte die Rundfunkvorträge von Walter Dirks, die kultiviert-heisere Stimme, die der hatte, die klingt mir heute noch im Ohr. Ich glaube sogar, dass es der Vater irgendwann gewagt und SPD gewählt hat, als städtischer Beamter im Ravensburg der Fünfziger Jahre, das musst du dir mal vorstellen!«

Wally wirft einen Blick zur Seite. »Sag mal – du hast gerade Roswitha-Mutter gesagt ... Warum?«

»Weil sie für mich so heißt«, antwortet Nadja knapp, und eine scharfe Falte furcht sich auf ihrer Stirn. »Sie war nicht meine richtige Mutter. Ich hab es dir doch erzählt.«

»Sicher hast du das ... Ich frag nur, weil, den Vater – den hast du einfach Vater genannt.«

Nadja lehnt den Kopf zurück und blickt geradeaus auf die Straße, die sich als graublaues Band vor ihnen in die Dämmerung zieht. »Es war die Roswitha, die mir gesagt hat, dass ich ein adoptiertes Kind bin. Der Vater war da nicht dabei, der saß in seinem Zimmer und las die *Frankfurter Hefte*. Das war schon immer so, und da hat sich nie was geändert. Aber die Roswitha, die war von einer Stunde zur anderen eben nicht mehr meine richtige Mama. Also war sie die Roswitha-Mutter. Punkt.«

»Und hast du dir vorgestellt, wer deine richtige Mutter gewesen sein könnte? Oder wie sie ausgesehen hat?«

»Doch«, kommt die knappe Antwort. »Das hab ich. Ich hab mir vorgestellt, sie wiederzusehen. Immer wieder hab ich das. Einmal, bei meiner Einschulung, stand eine Frau am Wegrand. Eine schmale, dunkelhaarige Frau in einem hellen Mantel. Und ich hab mir ausgemalt, dass sie das ist. Und dass sie gekommen ist, um nach mir zu sehen … Später einmal, beim Rutenfest, hab ich die dunkelhaarige Frau wieder gesehen, diesmal in einem Sommerkleid. Es war ein richtig hübsches Kleid, und ich hab mich gefreut, dass sie eine so schöne Frau ist. Und lange Zeit war es meine liebste Tagträumerei, mir vorzustellen, was ich ihr alles erzählen werde, wenn wir wieder zusammen sind. Aber eines Tages hab ich all das bleiben lassen.«

»Warum?«

»Ich bin Anfang 1946 geboren«, sagt Nadja in einem kühlen, gleichgültigen Ton, »also weißt du, wann man mich ungefähr gezeugt hat … Wenn du außerdem in Rechnung stellst, was damals los war, dann kannst du dir auch denken, wie es zu diesem Vorgang gekommen sein wird.«

»Aber deine Mutter …«, wendet Wally hilflos ein.

»Aus den Papieren geht hervor, dass sie eine *Displaced Person* war, vermutlich eine polnische oder russische Fremdarbeiterin.« Nadja beugt sich vor und blickt Wally von der Seite her ins Gesicht. »Sie hat Besatzung, Deportation, Zwangsarbeit überlebt, aber als der Krieg endlich zu Ende war, bin ich ihr zugestoßen … Vermutlich hatte sie Anfang sechsundvierzig die Möglichkeit, nach Hause zurückzukehren oder vielleicht sogar in England oder den USA oder Kanada noch einmal ein neues, freies, eigenes Leben beginnen zu können. Aber doch nicht mit mir, mit dem entsetzlichen Bankert, den man ihr in den Bauch gestopft und auszutragen gezwungen hat … Allein der Gedanke, mich ihr zu zeigen und in ihrem Gesicht womöglich nichts anderes als Abscheu und Entsetzen zu lesen …« Sie schüttelt den Kopf und lehnt sich wieder zurück.

»Entschuldige«, sagt Wally und unterdrückt ganz schnell, was sie sonst vielleicht über mütterliche Gefühle herausgeredet hätte. Außerdem muss sie sich auf das Sträßlein konzentrieren, das vor ihr in ein enges dunkles Tal abtaucht, rechts perlt ein Gewässer über algenschwarzes Gestein, sie hat inzwischen Abblendlicht eingeschaltet, die Scheinwerfer streifen grünbemooste Felsen, die links neben der Fahrbahn hochragen. Das Tal weitet sich, das Sträßlein führt zu einer Bundesstraße, wohin jetzt? Der Wegweiser lässt die Wahl zwischen Sigmaringen und Ulm, Wally wirft einen Blick zur Seite, aber Nadja scheint ebenso ratlos. »In Gottes Namen Ulm!«

Sie ordnen sich auf die Bundesstraße ein, das rote Auto nimmt Tempo auf, und schon bald kommt vor ihnen eine breit dahingestreckte Gemengelage von Häusern und Industriebauten in Sicht. »Was bitte ist das?«, entfährt es Wally, und sie deutet auf eine himmelhochragende Festung aus Silotürmen und Schornsteinen.

»Das ist eine Zementfabrik«, sagt Nadja, »die bauen hier den Kalkstein ab. Was sollen sie sonst damit tun?«

Dann kommt auch schon das Ortsschild in Sicht, sie sind in Schelklingen.

»Na also«, sagt Wally, »aber glaubst du wirklich, dass dein Gauleiter diesen Weg genommen hat?«

Doch Nadja meint nur, wenn sie schon hier seien, könnten sie sich dieses Kloster Urspring anschauen, der Weg werde ja wohl ausgeschildert sein. So ist es auch, sie werden durch den Ort gewiesen, überholen eine Gruppe Halbwüchsiger, die man ihres schon jetzt riesenhaften Wuchses wegen halbwüchsig gar nicht nennen kann, die Jungriesen stecken in Sportkleidung und bewegen sich mit lässig-schlenkrigem Charme. Wally stellt den Wagen auf einem Parkplatz ab, die beiden Frauen ziehen Cape beziehungsweise Dufflecoat an, denn es ist kühl geworden. Vor ihnen erstreckt sich ein mit freundlichem Grün umgebenes Ensemble von weiß getünchten Bauwerken aus Spätgotik, Renaissance und Barock. Einer Informationstafel ist zu entnehmen, dass es sich hier um ein ehemaliges, 1806 aufgegebenes Benediktinerinnenkloster handelt, das jetzt als Evangelisches Landerziehungsheim und Sportinternat des Basketballbundes dient.

Ein Teil des Kreuzgangs aus dem 15. Jahrhundert wird das *Paradies* genannt; das könne man sogar gelten lassen, meint Wally, als sie es betrachtet. Vor allem aber lockt der Urspring-Quelltopf, gleich beim ehemaligen Kloster gelegen, ein verwunschener Ort, eingefriedet, eine Linde spiegelt sich im kalkhaltigen Wasser, das dank der Lichtbrechung selbst an diesem späten Oktobernachmittag in einem zwischen Grün und Blau changierenden Farbton leuchtet, wie er auf keiner Farbtafel zu finden ist. Was zum Teufel, fragt sich Nadja, hat dieser Wilhelm Murr hier gesucht? Das ist doch mit Händen zu greifen, dass ein Mensch wie er an einem solchen Ort nichts verloren hat.

»Sag mal«, meldet sich Wally zu Wort, »bevor das ein Landerziehungsheim war – haben sich hier womöglich die Gefolgsleute von deinem Gauleiter getroffen? Sozusagen als Urspring-Kreis der württembergischen NSDAP? Oder als ihr Wildbad Kreuth?«

Nadja überlegt. »Dann hätten womöglich die anderen Nazis über Murrs Leute gehöhnt, das wären dem Gauleiter seine Benediktinerinnen oder seine Klosterfrauen, und das hätten die in ihrem Machotum nicht ertragen … Ich könnte mir vorstellen, dass er die Klostergebäude gegen Ende des Krieges hat beschlagnahmen lassen, um Material auszulagern oder um Proviant, Klamotten, Fahrzeuge … um einfach alles bereitzustellen, was er gegebenenfalls für seine weitere Flucht brauchen würde.« Stopp, ruft sie sich zur Ordnung, das ist pure Spekulation, und außerdem geht es sie nichts an. Sie sucht dieses eine Dorf, durch das Murr – vielleicht! – an jenem Abend des 19. April 1945 gekommen ist, und nichts weiter, die Biographie des Gauleiters Murr soll schreiben, wer dazu lustig ist. Sie nicht!

»Wohin jetzt?«, will Wally wissen, als sie zurück zum Parkplatz gehen. »Irgendwann sollten wir einen Gasthof oder ein Hotel finden, wo wir übernachten können.«

Nadja zögert mit einer Antwort, ihr bisheriger Auftritt als Routenplaner war nicht sehr überzeugend, und so schlägt Wally vor, zurück in das Dorf mit dem angenehmen Gasthof zu fahren, wo sie zu Mittag gegessen haben, sie glaubt sich zu erinnern, dass der Wirt auch Fremdenzimmer habe. Sie ziehen die Mäntel aus und steigen ein, Wally lässt den Motor an, schaltet das Navigationsgerät ein und gibt, als dessen Monitor erscheint, den Ortsnamen *Wassergumpingen* ein, das ist das Dorf mit der ehrwürdigen Steinbrücke.

Zu ihrer Überraschung wird sie von dem Navi zunächst den Weg zurückdirigiert, den sie gekommen sind, auch das enge Tal hinauf, dann aber ändert sich die Richtung. Längst ist es richtig dunkel geworden, Nadja muss gähnen und steckt Wally an, das Navi leitet sie links und dann rechts und ein paar Kilometer weiter wieder scharf links, »ganz bestimmt hat der in Wasserdingsbums auch Fremdenzimmer«, sagt Wally tröstend. Sie kommen über eine Anhöhe und sehen unter sich die Lichter eines Dorfes. »Fahr mal langsamer«, sagt Nadja, das Dorf liegt rechts von der Straße, im Scheinwerferlicht leuchtet ein Wegweiser auf, der Gasthof *Sonne* – 200 Meter rechts! – empfiehlt sich mit bürgerlicher Küche, Fremdenzimmern und Pferdepension.

»Wir sind aber keine Pferde«, wendet Wally ein, doch Nadja meint, man könne ja einen Blick riskieren, und so wird das rote Auto scharf nach rechts gezogen, die Scheinwerfer erfassen das Ortsschild: *Wieshülen* nennt sich das Nest, gleich darauf sehen sie den Gasthof, ein niedriger Fachwerkbau, Licht in den Sprossenfenstern, drei oder vier Autos auf dem Parkplatz. Sie halten und steigen aus, die *Sonne* sieht so aus, als sei sie vor wenigen Jahren erst renoviert worden. Wally wirft einen Blick auf die Speisekarte, die Preise erscheinen zivil, kein rustikal aufgebrezelter Feinschmeckertempel also. Sie kommen in eine niedrige Gaststube, eine Familie sitzt beim Abendessen, die vermutlich zwölfjährige Tochter noch in Reithose und Stiefeln, ein Grauhaariger brütet vor einem Glas Rotwein, ein einzelnes Paar ist gerade mit der Speisekarte beschäftigt. Am Tresen steht eine jüngere Frau und spült Gläser und ist nach Landessitte zurückhaltend freundlich, vor allem aber hat sie ein Doppelzimmer frei.

Das Zimmer liegt unterm Dach und hat ein Mansardenfenster, durch das der Blick auf eine Pferdekoppel fällt. Es ist ein helles und freundliches Zimmer, das weder nach abgestandenem Zigarettenrauch noch nach verschüttetem Rotwein riecht. Auf der Kommode – einer solid-altmodischen Tischlerarbeit – steht eine Vase mit Astern, die nicht aus Plastik sind, und an der Wand hängt ein Bild in erdigen Farben, das die Alb so zeigt, wie sie wohl wirklich ist: ein wenig schwermütig und so herb wie die Schlehen, die auf den Steinriegeln entlang der Äcker wachsen.

Später – sie haben beide geduscht – nehmen sie unten im Gastraum ein kaltes Abendbrot, Wally trinkt dazu ein Bier, Nadja ein Glas Rotwein, einen Rioja, sie mag keinen Spätburgunder und keinen Trollinger. Dann ist der Abend noch immer nicht fortgeschritten, im Nebenzimmer sitzen drei oder vier Einheimische und schauen sich auf einem Großbildschirm ein Spiel der Bundesliga an, es ist ein langweiliges Spiel, denn Bayern München ist beteiligt. Wally versucht etwas über das Dorf herauszufinden, aber die Wirtin ist gar nicht von hier, sie hat mit ihrem Mann vor ein paar Jahren den leerstehenden Gasthof entdeckt und ihn übernommen. Die Menschen hier, sagt sie, seien nicht leicht zugänglich, aber verlassen könne man sich auf sie, und wenn sie einmal Freundschaft geschlossen hätten ... Aber da hat Wally schon wieder auf Durchzug geschaltet, überall wird einem so etwas erzählt, der Mensch ist ein misstrauisches Wesen, vermutlich hat er auch allen Grund dazu, und die Allermisstrauischsten sind die Leute vom Land, wie Wally nur zu gut weiß, denn sie stammt selbst aus einer Bauernfamilie. »Machen wir noch einen Spaziergang durchs Dorf?«

Nadja ist einverstanden, und so brechen sie auf. Leider hat das Dorf nicht viel zu bieten, die Straßen sind asphaltiert, das genügt an Schönheit und Komfort, nicht einmal an einer Linde kommen sie vorbei, aus den meisten der Häuser dringt der blaue Lichtschein der Fernsehapparate, im Geräteschuppen eines der größeren Bauernhöfe leuchtet der Funkenregen eines Schneidbrenners auf, eine Katze huscht an ihnen vorbei über die Dorfgasse und verschwindet in einer Scheune, huschen Katzen eigentlich? Nein, entscheidet Nadja, Katzen huschen nicht, sie schnüren auch nicht – das tun vielleicht Füchse oder Hunde. Katzen gehen, laufen, manchmal schreiten sie sogar, und manchmal rennen sie in großen Sätzen über eine Straße oder vor einem Köter davon. Aber niemals huschen sie, das ist zu possierlich. Es gehört zum Wesen einer Katze, dem Menschen nicht possierlich zu sein.

Die Dorfgasse führt zur Kirche hinauf, der Kirchturm hat kein Zwiebeldach, sondern zeichnet sich protestantisch-nüchtern gegen den noch nicht ganz nachtdunklen Abendhimmel ab. Um die Kirche zieht sich der Dorffriedhof, mit einer ziegelgedeckten Mauer gegen die Lebenden abgeschirmt, schützen Friedhofsmauern die Toten vor den Lebenden oder umgekehrt? Rechts eine baufällige Scheune, links eine Zufahrt zu einem unterhalb der Straße in Hanglage errichteten, weiß getünchten Gebäude mit Walmdach und Mansardenfenstern. Die Dorfgasse verengt sich, ein Pfad führt von dem Hügelrücken – auf dem Kirche und Dorf sich versammelt haben – hinab zur Straße, die vermutlich nach Wassergumpingen führt und weiter nach Westen … Moment!

Sie bleibt stehen und dreht sich um. Hinter ihr, abgeschirmt von einer Reihe mächtiger Fichten, erhebt sich das Gebäude mit dem Walmdach und den Mansardenfenstern, sie sieht jetzt, dass das Gebäude zum Hang hin ein weiteres Stockwerk, ein ausgebautes Erdgeschoss haben muss. Und während sie so steht, fällt ihr auf, dass Wally sie beobachtet. Selbst in der Dunkelheit funkeln ihre Augen.

»Ich warte schon die ganze Zeit, wann du es wohl merkst.«

SONNTAG

Die etwas fragen/ Die verdienen Antwort

Nein«, sagt die Wirtin, die sich für einen Augenblick an Nadjas und Wallys Frühstückstisch gesetzt hat, »die älteren Leute im Dorf kenne ich nicht so gut, aber vielleicht weiß es die Vera!« Die Vera ist eine stämmige Frau in Kittelschürze, an der sie sich die Hände abtrocknet, als sie aus der Küche kommt und sich an den Frühstückstisch stellt. Sie betrachtet die beiden Frauen und hört sich an, was Wally vorträgt, aber auch sie kann sich nicht daran erinnern, dass hier im Dorf einmal Stofftiere geschneidert oder hergestellt worden seien. Stofftiere? Also so eine Art Spielzeug? Ob das jemand von den Flüchtlingen gewesen sei, der das gemacht habe? Das weiß sie nämlich noch, dass die Flüchtlingsmädchen eher so etwas besessen haben, »richtig schöne Puppen haben die gehabt, mit ganz feinen Röckle, und für uns hat es immer nur was für die Aussteuer gegeben ... dabei hat es immer geheißen, die hätten alles verloren.« Schließlich entscheidet Vera, dass nur die alt' Webersche Bescheid wissen könne, und weil die Klara – wie sie mit Vornamen heißt – ein bisschen eigen sei, ruft die Vera dort an und erkundigt sich erst einmal, wie es so geht, und erklärt schließlich, dass da in der *Sonne* zwei Frauen zu Gast seien und die würden gerne etwas wissen über früher, über die Zeit, als die Flüchtlinge ins Dorf kamen ...

Zwanzig Minuten später klingeln Nadja und Wally an der Tür eines dieser alten schwäbischen Bauernhäuser, bei denen Scheune und Kuhstall und Wohnräume unter einem Dach zusammengerückt sind. Eine weißhaarige gebückte Frau öffnet ihnen, »also Sie sind das!« Ja, die Vera von der *Sonne* habe angerufen, sagt sie zur Begrüßung, »aber kommet Sie doch 'nauf… Leider hab' ich noch gar net aufgeräumt, Sie müsset entschuldige'…« Leichtfüßig wuselt sie vor den Besucherinnen die steile Holztreppe nach oben, Nadja und Wally folgen ihr, es riecht nach altem Haus und noch immer ein ganz klein wenig nach Stall und Stroh und Kuhdung, obwohl der Hof seit Jahren nicht mehr bewirtschaftet wird, wie die Vera berichtet hat. Die Besucherinnen werden in die gute Stube gebeten, es gibt einen massiven Tisch und hochlehnige Stühle, an der Wand steht ein kirschholzdunkles Büfett. Klara Weber lässt es sich nicht nehmen, Kaffee und einen aufgeschnittenen Hefezopf anzubieten, den Kaffee hat sie schon aufgesetzt, gleich, als die Vera angerufen hat.

Wally, die sich die Gesprächsführung ausbedungen hat, lässt sich erzählen, wie das mit dem Hof gewesen ist und wie der Mann erst die Viehhaltung aufgegeben und dann die Äcker verpachtet hat und ein Jahr später gestorben ist, so dass die Klara Weber jetzt nur noch ihren Garten umtreibt, zu tun gibt es ja immer etwas, mit den Landfrauen oder dem Kirchenchor, obwohl ihre Stimme… man ist halt nicht mehr die Jüngste! Irgendwann wendet sich das Gespräch den Besucherinnen zu, wo sie herkommen und wer sie sind, Wally leitet behutsam über zum Zweck des Besuches – ihre Freundin sei nämlich, aufmunternd nickt sie Nadja zu, eine begeisterte Sammlerin von besonders schönen Handarbeiten, aber nicht bloß von Stickereien, auch von Stoffpuppen und von Stofftieren, und hätte jetzt etwas ganz Besonderes entdeckt, etwas ganz Ungewöhnliches, und das müsse von jemand aus dem Dorf hier, aus Wieshülen also, gemacht worden sein. Wieder nickt sie Nadja zu, die sprachlos den Lügen lauscht, die aus dem Mund der Freundin perlen, und erst nach einer Schrecksekunde begreift sie, dass sie jetzt die Stoffkatze Maunz aus ihrer Tasche holen und vorzeigen muss.

Die Webersche muss erst einmal die Lesebrille aufsetzen, dann nimmt sie Maunz in die Hand und dreht und wendet sie und spreizt ihre Pfoten, um sich die Nähte anzusehen. Zwischendurch wirft sie einen merkwürdig zweifelnden Blick auf Nadja, dann untersucht sie die Ohren und betrachtet missbilligend das verbliebene grüne Glasperlenauge. Das wundert sie jetzt doch, sagt sie schließlich, dass das etwas Besonderes sein soll! Sie dreht Maunz auf den Rücken und zeigt ihre rosa Pfoten vor, »da, sehen Sie doch!«, da sei einfach ein Flecken draufgenäht, mit groben Überwendlingsstichen. Sie hätt da ein schönes Garn genommen und die Pfoten und auch die Schnauze draufgestickt... Nadja wirft einen verzweifelten Bick zu Wally, was zum Teufel ist ein Überwendlingsstich? Aber die blickt nur kurz zur Decke. »Und überhaupt die Nähte!«

»Also!«, fährt die Webersche fort, dass die Damen sich mit Handarbeit auskennen, könne sie schier nicht glauben, »das da« hat jemand mit viel Mühe gemacht, das will sie gelten lassen, aber der Handarbeitslehrerin hätte man's nicht zeigen dürfen. »Und das soll jemand aus dem Dorf gewesen sein?«

Nadja rafft sich auf. »Sie muss hier gelebt haben... der Mann ist in Russland gefallen, ich glaube, sie hieß Elfriede oder einfach Elfie.«

Die Webersche hat ihre Lesebrille abgenommen und mustert Nadja, nicht mehr zweifelnd, sondern streng. »Die Elfie, so? Wenn es die war...« Aber die sei gar nicht vom Dorf gewesen, sondern aus Reutlingen und nur eingeheiratet, aber dass der Mann gefallen sei, der Sohn vom Polizisten Zainer, das stimme schon.

In diesem Augenblick kann Wally nicht mehr an sich halten und muss Nadja einen Blick zuwerfen, was die Webersche aber nicht bemerkt, denn sie muss jetzt doch sagen, wie sich das mit der Elfie wirklich verhalten hat. Dass sie nämlich immer kränklich war und deshalb auch nicht auf dem Feld hat schaffen können und – jetzt weiß sie es wieder! – so Puppen genäht hat, ja doch, Puppen fürs Kind, verstehen Sie? Dass die Leut glauben sollten, sie wär schwanger, dabei hat sie gar keine Kinder bekommen können. Aber dass sie »so etwas« gemacht hat – verachtungsvoll reicht sie Maunz an Nadja zurück –, das hört sie jetzt zum ersten Mal.

Was aus der Elfriede Zainer geworden sei? Die sei nach dem Krieg oder vielleicht auch erst nach der Währungsreform zurück nach Reutlingen gezogen, bald darauf sei sie gestorben, aber ob außer dem alten Zainer jemand aus dem Dorf auf der Beerdigung gewesen sei, das wisse sie wirklich nicht mehr.

Ein besonders glückliches Leben habe die Elfriede Zainer wohl nicht gehabt, wirft Nadja ein, aber die Webersche kann mit der Bemerkung nichts anfangen. »Glücklich? Wer seine Ruhe hat, der ist glücklich, aber wer hat schon seine Ruhe außer den Toten?«

»Sie haben vorhin gesagt, die Elfriede hätte nicht in der Landwirtschaft arbeiten können«, nimmt Wally einen weiteren Anlauf. »Ich verstehe, dass so etwas aufgefallen ist, weil man eine jede gebraucht hat, die Männer waren ja im Krieg. Aber bekam man hier im Dorf keine Zwangsarbeiter zugewiesen?«

»Was meinen Sie jetzt, so Polen und Russen?«, fragt die Webersche zurück. Doch, sagt sie dann, ein paar habe es schon gegeben, »bei uns war es der Pavel, ein Pole und ganz ein freundlicher Mensch – wie die anderen kamen und plündern wollten, hat er ihnen gesagt, dass es bei uns nix gibt und dass sie uns in Frieden lassen sollen! Und schaffen hat der können …« Aber eines Tages war der Pavel weg, und sie haben nie wieder von ihm gehört. »Aber der, wo danach kam, der hat nicht einmal die Küh melken können, so ungeschickt war der!«

»Waren unter den Zwangsarbeitern auch Frauen?«, will Nadja wissen, stößt mit dieser Frage aber auf heftige Ablehnung. Weiber aus dem Osten? Nein, die hätt man nicht brauchen können, alles, was recht ist! »In der Munitionsfabrik waren welche« – Klara Weber deutet in eine irgendwie südwestliche Himmelsrichtung –, »und wie man die Fabrik gesprengt hat, sind welche von denen auch hier ins Dorf gekommen und haben gebettelt und waren ganz unverschämt.« Jetzt noch müsse sie sich aufregen, wenn sie daran denke! Ihre Hand, die nach der Kaffeetasse greifen will, zittert plötzlich, so dass sie sie wieder sinken lässt.

Zur Beruhigung will Wally das Thema wechseln und fragt nach der Zeit, als Flüchtlinge ins Dorf gekommen seien. Wo man sie einquartiert habe, »vielleicht im Schulhaus?« Nein, kommt die Antwort, die Flüchtlinge habe man ins alte Pfarrhaus getan, schließlich habe das Dorf schon seit Jahrzehnten keinen eigenen Pfarrer mehr gehabt, und lang seien diese Leute auch nicht geblieben, die meisten seien weg gewesen, als die Fabriken in Reutlingen und Honau wieder Arbeit hatten.

»Und oben im Schulhaus?«, fragt Nadja, »war da nicht auch noch eine Wohnung?«

»Oben im Schulhaus?«, echot die Webersche, »warum fragen Sie das? Freilich hat da eine Frau gelebt, die Frau Gsell – woher kennen Sie die? Eine Wohnung war es eigentlich nicht, bloß zwei Dachkämmerle, aber wie die Franzosen gekommen sind, hat sie gedolmetscht, und all Tag war sie – wie soll ich es sagen – besonders angezogen, ich hab mir immer gedacht, wie macht sie es nur?«

»Als die Franzosen gekommen sind, haben Sie gerade gesagt«, schaltet sich Wally ein. »Das muss eine schwere Zeit gewesen sein …«

Oh!, kommt die Antwort, das könne man sich heute nicht

mehr vorstellen, und es folgt eine Klage über Plünderungen und Requirierungen und dass man einen Passierschein gebraucht habe, nur um ins nächste Dorf zu kommen …

Als der Redestrom kurz ins Stocken gerät, stellt Nadja eine leise Frage: »Kam es zu Vergewaltigungen?«

Die alte Frau erstarrt. Nein, kommt dann als Antwort, warum ihr solche Fragen gestellt werden, das versteht sie jetzt nicht, »das ist doch alles so lange her, da muss man jetzt nicht mehr drüber reden.« Außerdem – es fällt ihr gerade ein – muss sie jetzt nach der Wäsche schauen, wenn die Damen sonst keine weiteren Fragen mehr hätten. Wenige Minuten später sind Wally und Nadja hinauskomplimentiert.

Nein, meint Wally, das ist wohl suboptimal gelaufen, falls der Ausdruck überhaupt noch erlaubt sei. Sie solle still sein, antwortet Nadja: »Das hab ich vergeigt.« Wally will beherzigen, dass sie still sein soll, muss dann aber doch darauf hinweisen, dass sie immerhin etwas ja doch herausgefunden hätten: Das arme Huhn Elfie habe es wohl tatsächlich gegeben! Nadja schweigt, und auch Wally sagt nichts mehr, und erst, als sie wieder den Weg hinauf zur Kirche eingeschlagen haben, erkundigt sie sich behutsam, was Nadja als Nächstes vorhat … »Keine Ahnung«, meint die. »Vielleicht können wir das Schulhaus noch anschauen – nur damit wir wissen, ob es stimmt, was dieser Anderweg beschrieben hat. Und diesmal halte ich mich daran und lass dich reden, versprochen!«

»Wie du meinst«, antwortet Wally. »Aber nach Zwangsarbeiterinnen frag ich erst mal lieber nicht, da werden wir nur angelogen.«

Am Abend vorher hatten sie das weiß getünchte Walmdach-Gebäude unterhalb der Dorfgasse nur im Halbdunklen gesehen, jetzt lässt sich erkennen, dass der Anstrich bereits seit einigen Jahrzehnten nicht mehr erneuert wurde. Auch das Dach scheint zwar hin und wieder ausgebessert, aber nie neu gedeckt worden zu sein. Trotzdem sieht das Haus nicht vernachlässigt aus. Die Zufahrt zweigt von der Dorfgasse ab und mündet auf einen gekiesten und jetzt leeren Vorplatz. Ein separater Treppenaufgang führt zu einem Anbau, die beiden Frauen gehen aber weiter zum Haupteingang, der ebenfalls etwas erhöht liegt. Neben der Türe hängt ein Messingschild mit der Aufschrift:

donatus rupp
lebenshilfe
sprechzeiten nach vereinbarung

Wally wirft einen Blick zu Nadja und zieht dabei ein wenig die Augenbrauen hoch. Dann klingelt sie entschlossen. Es dauert eine Weile, dann erscheint eine schmale Frau in einem irgendwie schwarz und grau gewebten Kleid, sie hat kurzgeschnittenes blondes Haar und trägt eine strenge Brille, durch die sie die Besucherinnen einer aufmerksamen Musterung unterzieht. Die Damen seien nicht angemeldet?

»Nein«, sagt Wally, stellt Nadja und sich selbst vor und bittet sehr um Entschuldigung für die Störung. Sie hätten eigentlich nur fragen wollen, fährt sie ungebremst fort, ob sie sich das Haus ansehen dürften, ihre Patentante müsse nämlich früher hier gewohnt haben, »ich glaube« – sie deutet mit dem Finger nach oben –, »es gibt da noch eine Dachwohnung, da hat sie in den Jahren nach dem Krieg gelebt, eine Frau Gsell, falls Ihnen der Name etwas sagt …«

Aber die Frau bedauert, der Name sage ihr nichts, »aber vielleicht weiß mein Mann mehr, bevor wir das Haus gekauft haben, hat er sich alles sehr genau angesehen und sich über alles unterrichten lassen … wenn Sie mitkommen wollen?« Sie treten ein, gehen an einer Holztreppe vorbei, die nach oben führt, eine Tür links zeigt eine Art Wartezimmer mit ein paar Sitzmöbeln, die mit altersrissigem Leder bezogen und um einen Lesetisch gruppiert sind. Die beiden Besucherinnen werden gebeten, Platz zu nehmen, offenbar ist es auch an einem Sonntagvormittag selbstverständlich, dass der Hausherr nicht sofort zur Verfügung steht. Die Blonde zieht die Tür des Wartezimmers hinter sich zu, Wally und Nadja tauschen einen wortlosen Blick, dann mustert Nadja, was auf dem Lesetisch zur Lektüre ausgebreitet liegt, zu ihrer Überraschung stellt sie fest, dass es nicht nur Prospekte sind, sondern auch Gedichtbände, darunter ein Büchlein mit Kurzgedichten, aus dem Japanischen übersetzt.

Sie kommt aber gar nicht dazu, den Band mit den Haikus aufzuschlagen, denn da erscheint auch schon wieder die Blonde und bittet die Besucherinnen, ihr zu folgen. Rechts vom Flur befindet sich ein weiteres Zimmer, Nadja und Wally werden gebeten einzutreten, der Blick fällt auf einen soliden altmodischen Tisch, ein Mann mit grau-struppigem Haar ist über ein großformatiges Heft gebeugt und trägt Notizen ein, an der weißgekalkten Wand hinter ihm hängt eine gerahmte schmale hohe Kalligraphie mit chinesischen Schriftzeichen. Als die Besucherinnen eingetreten sind, legt der Mann den Bleistift zur Seite und steht auf, er ist knapp mittelgroß und steckt in einem blauen Bauernkittel mit weiß-roten Borten. Seine ausladenden hängenden Schultern und der mächtige, ein wenig geduckte Kopf mit der vorspringenden Nase geben ihm den Anflug einer von keinerlei Altersmilde besänftigten Rauflust. Gleichwohl kommt er ganz gesittet auf die beiden Frauen zu, stellt sich als Donatus Rupp vor und bittet Platz zu nehmen. Es gibt aber nur Holzstühle, die an den Tisch gerückt werden.

Unwillkürlich wirft Nadja einen Blick auf die kalligraphische Inschrift. »*Tao Te King*, einundachtzigstes und also letztes Kapitel, erster Vers«, erläutert Rupp, »*Wahre Worte sind nicht angenehm/Angenehme Worte sind nicht wahr*... Und: *Wer etwas weiß, hält sich nicht für gelehrt/Wer sich für gelehrt hält, weiß nichts*... Alles sehr frei übersetzt. Aber die Leute hier verstehen es... Doch nun zu Ihnen – Sie interessieren sich für mein Haus. Warum?« Wally holt Atem und wiederholt ihre Rede von der Patentante, die hier gelebt haben soll, oben in der Dachwohnung, »Gsell war der Name, vielleicht sagt er Ihnen etwas.«

Donatus Rupp hört zu, und als Wally aufgehört hat, sagt er erst einmal gar nichts, sondern betrachtet erst sie und dann Nadja. Als das allgemeine Schweigen drückend wird, fragt er plötzlich mit gleichgültiger Stimme: »Und der Vorname?«

»Ach!«, sagt Wally erschrocken, »habe ich das nicht gesagt? Sie hieß für uns... das heißt, ich nannte sie so, also ich nannte sie einfach Tante Erika...«

»*Die etwas fragen/Die verdienen Antwort*«, bemerkt Rupp mit leicht erhobener Stimme, um dann in normaler Tonlage fortzufahren: »Aber wenn die Antwort ehrlich sein soll, muss es zuerst die Frage sein, nämlich ehrlich – meinen Sie nicht? Immerhin wissen wir jetzt, dass die Frau, die hier oben wohnte, *nicht* Ihre Patentante war. Sie hieß übrigens *Eva* Gsell.« Er löst den Blick von Wally und fasst Nadja ins Auge. »Wenn zwei Frauen zu einem kommen und nur die eine redet, dann kann man darauf wetten, dass es um etwas geht, was vor allem die andere betrifft. Sie wurden mir als Nadja Schwertfeger vorgestellt... Was also, verehrte Frau Schwertfeger, kann ich für Sie tun?«

Wally setzt zu einem Protest an, aber Nadja legt ihr die Hand auf den Arm. »Einen Augenblick«, sagt sie einfach, holt aus ihrer Tasche das Heft mit der Geschichte des Soldaten Pietzsch und schiebt es über den Tisch. »Falls Sie es noch nicht kennen, sollten Sie einen Blick hineinwerfen. Ich glaube, es betrifft Ihr Haus hier.« Nach einem kaum merklichen Zögern nimmt Rupp das Heft auf, blättert es kurz durch, wirft einen Blick auf das Impressum und beginnt schließlich zu lesen. Sein Gesicht bleibt zunächst unbeteiligt, nur einmal lässt er das Heft sinken und dreht sich um und wirft einen teils zweifelnden, teils belustigten Blick auf die Wand hinter sich. Dann liest er weiter, sorgfältig und ohne Hast.

Zeit vergeht. Nadja wirft einen entschuldigenden Blick zu Wally, und die antwortet mit einem gottergebenen.

Schließlich hat Donatus Rupp offenbar genug gelesen, denn er schlägt in seinem Schreibheft eine neue Seite auf und beginnt, sich Notizen zu machen. Als er dann auch noch das Impressum von *Pietzsch' Nachtwache* abschreibt, holt Nadja eine Visitenkarte aus ihrer Brieftasche und schiebt sie über den Tisch; wenn schon Notizen gemacht werden, dann sollen sie vollständig sein.

»Schön«, sagt Rupp schließlich und legt den Bleistift zur Seite, »als ich das Haus übernommen habe, klebte hier eine Sonnenblumentapete. Den rechteckigen hellen Fleck im Arbeitszimmer des Lehrers Beug kann ich also leider nicht aus eigener Anschauung bestätigen. Aber er muss sich hier hinter mir befunden haben.« Mit dem Daumen deutet er hinter sich auf die Wand, an der jetzt der Vers aus dem *Tao Te King* hängt. »In Wirklichkeit hieß der Lehrer übrigens nicht Beug, sondern Handloser.« Wieder wendet er sich Nadja zu und deutet auf *Pietzsch' Nachtwache*. »Wie kam das zu Ihnen – und wie sind Sie darauf gekommen, dass diese Geschichte hier in Wieshülen spielt?«

Nadja bemüht sich, knapp und präzise zu schildern, wie sie zu dem Sonderdruck gekommen ist und warum die Beschreibung dieser einen Stoffkatze ihr … nun ja, zugesetzt hat. In den Augen von Donatus Rupp ist etwas, das sie dazu bringt, wie zum Beweis Maunz vorzuzeigen, tatsächlich nimmt und betrachtet er sie und setzt sie dann sorgsam wieder auf den Tisch.

»Meine Freundin«, Nadja beugt sich etwas vor und deutet auf Wally, »hatte dann die Idee, mit der Figur dieses Johler könnte der Gauleiter Murr gemeint sein. Tatsächlich muss dieser Mensch am neunzehnten April fünfundvierzig hier irgendwo durchgekommen sein.« Sie schiebt den Ausdruck mit der Kurz-Biographie des Wilhelm Murr über den Tisch, die Passage über Murrs Fluchtweg ist gelb markiert.

Rupp überfliegt den Text und gibt ihn wieder zurück. »Bevor uns dieses Haus in den Achtziger Jahren von der Gemeinde zum Kauf angeboten wurde«, sagt er schließlich, »habe ich mich erst einmal erkundigt, wer hier früher gelebt hat. Daher weiß ich von dieser Eva Gsell und auch von dem Lehrer Handloser, der ganz richtig zugleich der NSDAP-Ortsgruppenleiter war. Das wird aber in nicht wenigen dieser kleinen Dörfer so gewesen sein. Aber dass der Gauleiter Murr hier Station gemacht haben soll, davon habe ich nie etwas gehört. Ganz unmöglich ist es trotzdem nicht.« Er steht auf. »Sie wollten sich dieses Haus anschauen … bitte sehr, wir haben nichts zu verbergen.«

Er geht ihnen voran in ein helles, nach Süden ausgerichtetes Wohnzimmer, mit etwas verblichenen Schwedenmöbeln und hohen Bücherwänden. Kein Fernseher, registriert Nadja, aber in eine der Regalwände ist eine Stereoanlage eingebaut. Rupp scheint ihren Blick bemerkt zu haben: »Ich nehme an«, sagt er und deutet auf das Gerät, »dass damals dort der Volksempfänger stand – Sie bemerken, im Prinzip hat sich so viel gar nicht verändert!«

Dann schlägt er vor, ihnen das ehemalige Schulzimmer zu zeigen, sie steigen eine Steintreppe in einen hohen, mit dunklen Fliesen ausgelegten Raum hinab. Eine massive, breite Tür führt nach draußen, links an der Wand befindet sich eine Art Trinkbrunnen mit einem aus rötlichem Stein gehauenen Becken. Auf der anderen Wandseite öffnet sich eine zweite Tür in einen langgestreckten, hellen Saal, der auf den ersten Blick als Schulzimmer zu erkennen ist. Zwar sind Schulbänke und Lehrerpult verschwunden, aber an der Stirnwand befindet sich noch immer eine in der Höhe verschiebbare dreiflügelige Schiefertafel und wird sogar benutzt – einzelne Namen sind darauf geschrieben, die Namen sind eingekreist und durch Pfeile mit anderen verbunden, Nadja vermutet das Diagramm eines offenbar komplizierten Beziehungsgeflechtes, einen der Namen kann sie entziffern: *Ophelia* steht da, und richtig gehen Pfeile zu und kommen von *Hamlet*. Auf dem Boden scheint Laminat verlegt zu sein, zwanglos sind Plastikstühle und niedrige Sitzpolster verteilt.

»Unterrichtet wurde hier bis Ende der Fünfziger Jahre, alle acht Jahrgänge in einer Klasse«, berichtet Rupp, »dann wurde das Haus von der Gemeinde vermietet, einmal sogar an eine Flower-Power-Kommune, das scheint aber im Dorf nicht besonders gut angekommen zu sein. In den Achtziger Jahren haben wir es gekauft und dann doch einiges verändert …«

»Sie nutzen das Schulzimmer jetzt für Seminare?«, fragt Nadja.

»Keine Seminare.« Unwillig schüttelt er den Kopf. »Wir spielen.« Er geht zur Tafel, nimmt den Schwamm und beginnt das Diagramm auszuwischen. »Um das gefrorene Meer in uns aufzutauen. Mit einer Axt richten Sie da nämlich nichts aus.« Mit hochgezogenen Augenbrauen mustert er Nadja, als müsse er ihre Größe und ihr Gewicht für eine Kostümprobe abschätzen. »In Ihrem Fall würde ich aber nicht Shakespeare vorschlagen, obwohl die Beziehung Hamlets zu seiner Mutter durchaus Ansätze bietet. Aber lassen wir das! Kennen Sie *Brüderchen und Schwesterchen* aus Grimms Märchen? Die Mutter, die man in der Badstube erstickt hat und die dennoch nachts noch kommt und nach ihrem Kind fragt und nach ihrem Bruder …?«

»*Was macht mein Kind? Was macht mein Reh?/Nun komm ich noch diesmal und dann nimmermehr*«, zitiert Nadja und wendet sich zu einem der Fenster, die auf den einstigen Pausenhof hinausgehen.

»Sie kennen es also«, sagt Rupp, »übrigens passt dieses Märchen sehr gut hierher. Einige Kilometer von hier liegt Grafeneck, da hat man zu des Gauleiters Murr Zeiten die Menschenkinder auch in die Badstube geschickt und im Gas ersticken lassen, gut zehntausend waren es ...«

»Und daraus machen Sie hier therapeutische Spiele, ja?«, fragt Wally, »für die neurotischen Abkömmlinge der Mittelschicht?« Offenbar ist sie es leid geworden, als begossener Pudel nebenherzutrotten, und will nun auch einmal beißen.

»Nein, meine Dame«, antwortet Rupp sanft, »solche Spiele spielen wir nicht. Aber wir könnten zum Beispiel ...« Er geht zur Schiefertafel, nimmt ein Stück Kreide, zögert kurz, zeichnet dann mit der Kreide ein scharf gezogenes Rechteck und schreibt den Buchstaben *N* hinein. »Wenn ich das richtig verstanden habe, sucht Ihre Freundin ihre wirkliche, ihre leibliche Mutter.« Mit einigem Abstand zu dem Rechteck zeichnet er eine Wolke, schreibt ein kleines *M* hinein und zieht einen Kreis darum. »Und das hier ...« – mit wenigen Strichen setzt er zwischen Rechteck und Wolke etwas, das mit spitzen Ohren und Schnurrbarthaaren ausgestattet ist –, »... Sie wollen meine begrenzten Zeichenkünste entschuldigen, aber das hier soll die Stoffkatze darstellen ... Ich habe keinen Kreis um sie gezogen, weil die Katze nichts anderes sein kann als das, was sie ist. Es ist nichts in ihr verborgen, verstehen Sie? Ihre Botschaft ist sie selbst.« Er zeichnet einen Pfeil, der von der Wolke zu der Katze führt, und einen zweiten von der Katze zu dem Rechteck mit dem Buchstaben *N*. Er legt die Kreide zurück, wischt sich die Hände und tritt einen Schritt zur Seite. »Was Sie hier sehen, ist das Diagramm einer einseitigen Kommunikation ... *N* kann auf die Botschaft der Mutter nicht antworten, weil die Mutter unerreichbar scheint – oder nicht nur scheint, sondern es auch ist, und weil *N* selbst in dem Panzer eingefangen ist, den wir alle im Lauf des Lebens um unsere Seele gelegt haben.«

Und wie kann man einen solchen Panzer aufbrechen, will Wally fragen, wirft aber erst einen Blick auf Nadja. Aber weil die noch immer am Fenster steht und ihnen den Rücken zukehrt, stellt sie die Frage dann doch.

»Einen Panzer brechen Sie nicht so leicht auf«, kommt die Antwort. »Aber man kann ihn manchmal, mit etwas Glück, für eine Weile verlassen. Im Spiel ist so etwas möglich, vorausgesetzt, man ist bereit, aus sich herauszutreten und eine andere als die gewohnte Rolle anzunehmen. Dieses Grimm-Märchen mit dem albernen Titel zum Beispiel ist vertrackter, als es auf den ersten Blick aussieht ...« Er geht zu dem Bücherregal aus angegrautem Kiefernholz, das neben der Schiefertafel steht, greift einen dickleibigen Band heraus und schlägt ihn an einer Stelle auf, die sich fast von selbst aufblättert. »Das Märchen beginnt so: *Brüderchen nahm sein Schwesterchen an der Hand und sprach: Seit die Mutter tot ist, haben wir keine gute Stunde mehr ...*« Er klappt den Band wieder zu und stellt ihn wieder zurück. »Der Plot ist übrigens so rabenschwarz, dass man den Kindern eher de Sades *Justine* in die Hände geben sollte. Die Hauptfigur, das Schwesterchen, erleidet also in eigener Person beide Seiten der Tragödie: Sie ist sowohl das verwaiste Kind als auch die Mutter, die ihr Kind als Waise zurücklassen muss – eine Parabel über eine Opferrolle, die sich ständig wiederholt ...«

»Und so etwas soll in einem – in einem Spiel dargestellt werden?« Wally betrachtet Rupp mit kaum verhohlenem Abscheu. »Und wozu soll das gut sein?«

»Um den Panzer zu verlassen«, antwortet er. »Oder das

Eis aufzutauen. Um die ewige Wiederkehr der Opferrolle zu durchbrechen.« Er geht zur Schiefertafel und löscht seine Zeichnung. »Wenn überhaupt, geht es aber nur, wenn wir aus den eingefahrenen Denkmustern herauskommen. Darum das Grimmsche Märchen.« Er deutet auf Nadja. »In diesem Fall wäre aber die erste Voraussetzung, dass nicht sie das Kind spielt. Sie müsste die Mutter sein, die ein letztes Mal nach ihrem Kind und ihrem Reh sieht, und Sie, meine Dame, nehmen die Stoffkatze als Ersatz für das in ein Reh verwandelte Brüderchen und geben für beide Auskunft und fragen und sagen alles, was beide zu fragen und zu sagen haben, so dass die Mutter – vielleicht! – in Frieden gehen kann.«

»Nein«, sagte Nadja ruhig, »dafür ist es nicht die Zeit.« Noch immer betrachtet sie den ehemaligen Pausenhof, der jetzt von dem struppigen Graugrün einer naturbelassenen Wiese überzogen ist. Schließlich dreht sie sich um. Ob es Donatus Rupp etwas ausmache, ihr noch die Wohnung im Dachgeschoss zu zeigen? Rupp ist einverstanden, führt sie aber über den ehemaligen Pausenhof links am Haus vorbei, auf halber Höhe der Außentreppe befindet sich eine Art Zwischengeschoss mit kleinen Fenstern, es ist das die ehemalige Schultoilette, erklärt Rupp, in der seit einigen Jahren eine Sauna eingerichtet ist. Sie gehen am Anbau vorbei – »aus Pietzsch' Geschichte wissen Sie, dass hier das frühere Rathaus war« –, jetzt sind Gästezimmer darin untergebracht. Durch den Haupteingang und das Treppenhaus gelangen sie hinauf in das Dachgeschoss, die beiden Gästezimmer entpuppen sich als zwei Kämmerchen – Dielenboden, weiße Raufasertapete, spartanisch möbliert. In dem nach Süden ausgerichteten Zimmer ist ein Tisch an das Mansardenfenster gerückt, der Blick fällt auf eine Reihe moosbehangener und sturmzerzauster Fichten. Rupp lässt es sich nicht nehmen, auch die Teeküche und das Bad zu zeigen, die inzwischen im Dachgeschoss eingebaut sind – »als wir es übernommen haben, gab es nicht einmal einen Wasseranschluss hier oben, geschweige denn eine Toilette.«

»Und diese Eva Gsell«, fragt Nadja, »die hat hier oben in den beiden Kämmerchen gelebt?«

»Ja, bis Mitte der Fünfziger Jahre«, kommt die Antwort –, »aber fragen Sie mich nicht, was sie getan und wovon sie gelebt hat. Ich weiß es nicht. Übrigens wird es damals nichts Besonderes gewesen sein, in einer Dachkammer ohne fließendes Wasser zu leben. Die Leute waren froh, noch am Leben zu sein.«

»Aber vielleicht haben manche das nicht geschafft, dieses Froh-Sein-Müssen«, wirft Wally ein. »Ich weiß nicht, wie viele Bundeswehrsoldaten traumatisiert aus Afghanistan heimkommen, aber es muss ein ganz erheblicher Teil sein. Was aber machten die Leute damals mit ihren Traumata? Die bekamen doch nur zu hören, was will denn der oder die? Der fehlt doch gar nix …«

Nadja hat sich an das Fenster gestellt und betrachtet die gezausten Fichten oder die Hügelkuppe dahinter, und auch Rupp schweigt, als sei er nicht ganz sicher, ob Wallys Vorrat an Plattitüden bereits erschöpft ist. Schließlich räuspert er sich. Ob er noch etwas für die Damen tun könne? »Wenn Sie noch nähere Informationen über das Kriegsende und die frühe Nachkriegszeit einholen wollen, könnte ich Sie einem Freund empfehlen, er leitet einen Arbeitskreis für Heimatgeschichte …«

SONNTAGNACHMITTAG

Das Grab des Deserteurs

Thomas Weitnauer ist ein freundlicher älterer Herr mit nach hinten gekämmtem, schütterem, rötlich-grauem Haar, der zu einer Strickweste eine etwas irritierende Fliege trägt, gelb mit blauen Punkten. Die Besucherinnen nimmt er durch eine dünne Drahtbrille prüfend in Augenschein, erinnert sich dann aber sogleich, dass er Nadja Schwertfeger auf einer Fachtagung über die Vermittlung zeitgenössischer Lyrik im Oberstufenunterricht kennengelernt habe – »ich werde Ihnen nicht weiter aufgefallen sein, ich gehörte damals schon zu den ganz Alten!« Nadja strengt ihr Gedächtnis an, kann sich aber durchaus an keine gelb-blau gepunktete Fliege erinnern, außerdem besteht Weitnauer darauf, die Besucherinnen an den sonntagnachmittäglichen Kaffeetisch zu bitten, »gleich nach Donatus' Anruf hat Carmen zwei weitere Gedecke aufgelegt!«

Die Besucherinnen werden Carmen Weitnauer vorgestellt, einer schmalen Frau, ein wenig größer als ihr Mann, die wohl deshalb – wie Nadja vermutet – sehr flache Schuhe tragen zu müssen glaubt. Sie hat schulterlanges schwarzes Haar, in der Mitte gescheitelt, mit einer weißen Strähne darin. Nadja und Wally werden in ein Wohnzimmer mit einem Panoramafenster gebeten, von dem aus sich ein Blick auf die rot und dunkel gefleckten spitzgiebligen Dächer der ehemaligen württembergischen Oberamtsstadt Kaltensteig eröffnet. Hebt man den Blick, sieht man die Neubaugebiete der letzten Jahrzehnte, und als auffälligen Betonklotz mitten darin auch das Schulzentrum, in dem Thomas Weitnauer jahrzehntelang die deutsche

Hochliteratur – Thomas Mann! Hermann Hesse! Adalbert Stifter! – Generationen eher unwilliger Schüler zu vermitteln versucht hat. Mit Erleichterung stellt Nadja fest, dass Carmen Weitnauer keine Lehrerin war, sondern Ärztin, noch immer Urlaubsvertretungen übernimmt und im Übrigen das Zeichnen für sich entdeckt hat, Wally bewundert einige sorgfältig gerahmte Miniaturen, haarfeine Bleistiftzeichnungen organischer Strukturen, von denen sie aber lieber nicht wissen will, was genau sie darstellen sollen.

»Ich bin ja kein Historiker«, erläutert Thomas Weitnauer und schneidet den gedeckten Apfelkuchen auf, »wirklich nicht, mein eigenes Fach ist mir zuweilen viel zu sehr rückwärtsgewandt, und zum Vorsitz des Arbeitskreises Heimatgeschichte bin ich gekommen wie die Jungfrau zum Kind, aber irgendwer muss sich darum kümmern, vor allem um das, was aus der jüngeren Vergangenheit aufzuarbeiten ist, das ist nicht wenig, glauben Sie mir!« Zum Apfelkuchen gibt es, wenn gewünscht, Schlagsahne, für den Kaffee wird neben Rohrzucker auch Süßstoff angeboten, das Service ist Meissener Porzellan und so stilvoll, dass einige Ecken auch schon angestoßen sind.

»Donatus sagte mir, Sie seien den Fluchtweg des Gauleiters Murr nachgefahren?«, eröffnet Weitnauer das Gespräch zur Sache. »Und dass Murr noch am 19. April in Wieshülen gewesen sei!« Er könne sich das nicht so recht vorstellen, die NSDAP-Kreisleitung habe da bereits das Weite gesucht, ebenso der General, der Tage zuvor noch hochtönend behauptet hatte, die Albrand-Stellung sei ein unüberwindbarer Schutzwall. Aber das sei ja nichts Ungewöhnliches in der deutschen Geschichte. »Je großmäuliger die Helden, desto schneller laufen sie davon! Wollen Sie wirklich keine Sahne?«

Die beiden Besucherinnen tauschen einen kurzen Blick. »Ach, wissen Sie«, sagt Wally, »der Gauleiter Murr interessiert uns eigentlich nur am Rande, wir wollten dieses Dorf finden und sind über ihn darauf gestoßen. Sonst ist er uns herzlich schnuppe …«

»Um es kurz zu machen …«, fällt ihr Nadja ins Wort, die plötzlich keine Lust hat, bei Kaffee, Apfelkuchen und Sahne nach einer Zwangsarbeiterin zu fragen, die man bei Kriegsende geschwängert hat. Sie muss – nur schnell! – irgendetwas anderes nehmen, um dem Gespräch die in Meissener Porzellan gebackene Betulichkeit auszutreiben.

»Um es kurz zu machen, wir würden gerne wissen, ob es in diesem Wieshülen kurz vor Kriegsende eine standrechtliche Hinrichtung gegeben hat.« Weitnauer stellt erschrocken die Kaffeetasse zurück. Hinrichtungen? »Im Unterland hat es das gegeben, und im Fränkischen. Aber hier? Ein paar Fälle von Lynchjustiz an Russen und Polen, angeblich, weil sie sich mit deutschen Mädchen eingelassen haben, ja doch, umgekehrt soll der oder jener Bauer von den Fremdarbeitern auf seinem Hof aus Rache umgebracht worden sein, so genau ist das alles nicht erforscht …«

»Moment!«, sagt seine Ehefrau Carmen. »Bei Gnadenzell ist ein junger russischer Soldat erschossen worden, angeblich war er ein Deserteur. Er liegt auf dem kleinen Friedhof hinter der alten Klosterkirche begraben …«

»Carmen hat natürlich Recht«, schaltet sich Thomas Weitnauer wieder ein. »Sie ist nämlich in Gnadenzell aufgewachsen, aber das liegt fast zehn Kilometer von Wieshülen entfernt.«

»Immer wenn ich Milch holen sollte, kam ich am Grab des jungen Russen vorbei«, fährt Carmen Weitnauer fort. »Aber im Winter, wenn es früh dunkel wurde, bin ich einen Umweg gegangen. Am schlimmsten war es bei Nebel.«

Wally kann das gut verstehen und findet es im Übrigen empörend, dass man ein junges Mädchen in der Dunkelheit zum Milchholen schickt. Dann will sie wissen, ob auch auf der Alb

Frauen zur Zwangsarbeit eingesetzt worden seien. »Zum Beispiel in dieser Munitionsfabrik?«

Weitnauer runzelt die Stirn. »Sie meinen die Muna – die Munitionsanlage, etwa dreißig Kilometer von hier. Gut möglich, dass da auch Fremdarbeiterinnen beschäftigt waren. Aber viele von ihnen kamen auch als Erntehelferinnen zum Einsatz, das war damals nicht anders als heute, gehen Sie doch mal – wenn gerade Saison ist – an einer Erdbeerplantage vorbei. Aber warum fragen Sie?«

»Weil uns interessiert, wie es den Leuten erging, die in keinem Geschichtsbuch stehen«, erklärt Wally und wirft einen Blick zur Gastgeberin Carmen Weitnauer. »Also zum Beispiel den Zwangsarbeiterinnen, gerade denen aus Polen und Russland.«

»Da sind ja nun inzwischen doch auch Entschädigungen gezahlt worden«, meint Weitnauer, und seine verbindliche Stimme bekommt einen Stich ins Säuerliche, »und im Internet gibt es sogar eine eigene, sehr aufwendig gemachte Dokumentation zu diesem Thema. Verstehen Sie, da können wir mit unseren bescheidenen Möglichkeiten nicht mithalten.«

»Nach einer Hinrichtung hatte ich vorhin deshalb gefragt«, schaltet sich Nadja ein und holt das Heft mit der Geschichte des Soldaten Pietzsch aus ihrer Tasche, »weil dieser Text hier genau davon zu handeln scheint. Es geht um einen Vorfall, der am 20. April stattgefunden haben müsste, und zwar in Wieshülen …«

Weitnauer wiederholt, dass wirklich nur dieses eine Vorkommnis in Gnadenzell bekannt sei, nimmt aber das Heft und blättert es durch, während seine Frau glücklicherweise den Button gegen die Windräder an Wallys *Irish-Handcraft*-Strickjacke entdeckt hat und so nicht näher auf das Schicksal der Zwangsarbeiterinnen im Frühjahr '45 eingehen muss. Wally will sich zwar vom eigentlichen Thema nicht ablenken lassen, kann aber der Versuchung nicht widerstehen und beginnt zu erklären, warum Windräder dort nicht hingehören, wo sie nach dem Willen der Stromkonzerne und zu deren höherem Profit die Landschaft verschandeln sollen, dass man sich aber den Mund fusslig reden könne, wenn man es mit einem der Betonköpfe zu tun habe und dass sie sich eigentlich nur bei ihrer Freundin und einer Tasse Tee habe aufwärmen wollen, wobei dann aber eines zum anderen gekommen sei.

Bevor sie aber erklären kann, dass es eigentlich und vor allem um eine Stoffkatze geht, hat Thomas Weitnauer die Geschichte des Soldaten Pietzsch auch schon überflogen. Der literarische Wert sei wohl eher bescheiden, bemerkt er, »und der zeitgeschichtliche ist zweifelhaft.« Aber er selbst, Weitnauer, kenne Wieshülen und das Schulhaus dort, der angebliche Autor Anderweg – »ein Name, der mir gar nichts sagt« – müsse allerdings dort gewesen sein. Ob Nadja Schwertfeger ihm noch ein weiteres Exemplar des Heftes besorgen oder vermitteln könne? »Für das Archiv des Vereins für Heimatgeschichte wäre das gewiss eine … ja doch, eine interessante Bereicherung …«

»Was ist das mit Wieshülen?« Seine Frau löst sich unvermittelt aus dem Gespräch mit Wally und will das Heft nun auch sehen. Sie nimmt es, wirft einen entschuldigenden Blick zu Wally und blättert es durch – nicht ganz so flüchtig, wie ihr Mann es getan hat. Zumindest Nadja scheint es so, die von Weitnauer inzwischen aber in ein Gespräch über die neuen Lehrpläne für die Oberstufe verwickelt wird, er selbst habe das – gottlob! – ja nicht mehr auszubaden, aber auch als Ruheständler bleibe man dem Fach doch verbunden …

Schließlich hat auch seine Frau genug von der Geschichte des Soldaten Pietzsch gelesen, sie legt das Heft vor sich hin und blickt erst zu Wally, dann zu Nadja. »Mir hat gefallen, wie der eine Soldat mit dem Akkordeon aufspielt, und die anderen tanzen mit den Frauen, die aus der Dunkelheit dazukommen«, sagt sie und lächelt ein wenig, fast verlegen. »Außerdem erinnert mich dieser Text an jemand, der in Wieshülen aufgewachsen ist und dann zu uns auf die Oberschule kam. Vielleicht kann er Ihnen weiterhelfen. Allerdings lebt er jetzt in Berlin.« Sie wendet sich zu ihrem Mann. »Du hast ihn auf unserem letzten Klassentreffen kennengelernt. Der ehemalige Polizist, erinnerst du dich?«

DONNERSTAG

Evakuieren ist ein seltsames Wort

Nadja Schwertfeger hat die S-Bahn am Hackeschen Markt verlassen und geht nun die Rosenthaler Straße entlang, es nieselt, sie hat die Kapuze ihres Dufflecoats hochgeschlagen und die Hände in den Taschen versenkt. Gestern ist sie nach Berlin geflogen und in einer Pension in Charlottenburg abgestiegen, die sie von früheren Besuchen kannte; einen Anruf bei ihren Berliner Freunden hat sie vermieden, weil diese die Gewohnheit haben, jeden Besucher als Publikum für das lustvolle Ausspielen ihrer Beziehungskrise zu missbrauchen. Manchmal konnte das ganz unterhaltsam sein, aber diesmal war Nadja nicht in der rechten Stimmung dafür. Am Abend ist sie im Theater gewesen, gespielt oder vielmehr gebrüllt wurde eine Bearbeitung von Euripides' *Medea*, irgendwie – so kommt es ihr auch jetzt noch vor – kann man alles übertreiben, das Herzeleid und auch die Eifersucht, ebenso wie das Brüllen. Der Gehsteig in der Rosenthaler Straße ist nicht sehr breit, außerdem muss man den Bettlern ausweichen und einmal auch einem Obdachlosen, der sich am helllichten Vormittag mit seinen Decken an einer Hauskante zum Schlafen hingelegt hat, und so schiebt sie sich durch den Strom der Passanten, die ihr entgegenkommen. Für elf Uhr hat sie einen Termin bei diesem ehemaligen Polizisten, dessen Adresse ihr Carmen Weitnauer gegeben hat, mit einem merkwürdigen Lächeln, von dem Wally auf der Rückfahrt behauptet hatte, es sei ein wenig boshaft gewesen.

Eine kümmerliche Grünanlage, eine Straße zweigt halbrechts ab, Nadja folgt ihr und geht noch einmal rechts, plötzlich sieht sie, dass das Haus mit der Nummer, die ihr angegeben ist, sich direkt gegenüber auf der anderen Straßenseite befindet. Sie schaut auf ihre Armbanduhr, es ist noch zu früh, an der Ecke sieht sie eine Osteria, und so trinkt sie dort erst einmal einen Espresso. Sie fühlt sich seltsam, absurderweise fast so, als müsste sie sich wieder beim Schulamt um eine neue Stelle bewerben, glücklicherweise kommt der Espresso und tut, was er tun soll: er ruft ihren Kopf wieder zur Ordnung. Sie beschließt, sich nicht auf das Gespräch vorzubereiten. Falls es überhaupt zustande kommt, muss es gehen, wie es eben geht.

Sie bezahlt und geht zu der angegebenen Adresse, einem eher schäbigen Haus, in der ersten Spekulationsphase nach der Wiedervereinigung schludrig renoviert, der gelbliche Verputz bröckelt bereits wieder. Neben der Haustür ist eine Messingtafel mit der Aufschrift *Hans Berndorf/Ermittlungen* angebracht, an der Tafel kleben rote Farbreste. Sie klingelt, der Türöffner schnarrt, sie tritt ein, im Treppenhaus müffelt es, als mache sich in den Ecken schon wieder Schimmel breit. Das Büro liegt im Hochparterre, ein mittelgroßer, eher schmaler Mann, das graue Haar kurz geschnitten, öffnet, stellt sich als Hans Berndorf vor und bittet sie einzutreten. Er nimmt ihr den Dufflecoat ab, dann folgt sie ihm in sein Büro, sie bemerkt, dass er sich sehr aufrecht hält, aber etwas steifbeinig geht, als habe er ein Problem, das linke Knie zu bewegen. Das Büro ist karg möbliert, mit einer gerahmten Fotografie des Ulmer Münsters als einzigem Schmuck, das Bild hängt aber so schief, dass Nadja den Impuls unterdrücken muss, es gerade zu rücken. Der Mann, dem sie jetzt an seinem Schreibtisch gegenübersitzt, trägt einen blauen Rollkragenpullover und einen grauen Sakko; Nadja hat Schwierigkeiten, ihn sich als ehemaligen Polizisten vorzustellen, dazu als einen, der auf der Schwäbischen Alb aufgewachsen ist, dafür müsste er massiger aussehen, wie ein Bulle eben … Sie bemerkt, dass auch er sie sehr aufmerksam mustert, wobei der Ausdruck seiner Augen nicht zu erkennen ist.

»Hatten Sie einen guten Flug?«

Banaler geht es nicht?, denkt sie bei sich und antwortet artig, ja, der Flug sei gut gewesen, und glücklicherweise sei sie in einer Pension untergekommen, die sie von früher kenne.

»Meine Schulfreundin Carmen hat mich noch am Sonntag auf Ihren Anruf vorbereitet«, fährt er fort. »Trotzdem kann ich es noch immer nicht recht glauben, dass jemand eigens hierherkommt, um ausgerechnet mich nach diesem Dorf zu befragen oder nach dem Kriegsende dort, falls ich das richtig verstanden habe.«

Doch, antwortet Nadja, es gehe um das Kriegsende, genauer: um den 19. und den 20. April 1945, und holt dazu den Sonderdruck über die *Nachtwache des Soldaten Pietzsch* aus ihrer Tasche und reicht sie über den Schreibtisch. Ob er sich die Mühe machen wolle, diesen Text zu lesen? »Alle weiteren Fragen ergeben sich daraus.«

Berndorf holt eine Lesebrille aus der Brusttasche seines Sakkos, setzt sie auf und sieht sich erst einmal das Impressum an, dann beginnt er zu lesen. Nadja beobachtet ihn dabei und registriert, dass er ein bedächtiger, aber scheinbar unbeteiligter Leser ist, nur ein Mal – noch ganz am Anfang – nimmt sie eine winzige Bewegung wahr, ein Zucken oder ein sekundenschnelles Anheben der Augenbrauen. Schließlich ist sie es leid, die Mimik ihres Gegenübers zu verfolgen, sie schaut sich im Büro um, so wenig es darin zu sehen gibt, das schief hängende Bild, ein wenig vertrauenerweckender Rollschrank, einige rot eingebundene Gesetzestexte, ein Stapel Zeitschriften, Telefonbücher, ein altmodischer PC auf dem Schreibtisch, ein Drucker auf einem Beistelltischchen, ein Bücherregal, darunter auch Bücher, die irgendwie nicht nach Fachliteratur aussehen. Plötzlich merkt sie, dass Berndorfs Augen wieder auf sie gerichtet sind. Er hat zu Ende gelesen, hält das Heft aber noch immer in der Hand. Ob er den Text kopieren dürfe?

Sie willigt ein, fügt aber gleich hinzu, dass er Pietzsch' Geschichte nicht allzu wörtlich nehmen dürfe. Der Autor habe offenbar ziemlich hemmungslos Erfindung und Wahrheit ineinandergerührt. »Zumindest stimmen die Namen nicht …«

»Handloser, nicht Beug«, sagt Berndorf, »Zainer, nicht Pfeifle, und Reiffs Paul war gewiss niemals Kirchenvorstand, falls wir dort überhaupt so etwas hatten …« Er steht auf, geht zu dem Drucker und beginnt, die einzelnen Seiten des Heftes zu kopieren.

»Sie haben gerade *wir* gesagt«, bemerkt Nadja und lächelt ein wenig, »falls *wir* so etwas hatten … Es klingt, als gehörten Sie noch immer dazu.«

Er blickt auf, die Augenbrauen hochgezogen. »So verrät man sich … aber ich gehöre schon lange nicht mehr dorthin.« Er hebt die Stimme ein wenig, um das Tackern des Druckers zu übertönen. »Nur nachts … kennen Sie das, dass in Ihren Träumen bestimmte Orte oder Landschaften wiederkehren? Ich zum Beispiel werde immer wieder durch eine bestimmte Stadt geschickt, meist ist sie menschenleer, so dass ich schon den Verdacht hatte, es sei eine Totenstadt. Aber wenn ich mich beim Aufwachen daran zu erinnern versuche, durch welche Straßen ich im Traum gegangen bin, dann kommt heraus, dass meine Totenstadt genau so aufgebaut ist wie das kleine Dorf Wieshülen auf seinem Hügel.«

Nadja gesteht, dass sie in Ravensburg aufgewachsen sei und dankbar, nachts nicht dorthin zurückkehren zu müssen. »Aber wenn Sie sich nach dem Aufwachen noch einmal vergegenwärtigen, was Sie geträumt haben – gehört dieses Vergegenwärtigen dann noch zum Traum oder bereits zu Ihrem Tag? Anders gefragt: Sind es Sie, der den Traum deutet, oder benutzt der Traum den dörflichen Straßenplan wie eine Chiffre, die Sie aber für den Schlüssel halten sollen?«

Berndorf, der das Heft gerade mit einer neuen Seite in den Drucker legt, blickt überrascht auf. »Sie meinen, der Traum legt mich also mit meiner eigenen Traumdeutung herein?« Er tippt sich an den Kopf. »Ich wusste nicht, dass es da drin so tricky zugeht.« Der Drucker schiebt die letzte kopierte Seite aus sich heraus, Berndorf sammelt die Blätter ein und klopft den Papierstoß auf der Schreibtischplatte zurecht. Dann reicht er das Heft an Nadja zurück und setzt sich wieder. »Irgendwie sind wir ja schon beim Thema. Falls es überhaupt eine Botschaft gibt, so muss sie erst dechiffriert werden … Aber Sie sagten vorhin, die Fragen würden sich aus dem Text ergeben …« Auffordernd oder einladend hebt er die Hand. »Fragen Sie!«

Nadja zögert einen Augenblick. Die erste Frage habe sich bereits erledigt, sagt sie dann, denn auch Berndorf habe offenbar keinen Zweifel, dass die Geschichte des Soldaten Pietzsch in Wieshülen spiele – »Sie hätten sonst keine Kopie gezogen.« Außerdem habe er zwei Namen richtiggestellt, wie dies übrigens auch schon andere Gesprächspartner getan hätten. »Erkennen Sie sonst jemanden?«

Berndorf scheint noch immer den Stoß Papier zu betrachten. Dann hebt er den Kopf und betrachtet sie aus Augen, die plötzlich schmal geworden sind, Nadja hat das unbehagliche Gefühl, etwas Falsches gesagt oder gefragt zu haben. »Ich war damals viereinhalb Jahre alt«, kommt die Antwort, »Erinnerungen an jene Zeit sind vorhanden, aber sie sind bruchstückhaft, teilweise sogar irreführend … Als ob es gestern gewesen wäre, sehe ich noch heute vor mir, wie eine Kolonne mit alliierten Soldaten in Schützenpanzern und Jeeps unten auf der Landstraße hält und wie die anderen Dorfkinder um Orangen betteln, was mir verboten war. Bis zu Ihrem Anruf war ich der felsenfesten Überzeugung, jene Soldaten wären Franzosen gewesen – später gehörten wir dann ja auch zu deren Besatzungszone. Erst nach Ihrem Anruf habe ich versucht nachzuprüfen, wie es denn wirklich gewesen ist, und feststellen müssen, dass die Soldaten unten auf der Landstraße durchaus keine Franzosen gewesen sind, sondern Amerikaner …«

»Hundertdritte US-Infanteriedivision, vierhundertelftes Regiment«, präzisiert Nadja und beißt sich auf die Zunge, weil ihr die Bemerkung albern und lehrerinnenhaft zugleich vorkommt.

Berndorf hebt beide Hände und deutet auf sie, als wolle er sagen, Kompetenz und Sachverstand lägen ja sowieso bei ihr. »Dabei hätte ich es besser wissen müssen«, fährt er fort. »Französische Soldaten wurden nicht angebettelt – sie hatten keine Orangen zu verteilen, und die Mädchen wurden vor ihnen versteckt. Sie sehen also, ich bin ein unbrauchbarer Zeuge. Ich hatte es Ihnen ja schon am Telefon gesagt, aber offenbar nicht deutlich genug.«

»Sie waren viereinhalb«, stellt Nadja fest. »Ungefähr so alt muss auch Lukas gewesen sein, der Bub der Frau, die Anderweg die Flüchtlingin nennt … Wenn es ihn gegeben hat, müssten Sie ihn gekannt haben. Der Junge oben im Schulhaus, Lukas Gsell, erinnern Sie sich?«

»Nicht Lukas. Keine Flüchtlingin.« Berndorf hat sich etwas nach vorne gebeugt und blickt Nadja direkt in die Augen. »Die Frau und das Kind waren wegen der Bombenangriffe aus Stuttgart evakuiert worden … Ich erinnere mich, dass mir das Wort Kopfzerbrechen machte, weil … ach egal!« Er zeigt ein kurzes, ein wenig schiefes Lächeln. »Sie sehen, ich habe also durchaus Erinnerungen, und um die Wahrheit zu sagen – es genügt allein der Name dieses Ortes, um eine Vielzahl von Empfindungen meiner Kindheit aufzurufen, in einen einzigen Brei von Farben und Gerüchen gerührt –, ich sehe den ausgetrockneten, lehmgelben, spitzsteinigen Feldweg vor mir, der hinauf zu dem Wald führt, wo ich Erdbeeren suchen soll, und das zerbeulte Aluminiumkännchen schlägt mir dabei ans Knie … ich rieche den Geruch des Kuhstalls, und meine Hand streift an die Stallwand, die von den Ausdünstungen der Tiere glitschig ist … es gruselt mich ein wenig vor den Weiden im Winternebel, an denen ich früh am Morgen auf dem Weg zum Bahnhof vorbeimuss, und wenn ich die Erinnerungen weiter zulasse, zischelt auch schon die Tochter der verrückt gewordenen Soldatenwitwe an meinem Ohr und macht mir Vorschläge, was ich mit ihrer Schwester tun soll … Entschuldigen Sie bitte!« Wieder setzt er sein schiefes Lächeln auf. »All das interessiert Sie nicht. Aber wenn Sie mich und sich selbst vor unangebrachter Sentimentalität schützen wollen, müssten Sie mir schon sagen, welche Art von Nachricht oder Botschaft Sie aus diesem Text filtern oder dechiffrieren wollen – und warum.« Mit den Fingern tippt er leicht auf den Stapel mit den Textkopien.

»Keine Botschaft«, antwortet Nadja und beugt sich zu ihrer Tasche, um Maunz herauszuholen und sie auf den Tisch zu stellen. »Das hier ist die Botschaft. Das Einzige, was mir meine richtige Mutter mitgeben konnte.« Sie versucht, kurz zu erklären, was sich aus den Dokumenten über ihre Adoption ergibt; überrascht stellt sie dabei fest, dass ihr Gegenüber sich Notizen macht. »Vermutlich ist meine leibliche Mutter eine polnische oder russische Zwangsarbeiterin gewesen«, fasst sie ihre Erklärung zusammen. »Am liebsten würde ich Sie beauftragen, herauszufinden, ob es so jemanden in Ihrem Dorf gegeben hat und ob diese Frau vielleicht sogar in näherem Kontakt zu dieser Elfriede Zainer stand … Allerdings weiß ich nicht, ob ich mir die Konditionen leisten kann, zu denen ich Sie engagieren müsste.«

Berndorf hat die Stoffkatze Maunz in die Hand genommen und betrachtet sie eingehend. Schließlich stellt er sie wieder zurück und blickt Nadja in die Augen. »Entschuldigen Sie – was haben Sie gerade gesagt?« Etwas irritiert wiederholt Nadja ihre Frage nach seinen Konditionen.

»Sie waren doch bereits in Wieshülen und haben sicher Erkundigungen über die Zeit damals eingezogen. Haben Sie da nicht nach den Zwangsarbeiterinnen gefragt?«

»Doch. Nur nennt man sie dort nicht so.« Nadja hebt leicht ihre Stimme und gibt ihr einen abgehackten, schneidenden Ton. »Man nennt sie die Weiber aus dem Osten. Die man nicht hat brauchen können. Die bloß unverschämt wurden ... Entschuldigung, ich hab darüber nur mit einer einzigen Frau gesprochen, aber die hat nun einmal so geredet. Eine Klara Weber, vielleicht kennen Sie sie?«

Berndorf gibt keine Antwort. »Sie haben sich mit dem Schicksal der Zwangsarbeiterinnen vertraut gemacht oder dem der *Displaced Persons* überhaupt?«, fragt er stattdessen. »Wie sie verschleppt wurden, wie es ihnen erging, wie sie behandelt wurden?«

Nadja zögert. »Ich habe nur eine sehr allgemeine Vorstellung«, sagt sie schließlich. »Aber es gibt Dinge, die so grauenhaft sind, dass man sie sich nicht vorstellen kann. Nicht in ihrem vollen Ausmaß. Und was das Schicksal der polnischen und russischen Zwangsarbeiterinnen angeht – ich glaube, das wollte ich nicht an mich heranlassen.«

Berndorf sucht ihren Blick. Sie schaut ihn an. Schließlich nickt er, steht auf und geht zu seinem Bücherregal. »Jetzt werden Sie das aber müssen«, sagt er über die Schulter, während er etwas zu suchen scheint. »Ihre Katze besteht darauf.« Offenbar hat er gefunden, was er suchte, und nimmt einen großformatigen grauen broschierten Band und bringt ihn ihr. »Das hier ist eine Dokumentation über polnische Zwangsarbeiterinnen und Arbeiter, die nach Ulm verschleppt wurden. Niemand von den damals jungen Frauen und Männern, die in diesem Band zu Wort kommen, wird in Wieshülen gewesen sein. Aber sie waren nicht weit davon entfernt. Lesen Sie und entscheiden dann, was Sie weiter unternehmen wollen! Ich glaube übrigens nicht, dass die Elfie Zainer für das Neugeborene einer Polin oder Russin ein Geschenk übrig gehabt hätte, sei es eine Stoffkatze oder sonst etwas, und umgekehrt würde die Polin oder Russin kein Geld gehabt haben, ihr etwas abzukaufen.«

»Sind Sie da so sicher?«, wendet Nadja ein. »Die Elfie und diese – diese andere Frau, denen war ja beiden vom Leben übel mitgespielt worden. Warum sollte da die eine nicht etwas für die andere tun, so ein kleine Geste der Solidarität, entschuldigen Sie den abgegriffenen Ausdruck!«

Berndorf wirft ihr einen prüfenden Blick zu. »Einverstanden«, sagt er schließlich, »es ist zumindest nicht ausgeschlossen. Der falsche Ansatz ist es trotzdem. Wenn wir herausfinden, dass die unglückliche Elfie mit einer der Ostarbeiterinnen bekannt war, wissen wir im Grunde nicht mehr als jetzt: dass nämlich irgendeine Verbindung bestanden hat. Viel sinnvoller wäre es, wenn man bei den Standesämtern nachfragen würde, ob irgendwo zu dem fraglichen Zeitpunkt die Geburt einer …« – er blickt auf seine Notizen – »einer Nadeshda Helena eingetragen wurde. Allerdings ist das ein Job, für den Sie niemanden aus Berlin einfliegen lassen müssen … Sie sind nicht zufrieden?«

»Auf diese Weise erfahre ich vielleicht – sehr vielleicht – einen Namen … den Namen meiner Mutter, immerhin, ich würde das nicht geringschätzen«, sagt Nadja widerstrebend. »Trotzdem würde ich gerne mehr wissen wollen. Was zum Beispiel ist die wirkliche Geschichte, von der diese Erzählung« – sie hebt das Heft mit Pietzsch' Nachtwache kurz hoch – »vermutlich nur einen Abklatsch darstellt? Hat diese andere Geschichte etwas mit mir und meinem Leben zu tun?

Um das herauszufinden, müsste rekonstruiert werden, was sich in diesem Dorf Wieshülen um den 20. April herum wirklich abgespielt hat.« Sie hält kurz inne. Kann dieser Mensch, der ihr da gegenübersitzt, einen solchen Wunsch verstehen? »Wie würden *Sie* vorgehen?«

»Warum versuchen Sie nicht herauszufinden, wer dieser Paul Anderweg war?«, fragt Berndorf zurück. »Er muss immerhin einen Grund gehabt haben, dieses Dorf zu beschreiben, und mit seinen Bewohnern scheint er einigermaßen vertraut gewesen zu sein. Er weiß, dass der Bürgermeister ein ehemaliger Polizist ist, den Feuerwehrkommandanten nennt er sogar beim richtigen Namen, hängt ihm aber Bibelkenntnisse sowie ein Kirchenamt an, die dem real existiert habenden Kommandanten so fremd gewesen sein müssen, dass man einen Scherz unterstellen möchte … Kurz, der Mann, der sich Paul Anderweg nennt, war in irgendeiner Weise mit den Dorfbewohnern verbunden. Ich selbst habe keine Ahnung, wer das gewesen sein könnte. Man müsste herausfinden, wie sein weiteres Leben verlaufen ist, welche Beziehungen er eingegangen ist, und welche Gründe er gehabt haben kann, diese Erzählung so zu schreiben, wie er sie dann veröffentlicht hat … Vielleicht führt uns das eher zu der Frau, nach der Sie suchen – oder sogar auch zu dem Mann, der ja schließlich irgendwie auch beteiligt gewesen sein muss.«

Das geht jetzt zu weit, denkt Nadja, aber gleichzeitig hört sie, wie ihre Stimme sagt: »Könnten Sie einen solchen Auftrag übernehmen, und was würde das kosten?«

Berndorf schüttelt den Kopf. Der Fall interessiere ihn selbst, also werde er kein Honorar verlangen. »Sollte ich aber an einen Punkt gelangen, an dem zwar meine Fragen beantwortet sind, nicht aber die für Sie wichtigen, werde ich Ihnen für allfällige weitere Recherchen ein förmliches Angebot samt Kostenvoranschlag unterbreiten – vorausgesetzt, ich sehe dann noch überhaupt eine Möglichkeit, zusätzlich etwas in Erfahrung zu bringen … Sorry, das war jetzt gerade sehr bürokratisch formuliert, aber manchmal ist eine gewisse Förmlichkeit ganz hilfreich.«

»Das ist alles in Ordnung so«, meint Nadja, »nur würde mich schon interessieren, welcher Art denn Ihre Fragen sind?«

Berndorf hebt kurz die Augenbrauen. »Es gibt da zwei oder drei Dinge, die ich gerne wissen möchte.« Plötzlich lächelt er. »Wir kommen noch darauf zu sprechen. Aber erst müssen wir diesen Anderweg finden. Einverstanden?«

Nadja hält den Kopf ein wenig schief, dann nickt sie, eher resignierend als zustimmend. »Und wie wollen Sie ihn finden?«

Wieder tippt Berndorf auf den Stapel mit den kopierten Seiten. »Laut Impressum ist das von einer Druckerei *Georg Beyschlag & Söhne* in Nördlingen hergestellt worden … Mal schauen, ob es das Unternehmen noch gibt.«

FREITAG

Daniel und die dreieinhalb Zeiten

Wollen Sie fahren?«, fragt Berndorf, als der Jüngling vom Mietwagen-Service des Flughafens Stuttgart-Echterdingen den Fahrzeugschlüssel ganz selbstverständlich ihm zuschiebt. Sie bitte darum, antwortet Nadja kühl und greift sich den Schlüssel. Doch während sie sich den Wagen – einen blauen Japaner der unteren Mittelklasse – zeigen und die Bedienungselemente erklären lässt, kommen ihr Zweifel. Ist es eine besonders gute Idee, ausgerechnet mit einem ehemaligen Polizisten auf dem Beifahrersitz in einem Auto herumzufahren, das sie noch nicht gewohnt ist? Aber was soll's? Wenn ihm etwas nicht passt, kann er es ja sagen.

Das Auto hat zwar ein Navigationsgerät, bei dessen Tastatur aber keine Umlaute vorgesehen sind und das deshalb statt Nördlingen Reiseziele wie Norderney vorschlägt. Das fängt ja gut an, denkt sich Nadja, aber Berndorf meint, er wisse den Weg – »falls Sie sich von mir etwas sagen lassen wollen.« Sie wirft einen misstrauischen Blick zur Seite. Will er sie auf den Arm nehmen? Dann lässt sie sich aber doch von ihm erst auf die Autobahn dirigieren und dann weiter über das Gewirr von Schnellstraßen rund um Stuttgart, was deswegen nicht ganz einfach ist, weil der blaue Mietwagen doch stärker motorisiert ist als die Autos, die sie beim Freiburger Car-Sharing ordert, wenn sie mal nach Colmar fahren will oder in den Schwarzwald hinauf. Außerdem kommt die Kupplung schneller und greifen die Bremsen stärker, was ihrer Fahrweise etwas Ruckartiges gibt. Und wie meistens auf deutschen Schnellstraßen herrscht ein aberwitziges Surren und Rasen um sie herum, als sei ein blecherner Hornissenschwarm aufgestört. Immer wieder einmal wirft sie einen Blick zur Seite – stets sieht Berndorf starr geradeaus, das Gesicht seltsam angespannt. Wenn sie schon einen Beifahrer hat, könnte der doch wenigstens für ein bisschen Unterhaltung sorgen!

Sie beschließt, sich nach Berndorfs Schulzeit zu erkundigen – ob noch andere Kinder aus dem Dorf Wieshülen auf die Oberschule geschickt worden seien, und seit wann die Klassentreffen stattfänden, von denen Carmen Weitnauer erzählt habe? Berndorf erinnert sich, dass er in den ersten Jahren wohl der einzige Schüler aus dem Dorf gewesen sein muss, denn man habe ihm regelmäßig irgendwelche Aufträge mitgegeben, die er dann in der Kreisstadt nach der Schule erledigen musste, »am meisten hab ich es gehasst, wenn ich zur Apotheke geschickt wurde. Das ist mir auch geblieben, heute noch muss ich mich überwinden, einen dieser Tempel der Hinfälligkeit zu betreten und irgendeinem weißgekleideten und desodorierten Geschöpf zu erklären, was für ein Mittelchen ich gegen welches Gebrechen brauche.«

Das ist Nadja denn doch zu albern, um darauf einzugehen, also fragt sie nach den Klassentreffen. Die finden erst seit einigen Jahren statt, antwortet Berndorf. »Offenbar muss man alt werden, um sich an die Kindheit erinnern zu wollen.«

Schon eine ganze Weile fahren sie hinter einem Lastwagen her. Aber auf der Überholspur herrscht ein solches Gedränge, dass an ein Ausscheren nicht zu denken ist. »Wie war eigentlich Ihre Beziehung zu Carmen? Mochten Sie sich?«

Berndorf zuckt mit den Schultern. »Die Frage stellte sich nicht. Jedenfalls nicht für mich. Ich war ein schmächtiges Bürschchen, noch mit dreizehn oder vierzehn viel zu kindlich. Auch danach noch… Das Schlimmste war dann die Tanzstunde. Ein Alptraum. Zu wissen, man kommt nicht in Betracht.«

Nadja versucht, sich das merkwürdige Lächeln der Carmen Weitnauer in Erinnerung zu rufen, mit dem diese ihren Mitschüler aus dem kleinen Dorf erwähnt hat. »Und damit findet ein junger Mann sich ab?«

»Da fehlte noch einiges zum Mann. Und sich abfinden? Vermutlich will man sich nicht lächerlich machen.«

Ah ja, denkt Nadja: Da haben wir also schon einmal einen wunden Punkt gefunden! Sie hat sich etwas hinter den Lastwagen zurückfallen lassen, beschleunigt jetzt aber und zieht den Wagen nach links, als sich dort eine etwas größere Lücke auftut. Lichthupend schließt ein SUV auf, einer dieser hochrädrigen Zivilpanzer, so dicht, als wollte er sie mit der Stoßstange vor sich herschieben. Aber es ist nicht nur ein Lastwagen, sondern eine ganze Kolonne, also dauert es, bis sie daran vorbei ist. Der SUV hinter ihr stellt schließlich das Lichthupen ein, aber als sie wieder nach rechts geht und er überholen kann, muss der Fahrer heftig zu ihr herüber fuchteln und den Stinkefinger zeigen.

»Kann ich den anzeigen?«

»Gewiss doch«, kommt die Antwort. »Sie haben ja einen Zeugen. Trotzdem würde ich es Ihnen nicht empfehlen.«

»Warum nicht?«

»So jemand« – Berndorf deutet nach vorne, wohin der SUV längst entschwunden ist –, »so jemand hält sich einen Rechtsanwalt, der postwendend Sie wegen Verkehrsgefährdung anzeigt und im Übrigen behaupten wird, sein Mandant sei gar nicht gefahren, sondern habe das Auto einem seiner Kollegen überlassen, von dem er leider jetzt nicht mehr weiß, wer es war.«

»Und damit kommt man vor Gericht durch?«

»Vor Gericht kommt man mit noch ganz anderen Sachen durch.«

Ein Schild kündigt ein Rasthaus an, Nadja hält eine Kaffeepause für angebracht, Berndorf ist einverstanden, und so biegen sie ab. Es ist später Vormittag, das Rasthaus hat Selbstbedienung, an der Theke müssen sie nicht lange warten, aber Nadja nimmt am Automaten dann doch keinen Kaffee, sondern lässt sich einen Pfefferminztee aufbrühen, und Berndorf einen grünen Tee. Sie finden einen Ecktisch, durch das Fenster sieht man auf drei oder vier geparkte Lastzüge und eine Gruppe von Männern, die ihre Zigarettenpause in Gesellschaft eines Aschenbechers verbringen. Auf dem Fensterbrett trauert einsam eine Orchidee aus Plastik.

Nadja holt aus ihrer Handtasche eine Packung Cracker und bietet Berndorf davon an. »Aber wundern Sie sich nicht – das Zeug ist glutenfrei, ich muss auf so etwas achten.« Sie sitzt mit dem Rücken zum Fenster, Berndorf hat das Licht des späten Vormittags im Gesicht und hält den Kopf ein wenig gesenkt. Nadja registriert: sorgfältige Rasur, das kurzgeschnittene Haar offenbar frisch gewaschen, eine Narbe auf der Oberlippe, an der Schläfe und auf dem Jochbein zwei Altersflecken, im Vergleich zu dem eher schmalen Gesicht breite, aber langfingrige Hände, mit denen behutsam kleine Stücke von dem Cracker abgebrochen werden. Offenbar bemerkt der Mann, dass er beobachtet wird, kauend blickt er auf und ihr direkt in die Augen. »Ganz schmackhaft«, lobt er, dann brechen Gespräch und Blickkontakt wieder ab.

Nadja versucht, in dem Mann gegenüber den Schüler zu erkennen, der als vermutlich Einziges von den Dorfkindern auf die Oberschule geschickt wurde, damals in den Fünfziger Jahren. Ein anderes Bild schiebt sich davor, das Bild des vier- oder fünfjährigen Buben in der Dachkammer des Schulhauses, die Finger zerbröseln keinen Keks, sondern stoßen mit dem einen Bauklotz den anderen um, und dazu ein abweisender, in sich gekehrter, vielleicht sogar böser Kinderblick … In ihrem Kopf melden sich Bruchstücke eines Gedichtes und wollen zusammengesetzt werden, die Fragmente klingen nach Hofmannsthal, *Terzinen über die Vergänglichkeit*, ein Anflug von *panta rhei* klingt darin an … *dass alles gleitet und vorüberrinnt* … Plötzlich ist die Fortsetzung da, als habe Nadja sie gerade erst auswendig gelernt:

Und dass mein eignes Ich, durch nichts gehemmt
Herüberglitt aus einem kleinen Kind
Mir wie ein Hund unheimlich stumm und fremd …

Komisch eigentlich, denkt sie dann. Es klingt, als liefe das Kind, das man einmal war, noch immer neben einem her, wie ein Hund eben, nicht an der Leine geführt, nicht an der Hand gehalten, aber geduldig den Weg mittrottend, bis zu seinem Ende. Warum tut das Kind das? Hat es noch etwas zu bekommen, eine Genugtuung vielleicht? Sie wischt den Gedanken wieder weg, *unheimlich stumm* sind in diesem Augenblick nur sie und dieser Mann ihr gegenüber. Wie soll das nur werden, wenn sie sich die ganze Zeit anschweigen! Sie wolle nicht aufdringlich erscheinen, ergreift sie das Wort, »aber mir ist aufgefallen, dass Sie das linke Bein … nein … Sie ziehen es nicht nach, aber Sie gehen nicht ganz gleichmäßig …«

Das sei Spätfolge eines Unfalls, kommt die Antwort.

»Ein Sportunfall?«

»Es war ein Lastwagen. Der Fahrer oder genauer: dessen Chef hatte Missfallen an mir gefunden. Alles in allem ging die Sache noch gut ab.«

Das höre sich aber sehr dramatisch an, meint Nadja höflich.

»Ach«, entgegnet Berndorf, »mit Lastwagen passieren gerne solche Sachen. Ein Augsburger Oberstaatsanwalt ist vor ein paar Jahren frontal in einen entgegenkommenden Truck hineingefahren, als hätte ihm einer ins Lenkrad gegriffen. Zufälligerweise hatte sich der brave Jurist ausgerechnet mit der Familie angelegt, mit der man sich in Bayern damals am allerwenigsten anlegen sollte. Er hat die Sache nicht überlebt.«

Nadja glaubt sich zu erinnern, dass sie davon gelesen hat. Mit derlei müsse man in Bayern wohl rechnen, meint sie dann. Aber ihr falle etwas anderes auf. »Sie reden nicht gerne von sich, nicht wahr? Ich frage Sie nach Ihrem Unfall, und Sie erzählen mir von diesem armen Staatsanwalt… So geht das die ganze Zeit. Ich frage Sie nach dem Jungen, der in Anderwegs Geschichte als Lukas auftritt, und Sie beschreiben mir das Aluminiumkännchen, mit dem Sie Erdbeeren gesammelt haben, und erzählen von den glitschigen Stallwänden…«

Er legt den Kopf ein wenig schief. »Sie wollten wissen, ob ich dieser Lukas war? Das können Sie sich doch selbst ausrechnen. Dass eine Frau, die sich vor dem Einmarsch der Alliierten Wörterbücher und eine englische Grammatik besorgt – dass die ihren Buben später auf die Oberschule scheucht, liegt nicht ganz fern.«

»Gewiss nicht. Nur hieß die Frau, die mit ihrem Buben oben in den beiden Kämmerchen gehaust hat, nicht Berndorf. Sie hieß Gsell. Eva Gsell.«

Berndorf nickt. »Sie hatte sich kurz nach der Geburt des Kindes scheiden lassen und wieder den Mädchennamen angenommen.«

»War das für ein Kind damals nicht seltsam, anders zu heißen als die Mutter?«

»Seltsam? Damals gab es genug Familien, die auseinandergerissen worden waren. Und genug Kinder, die man dort untergebracht hatte, wo es eben ging.« Entschuldigend hebt er beide Hände an und lässt sie wieder sinken. »Sie wissen das besser als ich.«

Nadja schüttelt unwillig den Kopf. »Ich hatte wissen wollen, wie das für Sie war.«

»Ich glaube, ab einem bestimmten Alter fragen Kinder nicht mehr, warum die Welt so ist, wie sie ist. Sie haben genug damit zu tun, es darin auszuhalten. Aber auch das werden Sie besser wissen.«

»Sie können Lehrer nicht leiden, nicht wahr? Sie halten sie für notorische Besserwisser?«

Er schüttelt den Kopf. »Das wäre ein ziemlich abgedroschenes Vorurteil. Wenn es sich ergibt, ist jeder Mensch dem Menschen ein Besserwisser.«

»Ich nehme an, dass Sie einen Wolf im Vergleich dazu für harmlos ansehen.«

»Soviel ich gelesen habe«, antwortet Berndorf und hebt ein wenig die Augenbrauen, »sind Wölfe kluge und sensible Geschöpfe, die in ihrem Rudel vorbildlich zusammenleben.«

»Ich reise in der Gesellschaft eines Misanthropen!«, sagt Nadja und trinkt einen letzten Schluck Pfefferminztee. »Reizend! Sind Sie deswegen Polizist geworden?«

»Ach! Das war eher eine Flucht«, antwortet Berndorf. »Eine Flucht aus einem gescheiterten Jurastudium.«

»Woran lag's?«

»An mir. Juristerei ist ein technisches Geschäft. Wie können Lebenssachverhalte so interpretiert und gedeutet werden, dass sie in das Raster der Normen hineinpassen? Ich aber bin leider technisch unbegabt. Oder einfach zu dumm.«

»Und damit kokettieren Sie auch noch«, fügt Nadja an und stellt ihr Teeglas auf das Tablett zurück, und Berndorf, der noch auf die Toilette will, steht auf. Als sie sich wenig später am Wagen treffen, schlägt Nadja vor, dass er fahren soll – »ein Beifahrer, der die ganze Zeit stocksteif und angespannt auf seinem Sitz hockt, in stummer Anklage also, der beschädigt mein Selbstbewusstsein!« Berndorf bittet sehr um Entschuldigung, übernimmt dann aber doch ohne weiteres Sträuben den Autoschlüssel. Wie Nadja feststellt, ist er ein eher unauffälliger Autofahrer, auch scheinen sich die anderen Autofahrer irgendwie beruhigt zu haben, inzwischen sind sie auf der Bundesstraße 34, und auf den Hinweisschildern taucht bereits der Name Nördlingen auf…

Während der Fahrt beginnt sie von Donatus Rupp und ihrem Besuch in dem ehemaligen Schulhaus zu erzählen. »Ich war sogar oben in der Dachwohnung, in der Sie mit Ihrer Mutter gelebt haben müssen, es sind jetzt Gästezimmer dort eingerichtet… Wollen Sie übrigens einen Prospekt von diesem Donatus Rupp? Ich habe welche mitgenommen.«

»Stehen die Fichten noch?«, will Berndorf wissen. »Die Bäume am Rand vom Schulhof? Man müsste sie aus dem Südfenster sehen.«

Nadja runzelt die Stirn. »Moment… Ja doch, da waren Bäume, Tannen oder vermutlich doch Fichten, sie sahen ein wenig mitgenommen aus… Aber mich haben mehr diese beiden mit weißer Raufaser tapezierten Kämmerchen interessiert oder genauer, wie Anderwegs Flüchtlingin da Jahr für Jahr verbracht hat…«

»Damals war der weiße Verputz mit einem blauen Muster überzogen, den man mit einer Walze aufgetragen hatte«, antwortet Berndorf, »vermutlich sollte es ein Blumenmuster sein. Wir blieben bis 1956, dann war die Schule dort für mich zu Ende, sie führte nur bis zur Mittleren Reife, eine Nichtvollanstalt, wie das damals hieß, eine Anstalt für Nichtvollzunehmende, wie meine Mutter spottete…«

»Ein Progymnasium also. Und was folgte danach?«

»Plötzlich konnten wir doch nach Stuttgart zurück, plötzlich fand sie Arbeit in einer Buchhandlung, ich kam für die letzten Jahre bis zum Abitur in eine zusammengewürfelte Klasse eines angeblich naturwissenschaftlichen Gymnasiums, das mir aber weder etwas über die Naturwissenschaften noch sonst etwas vermittelte…«

»Schule eben, nicht wahr?«

»Es wird an mir gelegen haben.«

»Sie brauchen keine Rücksicht auf mich zu nehmen«, meint Nadja. »Übrigens interessiert mich Ihre Mutter mehr, die Flüchtlingin … Was hat sie in diesen Jahren da oben getan? Welche Gedanken, Hoffnungen, Erwartungen an das Leben hat sie gehabt?«

Berndorf schaltet einen Gang zurück, beschleunigt scharf und überholt einen Lastwagen. »Wonach haben Sie gerade gefragt?«, fragt er zurück, als er wieder einschert. »Nach den Erwartungen und Hoffnungen, die jemand gehabt hat? Das wissen wir von niemandem.«

»Ich fragte nach den Erwartungen und Hoffnungen Ihrer Mutter.«

»Auch die eigene Mutter hat ein Recht darauf, ein Mensch für sich zu sein.«

»Gewiss doch.« Nadja zwingt sich zu einem kleinen schiefen Lächeln. »Wem sagen Sie das!«

Unter dem tief hängenden grauen Wolkenhimmel öffnet sich eine weite Ebene, bis zum Horizont von einem großflächigen Teppichmuster abgeernteter Mais- und Zuckerrübenfelder überzogen, in ihrer Mitte eine um eine gotische Kirche versammelte Stadt, der Kirchturm trägt eine Art Haube, die nach einem mittelalterlichen Notbehelf aussieht.

»Für Jahrhunderte gebaut«, meint Berndorf, »aber niemals fertig.«

»Warum? Weil Menschenwerk unvollkommen zu sein hat?« Nadja wirft einen scharf prüfenden Blick hinüber zu dem Mann auf dem Fahrersitz. »Ich fürchte, dieser Kirchturm dokumentiert nichts anderes, als dass den frommen Leuten das Geld ausgegangen ist. Die Handelswege müssen sich geändert haben, irgendwann zu Beginn der Neuzeit, und die Gegend hier lag plötzlich im Windschatten.«

Im Windschatten des Weltgeschehens hat die Nördlinger Buchdruckerei *Georg Beyschlag & Söhne* zwar dem Umbruch und dem Preisverfall in der Druckindustrie bis nach der Jahrtausendwende widerstanden, dann aber doch aufgeben müssen. Ein Nachfolgebetrieb ist noch immer in der Satzherstellung tätig, hat aber – wie Berndorf am Telefon bedeutet wurde – anderes zu tun, als die geschäftlichen Unterlagen der alten Firma aus den Vierziger Jahren zu archivieren. Immerhin wurde Berndorf die Adresse des letzten Beyschlag-Geschäftsführers genannt, eines Christof Lettenbaur, und der wiederum erklärte sich am Telefon nach einigem Zögern bereit, Auskunft zu geben.

Inzwischen ist es Mittagszeit und für einen Besuch bei der angegebenen Adresse zu früh, also stellt Berndorf den Wagen auf einem Parkplatz vor einem der Stadttore ab. Stadttore? Ja doch, denn dies ist eine Stadt, die noch alles hat, was eine Stadt ehedem haben sollte, Stadttore und eine richtige kreisrunde intakte Stadtmauer, die dabei vor kurzem erst dem Ansturm der Kaiserlichen Truppen ausgesetzt war, 1634 war das, im Dreißigjährigen Krieg, seither hat sich nicht mehr allzu viel getan. Nadja kennt Nördlingen nicht und ist entzückt, weil Kopfsteinpflaster und Fachwerk ganz selbstverständlich aussehen, nicht so, als seien sie Fotografier-Kulisse für Sightseeing-Busse. Berndorf steuert zuversichtlich ein erstes Lokal an, aber das *Schwarze Lamm* hat geschlossen, ebenso eine zweite Gastwirtschaft, schließlich finden sie einen Tisch in einem Hotel-Restaurant der besseren Tage unweit der Stadtkirche St. Georg, zu der auch der mächtige Kirchturm mit seiner Haube gehört.

Die Bestellung nimmt etwas Zeit in Anspruch, bis Nadja sich durchgerungen hat, eine Forelle blau mit Kartoffeln zu nehmen, und auch klar ist, dass sie das Dressing für den Salat selbst zusammenstellt. Wird Berndorf derweil ungeduldig? Sie kann es nicht genau erkennen. Als schließlich alles bestellt ist, berichtet Berndorf, dass er bereits das eine oder andere Mal in dieser Stadt gewesen sei, als alle diese schönen kleinen Gasthöfe noch bewirtschaftet waren, und dass er damals gedacht habe, eigentlich sollte er hierbleiben, »wenigstens *eine Zeit und zwei Zeiten und eine halbe Zeit!*«

»Bitte?«

»Das ist aus einer der Weissagungen des Propheten Daniel«, erklärt Berndorf. »Der Kirchturm hier nebenan heißt so. Daniel, meine ich.«

»Ah ja … Sie sind bibelfest? Womöglich fromm? Es klang vorhin so etwas bei Ihnen an.«

»Nein. Ich hab's gestern im Internet nachgeschlagen«, antwortet Berndorf und lehnt sich zurück, denn die Getränke werden gebracht.

»Sie hatten sich überlegt, hierzubleiben … Warum?«

Er zuckt die Achseln. »Ich dachte, es ist ein Ort, an dem man der Zeit zuschauen kann. Oder den dreieinhalb Zeiten des Propheten. Und abwarten, was danach kommt, am Ende der Tage – verstehen Sie?«

»Und warum wollten Sie es dann doch nicht, hier abwarten?«

»Das hier ist Bayern … das Ende der Tage wird da zwar nicht groß anders sein, aber ich war Polizist in Baden-Württemberg.«

»Aber Beamte können doch in andere Bundesländer wechseln, von Lehrern weiß ich es ganz bestimmt, nur mit den Ferien kann man ziemlich dumm reinfallen.«

»Ja doch. Aber irgendwann war ich lang genug bei der Polizei, und als die mich gehen ließen, war Berlin erste Wahl. Barbara lebt dort.«

Ach ja, denkt Nadja, eine *Barbara!* Schon recht. Wenig später kommen die Forelle und das vegetarische Gericht, das sich Berndorf bestellt hat, das Gespräch verstummt, und Nadja überlegt, was der Mann ihr gegenüber eigentlich in der ganzen Zeit von sich preisgegeben hat. Das Ergebnis ist ernüchternd: In Wirklichkeit hat sie nichts erfahren, was sie sich nicht selbst hätte denken können. Vor allem hat sie noch nicht einmal den Ansatz einer Erklärung zu hören bekommen, warum Berndorf denn selbst an dem Fall des Soldaten Pietzsch interessiert ist.

Eine halbe Stunde später – zufrieden mit Mittagessen und Service – beschließen sie, in dem Hotel auch zu übernachten, und buchen zwei Einzelzimmer, bevor sie zu ihrem Mietwagen zurückkehren. Dessen Navigationsgerät führt sie aus der Altstadt wieder hinaus und lotst sie in ein Wohngebiet aus den Sechziger oder frühen Siebziger Jahren. Die angegebene Adresse gehört zu einem Bungalow, ein Besucherparkplatz ist frei, an der Haustür werden sie von einem großgewachsenen Mann in Empfang genommen. Er hat einen beeindruckenden, wie poliert schimmernden Schädel, um den sich ein spärlicher weißer Haarkranz zieht. Er stellt sich als Christof Lettenbaur vor und führt sie in ein Arbeits- oder Lesezimmer mit wandhohen Bücherwänden.

»Sie machen nicht nur Bücher«, stellt Nadja fest, »Sie lieben sie auch!«

»Das hat sich halt so ergeben«, meint ihr Gastgeber, der ein leicht schwäbisch-bairisch eingefärbtes Hochdeutsch spricht, und bittet, Platz zu nehmen. Auf dem Lesetisch inmitten einer Sitzgruppe aus Ledersesseln liegt ein zweites Exemplar von *Pietzsch' Nachtwache*, der Umschlag erscheint Nadja etwas weniger verblasst als der ihres Exemplars. »Ich hätt nicht gedacht, dass ich noch eine Ausgabe habe«, sagt Lettenbaur, »ich hab sie mitgenommen, als wir die Druckerei abwickeln mussten und auch das Archiv, das hat ja niemand übernehmen wollen …«

»Das wird keine lustige Zeit gewesen sein«, sagt Berndorf.

»Das Lustige daran hat sich in Grenzen gehalten«, bestätigt Lettenbaur.

Nadja erklärt, wie sie zu ihrem Exemplar gekommen ist, vermeidet aber, etwas von der Stoffkatze mitzuteilen. Sie wirft einen Blick zu Berndorf, zum Zeichen, dass er fortfahren soll.

»Frau Schwertfeger hat herausgefunden, dass in dieser Geschichte« – er deutet auf den Sonderdruck – »das Dorf Wieshülen beschrieben wird, auf der Schwäbischen Alb gelegen. Ich kann das bestätigen, denn ich bin dort aufgewachsen, und im Text finden sich Anspielungen, die nur jemand machen kann, der dort gewesen ist. Die Erzählung handelt vom Kriegsende fünfundvierzig, und uns beide interessiert, was daran wahr und was bloß erfunden ist. Deswegen wüssten wir gerne mehr über diesen tatsächlichen oder angeblichen Autor Paul Anderweg.«

»Warum angeblich?«, fragt Lettenbaur. »Ich hab ihn zwar nicht mehr gekannt, aber er muss für unsere Zeitung hier geschrieben haben. Nach unserem Gespräch habe ich gestern einen unserer alten Setzer angerufen, und der hat sich noch gut an ihn erinnert.« Er blickt von Berndorf zu Nadja und wieder zurück. »Die Zeitung, müssen Sie wissen, wurde damals bei uns gesetzt oder genauer: der Lokalteil davon, die Redaktion war auf der anderen Seite vom Hof.«

»Er war Redakteur?«, fragt Nadja.

»Nein, soviel ich weiß«, antwortet Lettenbaur. »Er muss so etwas wie ein freier Mitarbeiter gewesen sein, höchstens, dass er eine fixe Pauschale bekommen hat. Aber eine Frage … nach Ihrem Anruf gestern hab ich diese Geschichte …« – er deutet auf das Heft – »… zum ersten Mal gelesen, und wenn ich es richtig verstanden habe, läuft sie darauf hinaus, dass die Hauptfigur vors Standgericht kommt. Aber wenn das so war, hat das ja in aller Öffentlichkeit stattgefunden, da muss es Augenzeugen gegeben haben, es müssten Akten dazu vorliegen … Wissen Sie darüber etwas?«

»Angeblich«, sagt Nadja und muss sich kurz räuspern, »angeblich ist von einer standrechtlichen Hinrichtung, die in oder bei diesem Dorf Wieshülen stattgefunden hätte, nichts bekannt. So jedenfalls hat es mir jemand vom Arbeitskreis der Heimatgeschichte gesagt.«

An der Tür klopft es, eine Frau tritt ins Zimmer, es ist die Ehefrau Christina Lettenbaur, die wissen will, ob dem Besuch ein Kaffee angeboten werden dürfe. Die Ehefrau hat ein schmales Gesicht mit aufmerksamen, flinken Augen, beiläufig werden Nadja Schwertfeger und Berndorf einer Überprüfung unterzogen. Nadja beschließt, dass es besser sei, die Hausherrin einzubeziehen, »eine Tasse Kaffee? Aber gerne!«

Daraufhin wird der Besuch in die Wohnküche gebeten, Christof Lettenbaur erklärt, dass sich die Besucher für einen gewissen Paul Anderweg interessieren, »ich weiß gar nicht, ob du dich an ihn erinnerst, er hat für die Zeitung geschrieben …«

»Anderweg?«, fragt Christina Lettenbaur zurück, noch mit der Kaffeemaschine beschäftigt. »Sagt mir nichts.« Dann dreht sie sich zu den Besuchern um. »Sie sind Verwandte von ihm?«

»Nein«, sagt Nadja fest, »aber vielleicht hat er etwas über meine Mutter gewusst. Nach der suche ich nämlich.« Umstandslos teilt sie jetzt doch mit, warum die Geschichte von *Pietzsch' Nachtwache* sie so berührt, aber während sie berichtet, bemerkt sie, dass Berndorf – zu Christof Lettenbaur gewandt – kurz beide Hände hebt, als wollte er sich dafür entschuldigen, dass es bei ihrem Besuch nun doch nicht um einen tragischen Helden der Zeitgeschichte geht.

»Eine Stoffkatze, ja so!«, meint Christina Lettenbaur, die dabei ihre Augen von Nadja zu Berndorf und wieder zurück wandern lässt, als müsse sie die beiden abgleichen oder herausfinden, was sie sonst miteinander zu tun hätten. »Aber dass eine damals nichts anderes gehabt hat, um es dem Kind mitzugeben, das glaub ich gleich.«

Inzwischen sind auch die letzten beiden Tassen Kaffee serviert, man sitzt zu viert am Tisch und berät, wer noch nähere Auskunft über Paul Anderweg geben könnte. Es gebe einen Stammtisch von Mitarbeitern der ehedem Beyschlagschen Druckerei, meint Christof Lettenbaur, wie es sich fügt, findet der Stammtisch freitags statt, »im *Engel*, der Kollege, den ich gestern angerufen hab, ist meistens auch dabei.«

»Oha!«, bemerkt seine Frau und wendet sich an Nadja. Wenn es ihr recht sei, würde sie ein paar von ihren alten Schulfreundinnen von damals anrufen. »Vielleicht kann sich die eine oder andere an den Namen erinnern – Anderweg, sagten Sie, nicht wahr? Was wollen Sie denn über ihn wissen?«

Nadja zögert kurz, eigentlich will sie über Anderweg gar nichts wissen, das ist die Idee von diesem Berndorf. »Ach – eigentlich alles, was über seine Lebensumstände noch zu erfahren ist.« Plötzlich hat sie eine Idee. »Vor allem, ob er noch andere Aufzeichnungen hinterlassen hat.«

Christina Lettenbaur nickt. »Versuchen wir's halt«, sagt sie, steht auf und lädt Nadja mit einer auffordernden Handbewegung ein, mit ihr zu kommen. Die beiden Frauen gehen in das benachbarte Wohnzimmer, Nadja versinkt in einem Sessel gegenüber dem Panoramafenster, durch das sich der Blick auf einen noch herbstbunten Garten eröffnet, und hört zu, wie sich Christina Lettenbaur am Telefon anhört, sie spricht jetzt ungeniert Dialekt, er kommt ihr vor wie ein etwas gutturales Schwäbisch, mit bayerischer Sprachmelodie intoniert, unaufgeregt, fast einschläfernd … Die Recherche ist mühsam und langwierig, bevor sie auf eine Antwort hoffen darf, muss Christina Lettenbaur jeder ihrer Gesprächspartnerinnen erklären, dass sie hier eine Dame zu Besuch hat, die 1946 als Neugeborenes zur Adoption abgegeben wurde, gleich Anfang 1946, und dass die Dame jetzt ihre Mutter sucht und dass man vielleicht über einen Paul Anderweg etwas herausfinden kann, der hat nach dem Krieg …

Das variiert von einer Gesprächspartnerin zur anderen, bei einigen muss Christina Lettenbaur den Anruf mit einem Austausch über den letzten Kartenabend eröffnen oder den nächsten Südtirol-Urlaub … Nadja fühlt sich von den leise dahinströmenden Gesprächen in ein merkwürdiges Dämmern versetzt, Moment! ruft sie sich zur Ordnung, es geht doch um sie, um Nadja, diese Frau da gibt sich Mühe, etwas für sie herauszufinden, was war das gleich noch einmal …?

»Ja, Anderweg«, hört sie Christina Lettenbaur sagen, »Paul Anderweg, der hat hier für die Zeitung geschrieben, und ein kleines Buch gibt es auch von ihm, obwohl es eigentlich nur ein Heft ist … Und die Dame, von der ich erzählt hab, die hat das Heft entdeckt …« Dann schweigt sie, am anderen Ende der Leitung scheint eine Wortlawine losgetreten worden zu sein, das dauert, schließlich kann Christina Lettenbaur einwerfen, die Gesprächspartnerin solle es »halt mal versuchen …«, dann kommt auch dieses Telefonat zu einem Ende.

Christina Lettenbaur legt den Hörer zurück. »Das war jetzt grad schwierig«, sagt sie und fährt sich mit dem Handrücken über die Stirn, »jemand von der Gymnastikgruppe, so recht befreundet sind wir nicht, aber sie hat sich erinnert … eine Lisbeth Jung, eine Freundin von ihr, hat am Grünen Meer gewohnt, das ist im Gerberviertel, oder wohnt noch dort, und ihre Mutter – eine Kriegerwitwe – hat zwei Zimmer oben an einen Menschen vermietet, der hieß Paul Anderweg und hat wirklich für die Zeitung geschrieben, und irgendwann hat er keine Miete mehr bezahlt, sondern war so etwas wie ihr Stiefvater, aber genauer hat man die Freundin, also die Lisbeth Jung, nie danach fragen dürfen.«

»Das hört sich nicht nach einem glücklichen Familienleben an«, bemerkt Nadja, und Christina Lettenbaur meint, dass davon ohnehin selten die Rede sei. »Aber was den Paul Anderweg angeht – der hat halt zu viel getrunken. Wie die meisten Mannsbilder ... Und irgendwann war er auf und davon ... Meine Bekannte will die Lisbeth Jung jetzt fragen, ob sie mit Ihnen reden will ...«

Nadja hat sich in ihr Hotelzimmer zurückgezogen, das sich durch das Fehlen von Brandflecken auf dem Teppichboden und durch helle Farben auszeichnet. Die Matratze des Einzelbetts ist nicht zu weich, und es gibt zwei um einen Glastisch gruppierte, weiß-golden bezogene Sesselchen. Durch das Fenster würde der Blick auf einen mächtigen Fachwerkbau fallen, aber sie hat die Vorhänge vorgezogen.

Mit Berndorf hatte sie noch im Hotel zu Abend gegessen, dann war er von Lettenbaur abgeholt und zum Stammtisch der einstigen Setzer und Metteure mitgenommen worden. Lettenbaur hatte noch gemeint – mit einem kaum merklichen Zögern in der Stimme –, es spräche überhaupt nichts dagegen, dass auch sie mit zum Stammtisch komme, das sei heute keine ausschließliche Männersache mehr, auch wenn die Trinkgewohnheiten noch immer ... nun ja, ein wenig unterschiedlich seien. Sie hatte sich sehr freundlich für die liebenswürdige Einladung bedankt und um Verständnis dafür gebeten, dass sie sich jetzt doch etwas müde fühle.

Und jetzt? Was tat sie hier? Wieso war sie überhaupt auf die

Idee verfallen, mit Berndorf in dieses verwunschene Städtchen hinter den sieben Bergen zu fahren? Missmutig betrachtet sie den schweren, über 400 großformatige Seiten dicken Band, den ihr Berndorf noch in Berlin aufs Auge gedrückt hatte und den sie jetzt endlich doch zur Kenntnis nehmen will: grauer Umschlag, als Blickfang das Foto eines viereckigen Aufnähers, auf schmuddeligem, vergilbten Weißblau der Buchstabe P als Kennzeichen für polnische Zwangsarbeiter, dazu der Titel »Schönes, schreckliches Ulm«. Der Band enthält 130 Berichte polnischer Frauen und Männer über ihre Zeit in Ulm, wohin man sie nach 1940 verschleppt hatte. Was soll das, so fragt sich Nadja widerwillig, mit ihr zu tun haben? Das Dorf Wieshülen liegt siebzig oder mehr Kilometer von Ulm entfernt – glaubt Berndorf vielleicht, sie könnte unter den Verfasserinnen dieser Berichte ihre Mutter finden wie aus dem Katalog? Aber nein, er hat ja selbst gesagt, dass das wohl nicht der Fall sein wird.

Sie blättert den Band durch. Vielen der Berichte sind Ausweisfotos oder andere Porträtaufnahmen beigefügt, die fast alle auffällig junge Gesichter zeigen, die Gesichter von Halbwüchsigen, manche der abgelichteten Jungen wirken geradezu wie Kinder – Nadja schüttelt den Kopf, hört auf zu blättern, setzt ihre Lesebrille auf und beginnt zu lesen …

Der Saal des Gasthofs *Engel* ist langgestreckt und hoch, so dass sich das Licht der Deckenlampen mit dem von den Tischen aufsteigenden Gesprächslärm zu einem zähen grauen Licht- und Geräuschbrei vermischt, der eine seltsam narkotisierende Wirkung ausübt. Der Stammtisch der Zeitungsveteranen ist spärlich besetzt, mit Berndorf und Christof Lettenbaur sind es gerade fünf Männer, die bei Bier und Rotwein zusammensitzen. Die Frage, wer noch etwas über den einstigen Journalisten oder Zeitungsschreiber Paul Anderweg weiß, stößt durchaus auf Interesse, nur ist nicht ganz klar, wer damit eigentlich gemeint sei …

»Manchmal«, sagt der einstige Metteur mit der gekrausten grauen Mähne, der Berndorf gegenübersitzt, »manchmal war er schon so gut drauf, dass er sich am Umbruchtisch hat festhalten müssen, aber auf einen Blick hat er dir gesagt, wo du was kürzen kannst. Und immer am Ende vom Absatz, dass es fix ging und ohne Hurenkind und Schusterjungen … Aber die Fahne von dem, die riech ich noch heut!«

»Da bringst du was durcheinander«, sagt einer der beiden alten Maschinensetzer und nimmt den Wärmestab aus seinem Bierglas, »der mit der Fahne um halb vier nachmittags, das war in den Siebziger Jahren … der Anderweg hat keinen Umbruch gemacht, nie nicht!«

»Der Anderweg war ja auch kein Redakteur, der hat bloß geschrieben«, mischt sich der zweite Maschinensetzer ein, der sich eine letzte schwarze Strähne quer über den Schädel gelegt hat, »und hat grad so ein Katzentischle in der Redaktion gehabt, wo er sein Zeug getippt hat, angeblich war an seiner Schreibmaschine zu Haus der Hebel mit dem *E* abgebrochen, aber der alte Güllner hat's ihm nicht geglaubt und ihm ins Gesicht gesagt, dass er die Schreibmaschine wahrscheinlich schon lang in die Pfandleihe getan hat, ich war dabei und hab es selbst gehört.« Er wendet sich zu Berndorf. »Der alte Güllner, musst du wissen, war der Redakteur, das heißt, selber hat er nur alle Schaltjahr was verfasst, das muss auch so sein, hat er immer erklärt, sonst wär er auch kein Redakteur, sondern ein Skripteur!«

»Nicht der Hebel mit dem *E*«, widerspricht Maschinensetzer I, »es war der Hebel mit dem Scharf-*S* drauf, er hat nämlich nie gewusst, wann man das scharfe *S* nimmt und wann Doppel-*S*, aber der Güllner hat es durchschaut und ihm darum das Katzentischle angewiesen, damit er keine Ausrede mehr hat …«

Berndorf wirft einen hilfesuchenden Blick zu Christof Lettenbaur, aber der hält sich ganz zufrieden an seinem Bier fest. Über Lettenbaur hängt ein original handgemaltes Bild, auf dem ein feister Mönch seinen Wein- oder Bierkrug hochhebt und ihn mit einem Entzücken betrachtet, das schon nicht mehr von dieser Welt ist. Die Vorstellung, dass dieses Entzücken seit mindestens einer dreiviertel Zeit des Propheten Daniel anhält, ohne dass jemals jemand gekommen wäre und dem Mönch gesagt hätte, er solle die verdammte Plempe jetzt endlich runterschütten, beginnt Berndorf zu beunruhigen. Er löst den Blick von dem jenseitigen Trinker und fragt behutsam, was denn das für Artikel gewesen seien, die dieser Paul Anderweg so geschrieben habe.

»Fußball«, schlägt der Metteur vor, aber Maschinensetzer I schüttelt nur den Kopf. »Ich sag dir doch, du bringst da was durcheinander. Der aus den Siebziger Jahren hat über alles geschrieben, auch über Fußball, nur nicht über sechzig Zeilen, so hat er immer behauptet, aber wenn er schon morgens gut drauf war, sind es leicht zweihundert geworden.«

»Der Anderweg hat das Kürzel *pw* gehabt«, erinnert sich Maschinensetzer II, »und besonders gern hat er sich darüber ausgelassen, was vor dem Amtsgericht verhandelt wurde … Das musst du doch noch wissen« – er wendet sich an Maschinensetzer I –, »das waren die Sachen, die du dir auch als Erstes hergenommen hast …«

»Freilich«, erinnert sich Maschinensetzer I, »das war eine eigene Rubrik, *Vor den Schranken des Gerichts*, hieß das, ich weiß noch, wie ich die Geschichte vom Fuchs von Bollstadt und dem Geldmaschinle gesetzt hab.« Er beugt sich zu Berndorf vor. »Das war nach der Währungsreform, weißt du, und da ist der Fuchs von Bollstadt zu einer alten armen lahmen

Witwe, der haben halt ein paar Häuser gehört und die Äcker dazu, und hat gemeint, das mit den Häusern sei ja schön und gut, aber ob sie genug Geld hätte für die Steuern und den Lastenausgleich, das war damals auch so ein Thema … Und wie die arme Frau so recht zu jammern anfängt, zeigt er ihr sein Geldmaschinle, da musste man einen Fünf-Mark-Schein reinlegen und fest kurbeln, und dann kam ein Zwanziger heraus … Das hat der Witwe mächtig gefallen, und also ist sie zur Sparkasse gewieselt wie ein Junges und hat einen Haufen Fünf-Mark-Scheine geholt und ist schnell wieder nach Haus und hat zu kurbeln angefangen, und wisst ihr, was dann passiert ist?« Erwartungsvoll blickt er auf dem Tisch herum.

Die Tür wird sich geöffnet haben, denkt Berndorf, und der Schwager vom Fuchs von Bollstadt kommt herein und sagt, er sei von der Soko Falschgeld. Von allen ausgelutschten Geldmaschinen-Tricks ist das der älteste, in Shanghai so gut bekannt wie in Harlem oder eben in Bollstadt hinter den sieben Bergen. Er sagt aber nichts, weil er keinem die Pointe verderben will.

»Die Tür öffnet sich«, fährt Maschinensetzer I fort, »und der Schwager vom Fuchs von Bollstadt kommt herein und sagt: Hände hoch! Ich bin die Falschgeld-Fahndung … Ja, und dann haben sie die arme alte Frau so richtig ausgenommen, bis es einem bei der Sparkasse merkwürdig wurde, warum die Alte in einem fort angehumpelt kam, um Geld abzuheben.«

»So was geht heute nicht mehr«, meint der Metteur, »da werden die Leute von der Sparkasse selber ausgeplündert und brauchen keinen Fuchs von Bollstadt dazu.« Er trinkt sein Bier aus und blickt fragend in die Runde, auch die anderen sind so weit, dass man die Luft aus den Gläsern herauslassen könnte, und so holt der Metteur aus seiner speckigen Weste die Quadrätle hervor, viereckige Stifte, wie sie in den seligen Zeiten des Bleisatzes zum Justieren von handgesetzten Überschriften oder von Anzeigen verwendet wurden. Die Stifte weisen Einkerbungen auf, und die Kunst besteht darin, sie so zu werfen, dass möglichst viele Stifte mit der Einkerbung nach oben auf der Tischplatte aufkommen. Berndorf gibt sich alle Mühe, und wie durch ein Wunder muss nicht er die nächste Runde bezahlen, sondern Christof Lettenbaur … Nein, korrigiert sich Berndorf, nicht wie durch ein Wunder: Es ist psychologisch zweckmäßig, den Neuen am Stammtisch nicht gleich zu entmutigen.

Während sie auf die nächste Runde Bier warten, schlägt sich Maschinensetzer II vor den Kopf, weil ihm gerade eingefallen ist, warum sie überhaupt auf den Fuchs von Bollstadt gekommen sind: »Fast hätt ich's vergessen, aber wie der Christof angerufen hat, dass da heute jemand da wär, der was über den Anderweg wissen will, hab ich es mir eingesteckt.«

Mit knotigen Fingern holt er einen vergilbten und zerknitterten Zeitungsausschnitt aus seiner Brieftasche. »Meine Gautschfeier 1952 … das nasse magere hübsche Kerlchen da, das bin ich …«

Inzwischen weiß Nadja, warum die Fotos sie so verstört haben. Die polnischen Zwangsarbeiterinnen und -arbeiter sehen nicht nur wie halbe Kinder aus, sondern sie waren es auch. Viele der Mädchen waren als 13- oder 14jährige bei Razzien von der deutschen Feldgendarmerie auf der Straße angehalten oder von ihren Familien weggeholt und dienstverpflichtet worden. Die deutsche Besatzungsmacht hatte sich nun nicht nur deshalb Kinder – oder halbe Kinder – ausgesucht, weil man dachte, sie seien leichter gefügig zu machen und vielleicht auch widerstandsfähiger gegen Hunger und Entbehrungen als Erwachsene. Die Auswahl hatte noch einen anderen Grund: Die meisten der Mädchen waren zur Arbeit in dem

Telefunken-Röhrenwerk Lodz bestimmt, wo man für den Bau und die Montage kriegswichtiger Radioröhren Arbeiterinnen mit besonders kleinen und geschickten Fingern brauchte.

Als 1944 die russische Front näher rückte, wurde das Telefunken-Werk Lodz geräumt, nach Ulm verlagert und dort in den weitläufigen Kasematten der Wilhelmsburg – einer Festungsanlage aus dem 19. Jahrhundert – neu installiert. Auch die polnischen Arbeitskräfte, von denen vier Fünftel Mädchen im Alter von inzwischen sechzehn oder siebzehn Jahren waren, wurden dort untergebracht. Untergebracht? Die Unterkünfte waren verlaust und überfüllt, vor allem, nachdem eine zweite Unterkunft – eine Schule – beim Bombenangriff vom 17. Dezember 1944 zerstört worden war. Die Mädchen hungerten – welches Glück, ein paar gefrorene Kartoffeln zu erbeuten! –, hatten keine Winterkleidung, kaum Wasser zum Waschen, wurden misshandelt und von den Wachen bei dem geringsten Anlass oder auch nur aus Lust und Laune mit dem Gewehrkolben geschlagen.

Nadja lässt den Band sinken und ruft sich das Gespräch mit der alten Bäuerin Klara Weber in Erinnerung. Was hatte die gesagt? *Die Weiber aus dem Osten. Unverschämt waren die.* Müsste sie, Nadja, nicht auf der Stelle zurückfahren und diese alte böse Hexe im Genick packen und zwingen, die Berichte dieser jungen Mädchen zu lesen, ausnahmslos alle, ein ums andere Mal? Nein, entscheidet sie, man kann die Wahrheit den Menschen nicht einprügeln, nicht in Dresden, nicht in Hoyerswerda und leider auch nicht in Rostock-Lichtenhagen. So notwendig und naheliegend es an diesen und anderen Orten manchmal erscheinen möchte. Sie nimmt den Band wieder hoch, blättert durch und bleibt an einer Stelle hängen:

Am schlimmsten waren Kinder im Alter von zehn bis dreizehn Jahren, Buben und manchmal auch Mädchen. Sie warfen mit Steinen nach uns, spuckten und beschimpften uns …

Ja, denkt Nadja, so können Kinder auch sein. Mühelos bringen Kinder das fertig. Sie blättert zwei Seiten vor, die Bemerkung über die Steinewerfer stammt aus dem Bericht einer Helena S., die man im Alter von 17 Jahren nach Deutschland verschleppt hatte und die nach ihrer Erinnerung am 20. April 1945 von einer US-Militärpatrouille in der Nähe von Ulm aufgesammelt wurde:

Einer der Soldaten sprach ein wenig Polnisch. Sie nahmen mich in einem Lastwagen mit, in dem schon einige Personen waren. Es waren überwiegend polnische Frauen, zwei Französinnen und ein paar ältere Männer. Sie fuhren mit uns durch verschiedene Ortschaften. Einquartiert wurden wir größtenteils in Schulen. Die einen übergaben uns an die anderen … Zum Schluss ließen sie uns dann in Ravensburg. Die Amerikaner zogen sich zurück; es erschienen Franzosen … Einige Zeit wohnten wir in einer großen Schule, aber später konnte man auch ein Zimmer in der Stadt mieten …

Ravensburg, denkt Nadja. Warum auch nicht? Ravensburg war nicht kriegszerstört. So gut wie nicht. Es war nichts dabei, dass die braven Leute dort ein wenig zusammenrückten und Platz machten, zum Beispiel für die *Displaced Persons.* Nichts davon muss Nadja wundern. Sie ist ja in Ravensburg aufgewachsen. Als Kind einer *Displaced Person …*

Sie steht auf. Irgendetwas muss sie jetzt tun. Ein Glas Wein trinken? Das Hotel hat einen Weinkeller. Mittelalterliches Gewölbe, romantisch, ja doch. Keine Sekunde wird sie es dort aushalten. Und keine Sekunde länger in diesem putzigen Hotelzimmer. Sie schlüpft in ihre Schuhe und in den Dufflecoat und zwingt sich, nicht aus dem Hotel zu stürmen, sondern ruhig zu gehen, mit einem kühlen, gleichgültigen Gesicht. Die Kirche nebenan scheint eine protestantische zu sein, das ist ein Glück, sonst wäre sie versucht, dort womöglich noch eine Kerze anzuzünden.

Draußen ist es frisch, auf den Straßen rund um die Kirche ist kaum jemand unterwegs, graue Steinhäuser wechseln sich ab mit freigelegtem Fachwerk, wenn sie nach oben schaut, sieht sie, dass in der Türmerstube des Daniel noch Licht brennt, eine merkwürdige Vorstellung, dass da oben jemand hausen und über die Stadt wachen soll. Die alten Häuser dagegen, die schon so viele Menschen haben kommen und gehen sehen, kommen ihr vor wie sehr alte, sehr schläfrige Katzen, die Mühe haben, das einzelne Geschöpf überhaupt noch wahrzunehmen, das da in seinem Mantel an ihnen vorbeihastet. Im Gehen versucht sie, sich die stahlbehelmten GIs vorzustellen, die auf ihren Jeeps durch das frühlingsgrüne und kirschblütenweiße Oberschwaben rollen, das schwere Maschinengewehr schussbereit montiert, dahinter der Lastwagen mit den befreiten polnischen Zwangsarbeiterinnen, in Wolldecken gehüllt, das Haar im Wind flatternd, kein Hunger mehr, es gibt Corned Beef, es gibt Orangen, man muss aufpassen, dass man nicht zu viel isst, der Körper verträgt nur noch wenig nach den Jahren des Hungers … Irgendwo, in einem Dorfschulhaus oder in einer Kirche mit einem barocken Zwiebelturm, werden die Frauen für die Nacht untergebracht, was passiert in solchen Frühlingsnächten? Nicht viel, weist sie sich zurecht. Die Frauen werden froh gewesen sein, wenn sie sich waschen konnten. Wenn es ein Klo gab, das sie ohne Ekel benutzen konnten. Wenn sie frische Wäsche bekamen. Und einen Schlafplatz, der nicht verlaust war.

Wieder kommt sie an der mächtigen Kirche vorbei. Es ist gut jetzt, denkt sie, und geht zurück ins Hotel und in ihr Zimmer hinauf. Als sie die Schuhe wieder ausgezogen und den Dufflecoat aufgehängt hat, geht sie zu dem Telefon auf dem kleinen Schreibtisch unterhalb des Fernsehers und wählt die Nummer der Rezeption. Ja, heißt es dort, der Herr Berndorf sei zurückgekommen. Sie gibt die Zimmernummer ein, die ihr angegeben wird, eine etwas verschleierte Stimme meldet sich: »Ja?«

Ob er ansprechbar sei?

»Sie tun es gerade.«

Nadja erklärt, dass sie ihm gerne etwas zeigen würde. »Eine Stelle aus diesem Band, den Sie mir mitgebracht haben.«

Berndorf bittet um etwas Zeit, er komme gerade aus der Dusche. Nadja murmelt eine Entschuldigung, dann legt sie auf. Ihr Anruf kam ungelegen, ja doch, aber was soll sie tun? Mit irgendjemandem muss sie jetzt reden. Sie überlegt, ob sie sich vom Room Service einen Kognak bringen lassen soll, weiß aber nicht, was sie für Berndorf bestellen soll. Dann klopft es, Berndorf tritt ein, offenbar steckt er bereits in seinem Schlafanzug, über den er den Hotel-Bademantel gezogen hat. Die Haare sind noch nass, das Gesicht gerötet.

»Sie wollen gütigst entschuldigen, gnädige Frau«, sagt er und setzt sich auf das freie Sesselchen, »ich bin ein wenig betrunken… Ich weiß, Dienst ist Dienst und Schnaps ist Schnaps. Aber das Leben hält sich nicht immer daran.«

Statt einer Antwort greift Nadja zum Telefon, wirft aber erst einen fragenden Blick auf Berndorf. »Kaffee? Espresso? Oder nur Mineralwasser?« Berndorf bittet um einen Espresso und um Mineralwasser, Nadja bestellt beides und für sich einen doppelten Kognak. Dann deutet sie auf den grauen broschierten Band, der vor ihr auf dem Glastisch liegt. »Warum genau haben Sie mir das zu lesen gegeben?«

Berndorf schüttelt den Kopf, es ist nicht ganz klar, ob er unwillig ist oder ob er seine Gedanken zurechtrütteln will. »Hatte ich Sie nicht gefragt, was Sie über die *Displaced Persons* wüssten? Und hatten Sie nicht…«

»Ich hatte geantwortet, dass ich nichts weiß«, unterbricht ihn Nadja. »Weil ich nichts wissen wollte. Aus Scheu. Aus Angst, dass etwas nach mir greift. Darüber will ich jetzt aber nicht mit Ihnen diskutieren. Um zur Sache zu kommen: Haben Sie selbst dieses Buch gelesen, und wissen Sie, was da im Einzelnen steht?«

»Verehrte Frau Lehrerin«, sagt Berndorf und legt den Kopf ein wenig schief, »dieses Buch ist vor knapp zwanzig Jahren erschienen, und zwar in Ulm, herausgegeben von einem Historiker, den Sie achten und respektieren dürfen, und weil ich in einem früheren Leben ...«

»Sie hatten früher mit Ulm zu tun«, fällt ihm Nadja ins Wort, »das habe ich bereits dem schief hängenden Foto hinter Ihrem Schreibtisch entnommen! Aber ...« – sie greift nach dem Band und blättert zu einer Seite, die sich fast von selbst aufschlägt – »erinnern Sie sich an diesen einen Bericht? Vor allem an den Schluss?«

Berndorf, die Stirn gerunzelt, nimmt den Band und beginnt zu lesen, die Augen leicht zusammengekniffen. Er könne sich ruhig seine Lesebrille holen, bemerkt Nadja, aber mit einer Handbewegung wehrt er ab. In diesem Augenblick klopft es, der Zimmerkellner erscheint und stellt das Tablett mit Espresso, Kognak und Mineralwasser auf dem Glastisch ab. Berndorf nickt dankend und liest weiter. Schließlich legt er den Band zurück, kippt den Espresso schwarz und ohne Zucker und spült mit einem Schluck Mineralwasser nach. Unvermittelt blickt er zu Nadja auf, die Augen sind nicht mehr zusammengekniffen, zwar noch etwas rot unterlaufen, aber kaum mehr verschleiert.

»An die Bemerkung über die 13jährigen Steinewerfer erinnere ich mich. Allerdings. Es gibt einen Fall ... doch das hat nichts mit Ihnen zu tun. Ravensburg hat mit Ihnen zu tun, aber dass diese Helena« – er tippt auf den Bericht – »zusammen mit anderen DPs von den Amerikanern dorthin gebracht wurde, das war mir nicht gegenwärtig.«

»Was schlagen Sie mir jetzt vor?«

»Sie fahren nach Ravensburg und wenden sich an das dortige Standesamt… Außerdem könnten Sie den Ulmer Historiker kontaktieren, ob er Ihnen Helenas Adresse geben kann oder darf…« Wieder kneift er die Augen zusammen und betrachtet die beiden Fotos von Helena S., die dem Bericht beigefügt sind – das eine ein Passbild einer jungen Frau, 1945 nach der Befreiung aufgenommen, das andere das Porträt einer älteren, weißhaarigen, sehr auf Contenance achtenden Dame aus dem Jahre 1985. »Es könnte übrigens eine Kollegin von Ihnen sein, kaum aber Ihre Mutter, Sie kommen mir…«

»… zu bissig vor? Zu schmallippig?«, ergänzt Nadja den Satz. »Mag sein. In der äußeren Erscheinung geraten Mädchen eher nach dem Vater. Habe ich mal wo gelesen. Was meinen Sie: Soll ich mich an den Internationalen Suchdienst in Arolsen wenden? Der ist hier erwähnt.«

Er hebt kurz die Hand, als wolle er auf Nadja deuten. »Das sind alles Recherchen, zu denen Sie mich nicht brauchen.«

»Brauchen tu ich Sie überhaupt nicht. Vor allem nicht in diesem Zustand. Trotzdem wüsste ich gerne, welcherart eigentlich genau Ihr Interesse an dieser Sache ist. Ihr ganz persönliches Interesse. Sie hatten gestern davon gesprochen, allerdings reichlich nebulös…« Sie legt eine Kunstpause ein und betrachtet ihn ein wenig spöttisch. »Vermutlich wäre es aber unfair, ausgerechnet jetzt eine etwas weniger nebelhafte Auskunft zu erwarten.«

Berndorf hebt kurz die Augenbrauen. »Bitte sehr!«, sagt er dann und holt aus der Tasche seines Bademantels einen Briefumschlag hervor. »Es waren die Quadrätle, wissen Sie? Nein, natürlich wissen Sie das nicht, aber wenn Sie von alten Schriftsetzern oder Metteuren eingeladen werden, um eine

Runde Bier Quadrätle zu werfen – lassen Sie sich besser nicht darauf ein!« Aus dem Umschlag holt er einen vergilbten Zeitungsausschnitt hervor und blickt Nadja an. »Zum Glück werden Sie kaum in die Verlegenheit kommen. Mich hat der Spaß… egal! Dafür habe ich das da bekommen.«

Er reicht ihr den Ausschnitt, sie nimmt ihn zögernd, in dem kleinen Artikel ist ein grobgerastertes, verschwommenes Foto eingeblockt, das einen patschnassen jungen Mann in Arbeitskluft zeigt, der offenbar gerade dem großen Wasserzuber neben ihm entstiegen ist. Er ist umringt von anderen, lachenden Männern. Offenbar ein Initiationsritus, denkt Nadja, aus den Zeiten des Bleisatzes, eine Art Taufe also… Sie setzt wieder ihre Lesebrille auf und überfliegt den dazugehörigen Artikel:

> *Mit sonder Fleiß behobelt*
> *Gautschfeier bei Beyschlag & Söhne*
> *(pw) Was schwarz auf weiß bestehen will, muss mit allerhand Wassern gewaschen sein. Seit Jahrhunderten ist es ein unverrückbarer Grundsatz der Buchdrucker und Setzer, dass nur der zur Zunft der Gutenbergjünger gehören kann, wem zuvor alle Lehrlingstorheiten gründlich abgewaschen worden sind:* Wohlan es muss das grobe Schwein/Mit sonder Fleiß behobelt sein, *kündigt der gestrenge Gautschmeister an, wenn die Zeremonie beginnen soll.*
> *Gestern nun war es in der Buchdruckerei Beyschlag & Söhne wieder einmal so weit: Nach höchst erfolgreich bestandener Gesellenprüfung wurde Anton Megerlein mitsamt seinem* Corpus Posteriorum *kräftig ins Wasser getunkt…*

»Nett«, sagt Nadja, lässt den Zeitungsausschnitt wieder sinken und blickt über ihre Lesebrille zu Berndorf. »Warum zeigen Sie mir das?«

»Der Mann links hinten«, sagt Berndorf. »Geheimratsecken, Notizblock in der Hand …« Nadja wirft noch einmal einen Blick auf den Ausschnitt, kann aber von den Männern, die um den triefenden Gautschling herumstehen, kaum etwas erkennen. Dem Mann mit dem Notizblock verleihen die nach hinten gekämmten Haare einen Anflug nachlässiger Hurtigkeit … Gibt es so etwas, überlegt Nadja, wie ein typisches Gesicht der Fünfziger Jahre? Das da, denkt sie, könnte so eines sein. »Das ist … ?« Wieder blickt sie zu Berndorf.

»Wer wohl?«, antwortet der und streckt die Hand aus, um sich den Ausschnitt zurückgeben zu lassen. »Unter dem Foto steht ein Bildvermerk – ein gewisser Polaczek hat es aufgenommen. Der Fotograf ist schon lange unter der Erde, aber seinen Laden gibt es noch. Wenn wir Glück haben, kann man mir dort das Negativ heraussuchen und mir ein paar Abzüge machen, vielleicht auch Vergrößerungen, so weit es die Bildqualität hergibt … Sie bekommen einen Satz davon, und dann sind wir quitt!«

SAMSTAG

Die Verliese des Fotografen

Alles fürs Foto – darum zu Alf, steht über dem Schaufenster, in dem frischvermählte, inzwischen leicht vergilbte, vielleicht längst auch schon geschiedene Hochzeitspaare noch immer ihr Eheglück vorlächeln. Berndorf stößt die Ladentüre mit der Inschrift *Inh. A. Grausser, vorm. Polaczek* auf, es riecht nach altem Haus, in einem Glasschrank sind Fotoapparate mehr ausgestellt als zum Verkauf angeboten. »Einen Augenblick«, ruft von drinnen eine heisere, gepresste Stimme, »komme gleich!« Berndorf wendet sich den Fotoapparaten zu, offenbar sind es gebrauchte Geräte, die meisten sehen aber nicht teuer, sondern nur alt aus, Veteranen aus der Zeit des analogen Fotografierens, vielleicht wird das demnächst wieder entdeckt, so wie er selbst die Beatles oder die Rolling Stones nur auf Schallplatte hören mag, und niemals digital restauriert.

Der samt- oder auch nur staubgraue Vorhang zu Atelier und Labor wird zur Seite geschoben, und ein kugeliger, kaum mittelgroßer Mensch betritt den Verkaufsraum, mit spärlichem weißem Haarkranz, und richtet so erwartungsvolle Augen auf Berndorf, als hätten diese schon lange keinen Kunden mehr gesehen. Berndorf holt den Zeitungsausschnitt hervor und deutet auf den Bildvermerk Polaczek: Ob das Negativ dazu noch im Archiv vorhanden sei?

Alf Grausser setzt eine Brille auf, die ihm an einer Kette um den kurzen dicken Hals hängt. »Ah«, sagt er dann, »eine Gautschfeier, drüben beim Beyschlag!« Das müsse aber noch der alte Polaczek fotografiert haben, er selbst sei damals nur der Lehrbub gewesen, aber später, da habe er selbst viel für die Zeitung fotografiert, »das war noch, bevor es all das neue Zeug gegeben hat, wo die Leute nur glauben, sie müssten draufdrücken, und die Elektronik macht, dass es ein richtiges Bild wird!« Heute werde er nur noch selten gerufen, wenn absolut keiner von den Herren Redakteuren Lust auf einen Termin habe, aber beklagen will er sich nicht, früher sei das auch nicht immer lustig gewesen, da habe man sich Mühe gegeben für jedes Bild, und die Zeitungsleute hätten das dann zurechtgeschnitten nach Lust und Laune, ohne Verstand für Bild und Komposition. »Die da« – er deutet auf das Gruppenfoto –, »die kenn ich ja fast alle … Aber Sie wollten ja wissen, ob noch ein Negativ da ist …« Er wendet sich zu dem staubgrauen Vorhang, und Berndorf folgt ihm in das nicht allzu helle Atelier. Eine irgendwie immergrüne Zimmerpflanze wartet darauf, dass ihre Blätter einmal wieder feucht abgewischt werden, Scheinwerfer stehen herum und sind auf eine nicht mehr ganz fleckenfreie Leinwand gerichtet. Ein brüchiger Korbstuhl sieht so aus, als habe er vor allem als Kleiderablage gedient, in jenen fernen Zeiten, als die jungen Frauen noch nicht wussten, was einmal ein *Selfie* sein wird.

Vor einem klapprigen Aktenschrank bleibt Grausser stehen, die Stirn gerunzelt, und betrachtet den Zeitungsausriss, als suche er nach einem Anhaltspunkt.

»Die Gautschfeier war 1952«, hilft Berndorf, »ich nehme an, dass die Gesellenprüfung im Frühjahr stattfand …« Wirklich? So sicher ist das gar nicht, überlegt er. 1945 begann der Schulunterricht erst wieder im Herbst, und die Umstellung – dass das Schuljahr zu Ostern enden sollte – erfolgte erst in den Fünfziger Jahren. »Jedenfalls fand die Veranstaltung im Freien statt, also kaum im November und wohl auch nicht vor Mai oder Juni …«

Grausser nickt, und versucht, den Rollverschluss des Aktenschranks zu öffnen, aber der bleibt auf halber Strecke hängen, so dass der Fotograf daran rütteln und ihn wieder hochziehen und noch einmal hinunterdrücken muss, aber es hilft alles nichts. Berndorf schlägt vor, den Aktenschrank von der Wand wegzurücken und nachzusehen, ob sich der Verschluss irgendwo auf der Rückseite verfangen hat, und Grausser stimmt nach kurzem Zögern zu.

Der Aktenschrank ist schwerer, als Berndorf erwartet hat, aber zu zweit schieben sie ihn mit der einen Seite so weit von der Wand weg, bis nicht nur Staubgewölle und zwei alte Kataloge sichtbar werden, sondern auch die Rückseite des Schranks zugänglich ist. Allerdings ist sie mit einer Sperrholzplatte verkleidet, die man mit kleinen Kreuzschlitzschrauben befestigt hat. Er habe einen Werkzeugkasten, sagt Grausser, ganz sicher habe er einen, er müsse nur im Keller nachsehen! Berndorf, der allein im Atelier zurückbleibt, zuckt mit den Schultern und lässt sich vorsichtig in den Korbsessel nieder, der zwar aufseufzt, aber der Belastung dann doch standhält.

Er betrachtet den schräg ins Atelier geschobenen Aktenschrank. Was würde die pensionierte Studienrätin – oder womöglich Studiendirektorin – Nadja Schwertfeger wohl denken oder vermutlich schnippisch bemerken, wenn sie ihn da so sitzen sähe? Recherche nennen Sie das? Sehr interessant. Das ist übrigens ein schöner Aktenschrank, in seiner Unbrauchbarkeit irgendwie vollkommen, finden Sie nicht?

Schnaufend kehrt in diesem Augenblick Grausser ins Atelier zurück, der Werkzeugkasten, den er mit sich schleppt, enthält eine kaputte Fahrradpumpe, einen Schraubenschlüssel, den man in Süddeutschland einen Franzosen nennt, zwei oder drei rostige Scheren, ein Schneidemesser für Folien, mehrere krumme Nägel und eine Spritzdose Maschinenöl, und tatsächlich einen Schraubenzieher, aber einen für Sechskantschrauben. Trotzdem macht sich der Fotograf daran, mit dem Gerät an den Schrauben herumzustochern.

»Lassen Sie es«, sagt Berndorf und fragt, ob es in der Nähe einen Werkzeugladen gebe.

Nadja hat geduscht und macht sich daran, in den Frühstücksraum zu gehen, als sich ihr Mobiltelefon meldet. Der Anrufer ist Berndorf, wenigstens klingt die Stimme nicht verschleiert. Er bitte sehr um Entschuldigung, aber er sei schon in der Stadt unterwegs, der Zeitungsfotografie wegen, die Autoschlüssel seien in der Rezeption hinterlegt.

»Es gibt eine Zugverbindung nach Stuttgart«, antwortet sie abweisend, »ich wäre deshalb sehr dankbar, wenn Sie es übernehmen würden, den Wagen zurückzubringen. Schicken Sie mir einfach die Rechnung für meinen Anteil nach Freiburg.«

»Wie Sie meinen«, kommt es ebenso kühl zurück, »falls ich Abzüge und Vergrößerungen von dem Foto bekomme, füge ich Sie bei … Ich wünsche Ihnen eine gute Rückfahrt!«

Das Gespräch ist beendet. Und zwar so, denkt Nadja, dass es zwischen ihr und diesem Menschen offenbar überhaupt nichts mehr zu bereden gibt. Und? Das ist schließlich nicht der einzige Mensch, mit dem ihr das passiert. Menschen sind so.

Berndorf steckt das Handy wieder ein und zuckt mit den Schultern. Studienrätinnen! Dafür ist der Morgen frisch, der Himmel mit Streifen von Blau überzogen, vor einer Bäckerei duftet es nach frischen Brezeln, und gleich um die Ecke ist auch das Eisenwarengeschäft, das ihm Grausser genannt hat. Er stößt die Ladentür auf, es riecht nach Effizienz und frisch geöltem Werkzeug, ein rotwangiges Geschöpf kommt auf ihn zu, schenkt ihm ein Lächeln aus der Zahnpasta-Reklame und ist auch gar nicht verdrossen, als sich der Kunde keinen Akku-Schrauber andrehen lässt. Schließlich zieht er mit einem Gerät ab, das sich mit Schraubenziehern verschiedener Größe und Typen bestücken lässt. Dafür ist er nun von Berlin hergeflogen, denkt er auf dem Rückweg: Für einen Schraubenzieher und ein Lächeln, das mindestens so gefunkelt hat wie ein Schmuckstück aus Neugablonz! Es hat schon Leute gegeben, die sind weiter gereist und haben Minderes heimgebracht.

Als er bei Alf eintritt, ist dort ein Wunder geschehen, und eine Kundin hat sich eingefunden. Nach kurzem Blickkontakt mit Grausser geht Berndorf ins Atelier, setzt den passenden Schraubenzieher ein und macht sich daran, die Kreuzschlitzschrauben aus der Spanplatte herauszudrehen. Das dauert, schließlich lockert sich die Spanplatte, und als er die letzte Schraube herausnimmt, kommt auch Alf Grausser hinzu und hilft, die Spanplatte aus den Fugen zu lösen. Sie stellen sie zur Seite und betrachten das Schrankinnere. Das Ding, das sich zwischen einem Regalbrett und der letzten Leiste des Rollverschlusses eingeklemmt hat, besteht aus nichts weiter als sehr wenig schwarzem durchbrochenem Stoff.

»Also«, sagt Alf Grausser, »wie das jetzt dahingekommen ist …«

»Ganz vorsichtig rauszupfen«, meint Berndorf, »vielleicht meldet sich die Dame ja noch, der es gehört.« Ach Unsinn, denkt er dann. Es wird ihr nicht mehr passen.

In der Hotelbibliothek hat Nadja einen Kunstführer gefunden und festgestellt, dass dieser kleinen Stadt darin ein gar nicht so kleines Kapitel gewidmet ist. Sie hat sich eine letzte Tasse grünen Tee eingeschenkt und liest nach, was über die

Kirche St. Georg, ihren Turm mit der provisorischen Haube und – vor allem – über ihren Hochaltar mit der spätgotischen Kreuzigungsgruppe des Niederländers Niclas Gerhaert van Leyden vermerkt ist. Damit steht ihr Entschluss fest. Sie wird sich jedenfalls den Hochaltar ansehen, vielleicht auch das Stadtmuseum, und so zumindest den einen oder anderen Eindruck mitnehmen, damit diese Reise nicht ganz und gar sinnlos bleibt. Plötzlich merkt sie, dass jemand am Tisch steht und darauf wartet, dass sie aufblickt. Sie tut es, der Mann am Tisch ist Berndorf.

»Sie erlauben?«

Nadja zwingt sich zu einer einladenden Handbewegung. Berndorf setzt sich ihr gegenüber, schiebt aber das dort bereitgestellte Frühstücksservice zur Seite. Als die Bedienung an den Tisch tritt, bestellt er einen doppelten Espresso. Nadja mustert ihn – noch immer sind die Augen leicht gerötet, der Kater scheint aber weitgehend verflogen, jedenfalls im Vergleich zu dem, was sie sonst schon an verkaterten Männern erlebt hat. Trotzdem muss sie fragen, ob er vielleicht ein Aspirin brauche, und ärgert sich über sich selbst, kaum dass sie gefragt hat.

»Danke, nein«, kommt die Antwort. »Sie sind sehr freundlich.«

Sie nimmt einen neuen Anlauf. »Da wir uns nun schon gegenübersitzen – bekommen Sie einen Abzug von diesem Foto?«

Er holt eine altmodische Taschenuhr aus seinem Sakko und klappt sie auf. »In einer Stunde bekomme ich die Abzüge – wenn Sie so lange warten wollen? Ich habe einen Satz für Sie mitbestellt, also das Foto von der Gautschfeier, dazu einen vergrößerten Ausschnitt, der Paul Anderweg zeigt, und ein Passbild von ihm aus dem Jahr 1951.«

»Ich will hier sowieso noch ein paar Dinge anschauen«,

antwortet sie. »Zeit habe ich also genug. Es war also kein Problem, das Negativ heraussuchen zu lassen?«

»Eigentlich nicht... Es waren nur die Kreuzschlitzschrauben, wissen Sie«, antwortet Berndorf. »Der Rollverschluss vom Aktenschrank hatte sich nämlich verhakt.« Er wirft einen prüfenden Blick auf Nadja. »Aber das war noch nicht alles. Als wir die Abdeckung endlich herunter hatten, fiel es dem Fotografen ein, dass die Negative vor 1953 gar nicht im Aktenschrank, sondern im Keller sind. Dafür fand er das mit Anderwegs Passbild heraus, da muss man ihn doch loben!«

Nadja hat den Kopf ein wenig schräg gelegt. »Kreuz... was für Schrauben?«

Die Bedienung bringt den Espresso, und Berndorf lehnt sich in seinem Stuhl zurück, damit sie das kleine Tablett vor ihm abstellen kann. »Kreuzschlitzschrauben«, wiederholt er dann. »Hat eigentlich mit dem Fotografieren gar nichts zu tun.«

»Wie beruhigend... Aber sagen Sie – was haben Sie mit diesen Abzügen nun vor?«

Noch immer in seinem Stuhl zurückgelehnt betrachtet er Nadja, wortlos, manchmal verändert er dabei ein wenig die Kopfhaltung, als wolle er ihr Gesicht oder eine Facette darin aus einem anderen Blickwinkel studieren. Sie fühlt sich unbehaglich und muss sich zwingen, den Blick kühl und ungerührt zurückzugeben.

»Ist das ein Staatsgeheimnis?«

»Bitte?«

»Was Sie mit den Abzügen vorhaben... mit dem Foto von Anderweg?«

Berndorf hebt beide Hände, in einer kurzen entschuldigenden Geste. »Ich werde es ein paar Leuten zeigen. Zum Beispiel in Wieshülen...« Er bricht ab, denn die Bedienung kommt an den Tisch: Es sei ein Anruf für Frau Schwertfeger gekommen!

Nadja wirft einen entschuldigenden Blick zu Berndorf, steht auf und wird zu einer Nische hinter dem Frühstücksbüfett geleitet, wo ein Telefontischchen steht. Sie nimmt den Hörer auf und meldet sich.

»Lisbeth Jung«, sagt eine raue, etwas brüchige Stimme. »Sind Sie die Frau, die nach dem Paul Anderweg sucht?«

Ja, antwortet Nadja, sie suche nach Paul Anderweg, weil er nach dem Krieg eine Geschichte geschrieben habe, in der sie einen Hinweis gefunden habe, der vielleicht – sehr vielleicht – zu ihrer Mutter führe …

»Sie meinen, er sei Ihr Vater gewesen?«

Nein, sagt Nadja, das meine sie nicht, aber bei einem persönlichen Gespräch könnte sie dies alles besser erklären als am Telefon.

»Ich red nicht gern über den«, kommt die Antwort, »und wenn Sie gescheit sind, vergessen Sie ihn einfach, das ist noch das Beste, was man tun kann. Aber wenn Sie schon einmal hier sind!«

Lisbeth Jung, eine kleine weißhaarige, von einem beginnenden Bechterew nach vorn gebeugte Frau mit roten Wangen, wohnt in einem kleinen, aber mit Hilfe von zinsverbilligten Darlehen aus dem Städtebauförderungsgesetz herausgeputzten Fachwerkhäuschen im ehemaligen Gerberviertel. Der Geruch nach frischer Farbe und erneuertem Mauerwerk ist längst und heftig von dem nach Katzen überlagert, die Begrüßung der Besucherin wird jedoch von einer kleinen kugelrunden und heftig bellenden Hündin übernommen. Immer ist es das Gleiche mit der Hexe, klagt Lisbeth Jung, erst einmal muss sie sich produzieren, dann erst dürfen die Menschen beachtet werden, »gehst du sofort Platz!« Murrend verzieht sich die Hündin, Nadja Schwertfeger kann sich vorstellen und wird von Lisbeth Jung in ein ebenerdiges Wohnzimmer gebeten, dessen Sprossenfenster auf einen kleinen begrünten Innenhof hinausgehen. Von zwei seltsam zerschlissenen Sesseln, von deren Bezügen ganze Fäden herunterhängen, wird Nadja der weniger kaputte angeboten, sie nimmt Platz, während die Hündin Hexe auf den anderen springt und sich dort zusammenrollt, aber so, dass sie die Besucherin jederzeit im Auge behalten kann.

Nadja hat Schwierigkeiten, richtig durchzuatmen, zudem fühlt sie sich beobachtet, nicht nur von der Hündin und deren gelegentlich geradezu wölfischem Blick – wo ist sie hier nur hingeraten? Als sie aufsieht, entdeckt sie auf dem Wandbrett über dem Sofa gegenüber eine dunkelgraue Perserkatze, die sie aus blauen Augen teilnahmslos fixiert. Als hätte die Entdeckung ihre Wahrnehmung sensibilisiert, begreift Nadja, dass auch das weiße Kissen auf der Fensterbank durchaus kein Kissen ist, sondern mit grünen Augen unverwandt zu ihr herschaut, ebenso wie sich der Kaffeewärmer auf der Anrichte hinter ihr als getigerter dickköpfiger Kater herausstellt. Nadjas Blick kehrt zu ihrer Gastgeberin Lisbeth Jung zurück, die sich auf das Sofa gesetzt hat und – gebeugt, wie sie ist – die Besucherin von unten herauf betrachtet oder genauer: einer Musterung unterzieht. Nadja versucht, so freundliche Miene zu machen, wie es eben geht.

»Also«, sagt Lisbeth Jung schließlich, »mit dem Anderweg sind Sie nicht verwandt? So haben Sie doch am Telefon gesagt?«

»Vermutlich nicht«, antwortet Nadja. »Die Wahrheit ist – ich weiß nicht, mit wem ich verwandt bin, und also auch nicht, mit wem ich's nicht bin.«

»Manchmal sieht man es den Leuten an, und manchmal nicht«, antwortet die Jung. »Wenn ich Sie so seh, könnten Sie eine Tochter von ihm sein und dann auch wieder nicht. Und er …« Sie spricht nicht weiter, sondern lächelt ein wenig, halb spöttisch, halb wehmütig. »Also, da hat's schon Weiber gegeben, die hätten ihn drangelassen …«

Nadja beschließt, wieder einmal ganz einfach ihre Geschichte zu erzählen, aber Lisbeth Jung fragt weder wegen der Stoffkatze nach noch wegen der *Nachtwache des Soldaten Pietzsch*. Ach!, sagt sie, das sei alles nichts Neues, »wenn er da oben in seiner Dachkammer saß, da hat er oft geschrieben, manchmal konnte man dann trotzdem zu ihm kommen und er hat einem bei den Hausaufgaben geholfen, man konnte die Tage danach einteilen, das war dann ein guter Tag …«

»Und wenn es kein guter Tag war?«

»Dann hat er eine Flasche Schnaps dabeigehabt oder auch zwei und hat gekritzelt und geschrieben wie ein Besessener … Wenn es nicht weiterging, hat er Schnaps nachgeschüttet und dann hat er wieder funktioniert …«

»Das waren Zeitungsberichte oder Kritiken, die er da geschrieben hat?«

Das wisse sie nicht, sagt Lisbeth Jung und verzieht den Mund, als sei ihr das auch gleichgültig. »Wenn er ganz besoffen war, hat er's zerrissen und ist auf den Papierfetzen eingeschlafen … Meine Mutter war dann ganz krank vor Zorn. Und vor Enttäuschung.«

»Hat er sie geschlagen, oder ist er sonst gewalttätig geworden, wenn er in diesem Zustand war?«

Lisbeth Jung schweigt, dann bewegt sie ganz leicht den Kopf, abwehrend, als wolle sie nein sagen.

»Nein? Wirklich nie?«, hakt Nadja nach.

»Er hat die Mutter nicht geschlagen und mich auch nicht«, kommt die Antwort. »Aber einmal, ich war zehn oder elf, bin ich wieder oben bei ihm in seinem Zimmer und frag ihn, ob er nicht mal was schreiben mag für Kinder, und er schaut mich an und fragt, für Kinder, ja? Und wie er mich so anstarrt, da weiß ich, dass ich einen Fehler gemacht habe, dass ich das nicht hätte fragen dürfen, und er beugt sich vor und bläst mir diesen Fuseldunst ins Gesicht und sagt, eine Geschichte für Kinder, die kann ich dir schon erzählen, aber sie wird dir nicht gefallen, es ist eine Geschichte, wie Kinder in den Himmel kommen, aber trotzdem ist es nichts für den Religionsunterricht, der Herr Pfarrer wird keine Freude daran haben.« Sie spricht nicht weiter, sondern blickt auf den Tisch, plötzlich in sich gekehrt.

Nadja will wissen, wie es weiterging.

»Da war nichts weiter«, kommt die Antwort. »Ich weiß auch nicht, ob er das alles so gesagt hat, in meinem Kopf hat es sich halt so angesammelt, über die Religion und den Pfarrer ist er auch sonst hergezogen und konnte es nicht leiden, wenn wir sonntags in die Kirche gingen ... Aber ich hab dann Angst bekommen und bin rausgelaufen. Später am Abend hat er sich dann so vollaufen lassen, dass die Mutter in der Nacht die Rettung gerufen hat ... Und danach hat sie ihm gesagt, dass sie es nicht mehr aushält und dass er gehen soll.«

»Und er ist gegangen?«

»Er war dann weg, ja. Von einem Tag zum anderen. Aber der Mutter ging es danach nicht mehr gut. Ich glaub, sie hat insgeheim gewartet, dass er doch wieder zurückkommt. Dass er vielleicht eine Entziehungskur macht und dann ... Oder dass er ihr wenigstens schreibt.«

»Aber er hat sich nicht mehr gemeldet?«

Lisbeth Jung schüttelt den Kopf.

»Hat er denn keine Adresse genannt, an die man ihm Post nachschicken kann? Hat er überhaupt etwas zurückgelassen? Irgendwelche Aufzeichnungen zum Beispiel?«

»Was hatte der schon! Und von einer Adresse zum Nachschicken ...« Sie runzelt die Stirn und blickt zu Boden. »Höchstens ... aber ich weiß nicht, ob ich das will ...«

»Ja?«

Lisbeth Jung steht mühsam auf und geht zu einem kleinen Sekretär. Umständlich kramt sie einen Schlüsselbund aus ihrer Kittelschürze, schließt den Sekretär auf und holt aus einem Schubfach ein verschnürtes Päckchen hervor. Dann geht sie zum Sofa zurück.

»Das sind noch Sachen von meiner Mutter«, sagt sie, ohne Nadja anzusehen, »was ich nach ihrem Tod nicht hab wegwerfen wollen… Da sind noch Briefe von meinem Vater dabei, aus Russland, und anderes Zeug, das muss niemand wissen, aber es muss auch vor niemand versteckt werden. Also ist auch nichts dabei, wenn ich es Ihnen zeige, sonst will das ja niemand mehr sehen…« Sie beginnt, die Schnur um das Päckchen aufzuknoten, das ist aber nicht einfach, weil ihre Finger zittern. Nadja will ihr vorschlagen, eine Schere zu nehmen, dann bremst sie sich im letzten Moment. Sie darf nicht drängen!

Schließlich ist die Schnur aufgeknotet, zum Vorschein kommen ein paar Fotos, zwei oder drei Urkunden, ein Stapel Feldpostbriefe und ein abgegriffenes Notiz- und Adressenbüchlein. Die Fotos zeigen ein junges Hochzeitspaar – eine dunkelhaarige Frau mit herbem Gesicht neben einem jungen, fast pausbäckigen Mann in Wehrmachtsuniform –, dann die Dunkelhaarige mit einem Baby im Taufkleid auf dem Arm, der junge Mann daneben nicht mehr ganz so jung, mit plötzlich hagerem Gesicht und einem Abzeichen an der Uniform. Nadja fragt sich, ob sie die Feldpostbriefe wird lesen müssen und wappnet sich, etwas Nettes zu dem Foto mit dem Baby im Taufkleid sagen zu müssen.

»Hier«, sagt Lisbeth Jung und zeigt ihr das aufgeschlagene Adressbuch, »aber wann und warum die Mutter das eingetragen hat, weiß ich natürlich nicht…«

Zögernd nimmt Nadja das in abgegriffenes grünes Kunstleder eingebundene Büchlein, das ganz vorne, beim Buchstaben *A* aufgeschlagen ist. Mit Bleistift, in gut leserlicher Schrift sind fünf oder sechs Namen eingetragen und dazugehörige Adressen oder Telefonnummern, und schließlich statt eines Namens nur ein Buchstabe, aber eben kein *A*:

P., Heidelberg/Wieblingen, Mannheimer Straße 26 b, bei Wendel …

Zeitungsbände aus den Vierziger und frühen Fünfziger Jahren? In der Geschäftsstelle der Lokalzeitung blickt man etwas verwundert. Nein, das führt man hier nicht, aber die Redaktion hat so etwas, ja richtig, ein Archiv. Es ist zwar Samstag, aber wie es sich fügt, ist der für den Wochenenddienst zuständige Redakteur da und hat gerade die Post geholt. Berndorf geht über den Hof zu den Redaktionsräumen, der Redakteur vom Wochenenddienst ist eine noch junge Frau, die vor einem eingeschalteten Computer sitzt und die eingegangenen E-Mails sichtet. Sie betrachtet Berndorf mit einiger Verwunderung, die noch zunimmt, als er sein Anliegen vorbringt.

»Ein früherer Mitarbeiter von uns? Und Sie interessieren sich für seine Artikel?«

Natürlich hat sie den Namen Anderweg noch nie gehört, immerhin weiß sie, dass ein gewisser Güllner damals Redaktionsleiter war, aber über die freien Mitarbeiter weiß sie nichts. »Und dieser Anderweg, der war also Schriftsteller, und wir wissen gar nichts davon?« In ihren Augen leuchtet Interesse auf. »Da würde ich aber gern eine Geschichte drüber schreiben …«

»Ob er wirklich ein Schriftsteller war, weiß ich nicht«, antwortet Berndorf, »wann sind Leute Schriftsteller und wann schreiben sie bloß?« Christof Lettenbaur – »den Sie sicher kennen« – habe noch ein Original dieser Erzählung, und

Fotos von Anderweg könne sie bei Grausser bekommen, »er wird sich nicht sträuben, Ihnen was zu verkaufen!«

»Oh!«, sagt die Redakteurin und schenkt ihm einen Augenaufschlag, »ich sehe, Sie haben sich hier schon kundig gemacht.«

Wenig später sitzt Berndorf im Archiv, einem Verschlag mit einem verstaubten alten Schreibtisch und einem Kopierautomaten, umgeben von verkanteten Metallregalen, in denen dickleibige großformatige Bände gestapelt sind, die gesammelten Jahrgänge der Lokalzeitung seit den Vierziger Jahren. Die Bände sind unterschiedlich dick, in den ersten Jahren nach der Währungsreform 1948 kam das Blatt mit wenigen Seiten aus, der kleingedruckte Text war nur ausnahmsweise mit einem Foto illustriert, und typografisch mit einem Kasten hervorgehoben waren einzig die Notierungen des örtlichen Schweinemarkts. Erst allmählich änderte sich die Typografie, und ebenso allmählich nahm der Umfang zu.

Was für eine Zeit war das? In Bonn am Rhein regiert Konrad Adenauer, noch nicht mit absoluter Mehrheit, sondern ist auf fragwürdigste Mehrheitsbeschaffer angewiesen, die noch junge Bundesrepublik mit ihrer neuen Währung steht bereits wieder vor dem Staatsbankrott, kein Mensch würde das Wort *Wirtschaftswunder* in den Mund nehmen, die Zeitungsspalten vibrieren von schriller Aufgeregtheit, die Ladenbesitzer sind nicht zufrieden, die Hauseigentümer fühlen sich ausgeplündert, es klagen Bauern, Flüchtlinge und Heimatvertriebene, und am allerlautesten tun das die Entrechteten, so nennen sich die Leute, die ein paar Jahre zuvor mit der Hakenkreuzbinde um den Arm alle anderen geschurigelt haben. Fünf Jahre ist Goebbels erst tot, aber die Wanderprediger, die ihr Hand- und Mundwerk bei ihm gelernt haben, haben schon wieder Zulauf, einer von ihnen will in der Stadt mit der ehrwürdigen Kirche sogar eine neue Partei gründen, diesmal eine für alle Unzufriedenen und Zukurzgekommenen, und weil der Herr Redakteur nicht weiß, was daraus wird, lässt er lieber den freien Mitarbeiter Paul Anderweg darüber berichten. Sonst taucht das Kürzel *pw* nicht gar so häufig auf, von Anderwegs Gerichtsberichten entdeckt Berndorf nur drei. Es sind eher Skizzen als Berichte, Momentaufnahmen aus dem beschädigten Leben kleiner Leute wie zum Beispiel dem des Einarmigen, der nicht vom Pervitin lassen kann, oder dem der Witwe, die den Kriegsheimkehrer bei der nicht mehr so ganz jungen Tochter übernachten lässt und sich deshalb wegen Kuppelei verantworten muss.

»Haben Sie etwas gefunden?« In der Tür steht die Redakteurin, die nicht drängen will, aber demnächst einen Termin wahrnehmen muss. Ja doch, meint Berndorf, und mit Hilfe der Redakteurin kann er von den Gerichtsberichten, die ihm aufgefallen sind, zwei Sätze Kopien ziehen. Er bedankt sich sehr, und wenn er weiß, was aus Paul Anderweg geworden ist, dann wird er es mitteilen. Ehrenwort!

Die Augen von Tränen nass, die Hände fromm zusammengelegt, als habe die Anbetung bereits begonnen, blickt Maria zum sterbenden Sohn empor, den kleinen damenhaften Mund streng geschlossen. Etwas mehr Leidenschaft darf sich Johannes leisten, das Gesicht schmerzerfüllt, der gelockte Kopf auf die Hand gestützt, die das Tränentuch hält. Christus selbst ist kein *carpenter by hand*, wie ihn Woody Guthrie besingt, sondern ein Herr mit einem wohlgepflegten Bart, als habe man eigens vor der Exekution noch den Barbier geholt – zweifellos also ein Angehöriger der Oberschicht und im Erleiden des Todes bereits in die Sphäre des Überirdischen eingegangen.

Ein unsichtbarer Organist übt sich an einer Toccata, und

Nadja, allein in einer vorderen Bank des Kirchenschiffs sitzend, überlegt, ob sie es wohl störend finden darf, dass die spätgotische Kreuzigungsgruppe von einem barocken Hochaltar mit allerhand putzigen Putten ummantelt ist? Sie beschließt, dass dies alles nicht ihr Problem ist. Der Ausflug erst nach Berlin und dann in diese aus dem Mittelalter ins 21. Jahrhundert gewehte Stadt wird ohnehin bald überstanden sein. Viel hat sie auf dieser Reise nicht herausgefunden, davon abgesehen, dass dieser Paul Anderweg offenbar wirklich so hieß und überdies ein depressiver, alkoholkranker Mensch war. Und? Seit ihrer Ehe weiß sie, dass frau angesichts depressiver, alkoholkranker Männer nur schreiend davonlaufen kann.

Hinter sich hört sie Schritte, ein Mann bleibt auf Höhe der Kirchenbank stehen, auf der sie Platz genommen hat, und setzt sich umstandslos neben sie.

»Ja?«

Berndorf reicht ihr einen DIN-A4-Umschlag, sie öffnet ihn und holt einen Satz kopierter Zeitungsartikel und großformatiger Fotoabzüge heraus, eine davon zeigt die Gautschfeier, plötzlich sind die Männer ganz scharf und nah und ihre Gesichter – ja doch – ausdrucksstark, der junge Kerl im Mittelpunkt ist wirklich patschnass und trieft, dass es sie fast fröstelt. Und der Mann links? Gestern Abend hatte sie noch geglaubt, das sei wohl ein typisches Gesicht der Fünfziger Jahre, eines, wie man es vielleicht auf einem Schnappschuss von deutschen Schlachtenbummlern im Berner Wankdorf-Stadion 1954 sehen kann. Jetzt muss sie zugeben, dass das ein dümmliches Vorurteil war, eine Zeile aus Brechts *Legende von der Entstehung des Buches Taoteking* kommt ihr in den Sinn:

Ach! Kein Sieger trat da auf ihn zu…

Sie betrachtet die beiden anderen Fotografien, also das

Passbild und den noch einmal vergrößerten Ausschnitt von der Gautschfeier. Das ist nicht nur kein Sieger, denkt sie dann, sondern vor allem einer, der nirgends so recht dazugehört. Die Haare sind nachlässig nach hinten gekämmt, vermutlich, um den Friseur zu sparen, doch zum Vorstadt-Gigolo fehlt die Selbstgefälligkeit. Ein weiches Gesicht? Plötzlich ertappt sie sich dabei, dass sie nach einem Anzeichen sucht, einem Hinweis auf Depression und Alkoholismus. Unsinn! Wenn es den Männern so einfach anzusehen wäre… Entschlossen schiebt sie die Fotos in den Umschlag zurück, ebenso die Zeitungskopien, für die ist das Licht in der großen Hallenkirche ohnehin nicht hell genug. Sie wendet sich zu Berndorf und sagt ein halblautes »Danke!« Eigentlich will sie vorschlagen, ob man zusammen noch einen Kaffee trinkt, aber dann sieht sie, dass der Mann neben ihr den Hochaltar betrachtet, die Augenbrauen leicht hochgezogen, die Hände im Schoß verschränkt. Der wird hier doch nicht beten wollen?

Er bemerkt, dass er beobachtet wird, und wendet sich ihr zu. Nun ist er es, der einen letzten Kaffee vorschlägt, und gemeinsam verlassen sie die Kirche.

»Dieser Christus da drin ist doch sehr über den Tod erhaben, finden Sie nicht?«, fragt sie, als sich das Portal wieder hinten ihnen schließt.

»Wissen Sie, was die einzige Wohltat war, die man einem Gekreuzigten erweisen konnte?«

Sie schüttelt unwillig den Kopf und blickt ihn fragend an.

»Man musste ihm die Beine brechen. Damit der Körper nur noch von den Armen gehalten wurde. Der Tod trat dann schneller ein.«

»Warum erzählen Sie mir das?«

Er zuckt nur mit den Schultern, während er am Rande des Vorplatzes stehen bleibt, um einen Wagen vorbeizulassen. Dann überquert er die Straße, und sie folgt ihm zu dem

Tagescafé gegenüber der Kirche. Im ersten Stock finden sie ein Ecktischchen, etwas abseits von den anderen Gästen – einer Damenrunde und zwei Männern, die ihren Weißbier-Frühschoppen zu sich nehmen, Nadja bestellt sich einen Kräutertee, Berndorf einen doppelten Espresso, und während sie auf die Getränke warten, tippt Nadja kurz auf den Umschlag, den sie in der Kirche bekommen hat.

»Diese Abzüge sind recht gut geworden. Ich weiß aber noch immer nicht, was Sie damit vorhaben?«

»Die Fotos werde ich einigen Leuten in Wieshülen zeigen, auch wenn …« Er bricht ab, denn Espresso und Kräutertee werden serviert.

»Auch wenn was?«, fragt Nadja nach, als die Bedienung sich wieder abgewandt hat.

»Ich muss mich überwinden, dorthin zu gehen«, kommt die Antwort. »Es ist nicht gut, in eigener Sache zu recherchieren. Man ist befangen.«

»Sie recherchieren also in eigener Sache«, wiederholt Nadja. »Auch wenn Sie mir nicht sagen wollen, worum es dabei geht. Aber gut, es geht mich nichts an. Doch was ist mit den Kopien dieser Zeitungsartikel? Sie werden doch nicht den vergessenen Autor Anderweg entdecken wollen … So was ist nämlich« – nachdrücklich zeigt sie mit dem Finger auf sich selbst – »mein ganz privates Hobby, hab ich Ihnen das nicht gesagt?«

»Oh!«, antwortet Berndorf, er denke nicht daran, ihr Konkurrenz zu machen. »Ich will nur wissen, was man diesem Autor glauben darf, und wie er – wie soll ich das sagen? –, wie er Fiktion und Tatsachen ineinander mischt.«

»Bravo!«, ruft Nadja mit ironisch aufgerissenen Augen, »Sie wollen eine Textanalyse vornehmen! Lernt man so etwas in der Polizeischule?«

Berndorf betrachtet das Espressotässchen in seiner Hand,

dann blickt er plötzlich auf und ihr in die Augen. »Okay. Sie wollten mit dem Zug zurückfahren, sagten Sie?«

»Gewiss doch. Aber seien Sie nicht so schnell eingeschnappt …« Sie versucht ein aufmunterndes Lächeln. »Wie werden Sie denn da vorgehen, beispielsweise bei der Analyse des Soldaten Pietzsch?«

»Eine Analyse!«, antwortet er missmutig, »Gott soll mich schützen! Pietzsch ist ein deutscher Soldat wie aus einem *Landser*-Heftchen, er als Einziger hat sich einen letzten Rest Vernunft und Zivilcourage bewahrt, er ist es, der seine Schützlinge sicher durch die Nacht führt. Zwar ist er ein bisschen antifaschistisch angemalt, aber selbstverständlich hat er das Kommando in seinem zusammengewürfelten Haufen, immer muss der deutsche Mann irgendwo und über irgendwen das Kommando haben! Ritterlich ist er sowieso, bekommt aber gleichwohl von der Frau mit dem mädchenhaften Rücken die Tür gewiesen und muss zum Schluss auch noch dran glauben, damit der Autor ein gutes Pfund Selbstmitleid in das Süppchen rühren darf.«

»Das kann man so sehen«, sagt Nadja. »Aber was interessiert Sie dann noch an ihm?«

»Ist einer damit erledigt und außerhalb jeder Betrachtung, wenn er eine misslungene Geschichte geschrieben hat?«, fragt Berndorf. »Oder eine, die vielleicht bloß mir nicht gefällt? Die Gerichtsberichte, oder was ich davon gesehen habe, sind übrigens besser. Da beschreibt er zum Beispiel, wie einer vom Staat in den Krieg geschickt und mit Pervitin vollgestopft wird, damit er im Trommelfeuer durchhält, und wie er dann mit nur einem Arm nach Hause kommt, aber noch immer das Pervitin braucht oder anderes Zeug und nicht davon loskommt, und wie dann aber derselbe Staat dem armen Teufel mit Macht und sittlicher Entrüstung auf die Finger klopft, weil man doch nicht einfach so in Apotheken einbrechen darf!«

»Ich werde es nachlesen«, sagt Nadja. »Trotzdem weiß ich noch immer nicht, was Sie eigentlich herausfinden wollen.«

»Ich sagte es doch schon … Ich will wissen, was er sich ausgedacht hat und was nicht. Er hat eine merkwürdige Neigung zu Einzelheiten und Details, die mit der Handlung im Grunde nichts zu tun haben …«

»Nennen Sie ein Beispiel!«

»Warum um alles in der Welt lässt er uns wissen, von welcher Farbe das Gehäuse des Volksempfängers ist?«

»Das Radiogehäuse ist aus graublauem Bakelit«, antwortet Nadja, »und mitgeteilt wird es uns, weil mit Hilfe dieses Gerätes das Blaue vom grauen Himmel heruntergelogen wird.« Sie zeigt ein knappes Lächeln. »Jedenfalls könnte ich mir das so vorstellen.«

Berndorf hält den Kopf ein wenig schief. »Wenn Sie meinen … Ich hätte eher angenommen, er hat es so hingeschrieben, weil das Ding tatsächlich graublau war und er zeigen wollte, dass er wirklich dabei gewesen ist. Auch bei der Stoffkatze kommt es mir so vor, als sei sie vor allem ein Beleg für seinen Besuch bei dem Bürgermeister und seiner Elfie gewesen … Ich glaube, wie alle gewohnheitsmäßigen Lügner hält er sich an solchen Bruchstücken der Wirklichkeit fest, weil seine Geschichte insgesamt nicht stimmt.«

Nadja betrachtet ihn mit hochgezogenen Augenbrauen. »Wie wäre es damit? Der Bürgermeister hat dem Soldaten Pietzsch nicht nur Entlassungspapiere angeboten, sondern ein Dach über dem Kopf und Arbeit. Warum nicht auch so ganz nebenbei das verwaiste Ehebett in Elfies Schlafzimmer? Damit der Leser sich selbst vorstellen kann, wie verlockend ein solches Angebot sein mag, lässt Anderweg ihn zusehen, wie Pietzsch die Stoffkatze betrachtet – dass die arme Elfie so etwas näht, ist ja nur ein Notbehelf, weil sie sonst zu keiner

Arbeit zu gebrauchen ist und weil sie ihr eigenes Kind verloren hat …«

Berndorf überlegt. »Diese Elfie«, wendet er schließlich ein, »die wird ja gleich zu Beginn so beschrieben, dass kein Leser in Verlockung geraten wird … Warum braucht es da noch die Katze? «

»Die Katze wird gebraucht, damit die arme Frau zu nachtschlafender Zeit noch im Wohnzimmer an der Nähmaschine sitzen kann«, kommt die Antwort. »Außerdem will der Autor Anderweg ja nicht nur, dass wir uns die Elfie vorstellen können, sondern er will zugleich das Kriegsende beschreiben und wie das Dritte Reich an Hitlers letztem Geburtstag aussieht, das Land ist ruiniert, die Helden laufen davon oder heben die Hände, kaum dass ein GI auftaucht, oder wen sie dafür halten … Aber das ist noch nicht alles, denn *davon geht die Welt nicht unter*, singt Zarah Leander, und der Akkordeonist parodiert sie damit, das Leben geht weiter, und wer muss dafür sorgen? Die Frauen müssen dafür sorgen, so gut sie eben können, und wenn es nur das ist, dass sie aus ein paar Stofffetzen etwas zusammennähen, das als Geschenk für ein Kind durchgehen kann!«

»Das mag so sein.« Berndorf hebt kurz die linke Hand. »Trotzdem – der Soldat Pietzsch interessiert mich nicht. Mich interessieren die Details, die Anderweg nur als Staffage benutzt. Die Stoffkatze. Der Volksempfänger. Die Wasserstelle unten im Schulhaus. Die Knijpkat, die handbetriebene Taschenlampe … Was würden diese Dinge erzählen, wenn man sie reden ließe?«

»Vermutlich nichts«, bemerkt Nadja mit heiterer Stimme. »Die Dinge schweigen. Wir sind es, die sie zum Reden bringen müssen. Aber noch einmal: Sind Sie denn an der Person Anderweg überhaupt noch interessiert?«

»Muss ich wohl, wenn ich erfahren will, was er oben bei

uns in der Dachkammer gesucht hat. Und da muss er ja wohl gewesen sein. Oder was zwischen ihm und der Flüchtlingin war.«

»Die Flüchtlingin – das war doch die Eva Gsell!« Nadja schüttelt den Kopf. »Warum können oder wollen Sie Ihre Mutter nicht beim Namen nennen? Aber egal …« Sie greift in ihre Handtasche und holt ein Notizbuch heraus. »Ich hätte hier eine Adresse für Sie.«

SAMSTAGNACHMITTAG

Milenas Schatz

Ziegelrote Backsteinhäuser ducken sich unter den Wolken, die von den Pfälzer Bergen her ostwärts über den hohen Himmel ziehen. Ein Hund bellt. Es riecht nach Ölheizung und Kartoffelfeuer. An der Haltestelle der Straßenbahn versucht eine Frau, sich ein Kopftuch auf französische Manier umzubinden. Fern übt ein Trompeter. Ein Mann in einem blauen Overall kehrt den gepflasterten Durchgang zum Hinterhof. Vom Bahnhof nähert sich ein Mann im hellen Sommermantel. Der Hund hat zu bellen aufgehört. Der Trompeter macht eine Pause. Vermutlich schüttelt er die Spucke aus dem Gerät. Der Mann im hellen Mantel bleibt stehen und blickt sich suchend um. Ein Windstoß fegt durch die enge Straße, bläht den Mantel, zerrt am Kopftuch der an der Haltestelle wartenden Frau, stöbert eine Plastiktüte auf und wirbelt sie hoch. Laub tanzt über die Fahrbahn und bleibt gleich wieder ermattet liegen. Die Windbö ist weitergezogen, und der Trompeter nimmt einen neuen Anlauf. Es ist Samstagnachmittag, eine knappe Stunde vor Beginn der Sportschau.

Außer der Straßenführung hat sich hier nicht viel geändert, denkt Berndorf und schlägt den Kragen seines Mantels hoch. Noch immer verkehrt die S-Bahn – die hier OEG heißt – zwischen Heidelberg und Mannheim, vor über vierzig Jahren ist er oft damit gefahren, in der einen Richtung müde vom Schichtdienst, in der anderen Richtung müde von etwas anderem. Am Bahnhof hat er einen Parkplatz für den Mietwagen gefunden, morgen oder am Montag wird er ihn in Mannheim oder Heidelberg abgeben.

Vor dem gepflasterten Durchgang hat sich die Plastiktüte im Scharnier des geöffneten halbhohen Torflügels verfangen, zum Missvergnügen des Mannes im Overall, der nicht weiß, soll er dem Ding einen Stoß mit dem Besen geben, damit die nächste Bö es zum Nachbarn weht, oder muss er es selbst einsammeln? Er versucht es erst mit dem Besen, aber die Tüte hat sich so tückisch zwischen Pfosten und Torflügel eingeklemmt, dass der Besen nichts ausrichtet.

»Man glaubt es nicht, wie einen ein solcher Kram nerven kann«, bemerkt Berndorf, der näher getreten ist, die Hand grüßend erhoben, und mit einem kurzen Ruck die Plastiktüte vom Türpfosten entfernt. »Bitte sehr!«

Der Mann im Overall murmelt etwas, was sich nach einem Dank anhören soll, und stopft die Tüte in seinen Kehrichtsack.

»Das ist Nummer 26 b, bin ich da richtig?«, fragt Berndorf, und der Mann zeigt statt einer Antwort mit dem Besenstiel auf das Nummernschild, die Zahl 26 b leuchtend weiß auf blauem Grund. Ach!, ruft Berndorf aus, da sei er ja ganz richtig, vor sechzig Jahren habe hier ein Schriftsteller gewohnt, einer, der Bücher geschrieben hat, wissen Sie.

»Vor sechzehn Jahren?«

»Nein, vor sechzig …«

Ja so!, meint der Mann, vor sechzehn Jahren, das hätte ihn doch sehr gewundert … Aber vor sechzig Jahren, da sei er noch ein Kind gewesen, in Jugoslawien, ein ganz kleines Kind!

»Ja«, meint Berndorf, »wie die Zeit vergeht!« Aus seiner Brieftasche holt er die Vergrößerung des Passfotos von Anderweg und wie zufällig einen Zehn-Euro-Schein. »Sehen Sie«, sagt er, »das war dieser Mann, er hieß Anderweg, Paul Anderweg, und ich würde gerne wissen, ob noch jemand lebt, der ihn gekannt hat oder seinen Vermieter, das muss jemand namens Wendel gewesen sein …«

Der Mann stellt den Besen an die Hauswand, wischt sich die Hände am Overall ab und nimmt das Foto, den Geldschein reicht er zurück, höflich, aber entschieden. Er betrachtet das Foto, schüttelt dann den Kopf: »Vor sechzig Jahren! Aber vielleicht weiß die Frau etwas…« Einladend weist er zum Haus.

Kurz darauf findet sich Berndorf in der guten Stube der Familie Ibrahimovic wieder, eine Frau mit Kittelschürze betrachtet sich die Fotos und lässt sich erklären, dass dieser Anderweg wohl hier mal im Haus gelebt habe, vielleicht nur zur Untermiete, so dass die Wohnung vermutlich einer Frau oder Familie Wendel gehört haben müsse… In der Küche hantiert die hochschwangere Tochter oder Schwiegertochter, ein schwarzhaariges Mädchen, drei oder vier Jahre alt, drückt sich am Eingang zum Wohnzimmer herum und äugelt zu Berndorf, aber wenn er zurückblickt, dreht es den Kopf schnell zur Seite.

Wendel? Anderweg? Nein, meint die Frau, die Namen habe sie noch nie gehört, das sei auch kein Wunder, es sind jetzt erst vierundzwanzig Jahre, dass sie hier eingezogen sind, das Haus hat damals der Erbengemeinschaft Zundel gehört…

»Jetzt gehört es uns!«, wirft ihr Mann ein, damit das klar ist.

…aber von den Erben Zundel hat sie auch niemand gekannt, das hat alles der Anwalt Übelhauffe verwaltet! Sie nickt ihrem Mann zu, und der steht auf und holt das Telefonbuch, damit der Besucher sich die Adresse notieren kann, der Anwalt hat seine Kanzlei in der Plöck, das ist eine Straße in Heidelberg.

Ob in der Nachbarschaft wohl noch jemand lebt, der sich an die Fünfziger Jahre erinnern könnte, fragt Berndorf, während er Anschrift und Telefonnummer in sein Notizbuch einträgt. Inzwischen ist auch die Tochter oder Schwiegertochter aus der Küche gekommen und setzt sich breitbeinig auf einen Stuhl, die beiden Frauen beratschlagen, wer in Betracht kommen könnte, tatsächlich wohnt zwei Häuser weiter eine alte Dame, die ist schon hoch in den Achtzigern, und sie hat schon immer da gewohnt, soweit es die Eheleute Ibrahimovic wissen, aber sie ist ein bisschen schwierig, wie das alte Damen manchmal so sind, man müsste Manuela fragen … Manuela ist die portugiesische Zugehfrau der alten Dame, fragen müsste man sie, damit sie ein gutes Wort für den Herrn einlegt, aber am Telefon meldet sie sich nicht.

»Sie ist bei ihrer anderen Arbeit«, sagt die junge Frau Ibrahimovic, »im Heim, da darf man sie aber nicht anrufen«.

Dem Hausherrn – Dzemil Ibrahimovic mit vollem Namen – fällt ein, dass das Haus früher in zwei Wohnungen aufgeteilt war, und oben habe es sogar noch eine Dachkammer gehabt, als ob da auch noch jemand hätte wohnen sollen. Er sage das nur, weil der eine Herr ja wohl nur Untermieter gewesen sei. Jetzt habe er das alles aber umgebaut, »Sie können es sich ruhig anschauen!«

»Gerne«, sagt Berndorf, und so wird er von Ibrahimovic durch das Haus geführt, es ist ein gutes, solides Haus, die Ziegelmauern sind massiv und sorgfältig gemauert, »da brauchen Sie keine Isolierung, das ist ein ganz großes Glück, denn die Isolierung – der Herr kennt sich ja sicher aus – macht nur Schimmel und schlechte Luft, feucht darf das Mauerwerk halt nicht werden …« Aber innen hat er viel Arbeit gehabt, mit den Böden und auch der ganzen Installation! Berndorf hört wohlerzogen zu und lobt die gute Handwerksarbeit, »ja«, sagt Ibrahimovic, manches kann er selbst, manches können gute Kollegen, »sonst wäre das alles nicht möglich gewesen!«

Im Erdgeschoss wohnt also das Ehepaar Ibrahimovic senior, im ersten Stock Sohn und Schwiegertochter mit der Enkelin Milena, und für die Milena und den Kleinen, der bald dazukommen wird, gibt es oben unterm Dach noch etwas ganz Besonderes, wenn er das mal kurz zeigen darf... Sie steigen eine steile Holztreppe hoch, eigentlich eher eine bessere Hühnerleiter, inzwischen sind sie zu dritt, denn Milena hat sich ihnen angeschlossen und ist als Erste auf dem Dachboden, was heißt Dachboden! Es ist eine Landschaft zum Spielen, mit Schaukel und Klettergerüst und einem eigenen kleinen bunten Spielhaus, das gerade so groß ist wie das von Alice im Wunderland, als sie noch nicht zu viel vom Keks abgebissen hat. »Wow!«, macht Berndorf, als Kind hätte er von so etwas nicht einmal zu träumen gewagt. Ibrahimovic lächelt ein wenig verlegen, »ja, es ist eine Liebhaberei von mir, als Großvater, wissen Sie!« Milena ist inzwischen das Klettergerüst hoch, hat sich oben mit den Beinen eingehängt und baumelt nun daran, mit dem Kopf nach unten, »lass das«, sagt Ibrahimovic, »du machst mir Kopfweh damit!« Dann erklärt er, wie der Dachstock früher aufgeteilt war, mit der kleinen Dachkammer nach Süden, ursprünglich hätte er Dachgauben einbauen wollen, aber die Bauaufsicht hat es nicht genehmigt, »bei manchen Sachen ist man sehr genau hier... vielleicht auch, wenn es nicht die richtigen Leute sind!« Milena ist in ihrem Alice-im-Wunderland-Haus verschwunden, Ibrahimovic setzt seine Vorstellungstour fort und öffnet eine niedrige Holztür, dahinter befindet sich der Kniestock mit Stauraum für allerhand Kartons und zusammengerollte Teppiche, »Sie glauben ja nicht, wie das hier ausgesehen hat! Als hätte in hundert Jahren keiner aufgeräumt.«

»Waren da auch Schriftsachen darunter?«, fragt Berndorf, »mit Maschine geschrieben oder von Hand?«

»So Schulsachen, meinen Sie das?« Ibrahimovic schüttelt den Kopf. »Kann ich mich nicht erinnern... alte Zeitungen, ja doch, und Bücher, aber alles billiges Zeug, auf schlechtem Papier...« Aber zum Glück gibt es einen Recyclinghof, dort hat er das Zeug zum Altpapier getan. Er drückt die Tür zum Kniestock wieder zu und wendet sich zu seiner Enkelin, die gerade rückwärts aus dem Alice-Häuschen herauskrabbelt.

»Hey«, ruft Ibrahimovic, »was hast du denn da? Lass den Opa mal sehen!«

Milena hat sich aufgerichtet und hält irgendetwas in der Hand, die sie hinter ihrem Rücken versteckt.

»Meins«, sagt sie und schaut dem Großvater trotzig in die Augen. Der aber schüttelt streng den Kopf: »Trotzdem will ich's sehen!«, beugt sich über sie, packt umstandslos die kleine Hand und nimmt sich, was sie festzuhalten sucht.

Es ist eines dieser Röhrchen, wie sie für Tabletten verwendet werden, der Verschluss schwärzlich verfärbt, die Hülle blau-rot, darauf die weiße, noch gut lesbare Aufschrift *Pervitin*.

»Wo hast du das her?«

Keine Antwort. Milena hat sich auf den Boden gehockt, den Kopf gesenkt und die Arme schützend vors Gesicht gelegt, damit sie niemanden sehen muss und niemand sie sieht. Ihr Großvater blickt ratsuchend zu Berndorf: »Haben Sie eine Ahnung, was das sein soll?«

»Steht doch drauf«, sagt Berndorf. »Pervitin. Heute nennt man's Methamphetamin, Crystal Meth oder einfach Speed. Auch als Polnisch Kompott bekannt … Das ist solches Zeug, wenn Sie's einwerfen, dann können Sie drei Stunden Schicht hintereinander arbeiten, aber in der Apotheke kriegen Sie es heute nicht mehr … Lassen Sie mal sehen, was wirklich drin ist!« Er streckt die Hand aus, zögernd gibt ihm Ibrahimovic das Röhrchen. »Polnisch was …?«

Berndorf nimmt das Röhrchen, hält es sich ans Ohr und schüttelt es. Dann schraubt er den Verschluss auf und klopft den Inhalt auf den rechten Handteller: drei Bleistiftstummel. Er gibt sie Ibrahimovic, langt mit dem Finger in das Röhrchen und holt heraus, was dringeblieben war: Eine blaue Banknote über zehn Deutsche Mark, herausgegeben von der Bank Deutscher Länder und geschmückt mit einem Standbild der Justitia, der rechts eine junge Frau mit Hammer, Zahnrad und einer Art Tirolerhut zu Füßen sitzt und links eine ohne Hut, die aber dafür barbusig ist und ein Modell irgendwelcher spätklassizistischer Bauwerke auf dem Arm hält.

»Geld von drüben?«, mutmaßt Ibrahimovic, der noch die drei Bleistiftstummel in der Hand hält.

»Nein«, meint Berndorf, »ganz frühe, aber ganz richtige Deutschmark. Von 1948 oder so. Die Bank müsste den Schein noch immer annehmen … Aber erkundigen Sie sich vorher, ob Sammler nicht mehr dafür zahlen.« Er kniet sich vor Milena nieder. »Hast du das gehört? Du hast da ganz was Tolles gefunden, ehrlich.«

Plötzlich löst Milena die Arme von ihrem Gesicht: »Ist meins. Will wiederhaben.«

»Okay«, sagt Berndorf, lässt sich die Bleistiftstummel wiedergeben und steckt sie samt dem erneut zusammengerollten Geldschein zurück in das Tablettenröhrchen. »Bitte sehr. Den Schein kannst du ja dem Großvater geben, dann könnt ihr euch beide zusammen was dafür kaufen … Aber magst du mir jetzt nicht zeigen, wo du das gefunden hast?«

Milena grabscht sich das Röhrchen, schaut Berndorf einen Moment nachdenklich an, steht dann aber auf, läuft zu der niedrigen Tür des Kniestocks und zieht sie auf. Geduckt folgt ihr Berndorf bis fast ans Ende des Kniestocks, wo Milena ein lockeres Brett anhebt, das zwischen zwei Dachsparren auf dem Boden aufliegt. Berndorf kauert sich nieder, hinter ihm hat sich auch Großvater Ibrahimovic in den Kniestock gezwängt.

In der Höhlung unter dem Brett liegt ein halb aufgerissenes Paket, in graues Papier eingeschlagen. »Darf ich?«, fragt Berndorf, Milena nickt, und auch Ibrahimovic erhebt keine Einwände, also greift er sich das Paket und versucht sich aufzurichten. Dabei stößt er mit dem Kopf am vorderen Dachsparren so heftig an, dass er das Paket fast wieder fallen lässt. Gebückt und rückwärts gehend verlässt er schließlich den Kniestock und legt den Fund auf dem Dach des Alice-Häuschens ab. Er wirft noch einen Blick zu Ibrahimovic, der neben ihm steht, und öffnet dann das Paket vollends. Zum Vorschein kommen Schreibhefte mit altmodischen Etiketten, ein dünnes Bündel von Briefen, und ein Stoß von fünf oder sechs Broschüren.

Die Broschüren haben einen gelben Umschlag, über den sich in schwarzer Flammenschrift der Titel zieht: *Die Nachtwache des Soldaten Pietzsch.*

Das Licht der Schreibtischlampe fällt auf die Tischplatte und die Schriftstücke, die darauf ausgebreitet sind. Der Rest des Hotelzimmers versinkt in einem gnädigen Halbdunkel. Die Jalousie am Fenster ist heruntergelassen und klappert, wenn sie von einem Windstoß geschüttelt wird. Von Zeit zu Zeit tastet Berndorf nach der Beule auf seinem Hinterkopf, es ist eigentlich keine Beule, sondern nur eine scharf umrissene schmerzhafte Stelle.

Es hatte keine große Überredungskunst gebraucht, der Familie Ibrahimovic den Packen Altpapier vom Dachboden abzuschwatzen. Solches Zeug will man nicht im Haus haben, schon gar nicht, wenn da so merkwürdige Tabletten dabei sind oder wenigstens die Röhrchen dafür. Und den Geldschein würde man dem Anwalt Übelhauffe zusenden, was Berndorf allerdings nicht zulassen wollte: Der gehöre Milena, das habe er ihr versprochen! Unterbrochen wurde der Disput durch einen Anruf der portugiesischen Altenpflegerin, die sich Berndorfs Anliegen anhörte und nicht ganz abweisend war: Er werde staunen, was die alte Dame Kaltenbach noch alles wisse und woran sie sich erinnern könne, wenn es nicht gerade um das gehe, was vor einer halben Stunde gewesen sei. Nur dürfe man es nicht jetzt am Abend versuchen, da sei sie gerne unleidig, ja manchmal richtig bös. Aber am Vormittag könne man vielleicht einen Besuch wagen, nur müsse sie das erst vorbereiten, schonend vorbereiten …

So kommt es, dass Berndorf in Heidelberg-Wieblingen übernachtet, in einem Gasthof, der auf Vertreter und Monteure im Außendienst eingerichtet ist und deshalb an einem Samstagabend noch ein Zimmer frei hat.

In die beiden in Wachstuch gebundenen Schreibhefte hat er schon vor einer Weile einen ersten Blick geworfen. Eine geübte, rechtsgeneigte, nicht unbedingt leicht zu entziffernde Schrift, kein Tagebuch, sondern jeweils fortlaufender Text, zwei Erzählungen offenbar, *In der Sonderzone* lautet der Titel der einen, *Einladung für eine Marionette* der der anderen. Berndorf hat das unbehagliche Gefühl, von den beiden Texten geradezu bedrängt zu werden, dass er sie endlich lese. Später!, entscheidet er und nimmt sich das dünne Bündel Briefe vor, das lieblos mit Bindfaden zusammengeknüpft ist, die ganze Zeit schon liegt die Nagelschere aus seinem Reisenecessaire da, um den Faden durchzuschneiden. Er gibt sich einen Ruck und tut es.

Zwei Briefe in Sütterlinschrift, eine Fotografie: eine ältere Frau, nein: eine Dame, an einem Flügel sitzend und zum Fotografen blickend, ein amtliches Dokument: die Sterbeurkunde einer Eleonore Luise Wendel, geb. Fath, 1891–1945 … Wendel? Ein Klingelton reißt ihn aus seinem Grübeln, es ist nicht das Hoteltelefon, sondern es ist sein eigenes Handy, das muss er erst einmal aus der Tasche seines Sakkos pulen.

»Wie geht es dir? Was tust du und warum?« Es ist Barbara, die so fragt, die Stimme klingt klar und hell, aber es ist ein

Unterton dabei, der ihn wissen lässt: Er hätte sich inzwischen ruhig auch schon mal melden können.

Er habe gerade einen Bindfaden durchgeschnitten, erklärt er.

»Fein.«

Außerdem sei er in einem Gasthof untergekommen. In einem Gasthof in Heidelberg-Wieblingen.

»Oh … Allein?«

»Ja«, antwortet er und erzählt in groben Zügen von seiner Fahrt nach Nördlingen und wie er von dort auf den Dachboden der Familie Ibrahimovic gekommen ist.

»Und da hast du also die letzte Flaschenpost deines Schriftstellers gefunden … Wie hieß er noch? Anderweg?«

»Milena hat's gefunden«, stellt er richtig, während er mit der freien Hand die Briefe aus dem Bündel durchblättert. »Und wessen Flaschenpost das ist, weiß ich nicht. Zwar stecken ein paar Exemplare von Anderwegs Broschüre drin, aber ob das der richtige Name ist?«

»Dass jemand, der sich Anderweg nennt, dann doch nicht so heißt, ist keine rasend große Überraschung. Aber was hat das alles mit dieser Schwertfeger zu tun?«

Berndorf erklärt, dass Nadja Schwertfeger wieder in Freiburg sei und dass er am nächsten Morgen eine ältere Dame aufsuchen werde, weil … Unvermittelt bricht er ab. Vor ihm liegt ein Blatt Papier, das mehrfach gefaltet war, mehr grau als vergilbt, es ist ein mit Bleistift geschriebener Brief, in einer kleinen, sehr disziplinierten, aufrechten Schrift, es ist die Handschrift, die Berndorf unter Hunderttausenden? Millionen? von Handschriften herauskennen würde.

»Was ist los? Haben wir noch Verbindung …?«, hört er Barbara fragen.

»Entschuldige«, sagt er, »da ist ein Brief … Ein Brief der Flüchtlingin an Anderweg … Kann ich in einer Viertelstunde zurückrufen?«

Er legt das Handy zur Seite, stützt den Kopf in die Hände, schließt die Augen und atmet tief durch. Dann schüttelt er kurz den Kopf und nimmt den Brief wieder auf:

Wieshülen, 8. Oktober 1946

Sehr geehrter, lieber Herr Anderweg,
Sie haben uns eine Freude, aber leider auch eine große Verlegenheit bereitet, und nun weiß ich nicht, wovon ich Ihnen vor allem schreiben soll. Am leichtesten fällt es mir, mich für das Bastelbuch zu bedanken, das ganz wunderbare Anregungen bietet, gerade in dieser Zeit und gerade für das Alter, in das mein Sohn jetzt gekommen ist! Er wird es Ihnen nicht vergessen und ich auch nicht.
Aber warum haben Sie es nicht dabei bewenden lassen? Sie haben mir richtigen, wahrhaftigen Bohnenkaffee geschickt – und das durften Sie nicht! Was soll ich jetzt tun? Eigentlich kann ich ihn gar nicht annehmen. Ich kann ihn auch nicht zurückschicken, das wäre erstens albern und zweitens im Hinblick auf die Post hier in der französischen Zone verantwortungslos. Was also tun?
Ich werde in Ihrer Schuld bleiben müssen. Das bin ich ohnehin, weil Sie ja schon sehr lange noch eine Tasse Tee bei mir guthaben. Wären die Zeiten (und meine Lebensumstände) andere, würde ich Sie gerne einladen. Aber ich bin in keiner Weise mehr für einen Besuch eingerichtet, auch kann es für Sie keine Freude sein, mich zu sehen – und ich möchte mir ersparen, Ihre Enttäuschung wahrzunehmen.
Ich danke Ihnen für Ihre so großzügigen Geschenke und Ihr Lebenszeichen. Und ich wünsche Ihnen von ganzem Herzen, dass Ihnen auch in Ihrem persönlichen Lebensbereich ein Neubeginn möglich ist.
Ihre Eva Gsell

Das Bastelbuch! Berndorf legt den Brief zurück. Ja doch. Die Schiffchen aus Kiefernrinde. Die Flöte aus Weidenholz. Was alles man mit Kiefernzapfen machen kann. Ein Mobile zum Beispiel. Wie man aus einem Scheit Holz einen Charakterkopf schnitzt.

Aber dass es da wegen des Bohnenkaffees eine Szene gegeben hätte? Keine Erinnerung. Doch der Tonfall ist ihm vertraut. Nur zu gut. Was jetzt?

Sein Blick fällt auf das Handy. Eine SMS ist eingetroffen:

Ein Brief der Flüchtlingin? Nicht wirklich?

Er nimmt das Gerät und ruft die erste der eingegebenen Kurzwahlen auf.

»Doch«, sagt er, als Barbara sich meldet.

SONNTAG

Schreibweisen der Hoffnung

Das Zimmer liegt nach Süden, zur Straße hin, aber die Stores lassen Licht und Lärm nur gedämpft herein. Im Fernsehen watschelt Donald Duck tonlos seinen Problemen hinterher. In ihrem Fernsehsessel nimmt Margarethe Kaltenbach – ein Plaid über den Knien – den kleinen Strauß Herbstblumen entgegen, den Berndorf kurz zuvor in der Gärtnerei am Hauptfriedhof besorgt hat, und scheucht die Altenpflegerin Manuela, nur ja eine hübsche Vase dafür zu finden. Übrigens war es Manuela gewesen, die Berndorf den Tipp mit den Herbstblumen gegeben hat.

»Sie sind mit den Zundels verwandt?«, fragt Margarethe Kaltenbach mit leicht kratziger Stimme. Sie trägt ein schwarzes hochgeschlossenes Hauskleid, das weiße Haar, unter dem die Kopfhaut rosa schimmert, ist sorgfältig gebürstet. »Ein Cousin vielleicht von Eberhard? Da müssten wir uns eigentlich kennen.«

Berndorf bittet sehr um Entschuldigung, dass er weder mit den Zundels noch mit einem Eberhard verwandt sei, sondern eines Schriftstellers wegen …

»Ach!«, ruft die Kaltenbach aus, »was hat mir die Manuela da wieder für einen Unsinn erzählt. Sie müssen entschuldigen, sie ist ja sehr nett, aber die deutsche Sprache ist ihr einfach …«

»Die ist mir nicht zu schwer«, fällt ihr die Altenpflegerin ins Wort, die gerade die Vase mit den Blumen hereinbringt, »und ich hab's Ihnen auch genau gesagt, dass der Herr wegen jemand anderem gekommen ist, aber Sie merken sich nur noch, was Sie sich merken wollen!« Sie stellt die Vase auf den Tisch und geht wieder in die Küche.

»Ja«, fährt die Kaltenbach ungerührt fort, »mit dem Eberhard hab ich mich gut verstanden, aber nicht, was Sie jetzt vielleicht denken!«

Behutsam erkundigt sich Berndorf, wie lange denn die Familie Zundel in Nr. 26 gelebt habe.

Ach, kommt die Antwort, das sei alles schon so lange her, und überhaupt! Nämlich der Eberhard, der sei schon in den Fünfziger Jahren nach Australien, »von dort hat er immer so schöne Postkarten geschickt«, da fällt ihr ein … »Manuela!«

Widerstrebend erscheint die Altenpflegerin im Durchgang zur Küche.

»Holen Sie doch mal den Karton mit meinen alten Postkarten, unten im Büfett ist der, Sie wissen doch!«

Nein, antwortet Manuela störrisch, da sei er nicht: »Das hab ich alles ins Altpapier getan, vor drei Wochen, weil Sie es so wollten! Alles raus, haben Sie rumgeschrien, und jetzt wollen Sie es nicht gewesen sein!«

»Also ins Altpapier haben Sie's getan«, meint die Kaltenbach und wendet sich wieder Berndorf zu, »wenn man nicht hinter allem her ist! Ja also, Sie sind wegen dem Eberhard gekommen, der ist aber nach Australien, wissen Sie? Eine jüngere Schwester war auch noch da, die war aber immer ein bisschen hinter den Männern von den anderen her – solche, die solo waren, die hat sie gar nicht angeguckt!«

Berndorf bemerkt, dass die Rede zwar ungehemmt strömt, die Augen gleichwohl aber immer wieder zum Fernseher irren, zum jeweils neuesten Missgeschick von Donald. Er wartet eine Pause im Redefluss ab und fragt, ob denn die Zundels nicht auch Mieter gehabt hätten?

»Mieter?«, fragt sie zurück. »Vermietet wurde das erst, als

die alten Zundels ins Altenheim gingen, das muss in den Siebzigern gewesen sein, da war der Eberhard schon lange …«

»Und es gab auch keine Untermieter? Studenten vielleicht?«

»Studenten?« Ein unerwartet wacher Blick streift ihn. »Waren Sie einer davon? Da müsste ich Sie aber kennen … Ja doch, im Dachzimmerchen, da hatten sie immer wieder mal einen Studenten drin oder sonst jemand, aber die gingen alle fast so schnell, wie sie kamen, eingerichtet war es ja ärmlich genug, und das Bett hat gequietscht, das glaubt man nicht.«

Berndorf holt die Fotoabzüge hervor, die er von Paul Anderweg hat, und zeigt sie ihr. Sie nimmt die Bilder auf und betrachtet sie, die Augen ein wenig zusammengekniffen.

»Und wer soll das sein?«

»Einer dieser Untermieter«, antwortet Berndorf. »Er muss in den frühen Fünfziger Jahren dort gewohnt haben, vielleicht hat er das Zimmer auch nur während der Semesterferien von einem anderen übernommen. Für einen Studenten war er eigentlich zu alt.«

»Und wie sagten Sie, dass er hieß?«

»Anderweg«, antwortet er. »Paul Anderweg. Womöglich war das Zimmer aber an einen Herrn oder an eine Frau Wendel vermietet.«

»Unsinn!« Margarethe Kaltenbach hält ihm die Vergrößerung des Passfotos mit spitzen Fingern vors Gesicht. »Das hier ist der arme Herr Wendel … Peter hieß er mit Vornamen, das weiß ich, weil ich mal mit ihm tanzen gehen wollte, als junge Frau hatte man damals keine große Auswahl, wenn man nicht mit einem Amerikaner aus den Patton Barracks anbändeln wollte. Aber der da …« – mit zittriger Hand schüttelt sie das Foto – »war auch nicht das große Los, ganz davon abgesehen, dass er nicht mehr der Jüngste war … Auf dem Foto sieht er ja noch ganz manierlich aus, aber in Wahrheit war er ein Schluckspecht, und statt mit mir zu tanzen, hat er ein

Bierglas übers Kleid geschüttet, das war ganz was Hübsches, schwarze Seide und weiße Schlaufen darin, und er schüttet mir das Bier drüber, stellen Sie sich das mal vor … Er ist den Zundels auch bald die Miete schuldig geblieben, da haben sie ihn dann rausgeschmissen, einmal ist er noch gekommen und wollte was aus dem Haus holen, da haben sie die Polizei gerufen.« Wieder betrachtet sie das Foto, schüttelt den Kopf und reicht es Berndorf zurück. »Das ist keine schöne Erinnerung, junger Mann, das Beste wär's, man vergisst ihn einfach, am Ende kam er nach Wiesloch.«

In die Psychiatrie also, überlegt Berndorf. »Haben Sie ihn noch einmal gesehen? Oder dort besucht?«

Margarethe Kaltenbach bricht in ein hüstelndes Lachen aus. »Sie haben keine Ahnung, junger Mann, wie das Leben damals war. Da hat man nicht auch noch Lust gehabt, am Sonntag einen Besuch in der Irrenanstalt zu machen. Geschrieben hat er mir, das ist wahr, lauter wirres Zeug, und ich hab den Brief gleich zerrissen und verbrannt, das kann man nicht brauchen, dass so etwas nach einem greift!«

Es ist ein ruhiger angenehmer Sonntag geworden, ohne Gebrüll vom Hardtwald-Stadion her, denn der SV spielt auswärts. Am frühen Nachmittag klart der Himmel auf, und weil Evros sich nach dem Mittagessen zu einer Mütze Schlaf zurückzieht, hat Franziska die Gartenschere genommen und sich darangemacht, die letzten verblühten Heckenrosen abzuschneiden. Es ist wirklich kein großer Garten, um den sie sich kümmern muss, ein handtuchgroßer Grünstreifen hinter ihrem Reihenhaus, von Forsythien und anderem Gesträuch gegen die Nachbarn abgeschirmt.

Eigentlich wollte Franziska Sinheim an diesem Nachmittag noch einen Artikel fertigstellen, eine Polemik über die Techniken der Fernsehmoderatoren, immer dann das Thema zu wechseln oder eine andere Frage anzuschneiden, wenn einer der Gesprächsteilnehmer – was selten genug vorkommt – einer Sache auf den Grund zu gehen versucht. Aber die Zeitschrift, für die der Artikel bestimmt ist, hat erst am Dienstag Redaktionsschluss, also hat sie noch etwas Zeit, die braucht sie auch, denn der Text ist ihr zu moralisierend geraten und zu aufgeregt, vielleicht hat sich auch wie ein Haken der von Evros vorgebrachte Einwand in ihrem Hinterkopf festgesetzt, wer denken lernen wolle, dürfe sowieso keinen Fernseher einschalten …

Im Haus klingelt das Telefon. Klingel du ruhig!, denkt sie und knipst ein ganzes Bündel abgeblühter Rosenknospen ab, wenn es wichtig ist, wird es dem Anrufbeantworter mitgeteilt. Außerdem kommen Anrufe am Sonntagnachmittag gerne dann, wenn irgendwer gestorben ist, für den die Redaktion keinen Nachruf gebunkert hat. Das Klingeln hört auf, offenbar war Evros doch schon aufgestanden, dann wird er gewiss gleich auch Kaffee aufsetzen. Hinter sich hört sie die leicht schlurfenden Schritte, an denen Evros auch in tiefer Dunkelheit zu erkennen ist, er kommt über die Terrasse und bringt ihr das schnurlose Telefon.

»Ein Mann«, sagt er, und seine Bassstimme klingt noch ein wenig tiefer als sonst, »er will dich *persönlich* … bitte sehr!«

Sie nimmt den Hörer und meldet sich.

»Berndorf«, sagt der Anrufer, »ich bitte sehr um Entschuldigung, wenn ich stören sollte … oder wenn mein Anruf Ihnen überhaupt unwillkommen ist.«

Als hätte sie einen Schlag erhalten, reißt sie den Hörer vom Ohr und wirft einen fragenden, fast vorwurfsvollen Blick zu Evros. Er streckt die Hand aus, aber dann schüttelt sie den Kopf und nimmt den Hörer wieder auf.

»Ihr Anruf ist persönlich, sagten Sie … Was hätten wir *persönlich* zu reden?«

»Nein«, sagt die Stimme, »ich habe nur eine Frage, oder genauer: eine Bitte um eine Auskunft, die ich am ehesten von Ihnen bekommen kann. Sonst ist nichts persönlich daran …«

»Und Sie sind sicher, dass ich Ihnen als Auskunftsperson zur Verfügung stehe, einfach so?«

»Ich suche jemand, der sich an einen gewissen Wendel erinnert, der als Journalist Anfang bis Mitte der Fünfziger Jahre im Rhein-Neckar-Raum gearbeitet hat, möglicherweise als Gerichtsreporter … Er kann auch das Pseudonym Paul Anderweg benutzt haben … Aber ich verstehe, wenn Sie nicht mit mir reden wollen.«

»Moment!«, fällt ihm Franziska Sinheim ins Wort, »Sie sind also hinter jemandem her, der mal als Gerichtsreporter gearbeitet hat … Und weil ich das auch getan habe und manchmal noch tue, da haben Sie sich gedacht, ach, die gute alte Sinheim, die kennt sich da sicher aus, da ruf ich mal an … War es so?«

»Wenn Sie meinen. Ich bitte nochmals, die Störung zu entschuldigen.«

»So billig kommen Sie mir nicht davon! Wer eine Frage hat, der verdient eine Antwort. Sie sollen nicht behaupten können, ich hätte Ihnen eine Auskunft verweigert. Wie waren die Namen noch mal?«

»Der Mann nannte sich zunächst, in der ersten Nachkriegszeit, Paul Anderweg und war unter diesem Namen freier Mitarbeiter einer bayerischen Provinzzeitung in Nördlingen. Anfang der Fünfziger Jahre kam er nach Heidelberg-Wieblingen, wo er unter dem Namen Peter Wendel auftrat. Wie in Nördlingen fiel er auch in Wieblingen durch massive Alkoholprobleme auf …«

»Ich soll Ihnen also einen Journalisten ausfindig machen, dessen besonderes Kennzeichen Alkoholprobleme waren, damals vor sechzig Jahren? Haben Sie eigentlich eine Ahnung, wie es in den Redaktionen jener Zeit zuging?«

»Er muss besonders auffällig gewesen sein.«

»Na schön.« Franziska Sinheim überlegt. »Mir selbst sagen die Namen nichts, Anfang der Fünfziger Jahre kam ich gerade in den Kindergarten. Ich werde ein paar Leute anrufen, aber die Nummern muss ich erst heraussuchen. Von wo rufen Sie eigentlich an?«

»Von Heidelberg.«

»Na gut.« Sie wirft einen Blick auf ihre Armbanduhr. »Kommen Sie in zwei Stunden hier vorbei.« Sie nennt die Anschrift. »Folgen Sie dem Wegweiser zum Stadion des SV Sandhausen und biegen Sie vor den Parkplätzen rechts ab … Kaffee oder Tee?«

»Tee«, kommt die Antwort. »Ich danke Ihnen sehr.«

Franziska Sinheim beendet das Gespräch. Ihr Blick fällt auf Evros, und so gibt sie ihm den Hörer zurück.

»Magst du mir sagen, wer das war?«

»Das?« Sie streift sich imaginäre Strähnen ihres langen grauen Haars aus dem Gesicht. »Ein Polizist. *Der* Polizist. Wegen dem ich mein ganzes Leben keinen Bedarf mehr an Polizisten habe …« Sie geht auf die Terrasse und lässt sich in einen der Korbsessel fallen. Evros folgt ihr und setzt sich ihr gegenüber.

»Du kennst Brians Geschichte?«

Evros kennt die Geschichte. In der Nacht zum 24. Juni 1972 klingelten Polizisten an einer Wohnung in Mannheim-Feudenheim; als ihnen ein nackter Mann öffnete, verlor einer der Polizisten die Nerven und eröffnete das Feuer. Der Mann, ein irischer Staatsbürger namens Brian O'Rourke, verblutete, von mehreren Schüssen in Bauch und Oberkörper getroffen. Eine anonyme Anruferin hatte behauptet, in der Wohnung halte sich einer der Männer auf, die am Tag zuvor einen Überfall auf einen Geldtransporter begangen hätten. Wie die Justizbehörden schließlich zugaben, hatte Brian O'Rourke mit dem Überfall nichts zu tun, ebenso wenig die Frau, mit der er vor seinem Tod zusammen war. Diese Frau war Franziska Sinheim gewesen.

»Und das war der, der angerufen hat? Der Polizist, der geschossen hat?«

»Nein.« Franziska Sinheim betrachtet die Gartenschere, die sie aus irgendeinem Grund noch immer in der linken Hand hält, und legt sie auf den Gartentisch vor sich. »Der lebt nicht mehr. Hat sich Jahre später aufgehängt. Gar nicht so weit von hier … Der Mensch von vorhin, der hat damals den Einsatz geleitet. Er trägt also die Verantwortung.« Sie blickt auf. »In diesem Land bedeutet das, dass es gar nichts bedeutet.«

Das sei nicht nur in diesem Land so, wendet Evros ein. »Und jetzt, nach über vierzig Jahren, hat er dich angerufen?«

»Wir haben davor schon einmal miteinander gesprochen. Es ist so … Ich ertrage diesen Menschen nicht, und ich ertrage es nicht, dass die Erinnerung mir so zu schaffen macht.«

Polen, so glaubt Nadja zu wissen, legen Wert auf Umgangsformen und Höflichkeit. Wie also fragt man eine würdige, ältere, erkennbar um Contenance bemühte polnische Dame, ob sie sich an eine schwangere und verzweifelte junge Frau erinnert, damals in Ravensburg, in den Monaten nach der Befreiung?

… meine Adoptiveltern haben mir nur gesagt, meine Mutter sei eine Displaced Person gewesen, eine der nach Deutschland verschleppten polnischen oder russischen Zwangsarbeiterinnen …

Moment! Soll sie das wirklich hinschreiben? *Oder russisch*? Die einen – die aus dem Generalgouvernement kamen – trugen den Aufnäher mit dem *P* für Polen, die anderen – aus Weißrussland und der Ukraine – den mit dem *OST* für Ostarbeiter. Waren die einen mit den anderen solidarisch oder auch nur vertraut oder bekannt? Wenn sie es richtig weiß, gab es noch einen Unterschied: *Displaced Persons* aus der Sowjetunion wurden kurze Zeit nach der Befreiung repatriiert, ob sie es wollten oder nicht, Väterchen Stalin bestand darauf. War es bei den Polen nicht anders gewesen? Der Dokumentationsband über die Ulmer polnischen Zwangsarbeiterinnen und -arbeiter liegt griffbereit, sie blättert die Biographien durch – tatsächlich sind die meisten der polnischen DPs erst 1946 nach Hause zurückgekehrt (oder was dort von ihrem Zuhause übriggeblieben war), und manche haben nach England oder in die USA auswandern können.

Warum schreibt sie nicht einfach: … *der nach Deutschland verschleppten Zwangsarbeiterinnen*? Heftiges Klingeln an der Tür unterbricht ihre Überlegungen, sie öffnet, und Wally tritt auf, ein viel zu großes Paket aus der Konditorei in den Händen. »Endlich«, sagt sie, »endlich haben sie dort begriffen, dass man Apfelkuchen auch mit glutenfreiem Mehl backen kann, ich hab's extra für dich bestellt!« Außerdem habe sie gestern Abend noch gesehen, dass Licht in der Wohnung sei und Nadja also zurück sein müsse, zurück von ihrer Reise nach Berlin oder sonst wohin …

»Den glutenfreien Apfelkuchen gibt es schon länger«, stellt Nadja klar und geht in die Küche, um den Wasserkocher anzustellen. »Aber schön, dass die soziale Kontrolle im Dorf so gut funktioniert!«

»Alte Bissgurke«, sagt Wally ungerührt, »das kannst du doch nicht machen – erst fahr ich wegen dir in die finsterste Pampa, und dann, wenn es spannend wird, bin ich *so was* von abgemeldet!«

»Es ist *nicht* spannend geworden«, stellt Nadja richtig und stellt das Teeservice auf den Esstisch.

»Und der Typ?«

»Welcher Typ?«, fragt Nadja zurück. »Ach der! Ein ehemaliger Polizist, wie diese Carmen Weitnauer gesagt hat …« Sie legt den Kopf ein wenig schief und lächelt Wally an. »Wie du bemerkt haben wirst, habe ich ihn nicht hierher mitgebracht.«

Wally wirft einen genervt-vorwurfsvollen Blick zur Zimmerdecke, und zur Versöhnung bringt Nadja ihr den Dokumentationsband, ein Zettel ist beim Bericht der Helena S. eingelegt, die von den Amerikanern nach Ravensburg gebracht worden ist. »Aber lies es bis zum Ende!« Sie geht in die Küche, gießt den Tee auf und zündet das Teelicht für den Rechaud an.

Wenig später sitzen beide beim Tee, Wally lässt den Band sinken und wirft einen prüfenden Blick zu Nadja. »Ravensburg«, sagt sie zögernd, »das verstehe ich, dass dir das wichtig ist … aber wenn ich dich so anschaue …«

»Diese Helena Sowieso ist sicher nicht meine Mutter«, schneidet Nadja weitere Überlegungen ab. »Aber vielleicht hat sie ein Mädchen gekannt, das schwanger geworden ist … Ravensburg ist nicht besonders groß, und die jungen Frauen, die man verschleppt hatte, werden untereinander Kontakt gehalten haben, mit wem sonst sollten sie denn reden? Mit den ehemaligen BDM-Schnepfen vielleicht, die gestern noch vor ihnen ausgespuckt hatten?«

»Und was willst du jetzt machen?«

»Ich werde dieser Helena einen Brief schreiben und ihn übersetzen lassen – es gibt in der Stadt eine Übersetzerin für Polnisch. Und dann werde ich die Herausgeber dieser Dokumentation bitten« – sie deutet auf den Band, den Wally aufgeschlagen neben sich auf den Tisch gelegt hat –, »den Brief weiterzuleiten. Vielleicht kann mir die Übersetzerin auch behilflich sein, eine Anzeige zu schalten, wenn sie eine Zeitung weiß, die für so etwas in Frage kommt.«

»Du hängst dich da richtig rein«, stellt Wally fest und

nimmt vom Apfelkuchen mit glutenfreiem Teig. Nadja deutet ein Schulterzucken an.

»Sag mal«, fährt Wally kauend fort, »du bist also ganz sicher, dass deine richtige Mutter eine Polin war?«

»Muss ich wohl«, antwortet Nadja, »wenn sie Russin oder Ukrainerin gewesen wäre, hätte man sie wohl noch im Sommer fünfundvierzig zurückgeholt, die sowjetische Regierung war da ziemlich hinterher.«

»Und wenn diese Frauen keine Lust hatten, womöglich nach Sibirien zu kommen? Oder Trümmerfrau in Stalingrad zu sein? Ich meine, kann sich da nicht die eine oder andere abgesetzt haben?«

»Schon möglich ... Aber warum fragst du?«

»Darum«, antwortet Wally, greift nach ihrer Handtasche und sucht einen Zettel heraus. »Nadeshda ist nämlich kein polnischer Mädchenname. Nicht so, wie du dich schreibst.« Sie reicht Nadja den Zettel. »Entschuldige bitte, dass ich deinen Vornamen gegoogelt hab ...«

Stirnrunzelnd nimmt Nadja den Zettel. In Wallys energischer Schrift ist darauf vermerkt:

Nadeshda, russ., von Hoffnung, poln. Schreibweise Nadzieja.

Die Adresse, die ihm Franziska Sinheim gegeben hat, liegt in einer engen, von Reihenhäusern gesäumten und zugeparkten Straße, also hat Berndorf den Mietwagen auf den leeren Parkplätzen des Stadions abgestellt und geht ein paar hundert Meter zu Fuß. Er kann dabei Luft schnappen und sich mit den Vorwürfen auseinandersetzen, die er sich selbst machen muss. Es ist dumm und ungehörig gewesen, die Sinheim anzurufen, und überflüssig dazu – am nächsten Tag hätte er in der Stadt- oder Universitätsbibliothek nachschlagen können, ob sich Artikel des Peter Wendel alias Anderweg in irgendwelchen Zeitungsbänden finden lassen. Zu spät.

Das Reihenhaus mit dem Schild F. Sinheim/Dr. E. Papantoniu auf dem Briefkasten hat zwei Quadratmeter Vorgarten mit einem Rosenstrauch. Er atmet tief durch, steigt die zwei Stufen zur Haustür hoch und klingelt. Schlurfende Schritte nähern sich, die Tür wird aufgezogen, ein großer, schwerer, glatzköpfiger Mann steht vor ihm.

»Herr Berndorf?«, fragt eine angenehme Bassstimme. »Treten Sie ein.«

Berndorf schiebt sich an dem mächtigen Bauch vorbei, eine Gelegenheit, einen Händedruck auszutauschen, ergibt sich nicht.

»Komisch«, sagt die Bassstimme. »Ich hatte Sie in Breeches erwartet … albern von mir.«

Breeches?, überlegt Berndorf. Die Reithosen der Offiziere. Der Offiziere von Wehrmacht und SS. Das fängt ja gut an. Er bleibt stehen.

»Bitte!«, sagt der Mann und weist zu einer Tür aus Verbundglas, die offenbar ins Wohnzimmer führt. »Ich bin Grieche, wir haben manchmal – wie soll ich sagen? – etwas unangemessene Assoziationen.«

Berndorf – einen Umschlag mit der Geschichte des Soldaten Pietzsch und den Fotos des Wendel alias Anderweg in der Hand – wird durch die Tür geleitet und findet sich in einer Bücherhöhle wieder, von der eine zweiflügelige Fenstertür auf die Terrasse und in den Garten führt. Im Gegenlicht nimmt er eine schlanke Gestalt wahr, die graue Haarmähne so ungebärdig und wild wie immer schon, das Gesicht – soweit er es erkennen kann – schmaler und schärfer als zuletzt … Wann war das? Gut zwölf Jahre ist das jetzt her, nein: vierzehn.

»Haben Sie gut hergefunden?«

Ja, er hat gut hergefunden. Wieder ist ein Händedruck vermieden worden. Links befindet sich eine Essnische, auf dem Tisch steht bereits der Tee auf seinem Rechaud, man nimmt Platz, zum Tee wird Kandiszucker gereicht, dazu Biskuits. Schweigen senkt sich über den Tisch – von mir aus, denkt Berndorf, das kann ich lange aushalten, dann weist er sich zurecht. Er ist es ja, der etwas will!

»Ich habe eine Klientin«, sagt er in die Stille, »die ihre Mutter sucht und die in einer Erzählung aus der frühen Nachkriegszeit einen Hinweis entdeckt hat. Wie Sie sehen, ist ein Paul Anderweg als Verfasser angegeben ...« Er holt die *Nachtwache* aus dem Umschlag und zeigt sie erst Franziska Sinheim und dann – als sie nicht interessiert scheint – dem Dr. Evros Papantoniu, bei dem es sich offenbar um den Partner, Lebensgefährten oder Ehemann Franziskas handeln muss, genauer ist ihm das nicht mitgeteilt worden.

»Sie haben mich nach einem Journalisten namens Wendel oder Anderweg gefragt«, ergreift Franziska Sinheim das Wort, »und ich habe tatsächlich jemanden gefunden, der sich an ihn erinnert oder zu erinnern glaubt ...« Neben ihrer Teetasse liegt ein Notizblock, auf dessen oberstem Blatt eine Adresse notiert ist. »Der Mann heißt Trummer, Klaus Trummer, er hat mich bei meinen ersten journalistischen Gehversuchen unter die Fittiche genommen. Inzwischen ist er hoch in den Achtzigern und lebt in einem kleinen Dorf im Südschwarzwald, Schönenbach heißt das Nest, wenn Sie ihm nicht mehr als einmal widersprechen und zu seinen Hunden freundlich sind, ist er ein ganz umgänglicher Mensch.« Sie lehnt sich in ihrem Stuhl zurück und wirft einen abschließenden Blick auf Berndorf. »Das war das, was ich für Sie tun konnte.«

Die Audienz ist also beendet, Berndorf steckt den Zettel mit der Adresse ein und trinkt seine Tasse aus.

»Das ist drollig«, hört er Dr. Papantoniu brummen, »wenn ich das richtig sehe, wird da beschrieben, wie Leute in der

Nacht zum 20. April 1945 Hitlers letzten Geburtstag feiern … Ist Ihre Klientin – wenn ich fragen darf – womöglich bei diesem Anlass gezeugt worden?«

Das könne er nicht ganz ausschließen, sagt Berndorf, und Dr. Papantoniu beginnt zu überlegen, ob man als Betroffener ein solches Datum eher erheiternd oder vielleicht doch peinlich findet. »Und wie ist Ihre Klientin drauf gekommen, dass das sie angehen könnte?«

Berndorf wirft einen Blick zu Franziska Sinheim. Sie scheint wirklich darauf zu warten, dass er geht. »Da gibt es eine Stelle«, erklärt er rasch, »in der ein Kinderspielzeug beschrieben wird, eine Katze aus Stoff, und meine Klientin hat genau eine solche Stoffkatze bekommen, das Einzige, was ihr die leibliche Mutter mitgeben konnte. Sie können das Heft übrigens gern behalten.«

Dr. Papantoniu nimmt das Angebot dankend an, Berndorf kann sich verabschieden und wird von Franziska Sinheim zur Haustür gebracht.

»Betrachten Sie das nicht als Rauswurf«, sagt sie zum Abschied. »Aber Sie waren in unserem Haus. Das ist mehr, als ich einmal für möglich gehalten hätte.«

Berndorf bedankt sich. »Sie haben mir sehr geholfen.«

»Wenn Sie wollen, können Sie uns ja schreiben, was Sie über diesen Wendel und über Ihre Klientin herausgefunden haben … Aber schreiben Sie es nicht mir. Schreiben Sie es Evros!«

Stunden später bezieht Berndorf wieder sein Hotelzimmer, nach einem Abend, den er allein in Heidelberg verbracht hat. Es ist für ihn nicht lustig, einen Abend allein in Heidelberg zu verbringen, und romantisch schon gar nicht. Überhaupt ist Heidelbergs Romantik zu großen Teilen ein Missverständnis. Aber er hat zufriedenstellend gegessen, draußen in Handschuhsheim, er hat einen Besuch bei Franziska Sinheim überstanden, also will und darf er nicht unzufrieden sein. Was ist noch zu tun? Das weißt du ganz genau, sagt seine innere Stimme, und so setzt er sich seufzend an den kleinen Schreibtisch, legt die beiden in schwarzes Wachstuch gebundenen Hefte vor sich. Heute nur eines, entscheidet er dann und wählt das mit dem Titel, der so nüchtern und grau klingt, wie er sich gerade selbst fühlt.

In der Sonderzone

Pietzsch ließ sich eines der Andruckexemplare geben, vergewisserte sich, dass kein Klischee vertauscht worden war, und faltete das Blatt sorgsam zusammen, damit der druckfrische rote Balken unter der Schlagzeile des Aufmachers nicht verschmierte. Dann hob er grüßend die Hand und verließ die vom Dröhnen der Rotationsmaschine vibrierende Halle. Als er durch die Türschleuse nach draußen trat, musste er einen Augenblick stehen bleiben, bis sich seine Augen an die nachtgraue Dunkelheit gewöhnt hatten. Nirgends ein Licht, bis 7.25 Uhr war Verdunkelung vorgeschrieben. In der Druckerei war er in den Lärm und den Geruch nach heißem Maschinenöl, gegossenem Blei und Druckerfarbe eingebettet gewesen. Jetzt herrschte Stille, und der Frost biss ihm in Gesicht und Nase.

Der Himmel war bedeckt, alles andere als sternklar, irgendwo aber musste der Mond sein und erfüllte den Straßenzug mit einem fahlen Licht, das die schweigenden und verdunkelten Häuser fremd und abweisend aussehen ließ, so als würden sie erst jetzt in ihrer wahren Masse sichtbar werden. Im Hof der Druckerei stand bereits der Pferdekarren, mit dem die Stadtausgabe noch in der Nacht in die westlichen Vororte geliefert werden würde. Der Klepper, der ihn zu ziehen hatte, wartete mit gesenktem Kopf, den mageren Körper mit einer Pferdedecke behängt, die gegen die Kälte helfen sollte. Unerwartet scharrte er mit dem Huf, nicht ungeduldig, eher mechanisch und resigniert.

Pietzsch ging die Straße hinab und bog nach zwei Häuserblocks rechts ab, in Richtung der Absperrungen, die um die Altstadt gezogen waren. Vor ihm ragte ein Bau mit einem von Säulen getragenen Portikus auf, das Stadtpalais eines Fabrikanten, kurz vor 1900 erbaut. Er nahm den Dienstboten- und Lieferantenweg zum Hintereingang, sich vorsichtig an der Hauswand entlang durch die hier nachtschwarze Dunkelheit tastend. Als er schließlich die rückwärtige Tür erreicht und die Klingel gefunden hatte, gab er das für diesen Abend vereinbarte Signal ein: zweimal kurz, einmal lang, dann noch einmal kurz. Er musste ein wenig warten, dann öffnete sich die Tür, die Wolke eines schweren Parfüms drang auf ihn ein, er flüsterte seinen Namen.

»Heil Hitler, Schreiberling«, gurrte Swetlanas tiefe Stimme, »du wirst schon sehnlich erwartet... na ja, sehnlich ist übertrieben!«

Die Tür schloss sich hinter ihm, eine weiche Hand legte sich auf seinen Arm und zog ihn durch den schweren Vorhang in einen von einer Notbeleuchtung dürftig erhellten Korridor. Von ferne war Musik zu hören, ein oder zwei Geigen, ein Akkordeon, angeblich waren es ungarische Musiker. Swetlana steckte in einem langen schwarzglitzernden Kleid, über das sie eine graue Strickjacke drapiert hatte. Das lange schwarze, zu einem Pferdeschwanz gebundene Haar fiel ihr bis auf die Hüften. Sie galt als Schwarzmeerdeutsche, Reuttlinger behauptete, vor dem Krieg habe sie einem Zuhälter in Bukarest gehört.

Im Club waren die Ungarn zu einem Walzer übergegangen, im flackrigen Kerzenlicht drehten ein paar Offiziere dazu ihre Partnerinnen, die sie sich aus Swetlanas Bestand ausgesucht hatten, dazwischen walzte der dicke Guhl aus der Wirtschaftsverwaltung Sonderzone ein Mädchen, das blass und minderjährig aussah. Pietzsch warf einen Blick zu Swetlana, die schüttelte aber nur den Kopf:

»Für heute ausgebucht.«

Sie bugsierte ihn an den Guten-Russen-Tisch, wie das im Club hieß, neben Reuttlinger war noch ein Platz frei, »je später der Abend, desto finsterer die Gäste«, feixte der mit einer einladenden Handbewegung, »na, was hat das Promi heute an Siegesmeldungen ausgesucht?«

Pietzsch nahm Platz, trotz der brennenden Kerzen und der tanzenden Paare war es so kalt, dass er den Mantel anbehielt. Er schob Reuttlinger das Andruckexemplar zu und fragte Swetlana, ob er wohl einen Glühwein bekommen könne. Sie bot ihm einen steifen Grog an, der war ihm dann auch recht. Er lehnte sich zurück, holte seinen Tabakbeutel aus der Manteltasche und begann, sich eine Pfeife zu stopfen, und zwar mit seiner Privatmischung, Machorka und Tee.

»Was soll der Scheiß?«, hörte er plötzlich Reuttlinger schimpfen, der eine tropfende Kerze in der Hand hielt, um die Zeitung lesen zu können. »Komitee zur Befreiung der Völker Russlands in Prag gegründet… Was, oh Meister des Wortes, hat man in der Rudolfsgalerie auf der Prager Burg ein russisches Befreiungskomitee zu gründen, und zu welchem Behufe? Ich kann in diesem Licht das Kleingedruckte nicht entziffern…«

»Das ist der Verein von diesem General Wlassow«, sagte der Mann neben ihm, ein SS-Sturmbannführer, der den rechten Arm in der Schlinge trug. »Tapferer Kerl das. Hat uns richtig Ärger gemacht. Wenn sich Stalin auf Kriegsführung verstünde, wäre der nicht in Gefangenschaft geraten. Das hat er jetzt davon.«

»Wer hat was davon?«

»Stalin«, antwortete der SS-Mann. »Hab ich doch gesagt. Der Wlassow baut jetzt eine Armee auf, bestes russisches Menschenmaterial, fanatisch antikommunistisch. Kampferfahren. Das ist es, was der Stalin davon hat. Die eigenen Leute misten den Augiasstall im Kreml aus!«

»Die Botschaft hör ich wohl, Sturmbannführer«, wirft Reuttlinger ein, »aber sind Sie sich da mit dem russischen Menschenmaterial wirklich sicher? Was wir so an Hilfswilligen haben, ist ja gut und schön, aber wie lange die es aushalten, wenn die Stalinorgeln mal so richtig loslegen ...«

»Täuschen Sie sich da nicht. Der russische Mensch als solcher ist zwar einfach, aber von enormer Willensstärke.«

»Zu besichtigen etwa bei den Angehörigen der Brigade Kaminski«, warf Regierungsrat Rübenack ein, der dem Sturmbannführer gegenübersaß. »Die haben in Warschau aber aufgeräumt, meine Herren! Da blieb keine Uhr übrig, geschweige denn eine Jungfrau ... Bin ich einer Falschmeldung aufgesessen, oder werden diese Helden nun doch nicht in Wlassows Truppe eingereiht?«

»Fragen Sie nicht so blöd«, kam die Antwort. »Natürlich fallen Späne, wo gehobelt wird, und in diesem Fall war das wohl ein bisschen des Guten zu viel. Aber Sie wissen ganz genau, dass wir den Kommandeur dafür zur Rechenschaft gezogen haben.«

»Gänseblut tut der Wahrheit gut«, flötete Rübenack. »Wollen Sie den Kollegen nicht erzählen, Sturmbannführer, wie die Sache wirklich geregelt wurde? Oder soll ich das tun?«

»Erzählen Sie doch, Schwätzerchen, was Sie lustig sind!«

»Bitte sehr«, antwortete Rübenack. »Hat sich nämlich alles hier ereignet, weil der wackere Kommandeur Bronislaw Kaminski ausgerechnet über unsere Bankfilialen die Juwelen und Uhren aus der Warschauer Beute vermarkten wollte ... Zu seinem Pech geriet er an ein SS-Standgericht, und das machte kurzen Prozess.«

»Kurzer Prozess, guter Prozess«, warf Reuttlinger ein.

»Na ja«, meinte Rübenack. »In Berlin hat man das in diesem Fall etwas anders gesehen. Weil man Kaminskis jetzt vaterlose Kinderchen als ganz brauchbar ansah, musste man ihnen eine Geschichte erzählen. Und so hat man ein Auto genommen, es mit einer MP durchlöchert und drinnen einen Kanister Gänseblut ausgeleert. Und dann hat man das Ganze den Abgesandten von Kaminskis Brigade gezeigt, damit sie sich selbst davon überzeugen konnten, dass ihr Kommandeur einem Attentat der Partisanen zum Opfer gefallen ist … Wie der Sturmbannführer sagte – der russische Mensch als solcher ist einfach und wie einfache Menschen gerne misstrauisch, aber wenn nur dick genug aufgetragen wird, ist er leicht zu überzeugen.«

Swetlana brachte den Grog, der verdächtig nach Kartoffelschnaps mit Rum-Aroma stank, so dass Pietzsch – die Pfeife wieder zwischen den Zähnen – sich erst einmal die Hände daran wärmte. Der dicke Guhl hielt die Minderjährige inzwischen an seinen Unterbauch gepresst, und der ungarische Geiger spielte ein Solo dazu.

»Meine Herren«, unerwartet brach der Sturmbannführer sein verachtungsvolles Schweigen, »Sie werden von mir nicht erwarten, dass ich mich zu diesem Gerede äußere. Vermutlich ist Ihnen nicht klar, dass der Krieg erst jetzt richtig begonnen hat. Was bisher war, ist im Vergleich zu dem, was über uns kommen wird, nur ein Sonntagsspaziergang gewesen!« Die Herren sollten nur nicht glauben, fuhr er fort, es werde in den nächsten Monaten noch Schreibtische geben, hinter denen man es sich gemütlich einrichten könne, keinen einzigen mehr werde es geben … Er hob erst die Stimme, dann stand er auf und brachte den Geiger mit einer knappen Handbewegung dazu, mitten im Spiel abzubrechen und stehen zu bleiben, die Geige und den Bogen in der Hand, als sei er vom Schlage gerührt, und ebenso hielt Guhl aus der Wirtschaftsverwaltung Sonderzone erschrocken inne, die Kleine noch immer zurückgebogen in seinem Arm, Unterleib an Unterleib …

»Es gibt kein Zurück«, sagte der Sturmbannführer und hob drohend die freie linke Hand, »kein Zurück für niemanden! Egal was kommt, es gibt ein Ding, und das ändert keiner mehr: Wir – und zwar: wir alle –, wir haben das Ungeziefer ausgerottet, ein für allemal, das ist etwas, das uns niemand mehr nehmen kann! Aber gerade darum soll jetzt auch bitte keiner kommen und vorlügen, das habe er nicht gewusst, oder er sei nicht dabei gewesen...« Die Hand war jetzt nicht mehr erhoben, sondern deutete – nein: die Hand deutete nicht, sondern stach mit ausgestrecktem Zeigefinger mal nach dem einen, mal nach dem anderen in der Runde, als seien die Gäste in Swetlanas Club ringsum Kandidaten fürs Von-nichts-gewusst-Haben.

Pietzsch nahm vorsichtig einen Schluck von dem angeblichen Grog, der hochprozentige Alkohol öffnete ihm die Nasenflügel, eine heiße Welle flutete erst durch seinen Körper und würgte ihn ohne Vorwarnung in der Kehle. Noch immer hing die Kleine in den Armen des dicken Guhl, erst jetzt sah Pietzsch, dass ihr Gesicht gar nicht das einer Minderjährigen war.

Ein hochgewachsener Mann mit kantigem Kiefer und buschigen Augenbrauen, das kurz geschorene Haar wie eine Bürste aus Eisendraht, kam über die Tanzfläche, hob lässig die Hand und stellte sich dem SS-Offizier vor. Pietzsch kannte ihn gut, es war Morsbach-Zielowski, der Leiter der Kriminalpolizei, er hatte es sich gerne gefallen lassen, dass Pietzsch die eine oder andere Reportage über ihn schrieb.

Der Sturmbannführer habe ihm aus der Seele gesprochen, sagte Morsbach-Zielowski, das sei genau das richtige Wort zur richtigen Zeit gewesen! Ob er sich den Herren am Tisch zugesellen dürfe? Gleichzeitig orderte er eine Runde Kognak, »aber den französischen!« Pietzsch versuchte seine Pfeife wieder anzuzünden, zugleich und unwillkürlich musste er wieder nach der Kleinen schauen, die aber gerade von dem Dicken zu der Treppe gebracht wurde, die hinauf zu den Chambres Séparées führte. Er hätte schwören können, dass er das Gesicht der Kleinen schon einmal gesehen hatte, aber er konnte sich nicht erinnern, bei welcher Gelegenheit das war. Ein sengender Schmerz riss ihn aus seinen Gedanken – er hatte das brennende Streichholz in seiner Hand ganz vergessen. Ärgerlich schüttelte er es aus, Reuttlinger sagte, er solle die Hand rasch unter fließend kaltes Wasser halten, und so entschuldigte er sich und ging ebenfalls zur Treppe, aber nicht hinauf, sondern in das Untergeschoss, wo sich die Toiletten befanden.

Die Treppe war nur notdürftig mit zwei oder drei Hindenburglichtern erleuchtet, so dass er die Stufen gar nicht sah und vorsichtig, Schritt für Schritt hinabsteigen musste, die Hand mit dem versengten Finger schüttelnd, damit der Luftzug ihn ein wenig kühlte. Neben den Toilettenkabinen waren an der gekachelten Wand blecherne Waschbecken angeschlossen, darüber hing ein fleckiger Spiegel, der ein geisterhaftes Gesicht zeigte: sein eigenes. Er versuchte den Hahn aufzudrehen, der schien sich aber verklemmt zu haben. So holte er sein Taschentuch aus der Hosentasche, legte es um den Hebel des Wasserhahns, um besser zupacken zu können, und versuchte es noch einmal. Plötzlich löste sich der Widerstand, Luft entwich mit einem leisen Zischen, ein paar Tropfen schmutziger Brühe tropften in das Becken, dann gurgelte die Wasserleitung, rumpelte und spie einen Schwall braunroter Flüssigkeit auf seine Hand und in das Becken … Fluchend riss Pietzsch die verschmierte Hand zurück und betrachtete sie entsetzt, dann beruhigte er sich, Rost ist das, nichts weiter! Inzwischen hatte das Spucken und Spotzen der Wasserleitung aufgehört, ein gleichmäßiger Strahl allmählich klareren Wassers lief in das Becken, nach einigem Zögern hielt Pietzsch die Hand mit dem versengten Finger darunter, das Wasser war tatsächlich kalt und tat gut.

Im blakenden Licht entdeckte er am Rand des Waschbeckens ein abgerissenes Stück Karton, auf das in Druckbuchstaben das Wort KAPUTT gemalt war. Er hätte diesen Hahn gar nicht benutzen sollen, aber irgendwie würde er ihn wieder zudrehen, und wenn das nicht ging, müsste Swetlana eben jemanden schicken. In seinem Nacken spürte er den Hauch einer fremden

Bewegung, er blickte auf, im Spiegel sah er, dass eine Gestalt vorbeihuschte, ein schmales, schemenhaftes Geschöpf.

Achtlos drehte er den Hebel des Wasserhahnes zurück, schüttelte kurz die Hand, die er unters Wasser gehalten hatte, und hielt inne. Du Narr, willst du den Weibern aufs Klo nachlaufen? Aber das Geschöpf war nach links gegangen, in eine Richtung, in der gar keine Toiletten waren, in der eigentlich überhaupt nichts sein konnte. Er zögerte, für einen Augenblick fühlte er sich seltsam unsicher auf den Beinen, als hätte er plötzlich kein Gefühl mehr darin, dann wandte er sich entschlossen nach links, der Korridor verschwand in fast völliger Dunkelheit, um ein Haar wäre er gegen eine Wand gelaufen, instinktiv hatte er sich gerade noch mit den Händen abgefangen, die Wandfläche fühlte sich glatt und metallisch an. Pietzsch atmete kurz durch. Metallisch? Eine Tür womöglich? Mit den Händen tastete er nach einem Griff oder einer Klinke, aber er entdeckte nichts. Also hatte ihn der Spiegel zum Narren gehalten: Hier konnte niemand gegangen sein. Noch einmal legte er die Hand gegen die Wand und drückte dagegen, fast spielerisch tat er das.

Geräuschlos schwang die Metallplatte auf, ein Schwall modriger Luft schlug ihm ins Gesicht. Für einen Augenblick zögerte er, dann trat er vorsichtig in die Dunkelheit, nach den Wänden links und rechts tastend, die mit einem Mal sehr nah waren, rissig und unverputzt. Auch die Decke hatte sich gesenkt, also muss das hier ein Stollen sein, dachte Pietzsch mit Unbehagen, denn er litt an Klaustrophobie. In seinem Rücken spürte er eine Bewegung, die Metalltür hatte sich lautlos wieder geschlossen. Wenn sie sich so leicht öffnete und wieder schloss, musste sie doch auch für ihn wieder zu öffnen sein? Aus irgendeinem Grund versuchte er es aber erst gar nicht, sondern tastete sich an den Wänden des Stollens weiter, behutsam Schritt vor Schritt setzend.

In der völligen Dunkelheit, die ihn umgab, verlor er fast sofort die Empfindung dafür, in welcher Richtung er sich bewegte, ob der Weg leicht abwärts oder aufwärts führte und wie lange er überhaupt schon gegangen war. Es war still, ja doch, aber gerade in völliger Stille hört der Mensch mehr als genug, und sei es nur das Rauschen in seinem Kopf. Wo rührte es her? Er wusste es nicht, wusste auch nicht, ob sich nicht doch andere Geräusche in das Rauschen mischten, das schier unhörbare Huschen unsichtbaren Ratten- und Mäusegetiers, oder was sonst auf dem Boden oder in den Wänden sich irgend bewegen mochte, kriechend, krabbelnd, vielleicht auch schlängelnd... Warum ging er hier überhaupt? Es war wegen dieses Geschöpfes, das er im Spiegel gesehen hatte, vielleicht auch schon davor, vielleicht war es wirklich die Minderjährige, die minderjährig gar nicht war, denn als er sie früher schon einmal gesehen hatte, da waren zwei Kinder dabei gewesen, oben auf dem Karren mit ihr... Vielleicht war sie dem dicken Guhl davongelaufen, hatte ihm nicht gefällig sein wollen, weil er doch zu widerlich war, obwohl er für die ganze Nacht bezahlt hatte.

Er spürte einen Luftzug, einen angenehm frostig-frischen Luftzug, wieder berührte seine tastend vorgestreckte Hand eine Tür, eine Holztür diesmal, die sich knarrend aufschieben ließ. Plötzlich war nicht mehr nur stockfinstere Nacht um ihn, er befand sich in einem Kellerraum, oben an einer Wand war ein Fenster zu ahnen, durch Schmutz und Spinnweben schimmerte fernes Mondlicht. Pietzsch wartete, bis die Konturen in dem Kellergelass vor seinen Augen Gestalt annahmen, er entdeckte einen Treppenaufgang, nur wenige Schritte entfernt, erleichtert stieg er hoch, gelangte an eine Tür, deren Klinke sich mühelos herunterdrücken ließ, und fand sich in einem Korridor wieder, der zum Hauseingang führte, kenntlich durch ein Oberlicht über der Tür. Unversehens geriet Pietzsch in einen fast euphorischen Zustand, seine Hand ertastete an der Wand eine Reihe von Einwurfschlitzen, er begriff, dass dies die Hausbriefkästen waren und er sich im Erdgeschoss eines Mehrfamilienhauses befand, und freute sich an seiner Entdeckung, wie wörtlich das Wort Begreifen verstanden werden kann.

An der Tür zögerte er. Sie musste abgeschlossen sein, trotzdem drückte er die Klinke herunter, die Tür ließ sich aufziehen, er ging die wenigen Stufen zur Straße hinunter, blieb stehen und sah sich um. Am Himmel hatten die Wolken Fahrt aufgenommen und gaben immer wieder den Blick auf den halben Mond frei, in dessen kalkigem Licht die Häuser abweisend und fremd wirkten wie alle Häuser in der Stadt zu dieser Stunde und doch seltsam anders als diese. Plötzlich glaubte er zu wissen, was die einen Häuser von den anderen unterschied: Diese hier waren nicht bewohnt. Nicht mehr.

Damit war ihm, endlich, auch klar geworden, wo er sich befand, und er erschrak. Einen Augenblick lang überlegte er, in das Haus zurückzugehen und den Weg durch den Gang zurück zu der Metalltür zu nehmen. Jetzt gleich? Er drehte sich um und betrachtete das Haus und prägte sich die Fassade mit ihren im zweiten Stockwerk vorspringenden Erkern ein, die so aussahen, als würden sie von Frauenköpfen getragen, die aus der Hauswand hervorwuchsen. Jugendstil? Jedenfalls würde er es wiedererkennen, dachte Pietzsch und schlug den Weg ein, von dem er glaubte, dass er ihn weiter in die Sonderzone hinein führen würde, zu dem Platz, auf dem er damals den Pferdekarren mit der Frau und den beiden Kindern gesehen hatte. Morsbach-Zielowski hatte ihn damals mitgenommen, eine private Erkenntlichkeit, für ihn und auch für Guhl, der war doch auch dabei gewesen …

Er gelangte zu einer Kreuzung mit einer etwas breiteren Straße, die Häuser auch hier mehrstöckig, manchmal kahl und armselig, einige mit allerhand Fassadenschmuck herausgeputzt, noch immer war er allein unterwegs, wirklich allein? Er hörte nur seine Schritte und – wenn er innehielt – das Rauschen der

Stille. Aber wenn er dann, erleichtert, weiterging, war es ihm doch, als sei ein Flüstern und Zischeln in der Luft, und manchmal warf er einen argwöhnischen Blick zu den blinden Fenstern links und rechts über ihm, als folgten ihm dort von Wohnung zu Wohnung verborgene Späher. Wenn es zutraf, was ihm Morsbach-Zielowski erzählt hatte, hielten sich in der Sonderzone nur noch die wenigen Angehörigen des Räumkommandos auf. Sie hatten die letzten Wertsachen sicherzustellen, und dann – ganz zuletzt – noch ein paar Gruben auszuheben … Pietzsch erreichte einen Platz, blieb aber unschlüssig, ob es der richtige war. Damals war er voll von Menschen gewesen, die man hatte antreten lassen, damit keinem entging, was da vor ihnen stattfinden würde. Weiter links war der Pferdekarren mit der Frau und den beiden Kindern aufgefahren, damit sie einen besonders guten Beobachtungsplatz hätten.

Sein Blick fiel auf eine Kirche. An sie erinnerte er sich nicht. Überhaupt war es seltsam, hier eine Kirche zu sehen. Sonst war nichts Besonderes an ihr – ein Ziegelbau, schmuckloser spitzer Kirchturm. Nur die Kirchenfenster – nein, sie leuchteten nicht, aber sie traten aus dem Zwielicht hervor, als schimmerte das Glas noch vom vergangenen Tag. Pietzsch überquerte den Platz und ging zur Kirchentür, auch sie ließ sich öffnen. Nach ein paar Schritten blieb er unter der Orgelempore stehen, vorne am Altar brannten zwei Kerzen, Pietzsch war Protestant, also bekreuzigte er sich nicht. Aber er fühlte sich plötzlich müde, und so ging er den Mittelgang zwischen den Kirchenbänken entlang und setzte sich in die dritte Reihe links. Eine Weile betrachtete er den Altar, zwischen den beiden Kerzen lag eine Bibel aufgeschlagen. Wo war sie aufgeschlagen? Was kann die Bibel einem Menschen sagen, jetzt, in diesen Zeiten? Er hätte gerne nachgesehen, aber er war zu müde.

Eine schwarze, etwas gebeugte Gestalt kam aus der Sakristei und ging am Altar vorbei zur Kanzel und stieg hinauf. Es war der Dekan Gotthold Königsberger, Pietzsch wunderte sich nicht darüber, er war ja von Königsberger konfirmiert worden, und schon damals war der Dekan ein wenig krumm gewesen. Pietzsch senkte den Kopf, wie von selbst schlossen sich seine Augen, leiernd hatte Dekan Königsberger mit der Lesung aus der Heiligen Schrift begonnen, Josua 8, 24 ff. …

»Und es geschah, dass Israel alle Bewohner von Ai auf dem Feld, in der Wüste, wohin sie ihnen nachgejagt waren, umgebracht hatte und sie alle durch die Schärfe des Schwertes gefallen waren, da kehrte ganz Israel um nach Ai, und sie schlugen es mit der Schärfe des Schwertes. Die Zahl aller Männer und Weiber, die an diesem Tag fielen, war zwölftausend, alle Leute von Ai …«

Die Kinder auch?, überlegte Pietzsch und zwang sich, dem Dekan weiter zuzuhören.

»Josua aber zog seine Hand, die er mit dem Krummschwert ausgestreckt hatte, nicht zurück, bis er an allen Bewohnern von Ai den Bann vollstreckt hatte. Nur das Vieh und die Beute dieser Stadt erbeutete Israel für sich, nach dem Wort des Herrn, das er Josua befohlen hatte …«

Die Kinder also auch, dachte Pietzsch. Der Kopf fiel ihm nach vorne, die Stimme des Dekans glitt davon, mit ihr Königsberger selbst und seine Kanzel, bis sie nur noch spielzeuggroß in der Ferne zu ahnen waren. Pietzsch versuchte, einen Gedanken zu fassen, aber es ging nicht …

»Liebe Gemeinde!« Pietzsch schrak hoch, plötzlich war der Dekan in seiner Kanzel wieder ganz nah über ihm und die Stimme nicht mehr leiernd, sondern tönte hallend und getragen.

»Es ist die Schärfe des Schwertes, die Gottes Werk vollbringt, und so ist das Krummschwert Josuas ein Zeichen auch in unseren Tagen, denn geschwungen wie das Krummschwert ist auch die Flugbahn unserer V2-Raketen, mit denen sie zielsicher und tödlich – gleich Josuas Schwert – das Schwache und Unwürdige treffen und vernichten …«

Pietzsch blickte zur Kanzel hoch und sah, wie der Dekan mit dem Gesangbuch eine anmutige Kurve in die Luft zeichnete.

»Und Josua brannte – so steht es weiter in der Heiligen Schrift – Ai nieder und machte es zu einem ewigen Hügel der Öde, bis zum heutigen Tag. Und den König von Ai ließ er an einen Baum hängen bis zum Abend …«

Nein, dachte Pietzsch, kein König. Er zwang sich, die Augen zu öffnen, »es war ein Schuhmacher«, flüsterte er und versuchte, seine Stimme bis zur Kanzel dringen zu lassen, »ein Schuster, und weil er ein paar Lederabfälle aus der Werkstatt hatte mitgehen lassen, um Schuhriemen daraus zu machen, ließ ihn Morsbach-Zielowski hängen, bis der Schuster tot war, nur wegen ein paar Schuhriemen! Davon sollten Sie predigen, Herr Dekan, und was das wohl für ein Gott ist, der das anrichtet und zulässt und sich damit loben lässt …«

Plötzlich merkte er, dass seine Stimmbänder versagten und er gar keinen Ton herausbrachte und keinen einzigen herausgebracht hatte, der Lichtkegel einer Taschenlampe stach ihm in die Augen, jemand klatschte ihm mit der flachen Hand ins Gesicht, ein andere Hand hob seinen Kopf an, denn er lag auf dem versifften Fliesenboden vor dem Handwaschbecken in der Toilette von Swetlanas Club, wieder eine andere Hand flößte ihm einen Kognak ein …

»Hören Sie mich?«, fragte Morsbach-Zielowski, und Pietzsch nickte und versuchte aufzustehen, kräftige Hände halfen ihm hoch und hielten ihn fest.

»Viel verträgt er nicht, unser Schreiberchen«, sagte Reuttlinger, und Pietzsch murmelte etwas von dem Grog, der ihn umgehauen habe, »der Kognak grade« – er versuchte ein klägliches Kichern – »ist halt was anderes!«

Morsbach-Zielowski hielt ihn weiter am Arm gepackt und

führte ihn die Treppe hoch. Im Club waren die ungarischen Musiker zu einem Csardas übergegangen, Pietzsch blieb deshalb auf halber Höhe der Treppe stehen. »Sagen Sie, Morsbach, erinnern Sie sich an Isak Goldstein, den Schuster?«

»An einen Schuster?« Morsbach-Zielowski sah ihm besorgt in die Augen. »Was ist mit dem?«

»Er ist gehängt worden«, antwortete Pietzsch. »Im September letzten Jahres... Er hatte Lederabfälle unterschlagen.«

»Dann hat das ja wohl seine Richtigkeit gehabt... Aber zum Teufel, Pietzsch, warum soll ich mich daran erinnern?«

»Sie hatten mich mitgenommen...« Er zögerte einen Augenblick, dann erklärte er mit ein paar beiläufigen Worten, was ihm damals aufgefallen war. Ob es wohl möglich sei, dass Goldsteins Frau noch lebe und sich vielleicht sogar in der Stadt aufhalte?

»Jetzt verstehe ich«, sagte Morsbach-Zielowski und lachte und schlug Pietzsch auf die Schulter. »Sie sehen Gespenster, mein Lieber! Dabei war das doch nur nett von uns, dass die Frau und die Kinderchen den treusorgenden Ehemann und Vater noch einmal haben sehen dürfen, dazu ganz privilegiert... Doch sorgen Sie sich nicht. Die sind – unter Garantie! – beim nächsten Transport mitgegangen... Aber kommen Sie, die Nacht ist noch jung, und echten Kognak werden wir nicht mehr alle Tage haben!«

Sie gingen weiter die Treppe hoch, aber plötzlich drang vom Club Unruhe zu ihnen, die Musiker brachen ab, im Eingang erschien Swetlana und eilte, als sie ihn erblickte, auf Morsbach-Zielowski zu. »Du musst mir helfen... Guhl...« Sie sprach nicht weiter, sondern fuhr sich mit der flachen Hand über den Hals.

Noch einmal liest Berndorf den letzten Satz, schüttelt den Kopf und blättert weiter, aber danach folgen nur noch leere Seiten. Er schließt das Heft, greift nach seinem Mobiltelefon und ruft die erste der Kurzwahlnummern auf. Er muss etwas warten, dann erklingt Barbaras Stimme, sie will wissen, wie es mit Franziska Sinheim ging, Berndorf gibt Auskunft, so gut es eben geht – dass er mit ihr habe reden können, dass sie mit einem dicken griechischen Intellektuellen zusammenlebe und dass er am nächsten Tag in den Schwarzwald fahren wird, zu einem alten Journalisten, der Paul Anderweg alias Wendel noch gekannt hat.

»Gibt es weitere Briefe der Flüchtlingin?«

»Nein, dafür hab ich schon wieder eine Geschichte aus der ganz finsteren Zeit lesen müssen, schon wieder von Wendel alias Anderweg, diesmal ist sein Alter Ego Pietzsch noch nicht bei der Wehrmacht, obwohl es schon Ende vierundvierzig sein muss, sondern er ist Journalist in einer Stadt, in der es eine Sonderzone gibt, eine Art Schatten- oder Totenstadt…«

»Ein KZ? Oder ein Ghetto?«

»Eher ein Ghetto, kam es mir vor… Aber er beschreibt es, als sei es ein Traum, das einzige Wesen, dem Pietzsch in dieser Sonderzone begegnet, ist ausgerechnet der Pfarrer, der ihn konfirmiert hat und der unverzüglich in eine Predigt über das Alte Testament ausbricht, Josua irgendwas, und da wird geschildert, wie die Israeliten ausrotten, was vor ihnen im Gelobten Land so alles gelebt hat. Die Rede ist also vom Holocaust, aber dem, den die anderen begangen haben…«

»Das werden nach fünfundvierzig nicht wenige gewesen sein, die wegen solcher Passagen dann doch wieder die Bibel aufgeschlagen haben«, meint Barbara. »Dein Autor ist da durchaus zeittypisch, auch darin, dass er diese Geschichte für sich behalten hat. Schließlich erlaubt sie einige Rückschlüsse auf ihn selbst.«

»Sag mal«, fragt Berndorf, »kann das sein, dass Ende vierundvierzig irgendwo noch ein Ghetto bestanden hat? Die Bewohner waren vielleicht schon ermordet oder abtransportiert, aber das Ghetto selbst hatte man noch nicht aufgelöst, und ein paar Arbeitskommandos waren noch dabei, aufzuräumen oder Beweise zu vernichten … Noch was – es gibt offenbar eine deutsche Zeitung dort, Pietzsch ist Umbruch- oder Nachrichtenredakteur, und seine Stammtischbrüder unterhalten sich darüber, dass der General Wlassow jetzt eine Armee aufstellen soll und ob dazu auch die Hilfswilligen-Brigade Kaminski gehören wird, deren Kommandeur von der SS hingerichtet wurde, und zwar genau in oder bei dieser Stadt, in der die Ghetto-Geschichte spielt …«

»Kaminski hast du gerade gesagt?«, fragt Barbara zurück. »Bronislaw Kaminski? Wo man den liquidiert hat, müsste herauszufinden sein … Lass mich mal nachsehen!«

Sie wird zurückrufen, und Berndorf überlegt, ob er sich in der Zwischenzeit Anderwegs dritte und letzte Geschichte antun soll, die *Einladung für eine Marionette*, aber dann will er doch Nachrichten hören. Er schaltet den Fernseher ein, aber es kommen offenbar gerade nur Talkshows, also greift er resigniert zu dem zweiten Heft und lässt es wieder sinken. Er will das nicht lesen. Warum nicht? Da erzählt einer Geschichten, die sich nicht erzählen lassen. Die man nur zu Protokoll geben kann. Ein Protokoll aber sieht anders aus. Da hat zu stehen: Wer man selber ist, wo geboren, wann man sich wo aufgehalten hat, was genau da zu sehen war und wer genau – bitte voller Name und Dienstrang! – das getan hat, was zu protokollieren ist … So ungefähr. Von Anderweg hingegen weiß er nur, dass er wahrscheinlich Wendel hieß. Dass er nach dem Krieg Journalist war und davor vermutlich auch. So wie sein Alter Ego Pietzsch.

Aber was ist gewonnen, wenn er mehr erfährt? Wenn er

weiß, in welchem Ghetto das gewesen sein mag, dass man den Schuhmacher Isak Goldstein gehängt hat, und seine Frau und die Kinder mit dem Pferdewagen zum Galgen gekarrt wurden, damit sie auch alles sehen konnten? Ist diese Geschichte überhaupt wahr? Er – Berndorf – hat sie sofort geglaubt. Das liegt nicht an Anderwegs Schreibkünsten. Um die geht es hier nicht. Anderweg ist nur eine Membran, die blechern und verzerrt wiedergibt, was ein anderer erzählen will. Dieser andere ist tot, und etwas Besseres als Anderwegs Stimme hat er nun einmal nicht gefunden, Tote können nicht wählerisch sein … Zum Glück klingelt endlich das Handy, er meldet sich …

»Hör zu«, sagt Barbara und berichtet kurz, was sie im Internet herausgefunden hat. Bronislaw Kaminski, geboren 1899 in Witebsk, war Chef und Alleinherrscher in einem von den Deutschen eingerichteten russischen Selbstverwaltungsbezirk und kommandierte eine etwa zehntausend Mann starke Truppe von Hilfswilligen, die sich Russische Volksbefreiungsarmee nannte. Beim Vormarsch der Roten Armee setzte sich dieser Heerhaufen nach Westen ab, wurde dem SS-Obergruppenführer Erich von dem Bach-Zelewski unterstellt und von diesem bei der Niederschlagung des Warschauer Aufstandes eingesetzt. Dabei gingen die Kaminski-Leute derart brutal vor, dass es selbst den SS-Granden unbehaglich wurde. Kaminski selbst fiel bei dem Versuch, Uhren, Juwelen und andere Beute aus Warschau zur Seite zu schaffen, der Feldgendarmerie oder einer SS-Streife in die Hände und wurde am 28. August 1944 erschossen – »vermutlich war die SS der Ansicht, die Beute gehöre ihr, oder man hatte ihm eine Falle gestellt, weil er zu viel wusste.«

»Bach-Zelewski, hast du gesagt?«, fragt Berndorf. »In dieser Geschichte hier tritt ein Morsbach-Zielowski auf, ich hatte mich schon gewundert, warum der Name mir so seltsam vorkam … Aber dieser Kaminski – weiß man denn, wo es mit ihm zu Ende ging?«

»In Lodz«, kommt die Antwort. »Oder Litzmannstadt, wie die Nazis es nannten. Und ein Ghetto gab es dort auch, allerdings gab es das! Nach dem von Warschau war es damals das zweitgrößte …« Sie fasst zusammen, was sie an Informationen hat: Bereits 1939, kurz nach der polnischen Niederlage, wurden drei vernachlässigte, zum großen Teil nicht einmal an die Kanalisation angeschlossene Quartiere im Norden der Stadt als jüdischer Wohnbezirk ausgewiesen und in der Folge ungefähr zweihunderttausend Menschen dort zusammengepfercht. Von ihnen erlebte vielleicht gerade jeder Vierzigste das Kriegsende. Die anderen verhungerten, gingen am Typhus oder der Schwindsucht zugrunde, wurden in Kulmhof oder Auschwitz-Birkenau ins Gas geschickt. Vor allem die Kinder brachte man auf diese Weise um – »nein«, korrigiert sie sich, »nicht man, *wir* schickten die Kinder ins Gas, wir, die Deutschen!« Ab August 1944 befanden sich im Wesentlichen nur noch die Handlanger der Räumkommandos im Ghetto. Auch sie hätten noch umgebracht werden sollen, aber die Rote Armee kam so schnell über Lodz, dass die Nazi-Oberen nur noch ans Davonlaufen dachten. Als die sowjetischen Soldaten die Stadt am 19. Januar 1945 einnahmen, trafen sie im Ghetto noch etwa 800 jüdische Überlebende an, davon dreißig Kinder, die sich irgendwie versteckt hatten.

MONTAG

Wohin Theo eingeladen wird, und wer sonst noch dabei ist

Der ICE aus Mannheim hat Verspätung, und der Bahnsteig ist zugig. Nadja schließt auch noch den obersten Knopf ihres Dufflecoats. Warum hat sie nicht den Meeting Point in der Bahnhofshalle als Treffpunkt ausgemacht? Warum muss sie Berndorf überhaupt abholen? Dass er jemanden ausfindig gemacht hat, der diesen Anderweg alias Wendel gekannt hat – was geht sie das an? Gestern Abend noch hatte er angerufen, um ihr das mitzuteilen. Ohne weiter nachzudenken, hatte sie vorgeschlagen, ihn nach diesem Schönenbach zu fahren.

Im Norden taucht der an ein Reptil erinnernde Kopf des ICE auf, scheint erst überhaupt nicht näher zu kommen und rauscht dann plötzlich – als wollte er gar nicht halten – in den Bahnhof ein. Sie geht zwei Schritte zurück, die Leute steigen nie da aus, wo man sie erwartet. Mit einem hydraulischen Fauchen öffnet sich genau auf ihrer Höhe eine Wagentür, ein älterer Mann – heller Mantel, dunkler Hut, Umhängetasche – steigt aus und kommt auf sie zu. Älterer Mann oder doch älterer Herr? Egal. Kurzer Händedruck, kurzer Smalltalk, hatten Sie eine gute Fahrt? Ja doch, und danke fürs Abholen …

Sie geht ihm voraus zur Tiefgarage unterm Hauptbahnhof, wo das kleine französische Auto abgestellt ist, das sie am Morgen vom Car-Sharing bekommen hat. Diesmal wird ausschließlich sie fahren, damit das klar ist, auch ist es einigermaßen ruhig auf den Straßen, und so kommen sie ohne Warterei aus der Tiefgarage heraus und auf die Schnellstraße, die hinaus aus der Stadt – und teilweise unter ihr hindurch – ins Höllental und weiter zum Schwarzwald hinauf führt. Berndorf scheint zu den Menschen zu gehören, die ungefragt nichts reden, und so fragt sie ihn, wie er diesen Menschen da oben in dem Weiler hinter Schluchsee gefunden hat, »falls Sie mir erzählen wollen.« Berndorf beginnt mit der Familie Ibrahimovic, leitet über zu Milenas geheimer Schatzkammer und den Funden dort, aber irgendwann muss sie ihm doch ins Wort fallen:

»Ein Brief der Flüchtlingin? Wussten Sie, dass es da eine Beziehung gab … oder den Versuch, eine anzuknüpfen?«

»Nein. Manches behielt meine Mutter sehr für sich … Aber an das Bastelbuch erinnere ich mich sehr genau. Und an die Zeichnungen, die darin waren. Und dass keine von den Flöten aus Weidenholz auch nur einen Ton von sich gab.«

»Wie war das für Sie, als Sie diesen Brief in der Hand hatten? So etwas wie ein Schock?«

Berndorf zuckt die Schultern. »Meine Mutter hatte eine sehr charakteristische Handschrift, ich falte also den Brief auf, und während ich das tue, sehe ich das Schriftbild und weiß Bescheid, noch bevor ich es begriffen habe … So ungefähr ist es gewesen.«

Nadja unterdrückt das helle, ermunternde *Okay*, das seit ein paar Jahren bei solchen Gesprächssituationen gern eingesetzt wird. Außerdem haben sie das Höllental passiert und fahren die Serpentinen der B 31 zum Schwarzwald hinauf, vor der Haarnadelkurve auf halber Höhe kann Nadja einen Lastzug überholen. Schließlich sind sie auf der Hochfläche oben, die Straße führt weiter, an Titisee vorbei, danach biegen sie rechts ab, auf die berühmte Schwarzwaldhochstraße B 500, zwischen den Bäumen sieht Berndorf den Titisee blinken wie einen Himmelsspiegel. Schon recht, denkt er, dann muss Nadja vom Gas, sie sind in einer Gegend, in der Touristen gerne Rentner sind und auch genauso fahren. Und, Berndorf, was bist du?

»Das war also kein Schock für Sie«, bricht Nadja das Schweigen, »als Sie diesen Brief vor sich hatten? Ich frage das, weil mir so etwas passiert ist. Annähernd so etwas wie ein Schock.«

Berndorf will mehr wissen, und so berichtet sie, wie es sich mit dem Vornamen Nadeshda und seiner polnischen Variante Nadzieja verhält, wobei sie letztere zur Verdeutlichung buchstabiert.

»Ah ja!« Das ist alles. Mehr sagt Berndorf nicht, und so erzählt sie weiter, dass sie am Vormittag bei einer Übersetzerin war, die ihr das mit den Vornamen bestätigt habe. »Trotzdem habe ich sie gebeten, mir den Brief zu übersetzen. Vielleicht ist die russische Schreibweise nur deshalb gewählt worden, weil sie in Deutschland bekannter ist. Außerdem sind die russischen DPs noch im Sommer fünfundvierzig repatriiert worden. Die Übersetzerin hat mir übrigens davon abgeraten, schon jetzt Zeitungsanzeigen aufzugeben. Das sollte ich erst tun, wenn ich wenigstens einige Anhaltspunkte habe.«

Das klinge nur vernünftig, meint Berndorf.

»Das sagen Sie so … so klug und weise!«, gibt Nadja zurück. »Und wie, bitte, komme ich zu Anhaltspunkten?«

»Sie – oder wir – müssten herausfinden, notfalls über den Internationalen Suchdienst Arolsen, welche Zwangsarbeiterinnen in Wieshülen tatsächlich beschäftigt waren. Und in den Nachbargemeinden …«

»Diese Frau Weber hat aber behauptet …«

»Webers Klara?«, fällt ihr Berndorf ins Wort. »Glauben Sie ihr vorsichtshalber erst mal kein Wort. Nicht ein einziges. Die Leute erinnern sich nur an das, woran sie sich erinnern wollen … Wer hat behauptet, die alten Griechen hätten ihre Sklaven überhaupt nicht wahrgenommen? Nietzsche?«

»Ich weiß es nicht«, antwortet Nadja, »und ich weiß auch nicht, wie ich etwas herausfinden soll, wenn ich den Leuten überhaupt nichts glauben darf …«

Der Schluchsee kommt in Sicht, vom Wind nicht bloß gekräuselt, sondern mit eigentümlichen Mustern überzogen, als spiegelten sich darin verschiedene Strömungen und verborgene Quellen.

»Vergessen Sie nicht die Nachbarn. Die sind dazu da, alles in Erinnerung zu behalten, was wir selbst gerne verdrängen würden ... Wenn Sie wollen, höre ich mich noch einmal um. Ich werde sowieso in den nächsten Tagen auf die Alb fahren.« Er wirft einen Blick zur Seite – einen dieser Blicke mit hochgezogenen Augenbrauen –, »Sie hatten mir doch einen Prospekt dieses Seelenklempners gegeben? Es war nämlich noch ein Platz frei in einem Seminar ... nein, nicht in einem Seminar, in einer Spielrunde, die in dieser Woche stattfindet.«

»Da wünsche ich Ihnen – was wünscht man da? Gute Erleuchtung? Frohes Selbstfinden?«, fragt Nadja.

»Danke«, sagt Berndorf. »Übrigens habe ich noch eine Bitte an Sie ... Ich wüsste gerne etwas über den Lebenslauf Ihrer Adoptivmutter. Hatte sie einen Beruf? Hat sie schon immer in Ravensburg gelebt? Warum war das Ehepaar kinderlos?«

»Bin ich vielleicht Gynäkologin?«, fährt ihn Nadja an, plötzlich zornig geworden. »Was sollen diese Fragen?«

Dann muss sie abbiegen, diesmal nach links, die Straße führt einen Abhang hoch, links und rechts Bäume, kratziges Gesträuch und bemooste Steinbrocken, von den Gletschern der letzten Eiszeit hierher gewälzt und liegengelassen.

»Wenn Nadeshda kein polnischer Vorname ist«, antwortet Berndorf, »und die russischen Zwangsarbeiterinnen im Sommer fünfundvierzig zurückgeholt wurden ... Meinen Sie nicht, dass wir uns da einmal etwas genauer anschauen sollten, was Ihnen über Ihre leibliche Mutter gesagt wurde?«

Rechts vorne zweigt ein Waldweg ab, Nadja bremst scharf ab und bringt den Wagen auf dem Waldweg zum Stehen. Sie zieht die Handbremse an und wendet sich Berndorf zu. »Mutter Schwertfeger ist eine rechtschaffene und warmherzige Frau gewesen. Mit welchem Recht deuten Sie an, sie sei eine Lügnerin gewesen?«

»Wieso Lügnerin?«, fragt Berndorf zurück. »Sie wird Ihnen das erzählt haben, was mit der leiblichen Mutter vereinbart war … Aber wenn wir schon einmal dabei sind, Klartext zu reden – die Geschichte von dem Baby, das von der einen Frau der anderen in die Arme gedrückt wird, die ist mir von Anfang an zu märchenhaft vorgekommen … Auf einem der Flüchtlingstrecks wird es so etwas gegeben haben. Aber nicht im aufgeräumten, nahezu unzerstörten Ravensburg.«

»Und wie, großer Detektiv, hat es sich dann abgespielt?«

»Zwei Frauen«, sagt Berndorf. »Die eine hochschwanger und verzweifelt. Die andere – kinderlos – überlegt vielleicht schon die ganze Zeit, ob sie nicht ein Kind zu sich nehmen oder adoptieren soll … Meinen Sie nicht, dass die beiden Frauen da vielleicht eine Lösung gefunden haben?«

»Gewiss doch. Genau das ist passiert, und ich habe es Ihnen auch so erzählt.«

»Haben Sie nicht.« Berndorf senkt den Kopf ein wenig und blickt in ihre noch immer zornerfüllten Augen. »So wie Sie es erzählt haben, hat die eine Frau die andere überrumpelt. Irgendwie glaube ich das nicht. Ich bin sicher, dass die beiden Frauen das alles wohl überlegt und genau besprochen haben. Also auch das, was den Behörden gesagt werden soll. Und später einmal dem Kind …«

Nadja wendet den Blick von ihm ab und starrt durch die Windschutzscheibe. Alle wissen es besser. Die eine googelt den Vornamen, der andere weiß, wie Frauen ticken. Nur sie – sie ist die dumme Kuh. Die nicht einmal weiß, was das für ein Vorname ist, den sie trägt. Die alles glaubt, was man ihr erzählt. Sie hebt kurz die Schultern und lässt sie wieder fallen, vor ihr kommt ein Traktor den Waldweg herab, also startet sie den Motor wieder und stößt mit dem Wagen auf die Straße zurück.

»Sie glauben also, die beiden haben sich gekannt?«, fragt sie, als der Wagen wieder Fahrt aufgenommen hat. »Und deswegen wollen Sie wissen, wo sie sich kennengelernt haben?«

»So ungefähr«, antwortet Berndorf.

Der Wald öffnet sich, und der Blick wird überrumpelt von der blaugrauen Zackenmauer der Alpen mit den vom Schnee weißen Hängen. Schon Neuschnee? Die Straße führt vom Waldrand in ein kleines Dorf, an einer Kreuzung – so ist es Berndorf gesagt worden – geht es nach links, und dann ist es das letzte Haus, und zwar wieder links.

Das letzte Haus links ist weiß gestrichen und von einer Rosenhecke halb eingewachsen, das Dach mit grauen Ziegeln gedeckt. Nadja stellt das Auto in der Einfahrt ab, die von einer hohen Mauer aus Findlingssteinen gesäumt ist. Sie steigen aus, im Haus erhebt sich Gebell.

»Sagte ich Ihnen, dass dieser Herr Trummer Hunde hat?«, fragt Berndorf, aber Nadja meint, sie werde kein Problem damit haben. Mit Hunden hat sie noch nie Probleme gehabt. Notfalls bleibt man einfach stehen und tut gar nichts. Andere Probleme sind schlimmer. Da hilft weder das eine noch das andere, weder das Tun noch das Nichtstun.

Sie steigen eine Treppe hoch, die Haustür öffnet sich, ein hagerer Mann mit grauem Schnäuzer tritt heraus, an ihm vorbei drängen sich zwei schwarze, aber gleichfalls grauschnäuzige Hunde. »Hierbleiben!«, brüllt der Hagere, aber es ist schon zu spät, und die Hunde bewedeln und beschnüffeln die Besucher. Nadja und Berndorf lassen die Prozedur über sich ergehen, schließlich scheinen die Hunde damit einverstanden, dass die Besucher sich dem Hausherrn vorstellen können.

»Sie müssen entschuldigen«, sagt Klaus Trummer, »aber meine Hunde halten sich grundsätzlich für die Hauptpersonen. Ich fürchte, ich kann ihnen das nicht mehr abgewöhnen.« Er bittet die Besucher in eine Wohnküche mit Esstisch und einer ums Eck geführten Sitzbank, Nadja und Berndorf rutschen auf die Sitzbank, Trummer fragt, was er zu trinken anbieten darf, und bringt das Gewünschte – für Nadja ein Mineralwasser, für Berndorf und sich selbst zwei gut gekühlte Flaschen vom besonders herben Bier, beide brauchen keine Gläser dazu. Das Bier wird ein paar Kilometer weiter gebraut, man plaudert ein wenig – über die Brauerei, eine Gründung der Fürstäbte von St. Blasien und nun ein baden-württembergischer Staatsbetrieb, über das Dorf Schönenbach, auf dessen heutiger Gemarkung ein zweites, untergegangenes Dorf liegt, Schwarzhalden hieß das, eigentlich habe er vorgehabt, zu diesem Dorf noch eine Chronik zu schreiben, sagt Trummer.

»Die Chronik eines vergessenen Dorfes?«, fragt Nadja, und zwingt sich, ein aufmerksames und interessiertes Gesicht zu machen, »das hört sich spannend an … Aber warum schreiben Sie es nicht?«

»Ich war Journalist«, sagt Trummer, »Lokaljournalist. Was passiert, kommt in die Zeitung. Jetzt. Sofort. Keine Zeit, Monate in Archiven zu verbringen. Außerdem kann ich die beiden da« – er deutet auf die Hunde, die sich inzwischen gänzlich beruhigt und in ihre Körbe getrollt haben – »kaum in die Universitätsbibliothek Freiburg mitnehmen.«

Das sehe sie ein, meint Nadja. »Übrigens bin ich ein Fan zwar nicht von vergessenen Dörfern, sondern von vergessenen Autoren.« Sie holt das Heft mit der Geschichte des Soldaten Pietzsch aus ihrer Tasche, doch Trummer winkt ab, greift zum Fensterbrett, wo ein weiteres Exemplar der Geschichte liegt, und zeigt es vor.

»Ich hab's rausgesucht, als Fränzchen angerufen hat.« Er blickt von Nadja zu Berndorf und wieder zurück. »Fränzchens Empfehlung ist bei mir das beste Entree, das Sie sich haben raussuchen können. Ich kenn sie – ach Gott, so lange schon, dass es bald nicht mehr wahr ist! Sie war schon eine junge flammende Achtundsechzigerin, da war Achtundsechzig noch gar nicht erfunden. Leicht war das nicht immer mit ihr, mühsam hab ich ihr erst beibringen müssen, dass man als Gerichtsreporter nicht jemanden schon deshalb für einen Lügner halten sollte, nur weil er zufällig Richter oder Polizist ist. Und wissen Sie, was ihr dann passiert ist?«

»Ich weiß es«, sagt Berndorf. Nadja runzelt die Stirn und wirft ihm einen fragenden Blick zu. Aber er macht nur eine kurze abwehrende Bewegung mit dem Kopf.

»Ja«, fährt Trummer fort, »Sie haben also den weiten Weg gemacht, um etwas über Wendel zu erfahren, über Peter Andreas Wendel, manchmal hat er das alberne Pseudonym Anderweg verwendet … Kann sein, dass in irgendwelchen Fluren des Heidelberger Amtsgerichts noch eine ferne Erinnerung an ihn zu ahnen ist, auf einem der Plätze für die Presse, oder in einer der billigeren Kneipen der Altstadt. Aber sonst? Sonst ist er so vergessen, wie einer nur vergessen sein kann.« Er wirft einen forschenden Blick erst auf Berndorf, dann auf Nadja. »Aber erzählen Sie mir doch, wie Sie auf ihn gestoßen sind.«

»Bei einem Antiquar«, antwortet Nadja und beschreibt, wie sie mitten in einem Stapel von Büchern das eine Heft entdeckt hat, »in einem Stapel von Büchern, die alle so aussahen, als sei nie ein Blick hineingeworfen worden. Der Antiquar behauptet, es sei der Nachlass eines Freiburger Journalisten.«

»Das wird der Scheuermann gewesen sein«, fällt ihr Trummer ins Wort, »Feuilletonredakteur bei der örtlichen Zeitung … den kannte ich schon, als er noch froh sein musste, wenn er eine Premiere vom Kurpfälzer Bauerntheater besprechen durfte. Es muss schon zwanzig Jahre her sein, da dachte ich, der Scheuermann ist jetzt so weit, der kann was für das

Andenken des armen Wendel tun, und so hab ich ihm eines von den Exemplaren der *Nachtwache* geschickt und dazu geschrieben, was ich über den Autor wusste.« Er schüttelt den Kopf. »Die Arbeit hätte ich mir sparen können. Es ist nie was erschienen.«

»Sie haben Wendel gemocht?«, will Nadja wissen.

»Gemocht?« Trummer legt seine Stirn in Falten. »Weiß nicht. Ich hab ihn kennengelernt, da war ich Volontär bei der Neckar-Zeitung, natürlich in der Lokalredaktion, wo sonst, unter einem fetten Kerl, der genauso hieß: nämlich Ochsner … Aber was heißt Redaktion! Ein paar Schreibtische, aneinandergestellt, klapprige und schwergängige Schreibmaschinen, Stapel mit grauem billigen Manuskriptpapier, rosa Überschriftenzettel für das Lokale und grüne für den Sport, dazu der Geruch der Leimtöpfe, denn die Überschriftenzettel wurden auf die Manuskripte geklebt, und der Qualm von Ochsners Stumpen … Nachmittags tauchte dann dieser Mensch auf, immer etwas gebückt, noch nicht einmal so alt, aber bereits Geheimratsecken, und immer mit so einem Anflug von Zittrigkeit oder Schwäche. Einen eigenen Schreibtisch hatte er nicht, auch keine eigene Schreibmaschine, und hat sich dann eine freie Ecke suchen müssen. Und weil er mir so schwächlich oder elend vorkam, hab ich ihm mal eine Schreibmaschine zu dem Platz getragen, der gerade frei war …«

Er nimmt einen kräftigen Schluck aus der Flasche, stellt sie dann wieder vor sich auf den Tisch und lehnt sich zurück, die Arme vor der Brust gekreuzt.

»Dabei war er damals womöglich noch gar nicht so heruntergekommen, sondern hat nur einen Kater gehabt«, fährt er dann fort. »Aber das ist damals vielleicht gar nicht so aufgefallen, in diesen frühen Fünfziger Jahren … *by the way*: Sie sind oder waren nicht zufälligerweise Kollegen?«

Nadja und Berndorf verneinen, und Letzterer gesteht, dass er Polizist war. Das wundert Trummer dann aber doch: Bei jemandem, der von Fränzchen eine Empfehlung bekommt, hätte er das nun wirklich nicht gedacht! »Aber zurück zu Wendel!« Sie seien damals so allmählich näher miteinander bekannt geworden, Wendel habe ihm den einen oder anderen Tipp gegeben, »als Volontär war man nichts weiter als ein junger Affe, der selbst sehen musste, wie er sich von den Alten den richtigen Ausdruck abguckt und es zu den gehörigen Gesäßschwielen bringt …« Er betrachtet die Bierflasche vor sich, streckt die Hand danach aus und lässt die Flasche dann doch stehen.

»Einmal zum Beispiel«, so fährt er fort, »haben sie mich zu einem Auftritt der Zarah Leander geschickt, in die ausverkaufte Kongresshalle, vor der Vorstellung wurden die Journalisten in der Garderobe empfangen, zu einem Ritual, wie ich noch nie eines gesehen hatte: Eine überquellende Dame schwer in Rot, die Augen hinter übergroßen Brillengläsern versteckt, beantwortete die ranschmeißerischen Fragen der örtlichen Hofberichterstatter gerade so, als sei sie soeben auf dem New Yorker Flughafen La Guardia gelandet und stelle sich der Weltpresse … Und der junge Affe, also ich, hörte sich das an und war zu blöd, das Gestammel mitzuschreiben … Aber es kam noch schlimmer, die ganze Halle war zum Bersten mit einem Publikum gefüllt, das so wenig taufrisch war wie der Star, sich dafür aber mit Siebenundvierzigelf und Tosca eingesprüht hatte, dass die Duftwolke einen schier erstickt hätte. Irgendwann gab es sogar Musik, Lieder wie …« Er hebt den Kopf und intoniert mehr brummend als in korrektem Alt: *»Ich weiß, es wird einmal ein Wunder geschehn …«*

Fast sofort bricht er wieder ab und wirft einen verlegenen Blick zu Nadja. »Alles, was ich bis dahin als Musik an mich herangelassen hatte, kam von AFN oder von Radio Luxemburg, und da saß ich nun auf meinem Presseplatz und dachte, das kann einfach nicht wahr sein, was diese Frau da von sich gibt. Am nächsten Tag bin ich in die Redaktion geschlichen, ohne den leisesten Schimmer, was um Gottes willen ich über diesen furchtbaren Auftritt schreiben soll, und wie der Peter Wendel merkt, dass ich ein Problem habe, erzähl ich es ihm. Er nickt mit dem Kopf und fragt dann ganz freundlich, ob es denn voll gewesen sei? Ja, sage ich, man hat schier nicht atmen können. Darauf er: Hat's den Leuten gefallen? Ich: Ja doch. Die waren wie verrückt. Er: Und du? Hat es dir gefallen? Ich: wie Mottenpulver in Zuckerwasser ...«

Trummer blickt auf, von Nadja zu Berndorf und wieder zurück, und lächelt ein wenig, fast verschämt. »Vielleicht hab ich's auch anders ausgedrückt, jedenfalls fragt er mich, was denn die Leute so an Eintritt bezahlt hätten ... Nun weiß ich das heute nicht mehr, eine Karte wird vielleicht acht Mark fuffzich gekostet haben oder fünf Mark auf den billigeren Plätzen, jedenfalls einen Haufen Geld für die damalige Zeit, und ich sag ihm das. Also, meint er, dann musst du das den Leuten doch beibringen, oder nicht? Dass sie für ihre Achtfuffzich sich haben Mottenpulver in Zuckerwasser andrehen lassen?« Er spricht nicht weiter, sondern scheint auf eine Reaktion seiner Zuhörer zu warten.

»Sind Sie da nicht bockig geworden?«, will Nadja wissen. »Für mein Gefühl hat Ihr Mentor die Ironie ein bisschen zu dick aufgetragen.«

»Ich hab sofort gemerkt, dass es jetzt pädagogisch wird«, antwortet Trummer, »und hab schnell eingelenkt – das mit dem Mottenpulver sei vielleicht doch keine so gute Idee. Okay, sagt er, was schreibst du dann? Nach einigem Stottern fällt mir ein, ich könnte ja erklären, warum es den Leuten gefallen hat – wenn ich es nur selbst wüsste ... Dann streng dich mal an, sagt er, aber wie ich mich auch anstrenge, es kommt doch nichts heraus, bis er mir schließlich dieses verdammte: *Ich weiß, es wird einmal ein Wunder geschehn* vorsingt, mit der ähnlich falschen Alt-Stimme, mit der ich es vorhin versucht habe, auch sofort wieder damit aufhört und mir erklärt, dass man den Leuten im Publikum allesamt die beste Zeit des Lebens gestohlen hat, ihre Jugend und ihre Hoffnungen, damals im Krieg, und damit sie es ertragen, hat man ihnen dieses Lied vorgespielt oder auch dieses andere, dieses: *Davon geht die Welt nicht unter…*« Er spricht nicht weiter, sondern blickt wieder zu Nadja, als hätte sie ihm einen Einwand signalisiert.

»Haben Sie da nicht widersprochen?«, fragt sie. »Mit diesen Schlagern wurden die Leute doch betrogen, das muss man sich mal vorstellen: die kriechen aus ihren Bunkern und sehen ihre zerbombten Häuser, und es ist alles zerstört und verloren, aber aus dem Volksempfänger dudelt ihnen dieses Lügenzeug um die Ohren… Ich meine, als junger Mensch mussten Sie sich doch fragen, warum die Leute zehn Jahre später noch immer darauf hereinfallen?«

»Ich glaube, irgendetwas in dieser Art habe ich auch vorgebracht«, antwortet Trummer. »Dass das alles Betrug sei… Und? fragt er mich. Natürlich ist es Betrug. Alles ist Betrug. Die Menschen wollen sich betrügen lassen. Es ist ihre Natur. Alle gelernten Betrüger wissen das. Wer sich einmal etwas hat vorgaukeln lassen, der fällt immer wieder darauf rein. Erst recht, wenn er schon so ausgeplündert ist, dass er nur noch das hat, was man ihm vormacht. Oder das Wunder, das man ihm verheißt.«

»Aber in den Fünfziger Jahren hatte man nun wirklich keinen Grund, sich ausgerechnet die Kriegsjahre verklären zu lassen«, wirft Berndorf ein. »Es war geradezu das Wesensmerkmal der Adenauer-Republik, sich nur ja nicht an die Zeit vor 1945 zu erinnern und möglichst nichts mit ihr zu tun zu haben. Was damals war, kam in die hinterste Schublade, dann wurde der Schlüssel umgedreht und weggeworfen!«

»Schon möglich«, sagt Trummer, »aber den Leuten in der Kongresshalle ging es um etwas anderes. Sie waren Überlebende, waren davongekommen, sogar das Wunder war eingetreten, das *Wirtschafts*wunder nämlich, ja doch, es gab genug zu essen, vom feinen Weinbrand ganz zu schweigen, nur waren sie eben nicht mehr jung, und vom ganzen Glück bekamen sie Karies, Übergewicht und Diabetes, Prost Mahlzeit! Aber eben da erschien Zarah Leander und versetzte sie in das Jahr neunzehnhundertdreiundvierzig oder vierundvierzig zurück, plötzlich durften sie sich wieder jung fühlen, und zwar unbeschwert jung, denn diesmal wird Krieg ja nur gespielt – vorerst jedenfalls! –, der Mond der jung Verliebten leuchtet über der gefällig arrangierten Ruinenkulisse, Trümmerfrau und Kriegsheimkehrer schließen sich in die Arme, und alle wissen, einmal wird auch ihnen ein Wunder beschieden sein, so blau wie die Wolken aus Ludwig Erhards Zigarre und so köstlich, wie die Vision einer Schwarzwälder Kirschtorte in den Vierziger Jahren gewesen sein muss …«

»Und das haben Sie dann so in Ihre Rezension hineingeschrieben?«, fragt Najda.

»Sie scherzen, gnädige Frau … Ich fürchte, ich hab was von Begeisterungsstürmen runtergehackt«, gesteht Trummer, »vom heiteren Trost in schwerer Zeit, der die Zuhörer daran erinnert, dass man die Hoffnung nie aufgeben darf, all so was, Ochsner hat kaum was dran geändert und es zufrieden grunzend in die Setzerei gegeben.«

Draußen versinkt das Dorf in der Dämmerung, in der Wohnküche ist das Licht eingeschaltet, und Trummer stellt zwei neue Flaschen Bier auf den Tisch. Das Gespräch war zu dem untergegangenen Dorf Schwarzhalden zurückgekehrt, Ausgang des 18. Jahrhunderts von Waldarbeitern aus Tirol angelegt, die der Fürstabt von St. Blasien hierhergeholt hatte und die auf den gerodeten, aber unverändert steinigen und steilen Berghängen Viehzucht und Ackerbau treiben sollten.

»Eine Chronik von hundert Jahren Armut und Hunger also«, fasst Nadja zusammen. »Das wäre doch eine wahrhafte Geschichte?«

»Sie meinen, zur Abwechslung?«, fragt Trummer, senkt den Kopf und wirft ihr einen misstrauischen Blick zu. »Im Gegensatz zu meinem Volontärs-Artikelchen über die Zarah Leander?«

»Da wird Ihnen niemand mehr einen Vorwurf draus machen!«, sagt Nadja und rutscht unruhig auf ihrem Sitz herum, weil einer der Hunde es jetzt schön findet, direkt vor ihren Beinen zu liegen, die sie deshalb nicht ausstrecken kann.

»Sagen Sie das nicht! Und wenn ich's mir nur selbst vorwerfe. Aber was ist eine wahrhafte Geschichte? Das sagt sich so leicht. Ich kann Ihnen nicht einmal die Geschichte von Peter Wendel alias Paul Anderweg richtig erzählen, wegen der Sie doch eigens gekommen sind…« Mit einer höflichen Handbewegung zeigt er auf Nadja. »Als ich ihn kennenlernte, war er schon erbärmlich weit unten, ich höre noch den Ochsner blöken, wenn der Wendel sich jetzt nicht am Riemen reißt, dann sei Polen aber so was von offen. Plötzlich nahm er dann keine Termine mehr wahr, erschien auch nicht mehr in der Redaktion, Ochsner schickte mich nach Heidelberg-Wieblingen, um nach ihm zu sehen, aber dort hatte man ihn schon längst aus der Wohnung geworfen. Irgendwie hörten wir dann, dass Peter Wendel in die Psychiatrie nach Wiesloch gebracht worden sei. Ochsner wollte erst selber hinfahren, hatte dann aber keine Lust, also musste ich nach Wiesloch, wurde aber nicht vorgelassen. Der Patient wolle meinen

Besuch nicht, sagte man mir, oder sei derzeit nicht ansprechbar, so genau weiß ich das auch nicht mehr, jedenfalls wurde ich abgewimmelt. Ich hab ihn nie mehr gesehen.« Er greift zu seiner Flasche, hebt sie kurz an, als wolle er einen Trinkspruch zum Gedenken des Peter Wendel alias Paul Anderweg ausbringen, lässt es dann aber doch bleiben. »Ein paar Wochen später kam dann die Nachricht von seinem Tod, Ochsner bekam einen roten Kopf und telefonierte ein wenig herum, bis ihm die Anstaltsleitung eingestand, dass Peter Wendel sich umgebracht hatte.« Trummer hob die rechte Hand seitlich zu seinem Kopf, als umklammere sie ein imaginäres Seil, und deutete einen heftigen Ruck an.

Nadja fragt, ob es eine Trauerfeier oder Beisetzung gegeben habe? »Gewiss doch«, antwortet Trummer, »und wieder einmal hat man den Volontär hingeschickt, das war an einem heißen Julitag, neben einem Hilfspfarrer der Anstaltsleitung und den Totengräbern war ich der einzige Trauergast. Mir klebte das weiße Nyltest-Hemd am Körper, meine schwarze Krawatte war zu eng gebunden, und der Hilfspfarrer hatte es fertiggebracht, trotz der Hitze erkältet zu sein, und während er irgendwas aus dem Lebenslauf des Peter Wendel herunterleierte, starrte ich die ganze Zeit in seine geröteten Nasenlöcher.«

»Wie sind Sie an die *Nachtwache des Soldaten Pietzsch* gekommen?«, fragt Berndorf nach einer kurzen Pause. »Hatten Sie nicht mehrere Exemplare?«

»Sie sind sehr aufmerksam, Herr Polizist!«, antwortet Trummer. »Ein Exemplar hatte Wendel mir noch selbst in die Hand gedrückt, in der Geschichte tritt ja ein Akkordeonspieler auf, der auch diese Zarah-Leander-Schlager vorträgt. Und dann mussten wir sein Fach ausräumen. Er hatte keinen Schreibtisch, nur eben dieses eine Fach, wie alle anderen freien Mitarbeiter auch, da kamen Belegexemplare rein,

Unterlagen für Termine, Post … Viel war nicht drin, nur eben ein Stapel von sechs oder sieben Exemplaren, und die hab ich nun einmal ums Verrecken nicht wegwerfen können. Das eine oder andere Mal hab ich noch versucht, jemanden dafür zu interessieren, aber das ist mir so wenig gelungen wie die Chronik der armen Leute von Schwarzhalden …«

»Aber warum haben Sie selbst nichts daraus gemacht?«, fragt Nadja. »Zum Beispiel zu irgendeinem Jahrestag des Kriegsendes?«

»Sie vergessen die Redaktionshierarchie, schöne Frau … Ich war mein Berufsleben lang Lokalredakteur. So einer kann nicht einfach ins Feuilleton marschieren und sagen, er habe da was über einen vergessenen Autor geschrieben. Oh!, hätte es geheißen, dem Kollegen Trummer sind seine Karnickelzüchtervereine langweilig geworden und seine Gemeinderatssitzungen, uns auch, lieber Kollege, uns auch! Das wäre fast noch schlimmer gewesen, als hätte sich Peter Wendel ohne Einladung in die Gruppe 47 gedrängt und denen was vorlesen wollen!« Trummer schüttelt den Kopf. »Außerdem kann ich diese Erzählung selbst gar nicht richtig einschätzen. Ein Teil ist erfunden, ein Teil möglicherweise nicht. Ich weiß einfach nicht, wie ich so etwas verkaufen soll.«

»Was zum Beispiel, glauben Sie, hat Wendel erfunden?«, will Berndorf wissen.

»Die Hauptfigur, die als Erstes«, antwortet Trummer prompt. »Der Soldat Pietzsch ist ja wohl Zugführer oder Unteroffizier, so einer, dem keiner mehr etwas vormacht. Ausgefuchst und altgedient. Der den Goldfasan aufs Fuhrwerk setzt und die Kameraden nach Hause schickt. Und wenn man das liest, denkt ein naiver Leser wie ich, der Paul Anderweg hat sich da selbst beschrieben. Ist an sich nichts dabei … Nur hatte der richtige Paul Anderweg, also der Journalist Wendel, nichts an sich, dass andere Leute so ohne Weiteres vor ihm strammgestanden wären. Vor allem aber war er alles andere als ausgefuchst und altgedient. Zur Wehrmacht ist er erst Ende 1944 gekommen, als die Aktion Heldenklau anlief, bis dahin hat er tapfer in irgendwelchen Redaktionsstuben für Führer, Volk und Vaterland geschrieben … Moment!« Trummer hebt die Hand. »Nicht in irgendwelchen! Er war im Osten, in Lodz, das hieß damals Litzmannstadt nach irgendeiner Nazi-Militärknallcharge, und da gab es ein eigenes deutsches Blatt, Ochsner hat mir davon erzählt.«

»Einen Augenblick …«, unterbricht ihn Nadja und wird selbst von Berndorf unterbrochen: »Sagten Sie Lodz?«

»Jawollja«, gibt Trummer zurück. »Lodz. Wie: *Theo wir fahr'n nach* … War für ein paar Jahre wirtschaftliches Zentrum des Warthegaus, das sollte der deutscheste von allen deutschen Gauen werden, und wer sich rasch mal einen Gutshof unter den Nagel reißen wollte oder ein Rittergut gar, der machte sich auf nach Litzmannstadt. In den *Münchner Bierstuben* – so hieß das angesagte Lokal der neuen Herren – gab es Schweinshaxen satt, und das zuerst noch ohne Marken, spottbillig auch der Pelzmantel für die Gattin, keiner fragte nach, wem das Teil zuvor gehört hat … Das gab's nur einmal, das kam nie wieder, jedenfalls hat es mir Ochsner so beschrieben, am Abend im Biergarten, nachdem ich von der merkwürdigen Beerdigung aus Wiesloch zurückgekommen war. Erst da hab ich erfahren, woher Ochsner und Wendel sich kannten und warum der eine den anderen bis zuletzt nicht rausgeschmissen hat.«

»Und weiß man noch, was Wendel in Lodz so geschrieben hat?«, fragt Nadja.

»Wenn ich Ochsner richtig verstanden habe und das auch richtig erinnere, hat Wendel den Kulturteil redigiert, aber auch selbst Rezensionen verfasst, wenn zum Beispiel ein Berliner Operettenensemble in Lodz gastiert oder die Truppenbetreuung einen Bunten Abend veranstaltet hat. Lustig muss das zugegangen sein, wunderbare Zeiten im Dreivierteltakt! Manchmal offenbar zu lustig, denn einmal hat der Wendel eine Glosse schreiben müssen, warum der deutsche Soldat sich nicht der polnischen Prostituierten bedienen solle, und zwar solle er das bleiben lassen aus Gründen der deutschen Ehre, der deutschen Volksgesundheit und ...« Er wendet sich Nadja zu und hebt die Hand, »entschuldigen Sie bitte, im Interesse seines eigenen Piephahns. Die Glosse war offenbar ein großer Erfolg und wurde von anderen deutschen Besatzungsblättern nachgedruckt.«

»Wenn er ein so zum Kotzen munterer Schreiber war«, wendet Berndorf ein, »müssten ihm doch im Nachkriegsdeutschland alle Türen offen gestanden haben?«

Trummer betrachtet ihn, den Kopf leicht schief gelegt. »Zu meiner Zeit war er kein munterer Schreiber mehr. Peter Wendel war Alkoholiker geworden. Als Polizist werden Sie wissen, dass es keine munteren Alkoholiker gibt. Auch keine traurigen oder heiteren. Keine heiligen und keine ungläubigen. Alkoholiker sind Alkoholiker. Nichts sonst.«

MITTWOCH

Im Wald der Erinnerung

Was hast du?« Barbara Stein, den Laptop auf den Knien, das Buch – das sie rezensieren soll –, aufgeschlagen neben sich auf dem Couchtisch, blickt zu Berndorf hinüber. Er hält ein weiß-graues Paperback in der rechten Hand, aber so, als ob er keine Lust habe weiterzulesen.

Bei dem Paperback handelt es sich um eine Monographie über die Russische Befreiungsarmee, abgekürzt ROA, eine noch kurz vor Kriegsende von dem ehemals sowjetischen und 1942 in deutsche Kriegsgefangenschaft geratenen Generalleutnant Andrei Wlassow aus russischen Kriegsgefangenen, Zwangsarbeitern und Freiwilligen formierte Truppe, auf dem Papier 125 000 Mann stark. Im März 1945 griff die Nordgruppe der Wlassow-Armee – die erste Division der ROA – in die Kämpfe an der Oder-Front ein und versuchte, einen von der Roten Armee gehaltenen Brückenkopf einzudrücken. Nach dem Fehlschlag dieses Angriffs zog sich die Division zurück, überquerte die Elbe und wechselte die Fronten: In Prag schloss sie sich dem Aufstand gegen die deutsche Besatzung an, in der Hoffnung, in der befreiten Tschechoslowakei Asyl zu finden. Die Hoffnung schlug fehl. Die Angehörigen der Wlassow-Armee wurden nach Kriegsende an die Sowjetunion ausgeliefert, Wlassow und neun seiner Generäle nach einem zweitägigen Geheimprozess am 1. August 1946 im Moskauer Taganka-Gefängnis gehängt. Die Monographie, herausgegeben vom Militärgeschichtlichen Forschungsamt, hat Barbara auf Berndorfs Bitte hin besorgt, als er noch in Süddeutschland war.

»Ach!«, kommt die Antwort, »ich will eigentlich nur wissen, ob es den russischen Militärarzt aus Anderwegs Erzählung gegeben haben kann, und beim Lesen stoße ich auf ein Detail nach dem anderen, keines hat mit dem Militärarzt zu tun, aber alle greifen nach einem und betteln einen an: Beachte mich, lies nicht über mich hinweg!«

»Sag ein Beispiel!«

»Hier … Um den 24. April fünfundvierzig herum war die Südgruppe der Russischen Befreiungsarmee im Allgäu angekommen, immerhin noch rund fünfundzwanzigtausend Mann, und die sollten mit der Eisenbahn nach Linz gebracht werden …«

»Hatte man denn noch Züge dafür?«

»Offenbar. Vor allem wollte das Münchner Wehrkreiskommando die Russen aus dem Land haben, weil die sonst dazu übergegangen wären, sich dort selbst zu versorgen.«

»Aber warum nach Linz?«

»Die sollten sich dort mit ihrer Nordgruppe treffen, der ersten Division, die sich von der Oderfront abgesetzt hatte, und mit den Kosaken-Verbänden, die sich aus Jugoslawien zurückzogen …«

»Und wozu sollte das gut sein?«

»Wlassow und sein Stab müssen gehofft haben, dann so etwas wie einen militärischen Faktor darzustellen, den man ernst nehmen muss. Und der mit den Amerikanern die Bedingungen für seine Kapitulation aushandeln kann. Das heißt, es ging um eine einzige Bedingung: dass sie nicht an die Sowjetunion ausgeliefert werden.«

»Und dieses eine Detail?«

Berndorf nimmt das Buch wieder auf und liest vor:

»*… einige Einheiten verließen die tagsüber der Tiefflieger wegen abgestellten Transportzüge und setzten sich eigenmächtig zu Fuß in Bewegung. Bei Landsberg hatten sich in der Rückfüh-*

rung begriffene KZ-Häftlinge mit Soldaten der Russischen Befreiungsarmee verbunden und waren von diesen in die eigenen Uniformen eingekleidet worden. Offiziersstreifen und Feldgendarmerie mussten die Kolonnen durchkämmen …«

»Habe ich das richtig verstanden?«, fragt Barbara. »Die KZ-Häftlinge befanden sich in der Rückführung, ja? In Wahrheit war das doch einer dieser Todesmärsche? Und danach musste man das Ungeziefer wieder rauskämmen? Wann bitte ist das Buch rausgekommen?«

Berndorf schlägt das Impressum auf. »Anfang der Achtziger Jahre.«

»Also fast vierzig Jahre nach dem Krieg. Aber am Tonfall hat sich selbst da noch immer nichts geändert. Bist du darüber gestolpert?«

»Ja und nein«, antwortet Berndorf. »Diese armen russischen Teufel wussten ganz genau, was ihnen blüht, wenn sie an die Sowjetunion ausgeliefert werden. Und in dieser Lage entdecken sie welche, die noch elender dran waren als sie selbst.«

»Und dann stecken sie die Häftlinge in die eigenen Uniformen? Warum?«

»Vielleicht waren Landsleute darunter. Vielleicht hatte einer der Wlassow-Leute die Idee, wenn sie sich dieser ganz Elenden annehmen, dieser Todgeweihten, und ihnen zu essen geben und sie durchbringen – dann hätten sie mit einem Schlag ein Faustpfand, mit dem sie den Amerikanern gegenübertreten könnten, lebendiges Beweismaterial gegen die Nazis, aber auch einen Beweis der eigenen Anständigkeit, der eigenen Menschlichkeit.«

»Dass sich die Elenden und Verzweifelten miteinander verbünden, kann eine ganz spontane Reaktion gewesen sein«, wendet Barbara ein. »Das Schicksal von Wlassow und seinen Leuten war schrecklich genug, da musst du nicht noch deinen Zynismus drüberschütten.«

»Zynisch ist nur, dass es den Russen nichts geholfen hat. Wo stand noch mal diese Feldscheune, in der man kurz vor Kriegsende einige hundert KZ-Häftlinge zusammengetrieben hat, um sie dann darin zu verbrennen?«

Barbara wendet sich zu ihrem Laptop, ruft das Internet auf und gibt nach kurzem Überlegen zwei oder drei Suchbegriffe ein. »Du meinst die Isenschnibber Feldscheune«, sagt sie dann, »im anhaltinischen Gardelegen, und es waren über tausend, die da umgebracht wurden, einen Tag, bevor die Amerikaner kamen… Was hat das mit den Wlassow-Leuten zu tun?«

»Es ist ein Gegenbeispiel. Die KZ-Häftlinge in Gardelegen wurden nicht umgebracht, obwohl die Amerikaner vor der Stadt standen, sondern eben deshalb. Auch die braven Bürger von Gardelegen haben die Häftlinge als lebendes Beweismaterial angesehen, allein schon ihr Ernährungszustand stellte eine so fürchterliche Anklage dar, dass man sich ihr keinesfalls aussetzen wollte. Folglich mussten die Häftlinge umgebracht und ganz schnell verbrannt werden…«

»Hör auf damit«, unterbricht ihn Barbara. »Ich will nicht, dass du so redest. Wo sind wir jetzt nur hingeraten?«

»In den Wald der Erinnerungen«, antwortet Berndorf. »Da darf man keinen Schritt zur Seite tun. Und das Gebüsch am Wegrand nicht zur Seite schieben. Nicht in diesem Land. Überall liegen noch Skelette herum.«

Barbara runzelt die Stirn. Dann schließt sie entschlossen das Internet und schaltet den Laptop aus. »Das war mir gerade zu melodramatisch! Lass uns ein paar Schritte gehen, ich brauche frische Luft.«

Es ist später Nachmittag oder eher doch schon früher Abend, eine Brise wirbelt Laub über die Wege des Thielparks in Berlin-Dahlem, Barbara hat sich ein Kopftuch umgebunden, den Kragen ihres Mantels hochgeschlagen und den Arm bei Berndorf eingehängt. Beide sind in Gedanken versunken, Berndorf wird morgen schon wieder nach Stuttgart fliegen und von dort mit Bahn und Bus irgendwie in das kleine Dorf Wieshülen gelangen, genauer: in das Schulhaus dort, denn in einem der Workshops des Donatus Rupp war noch ein Platz frei …

»Ich bring dich dann morgen zum Flughafen«, sagt Barbara, »ich hoffe nur, das Schulhaus deiner Erinnerungen lässt dich danach auch wieder frei!«

»Man wird sehen«, antwortet Berndorf, »wenn nicht, musst du mich halt dort besuchen. In der *Sonne* hat es angenehme Gästezimmer. Behauptet meine Klientin Schwertfeger.«

Auf Barbaras Stirn zeichnet sich eine scharfe Falte ab. Plötzlich spürt sie ein Frösteln, und mit der Hand hält sie die Aufschläge ihres Mantels zusammen. Wortlos gehen sie eine Weile, dann bricht Barbara das Schweigen. »Komisch – ich hab mir deine Mutter nie so richtig vorstellen können. Inzwischen aber habe ich die Geschichte vom *Soldaten Pietzsch* ja nun auch gelesen, und plötzlich sehe ich sie vor mir. Sie und das Kind, das trotzig mit Bauklötzen Krieg spielt …«

»Das ist eine Erzählung«, sagt Berndorf, ein wenig abwehrend, »die kannst du nicht einfach eins zu eins für die Wirklichkeit nehmen. Was dieser Anderweg alias Wendel da gemacht hat, ist eine Collage, in der sich verschiedene Ebenen von Wirklichkeit und Fiktion überlagern. Er hat das Dorf Wieshülen als Kulisse genommen und dazu eine Reihe von Details, die durchaus stimmig sein mögen, wie zum Beispiel, dass da eine Frau das Wasser unten im Vorraum des Schulzimmers holen muss. Aber mir kommt es vor, als hätte er dies alles wie mit der Schere ausgeschnitten und dann nach seinem Belieben auf die Folie des Dorfes geklebt.«

»Moment«, sagt Barbara, »wie geht diese eine Stelle noch?

Pietzsch sieht die Flüchtlingin an der Wasserstelle und ertappt sich dabei, wie er ihre Hüften und ihren Rücken mustert, *der schlank war wie der eines Mädchens.* Ist da deine Mutter beschrieben, oder ist sie es nicht?«

»Dass sie schlank war, stimmt allerdings«, antwortet Berndorf, »dass sie sich anders angezogen hat als die Frauen aus dem Dorf, stimmt auch, noch in der schlimmsten Notzeit hat sie versucht, sich einen letzten Rest von Chic zu bewahren.«

»Sie hat sich nicht nur anders angezogen, sondern sich vor allem auch anders verhalten.« Abrupt bleibt Barbara stehen, hält ihn fest und stellt sich dann vor ihn, seinen Blick mit den Augen festhaltend. »Diese Geschichte beschreibt eine ziemlich selbständige, ziemlich unerschrockene Frau, die Alliierten sind im Anmarsch, und was tut sie? Sie besorgt sich englische und französische Wörterbücher und Grammatiken.«

»Nur englische«, korrigiert Berndorf. »Französisch konnte sie ganz gut, sie hat sich in den Dreißiger Jahren einmal längere Zeit in Lausanne aufgehalten.«

»Hat sie da studiert?«

»Das hätte sie sicher gerne. Aber sie hatte kein Abitur. Nach der Mittleren Reife wurde sie vom Gymnasium genommen und musste in der Gärtnerei ihres Vaters mithelfen. Irgendwie hat sie es dann geschafft, dass sie wenigstens eine Buchhandelslehre machen durfte. Und dass man sie für ein paar Monate oder ein Jahr in die Schweiz gehen ließ, wo sie als Aushilfe in einer Buchhandlung gearbeitet hat, die auch deutschsprachige Literatur führte. Ich glaube, sie hat immer davon geträumt, einmal in Paris zu leben.«

»Und?«

»Sie war nie dort. In ihrem ganzen Leben nicht. Nicht ein einziges Mal.«

»Wenn jemand glaubt, er hätte in Paris leben sollen«, sagt

Barbara nachdenklich, »dann mag er vielleicht gerade deshalb nicht als Tourist dorthin. Und was hat deine Mutter nach ihrer Zeit in Lausanne gemacht?«

»In Stuttgart in einer Buchhandlung gearbeitet, meinen Vater kennengelernt, ist schwanger geworden, hat geheiratet, sich ein paar Monate nach meiner Geburt wieder scheiden lassen ...« Er nimmt wieder ihren Arm, und gemeinsam gehen sie weiter. »Und plötzlich hockt sie in der Dachkammer eines Schulhauses in einem gottverlassenen Dorf auf der Schwäbischen Alb, mit einem Balg am Hals, weiter weg von Paris kann eine gar nicht sein.«

»Du hast vorhin von einem Scherenschnitt gesprochen«, bemerkt Barbara. »Da ist was dran. Einiges vom Personal der *Nachtwache* ist aus Papier. Der Soldat Pietzsch zum Beispiel. Er ist eine Projektion des Autors. So wäre er gerne gewesen, aber war es eben nicht. Auch den angeblichen Gauleiter gibt es nur auf dem Papier. Er ist eine Knallcharge, einzig gut dazu, den Anstoß für die Orgie im Schulhaus zu geben. Ein paar Figuren gibt es aber, denen will ich glauben. Natürlich der armen Elfie. Merkwürdigerweise glaube ich auch dem Akkordeonisten.«

»Was, bitte, glaubst du ihm? Er macht doch nur Musik.«

»Dass es ihn gegeben hat. Oder ihn gegeben haben könnte. Das glaub ich ihm, oder vielmehr dem Autor. Auch den russischen Militärarzt nehme ich ihm ab. Und erst recht die Hauptperson, mein Lieber: Das ist die Frau mit dem mädchenhaften Rücken, die den edelmütigen Soldaten Pietzsch am Ende abblitzen lässt, weil sie – wie wir Leser vermuten können – jemanden anderen bei sich hat ...« Sie zieht die Augenbrauen hoch. »Vermutlich ist das jetzt eine blöde Situation für dich. Man mag sich die eigene Mutter so nicht vorstellen, nicht in solchen Verfänglichkeiten.«

»Ich bin nicht prüde«, wehrt Berndorf schwächlich ab.

»Solltest du eigentlich wissen. Ich hab nur ein Problem, uns – also meine Mutter und mich – in diesem Text wiederzuerkennen. Ich habe einzelne Erinnerungen an das Kriegsende, eher Erinnerungsfetzen, aber ein Gauleiter kommt darin ebenso wenig vor wie ein russischer Militärarzt oder ein Soldat, der der Mutter den Wassereimer hochgetragen hätte …«

»Auch kein Akkordeonspieler?«

»Auch kein Akkordeonspieler.«

»Wo sich Erinnerungsfetzen finden, können noch andere verschüttet sein. Hast du dich deshalb zu diesem Workshop angemeldet?«

»My dear Watson! Warum sonst sollte ich mir dieses verdammte Schulhaus noch einmal zumuten?«

Traditionell wird der Abendspaziergang in der Eckkneipe beschlossen, von der es nicht mehr weit nach Hause ist. Diesmal gibt es nichts weiter als eine Käseplatte zum trockenen italienischen Roten, und Barbara will eigentlich nicht noch einmal nach der Flüchtlingin fragen und nach ihrer Zeit in dem Dorf Wieshülen. Er hat wohl schon mehr erzählt, denkt sie, als er eigentlich erzählen wollte.

»Sag mal«, fragt sie dann doch, als Wein und Käseplatte serviert sind und sie auf seinen Ausflug ins Schulhaus angestoßen haben, »ist das denn überhaupt denkbar, dass sich kurz vor Kriegsende ein russischer Militärarzt in diesem Wieshülen aufgehalten hat? Entschuldige, wenn ich noch mal davon anfange, aber ich kann keinen sozusagen dramaturgischen Grund erkennen, warum Anderweg sich diese Figur ausgedacht haben soll.«

»Folglich muss er der Wirklichkeit entnommen sein, ja?« Berndorf schneidet sich ein Stück vom Gorgonzola ab. »Es mag seltsam klingen, ist aber nicht unmöglich.« Er nimmt ein

Stück Weißbrot. »Überhaupt nicht. Die Wlassow-Armee ist zu großen Teilen auf den Truppenübungsplätzen der Schwäbischen Alb aufgestellt worden, also im Alten und Neuen Lager sowie im Lager Heuberg bei Stetten am Kalten Markt, nordwestlich von Sigmaringen. Altes und Neues Lager sind keine zwanzig Kilometer von Wieshülen entfernt. Gut möglich, dass da ein Sanitätsoffizier auf der Fahrt vom einen Standort zum anderen in Wieshülen mit einer Wagenpanne liegengeblieben ist oder aus sonst einem Grund dort Station gemacht hat.«

»Oder aus sonst einem Grund!«, wiederholt Barbara. »Du hast mir doch aus dieser Monographie vorgelesen, die Wlassow-Leute seien damals bereits auf dem Abmarsch nach Linz gewesen?«

»Waren sie auch«, antwortet Berndorf kauend. Dann schluckt er den Bissen hinunter und spült mit einem Schluck Rotwein nach. »Die im Lager Heuberg stationierten Einheiten hatten am 10. April den Befehl bekommen, sich Richtung Memmingen abzusetzen, nach Südosten also. Allerdings werden sie kaum den Weg über Wieshülen genommen haben.« Er blickt suchend über den Tisch, als wollte er mit Hilfe von Käseplatte, Rotweingläsern und Tischdecke die Marschroute darstellen. Dann lässt er es aber doch bleiben. »Die wären da zu weit nach Norden geraten. Und was noch an ROA-Einheiten im Alten und im Neuen Lager verblieben war, ist spätestens ab dem 19. April abgerückt.«

»Spätestens am 19. April! Da hat sich also ein ganzer Heerwurm in Bewegung gesetzt, nur dieser Doc bleibt auch am 19. April seelenruhig in Wieshülen und wartet, ja worauf eigentlich? Oder unterhielten die Wlassow-Leute da ein Lazarett oder eine Krankenstation?«

Berndorf schüttelt den Kopf. »Lazarett oder Krankenstation wären in der Kreisstadt gewesen. Aber du hast Recht – wenn es diesen Militärarzt wirklich gegeben hat, verhält er sich merkwürdig. Allerdings sind in diesen Tagen noch andere Russen Richtung Allgäu unterwegs, die Reste der sogenannten ersten Russischen Nationalarmee zum Beispiel, knapp fünfhundert Leute.«

»... die sich tatsächlich ins neutrale Fürstentum Liechtenstein retten, das dann auch couragiert genug ist, die Flüchtlinge nicht an die Sowjetunion auszuliefern«, unterbricht ihn Barbara. »Entschuldige, aber dieser Teil der Zeitgeschichte ist mir nicht ganz unbekannt. Franz Josef der Zweite hieß der tapfere Fürst, warum soll man ihn nicht ehren und loben?«

»Kein Einwand«, meint Berndorf, »aber warum sagst du das so?«

»Weil alles immer noch eine zweite Seite hat. Die vom Liechtensteiner Fürsten aufgenommenen Flüchtlinge hatten nämlich mehr zu bieten als ein paar halbverhungerte gerettete KZ-Häftlinge. Ihre angebliche Nationalarmee war in Wahrheit ein Geheimdienst, von ihrem Anführer Boris Smyslowski alias Holmston zum Zweck aufgebaut, die gegen die Nazis kämpfenden russischen Partisanen zu infiltrieren und auszuspähen. Zu den Gesprächspartnern des Smyslowski-Holmston zählte alsbald Allen Dulles, der spätere CIA-Chef und damalige Berner Resident des OSS.«

Berndorf senkt ergeben den Kopf und wendet sich dem Emmentaler Käse zu. Er ist selbst schuld. Barbara hat einmal über Allen Dulles und die *Operation Sunrise* gearbeitet, mit der im Morgengrauen der deutschen Kapitulation auch die ersten Kontakte zu den für den US-Geheimdienst OSS nützlichen Nazis geknüpft wurden.

»Entschuldige«, fährt Barbara fort, »da ist gerade etwas mit mir durchgegangen. Aber dieser angebliche russische Militärarzt, der da plötzlich an Führers Geburtstag in einem Ort auftaucht, der bereits Niemandsland ist – der scheint mir doch ein seltsamer Grenzgänger zu sein.«

»Du meinst«, sagt Berndorf bedächtig, »er hat auf die Amerikaner gewartet? Womöglich mit einer Botschaft für den OSS? Und das ausgerechnet bei uns in Wieshülen, ja?«

»Die Weltgeschichte sucht sich manchmal die absonderlichsten Schauplätze aus«, antwortet Barbara. »Dabei ist dieser Doc nicht einmal der einzige Favorit. Wir dürfen den Akkordeonspieler nicht vergessen.«

»Favorit wofür?«

»Ach, denk doch mal nach …«

Dann ist Mitternacht vorbei, Barbara schläft, nur Berndorf hat sich aus dem Bett geschlichen und ist in den Bademantel geschlüpft. Er hätte nicht so viel Käse essen sollen oder weniger Wein trinken, nun kann er nicht schlafen. Und die ganze Zeit geht ihm Barbaras Bemerkung durch den Kopf … *Wer Klavier spielt, hat Glück bei den Frauen* hieß es einmal, warum soll das nicht auch fürs Schifferklavier gelten? Erst recht in einer solchen Nacht, wie sie Anderweg beschrieben oder zu beschreiben versucht hat. In einer Nacht, in der nichts mehr zählt außer dem schieren Überleben. In der alle Konventionen in die Brüche gegangen sind. In der ein Lied von Herz und Schmerz ausreichen mag, die Menschen von einem anderen Leben träumen zu lassen. Trotzdem bringt er den jungen Mann, der auf der Treppe des Schulhauses hockt und Zarah-Leander-Schnulzen intoniert, nicht mit der Flüchtlingin zusammen.

Auf seinem Schreibtisch liegen neben den übrigen Exemplaren der *Nachtwache* noch immer die beiden von Anderweg/Wendel gleichfalls hinterlassenen schwarzen Wachstuchhefte. Das eine Heft – über den nächtlichen Ausflug des Journalisten Pietzsch – hat er gelesen. Und das andere? Muss man einen Text lesen, nur weil er fast ein Menschenalter lang in einem Kniestock unterm Dach verborgen war und auf einen Leser gewartet hat? Berndorf überkommt ein unbehagliches Gefühl, als gehe von dem Heft ein lautloses Zirpen aus, das um ein wenig Aufmerksamkeit bettelt, nur ein paar Minuten, gütiger Herr! Er will ja nicht geizig sein. Aber hat ihn in den letzten Tagen nicht schon genug Vergangenheit in Anspruch genommen? Seufzend holt er das Heft, setzt sich in den Lehnstuhl neben seinem Schreibtisch, legt die Füße auf den Hocker und beginnt zu lesen:

Einladung für eine Marionette

Graue unendliche Ebene. Ein Dieselmotor nagelt. Stoßdämpfer rumpeln von Schlagloch zu Schlagloch. Unermüdlich fällt Regen und schwemmt Schlieren durch den Staub des Busfensters. Tropfen rollen das Fenster hinab, andere zerplatzen in kleine Wassersplitter und bleiben hängen. Von Zeit zu Zeit klatscht eine Bö gegen den Bus, dass die frische Kälte selbst durch die Gummidichtungen dringt und den Mief aus Männerdunst, feuchten Mänteln, Tabakqualm und Dieseltreibstoff aufmischt. Sie sind nicht die Ersten, die hier vorbeifahren, einmal hängt im Straßengraben ein ausgebrannter Panzer, ein andermal liegen Pferdegerippe dort, sorgfältig von Menschen und Hunden ausgebeint.

Vielleicht auch von Wölfen.

Im Abstand von ein paar Kilometern kommen sie durch ein Dorf oder an dem vorbei, was davon übrig ist: verkohlte Balkengerippe, die niemals mehr ein Dach tragen werden. Immer mehr der Regentropfen zerplatzen. Das Licht draußen hat sich verändert. Es ist heller geworden, zugleich verschwimmt die Sicht. Die Regentropfen sind gar keine, sondern Schneeflocken. Es ist November, sie befinden sich in Russland, warum soll es da nicht schneien? Bald werden sie Advents- und Weihnachtsmelodien einüben müssen. Dabei hätte er jetzt gerne das Akkordeon genommen und etwas ganz anderes versucht. Was sich aus einer Melodie so machen lässt. Aus was für einer Melodie? Aus einer, die sich ihm eingibt. Die zu dieser Fahrt passt. Zum Regen, der in Schnee übergeht. Zu den verkohlten Balken. Warum heißt das Akkordeon auch Schifferklavier? Weil es all das draufhat, was Seeleute nur zu gut kennen: Trauer und Einsamkeit und Klage. Es ist ein Instrument für den Fado, das herzschmerztiefe portugiesische Volkslied. Fado heißt so viel wie fatum, also Schicksal, das hat ihm ein Musiker aus Porto einmal erklärt, als man in Berlin solche Leute noch treffen konnte. Aber dies hier: dies ist der Truppenbetreuungsbus des Polizeiorchesters, da fängt keiner aus Lust und Laune an und improvisiert portugiesisch. Wo kämen wir da hin!

Schneit es überhaupt in Portugal?

Auf der Rückbank spielen die Erste Geige, das Schlagzeug und die Klarinette Skat; das Fritzle, die Puppe vom Bauchredner Kuraschke gibt dumme Kommentare dazu. Kuraschke darf so etwas, obwohl er gar nicht zum Orchester gehört. Aber die Landser mögen ihn. Der Bus hält, durch die Schlieren im Fensterstaub fällt der Blick auf Holzhäuser, die noch nicht abgefackelt sind. Vorne ein Wachposten, Feldgendarmerie, Disput mit dem Fahrer. Der Hauptkommissar und Kapellmeister selbzweit Waltz schaltet sich ein, eine Umleitung, ja doch! Die wievielte heute? Egal, es ist auch nicht mehr weit, aber Schneeketten müssen angelegt werden, das kommt für eine Pinkelpause gerade recht.

Er zieht seinen Mantel an und folgt den anderen, die sich am Ausstieg drängen. Rechter Hand ist eine Baracke, die Kameraden drängt es dorthin. Weil es den Kameraden gefällt, ihn ihre Zarah zu nennen und sich über sein kleines Glied lustig zu machen, geht er etwas zur Seite und erleichtert sich im Schutz eines schiefen, schorfigen Baumes. Erleichtern, so fällt ihm bei dieser Gelegenheit ein, ist ein besonders treffendes deutsches Verb. Er knöpft sich den Hosenladen wieder zu und wendet sich zurück, zur Straße, dort steht Kuraschke und unterhält sich mit einem Kind, einem Jungen oder Mädchen in einem Mäntelchen, das dem Kind gerade bis zu den Knien reicht, und Kuraschke unterhält sich natürlich nicht mit ihm, denn es ist ein Russenkind, aber er macht mal wieder seine Faxen, er ist nämlich auch ein Zauberkünstler, gerade jetzt lässt er einen Apfel über seinen Arm rollen und balanciert ihn dann auf der Spitze seines Zeigefingers, dann rollt der Apfel zurück und ist verschwunden, und die ganze Zeit folgen die Augen des Kindes dem Apfel, das Kind scheint ganz ratlos, als der Apfel nicht mehr zu sehen ist, Kuraschke greift ihm an die Nase und hat – als habe er ihn daraus hervorgezogen – den Apfel wieder in der Hand, lächelt breit und beißt hinein.

Eine Frau in einem schwarzen Mantel eilt herbei und nimmt das Kind an der Hand und zieht es mit sich, dabei wirft sie noch einen Blick auf Kuraschke, der seinen Apfel frisst, sie hat ein schmales blasses Gesicht mit flammenden schwarzen Augen darin, das heißt, ihm – dem Mann, der nur zugesehen hat – kommt es so vor …

Eine Dreiviertelstunde später hält der Bus vor einem dreistöckigen Gebäude, der Akkordeonist entziffert die abgeblätterte, von Kugeleinschlägen durchlöcherte Inschrift: Sie sind am Hotel Metropol angekommen. In der Hotelhalle beleuchtet flackriges Licht, von stockfleckigen Spiegeln zurückgeworfen, dunkelbraunes Mobiliar und durchgesessene Lederfauteuils. Es riecht nach Desinfektionslauge. Ein Unteroffizier des Polizeibataillons 101 – dessen Gäste sie sind – nimmt sie in Empfang und erklärt den weiteren Ablauf, der Akkordeonist bekommt ein Zimmer zusammen mit der Zweiten Geige, das ist keine gute Nachricht, denn die Zweite Geige schnarcht. Es ist ein Zimmer ohne fließendes Wasser, und die Matratzen der rostigen Bettstellen sind durchgelegen. Vor kurzem muss versucht worden sein, die Wanzen im Zimmer mit Brenntabletten auszuräuchern. Er will lüften, um den stechenden Geruch zu vertreiben, aber die Zweite Geige schreit ihn an.

Soll ich mir hier vielleicht eine Lungenentzündung holen?

Die Zweite Geige ist ranghöher, und er schließt das Fenster wieder. Ohnehin müssen sie gleich zur Probe, der Umleitungen wegen hat die Fahrt länger gedauert als geplant. Zum Hotel gehört ein großer trüber Veranstaltungs- und Kinosaal mit fleckigen roten Polsterstühlen in den ersten drei Reihen und Holzklappsitzen dahinter. In der Garderobe hängen noch – halb heruntergerissen – Filmplakate mit kyrillischer Inschrift und martialischen Helden. Waltz ruft die Truppe zusammen und erklärt, dass man heute Abend vor den Kameraden des Polizeibataillons 101 aus Hamburg spielen werde, vor Männern, die mit höchstem sittlichen Ernst zum Wohl unseres ganzen Volkes tätig seien. In Waltz' Gesicht ziehen sich hoch angesetzte und scharf eingekerbte Falten von den Nasenflügeln zum Mund, wobei die linke Falte noch stärker ausgeprägt ist als die rechte. Dies gibt dem Ausdruck »mit höchstem sittlichen Ernst« eine ganz besondere Note.

Und, Kuraschke, heute keine Witze über Fischköppe!

Viel zu proben gibt es nicht, die Akustik des Saals ist knapp ausreichend, Kuraschke – der gerne nuschelt – braucht ein Mikrophon, ebenso der Akkordeonist, der auch als Vokalist auftritt. Später folgt im dürftig beleuchteten Speisesaal ein kaltes Abendbrot, aber gut die Hälfte der Truppe hat – wie immer – Lampenfieber und keinen Appetit, außerdem beklagt sich die Tuba lauthals, ein anständiger Mensch könne auf dieser Hoteltoilette nicht einmal scheißen gehen, so widerlich sei sie.

Dann tu's halt draußen!, blafft ihn der Hornist an.

Zeit vergeht. Wenn erst einmal alle Platz genommen haben, wenn die Begrüßungsansprachen gehalten sind und Kapellmeister Waltz schneidig den ersten Marsch dirigiert – soweit das nicht allzu üppig besetzte Ensemble einen schneidigen Marsch hinkriegt –, dann ist alles Lampenfieber verflogen, und das Truppenbetreuungsensemble des Berliner Polizeiorchesters zeigt, was es draufhat, vom Operetten-Potpourri über den Bauchredner Kuraschke mit seinen Puppen – außer dem pfiffigen Fritzle kommt auch Lausikoff mit der Schiebermütze gut an –, bis hin zum Akkordeonisten und seinen Herz-Schmerz-Schlagern, bei denen es überhaupt nicht stört, dass sie ursprünglich für Zarah Leander oder Lale Andersen geschrieben wurden … Ganz hingerissen vom Vortrag ist ein Hauptmann in maßgeschneiderter Uniform, er besteht darauf, dass der Akkordeonist beim anschließenden Abendessen mit Kapellmeister Waltz und dem Ersten Geiger an der Offizierstafel Platz nimmt. Und in der Tat! Es wird aufgefahren, was das Herz begehrt, echter Bordeaux, ein vorzüglicher Kalbsbraten, später werden Zigarren zum Kaffee und dem gleichfalls echten französischen Kognak gereicht, der Nachschub läuft doch ganz gut inzwischen, sagt der Hauptmann. Ihre Männer haben es sich ja auch – weiß Gott! – verdient, antwortet Waltz artig. Wie weit die Operationen denn gediehen seien, wenn er das so fragen dürfe, von Kamerad zu Kamerad?

Ja, sagt der Hauptmann und schneidet sorgfältig mit einem kleinen Taschenmesser das Mundstück seiner Zigarre zurecht, wir sind hier in der Region ziemlich durch, morgen noch ein kleiner Einsatz, die Reste zusammenkehren, verstehen Sie! Er steckt sich die Zigarre in den Mund und klappt das Taschenmesser zu. Da kommt mir ein Gedanke, sagt er mit gequetschter Stimme, greift nach seinem Feuerzeug und zündet sich – heftig saugend – die Zigarre an, bis er befriedigt eine erste blaue Wolke ausstoßen kann … Wo war ich stehen geblieben? Ach ja – müssen Sie morgen gleich weiter? Sonst könnten Sie sich unseren Kehraus ja mal anschauen. Oder …? Er nimmt die Zigarre aus dem Mund und blickt erst zu Waltz, dann zu dem Akkordeonisten. Wollen Sie vielleicht selbst auch mal Hand anlegen? Als Polizisten sind Sie ja an Handfeuerwaffen ausgebildet, können also mit einer Maschinenpistole umgehen, sicherheitshalber werden wir Sie kurz einweisen.

Aber sicher können wir damit umgehen!, versichert Waltz

eilends. Das wäre natürlich eine tolle Erfahrung für uns, ein einzigartiges Gemeinschaftserlebnis! Er blickt zum Akkordeonisten, Beifall heischend und so, als ob dieser jetzt auch etwas sagen solle.

Ich will Sie nicht drängen, meint der Hauptmann, es liegt ganz bei Ihnen, aber Sie haben uns einen so reizenden Abend bereitet, da würden wir uns gerne revanchieren! Und glauben Sie mir: Danach werden Sie wissen, warum wir diesen Krieg geführt haben. Und wie Goethe werden Sie sich sagen können, Sie seien dabei gewesen! Der Akkordeonist greift zum Kognakschwenker und nippt nicht daran, sondern nimmt einen kräftigen Schluck, der ihm im Hals brennt und eine Welle von Übelkeit hochsteigen lässt. Er taucht in plötzliche Nebel.

Eine Hand hat ihn an der Schulter gepackt und schüttelt ihn. Er blickt auf, die Zweite Geige steht neben dem Bett. Menschenskind, was musst du auch den Kognak in dich reinschütten, wenn du harte Sachen nicht verträgst!

Entschuldige, sagt der Akkordeonist, ich habe schlecht geträumt, wie spät...? Spät genug, sagt die Zweite Geige, die anderen sind schon beim Frühstück, mach jetzt nicht schlapp, sonst blamierst du die ganze Truppe!

Der Akkordeonist wickelt sich aus der Wolldecke, steht auf und geht zum Waschtisch, schüttet sich aus dem Krug etwas Wasser in die hohle Hand und klatscht es sich ins Gesicht. Geht schon mal vor, ich komm gleich, Frühstück brauch ich nicht!

Als er das Hotel verlässt, beißt ihm Winterskälte ins Gesicht. Aber der Himmel ist klar, nur einzelne streifige Wolken sind darüber gezogen. Die Pfützen auf dem Boden sind gefroren und zersplittern in weiße Bruchstellen, wenn man hineintritt. Vor dem Hotel ist bereits der Bus vorgefahren, die meisten der Musiker sind schon eingestiegen, am Einstieg warten nur noch Waltz und die Erste Geige.

Ach, ruft Waltz, unsere Kognak-Zarah will auch ihren Mann stehen, brav!

Dann fährt der Truppenbetreuungsbus des Polizeiorchesters Berlin auch schon durch die Stadt, die klein und geduckt unterm weiten Himmel liegt, mit kleinen und geduckten Häusern. Der Akkordeonist hat Schädelweh, er fühlt sich kraftlos, wie eine Marionette, die man achtlos zur Seite gelegt hat, am liebsten würde er den Kopf gegen die Fensterscheibe legen, aber die Straße ist zu holprig. Das ist doch die Strecke, die wir gestern gekommen sind, sagt vor ihm die Zweite Geige zum Horn. Das zuckt die Achseln. Hier sieht doch eine Hütte so elend aus wie die andere!

Sagt mal, meldet sich die Klarinette, nach diesem Ausflug – da wird es doch wohl einen Schnaps geben?

Frühestens danach, meint das Schlagzeug. Aber dann nicht nur einen.

Sie passieren eine Absperrung, noch eine zweite, der Bus hält, die Männer steigen aus, die Kollegen vom Polizeibataillon 101 warten bereits und drücken ihnen Maschinenpistolen in die Hand. Einer ihrer Unterführer erklärt die Waffe und macht klar, wohin sie schießen sollen. Keine Aufregung, sagt er dann. Aber Sorgfalt! Genauigkeit! Es muss ruhig, gleichmäßig, wie mit der Stempelmaschine gehen. Keine Munition verschwenden! Waffe auf Einzelfeuer stellen!

Der Akkordeonist blickt sich um. Links von sich sieht er eine Ansammlung von Menschen, schweigend, von Angehörigen des Bataillons 101 bewacht. Noch immer ist der Himmel über der weiten Ebene klar und von einem kalten Blau. Der Unterführer hat aufgehört zu reden, niemand hat eine Frage. Vor ihm erstreckt sich eine Rampe, aufgeworfenes Erdreich, festgetreten. Jemand klapst ihm auf die Schulter, es ist die Erste Geige, gehorsam geht er mit ihm und dem Hornisten und Kuraschke und den anderen nach vorne, zu der Rampe, an deren Rand eine Reihe von Menschen steht, die ihnen den Rücken zukehren. Sie tragen noch ihre armselige Unterwäsche, lächerlich hängt die Unterhose am eingefallenen Hintern des alten Mannes, der vor dem Akkordeonisten steht, mit eingezogenen Schultern, die Arme um den mageren Körper gelegt, um sich ein wenig zu wärmen, dann fallen bereits die Schüsse, auch dem alten Mann reißt es den Kopf nach vorne, und er kippt von der Rampe, wie ein Pappkamerad auf dem Schießstand, wenn der Schuss gesessen hat.

Wohin kippt er? In eine Grube, die man darunter ausgehoben hat.

Die nächste Gruppe wird auf die Rampe getrieben, zwei Männer mit struppigem schwarzem Haar, ein dickes altes Weib, eine halbnackte schwarzhaarige Frau, die ein Kind an sich gepresst hält, für einen Augenblick sieht der Akkordeonist ihr ins Gesicht, dieses Gesicht hat er schon einmal gesehen, gestern war das, dann steht die Gruppe auch schon aufgereiht, und wieder fallen Schüsse, auch der Akkordeonist reißt die MP hoch, aber er macht dabei eine fahrige falsche Bewegung, die MP schaltet auf Dauerfeuer, als ob er die Frau und das Kind in Fetzen schießen müsste.

DONNERSTAG

Rückkehr

Sie wissen«, sagt der Amtsleiter, der sich ein wenig nach vorn über den Schreibtisch gebeugt hat und Nadja ins Gesicht blickt, »dass ich Ihren Herrn Vater noch persönlich erlebt habe? Ich war damals Lehrling im Rathaus, auch wenn das damals schon nicht mehr so hieß, und er – ach Gott, er war einfach eine Respektsperson, ich kann es nicht anders sagen, dabei freundlich, geradezu liebenswürdig.«

Freundlich?, überlegt Nadja. Liebenswürdig?

»Er war ja Leiter des Rechnungsprüfungsamtes.«

Das sah ihm ähnlich.

»Das klingt ja ein wenig nach Pfennigfuchserei, aber für Ihren Herrn Vater ging es um etwas anderes, nicht nur um den korrekten, sondern vor allem um den wirtschaftlich vernünftigen und nachhaltigen Einsatz der vorhandenen Ressourcen … Da war er seiner Zeit weit voraus, und wenn er sich um das richtige Parteibuch bemüht hätte, wäre er gewiss Stadtkämmerer geworden. Aber Sie wissen vermutlich, dass da bei ihm nichts zu machen war.«

Ja doch. Zu links. Das heißt, er war Sozialdemokrat. Seit wann sind Sozialdemokraten links?

»Ich hätte gern bei ihm gearbeitet, aber er wurde dann ja bald pensioniert, und ist – glaube ich – wenig später gestorben.«

1976 war das. Und ich war nicht mal bei der Beerdigung, geht es Nadja durch den Kopf. Aber Katharina war damals gerade krank, und natürlich konnte sich Lutz nicht um sie kümmern. Niemals konnte sich Lutz um sie kümmern. Er wäre überfordert gewesen mit einem kranken einjährigen Mädchen. So etwas konnte man ihm nicht antun. Da musste er ganz schnell zu einer Sondersitzung des Aktionskomitees. In Wahrheit vermutlich zur nonverbalen Agitation einer blonden Schnepfe, *vorn doof und hinten minorenn*, wie es bei Tucholsky heißt.

»Ja«, sagt der Amtsleiter und richtet sich wieder auf, »und nun bin ich es, der Lehrling von damals, der demnächst pensioniert wird, so vergeht die Zeit … Aber das, glaube ich, wollen Sie alles gar nicht wissen.« Er ist ein schmaler grauhaariger Herr, der dunkle Anzug und die silbrige Krawatte deuten darauf hin, dass er vorhin noch eine Trauung vorgenommen hat.

»Also kommen wir zu Nadeshda Helena, ursprünglicher Familienname unbekannt, geboren am 31. Januar 1946«, fährt er fort und zieht einen Block heran, auf dem er sich offenbar Notizen gemacht hat. »Nach Ihrem Anruf habe ich mir erlaubt, in unseren Registern nachzusehen, also nicht nur in dem der Stadt selbst, sondern auch in den Registern der Standesamtsbezirke, die durch die Gemeindereform in den Siebziger Jahren dazugekommen sind …« Wieder blickt er auf, dazu lächelt er ein wenig, fast verlegen. »Zu einer Nadeshda Helena habe ich nur einen Eintrag gefunden, und zwar den, der auf den Angaben der späteren Adoptiveltern Schwertfeger beruht und denen zufolge der 31. Januar sechsundvierzig als Geburtstag des kleinen Mädchens angenommen wurde.« Mit einer höflichen Handbewegung weist er auf Nadja. »Aus der Zeit Dezember fünfundvierzig, Januar und Februar sechsundvierzig sind zwar noch zwei andere – entschuldigen Sie den Ausdruck, das hieß damals wirklich so – Findelkinder verzeichnet, aber das waren beides Buben …«

Sie ist also ein Findelkind, denkt Nadja. Nett. Wie im Märchen. Das passt. Selbst dieses Amtszimmer mit seinen Sprossenfenstern und dem gewölbten Fenstersturz klingt nach: *Es war einmal …*

»Eine Entbindung, mitten im strengen Winter«, beginnt sie zögernd, »die wird nicht auf der Straße stattgefunden haben … Irgendwo müssen die Mütter dieser Findelkinder doch niedergekommen sein, irgendwer müsste ihnen doch beigestanden haben … Kann es nicht sein, dass es in dieser Zeit Hebammen oder private Entbindungsheime gegeben hat, die gegen Geld oder gute Worte eine Geburt nicht gemeldet haben und die vielleicht sogar Adressen wussten, wo man das Neugeborene abgeben konnte?«

»Das ist keineswegs abwegig«, antwortet der Amtsleiter. »Was heute Babyklappe heißt, gab es schon im Mittelalter, viele Klöster hatten so etwas. Wie es den Kindern dann in den klösterlichen Heimen erging und wozu sie dort abgerichtet wurden, bis in unsere Tage, steht auf einem anderen Blatt und ist ja erst in den letzten Jahren so richtig bekannt geworden …« Er greift nach dem silbrigen Krawattenknoten und lockert ihn ein wenig. »Was nun private Entbindungsheime betrifft – es gab hier tatsächlich eines, das bis Mitte der Sechziger Jahre bestand und von dem wir wissen, dass von dort aus diskrete Kontakte zu adoptionswilligen Ehepaaren vermittelt wurden …«

Nadja tippt sich an die Stirn. Wie konnte sie so etwas nur vergessen! Natürlich weiß sie, welches Heim der Amtsleiter meint. Die Klassenkameradinnen haben darüber getuschelt, weil eine aus der Parallelklasse dort ein paar Wochen verbracht haben soll. Und man hatte ein Spiel daraus gemacht, zu raten, wer wohl die Nächste sei. Das war kurz vor dem Pillenknick, und der hat dem Heim dann auch den Garaus gemacht.

»… die Dame, die das geführt hat«, fährt der Amtsleiter fort, »muss aber sehr auf Korrektheit geachtet haben, ich glaube nicht, dass sie es riskiert hätte, wegen eines Verstoßes gegen das Personenstandsgesetz vor den Kadi gezerrt zu werden.«

»Personen … was für ein Gesetz?«

»Personenstandsgesetz. Es verpflichtet, die Geburt eines Kindes unverzüglich dem Standesamt anzuzeigen. Außerdem – wenn Ihre leibliche Mutter dort entbunden hätte und es wäre ihr Anonymität zugesichert worden, dann sind dazu meiner Ansicht nach nirgendwo mehr Unterlagen zu finden. Schon deshalb nicht, weil gar nichts aufgezeichnet worden wäre. Das Gleiche gilt für die freiberuflichen Hebammen, die damals hier tätig waren. Es ist ja gut möglich, dass die eine oder andere von diesen Hebammen dieses Personenstandsgesetz und seine Paragrafen als einen Hennenschiss angesehen hat.« Er reißt ein Blatt von dem Schreibblock ab, der vor ihm liegt, und schiebt es über den Tisch. »Ich habe Ihnen hier die Adresse jenes Entbindungsheimes aufgeschrieben, samt Namen und letzter Adresse der Dame, die es geleitet hat – sie ist freilich schon lange tot –, und außerdem finden Sie die Anschriften der Hebammen, die es damals hier gegeben hat.« Wieder lächelt er verlegen. »Ich weiß, dass Ihnen damit kaum geholfen ist … Aber vielleicht stoßen Sie auf einen Anknüpfungspunkt. Fakten sind dazu da, miteinander verknüpft zu werden. Wissen Sie, wer das gesagt hat?«

Vermutlich der Alte vom Rechnungsprüfungsamt, denkt Nadja und nimmt das Blatt mit den Adressen, die in sorgfältiger und akkurater Schrift darauf notiert sind. »Ich danke Ihnen sehr«, sagt sie, »Sie sind sehr freundlich und hilfsbereit.«

»Danke«, antwortet der Amtsleiter, »es ist unser Beruf, das zu sein. Auch so eine Maxime Ihres Herrn Vaters.«

Nicht schon wieder, denkt Nadja.

Die Bustür schließt sich, der Fahrer setzt den Blinker und biegt wieder auf die Landstraße ein. An der Haltestelle bleibt ein älterer Mann zurück, den Kragen des Trenchcoats hochgeschlagen, eine Reisetasche am Riemen über der Schulter. Er blickt hinüber auf die andere Straßenseite, wo hinter alterskrummen und schon halb entlaubten Apfelbäumen die ersten Häuser stehen, zieht sich den Hut tiefer in die Stirn, damit er einen besseren Halt hat, und überquert die Straße. Er passiert das Ortsschild Wieshülen, geht an der Alten Molke vorbei, deren Außenfront mit Plakaten längst verklungener Schlager- und Volkstumsabende zugeklebt ist, wirft einen Blick auf den Hof rechts, Gardinen in den Fenstern, aber die Fassade bräuchte einen neuen Anstrich. Links dagegen zeigt sich die *Sonne* geradezu herausgeputzt, das Fachwerk ist freigelegt, und vor den Sprossenfenstern blüht es noch immer in den Blumenkästen.

Er geht weiter, ein Fremder, der aber den Weg durchs Dorf irgendwie bereits kennt, kurz registrierend, wie es um die einzelnen Häuser steht, in seinem Kopf stellen sich wie von selbst die Namen ein, die zu den Häusern gehören, er grüßt – wie es sich auf dem Land gehört –, wenn er jemandem begegnet, und ist dabei ganz unbesorgt, dass ihn jemand noch erkennen könnte. Für die Leute hier wird er einer der merkwürdigen, aber harmlosen Gäste vom Alten Schulhaus sein, falls sie es noch so nennen. Er kommt an der Kirche vorbei, die hohe Friedhofsmauer erinnert ihn daran, dass er an einem der nächsten Tage vorbeikommen und nachschauen muss, wer dort inzwischen alles liegt. Plötzlich hält er erschrocken inne – als ob es die selbstverständlichste Sache der Welt wäre, steht er an der Zufahrt zu dem weißen Walmdach-Gebäude mit seinem Anbau … Nun gut, was soll daran nicht selbstverständlich sein? Er ist ja angemeldet, also geht er die Zufahrt hinab und steigt die Treppe zum Haupteingang hoch, klingelt, eine blonde, bebrillte, ein wenig streng wirkende Dame öffnet …

»Berndorf ist mein Name, Hans Berndorf, ich bin angemeldet …«

Die strenge Dame bittet ihn in ein Empfangszimmer, das zugleich als Büro dient, er muss ein Formular ausfüllen und wird kurz eingewiesen – mit einem anderen Herrn teilt er sich das Zimmer *Einkehr* oben im Dachgeschoss, Frühstück und Abendbrot werden unten im Vestibül serviert, für das Mittagessen ist das Nebenzimmer der *Sonne* reserviert, der Einführungsabend beginnt um 18 Uhr, im Saal unten, und Handys sollten bitte für die Dauer des gesamten Kurses abgeschaltet werden. Wenig später steigt er die Treppe hoch, es ist eine Holztreppe, sie knarrt ein wenig. Da ihn niemand begleitet, kann er kurz innehalten und sich die Stufenbretter ansehen: Es sind noch immer dieselben wie früher, vom Alter und Bohnerwachs nachgedunkelt, jetzt allerdings mit Matten belegt. Oben hat sich der Eingangsbereich verändert, links geht es in das Zimmer *Aussicht*, rechts in die *Einkehr*, er klopft und wird hereingebeten. Ein nicht mehr ganz junger, aber drahtig wirkender Mann in Jeans und weißem Hemd – dazu korrekter Haarschnitt und eine runde Brille – ist dabei, seinen Koffer auszupacken, kommt aber sogleich mit ausgestreckter Hand auf Berndorf zu. Er sei der Hans, sagt er, und Berndorf – der seinen Vornamen hasst – fällt rechtzeitig ein, dass ihm die strenge Dame gerade eben erst eingeschärft hat, die Gäste sollten duzen und beim Vornamen nennen.

»Das trifft sich aber gut«, sagt er, »wir sind dann die beiden Hanseln in der Gruppe …«

Das gefalle ihm, meint Hans Römisch Eins artig, und wie man die Betten verteilen solle? Berndorf bemerkt, dass auf dem Bett weiter hinten bereits Mantel und Sakko abgelegt sind, und ist ganz einverstanden damit, dass er das Bett rechts bekommt, und stellt dort seine Reisetasche ab. Unwillkürlich wirft er einen Blick auf den Lesetisch am Fenster, denn dort liegen Zeitungen, die kaum vom Zusteller des Alb-Boten gebracht worden sind, NZZ und FAZ, dazu die Financial Times.

»Du siehst in mir einen der Maschinisten der *Titanic*«, erklärt Hans Römisch Eins, dem Berndorfs Blick nicht entgangen ist, »oder genauer: einen der Heizer, die auf Teufel komm raus Kohle schaufeln, damit der Dampfer wenigstens volle Fahrt hat, wenn er auf den Eisberg brummt!«

»Ein Banker also!«, sagt Berndorf. »Ich war Polizist. Wir sollten uns gut verstehen.«

Das scheine ihm auch so, sagt Römisch Eins, »aber wie kommt's?«

»Banker und Polizisten sind Fachleute für das, was den Menschen am meisten umtreibt.«

»Ach so!«, antwortet Römisch Eins, »du meinst die Gier … aber dass wir uns damit auskennen – was hilft es uns?«

»Es gibt keine Hilfe«, antwortet Berndorf und greift nach seinem Handy, das in diesem Augenblick zu summen begonnen hat. Er meldet sich, am Telefon ist Barbara, er erklärt, dass er am Auspacken sei und ob er in einer Viertelstunde zurückrufen dürfe?

Freundlich, denkt Nadja, als sie das Rathaus verlassen hat. Liebenswürdig. Eine Respektsperson. Sie hat die Kapuze ihres Dufflecoats über den Kopf gezogen und hält sie mit der Hand fest, denn ein böiger Wind wirbelt über den Platz. Merkwürdig, wenn ein anderer einen Menschen beschreibt, von dem man glaubt, man habe ihn zur Genüge gekannt. Das mit der Respektsperson mag so gewesen sein. Ganz sicher sogar. Aber die Freundlichkeit des Ferdinand Schwertfeger – oder das, was sie davon erinnert – kommt ihr eher vor wie eine undurchdringliche gläserne Schutzschicht, an der jedes heftigere Gefühl abperlt, der Zorn wie die Liebe.

Ein wenig geht es ihr mit ihm so wie mit dieser ganzen Stadt. Diese Stadt kann sich gewiss sehen lassen und tut es ohne Angeberei. Alte Bürgerhäuser, mit Verstand und Stilgefühl restauriert. Kaum eine der Bausünden aus den Sechziger oder Siebziger Jahren. Unaufgeregt. Ein wenig Provinz. Aber man gesteht es sich ein. Warum wird sie damit so wenig warm wie mit der Erinnerung an Roswitha und Ferdinand Schwertfeger, den fürsorglichen, den tadellosen Eheleuten, die sich des kleinen Findelkindes angenommen haben? Vielleicht liegt es an dir selbst, geht es ihr durch den Kopf, vielleicht bist du es, die von den anderen durch eine Glasscheibe getrennt ist wie der Stichling im Aquarium von den Besuchern.

Sie kommt an einem Laden vorbei, einer der Filialen von McIrgendwas; wenn sie sich richtig erinnert, war da einmal ein Plattenladen, in den frühen Sechziger Jahren hat sie da von ihrem spärlichen, aber korrekt zugeteilten Taschengeld ihre ersten Platten gekauft, plötzlich hat sie die herzanrührend jugendfrische Stimme von Françoise Hardy im Ohr:

Tous les garçons et les filles de mon âge
Se promènent dans la rue deux par deux…

Sie lächelt, ein wenig wehmütig. Alle die anderen in ihrem Alter gehen zu zweit, Hand in Hand, Aug in Aug, verliebt und ohne Angst vor dem Morgen – nur sie ist allein, von niemandem geliebt. Ein Rührstück, kaum besser als der weinerliche *Milord* der Edith Piaf, warum ist sie damals so darauf abgefahren? Hat man das damals überhaupt so genannt: auf etwas abfahren?

Sie atmet scharf durch. Tu nicht so! So allein warst du nicht. Nur hättest du mit dem Kerl nicht durch die Stadt gehen können. Schon gar nicht händchenhaltend. Ganz zu schweigen von dem ohrenbetäubenden Schweigen im Reihenhäuschen, wenn die braven Eheleute Schwertfeger das mit dem Deutschlehrer und seinen ganz besonderen Philosophie-Stunden erfahren hätten …

»Ach, Entschuldigung«, sagt eine Stimme hinter ihr, Nadja bleibt stehen und dreht sich um, eine große, etwas schwere rotwangige Frau mit einem Grübchen im Kinn lächelt sie an und hebt beide Arme, als wollte sie Nadja gleich an ihren ziemlich gewaltigen Busen drücken, »Nadja, du bist es wirklich!«

Über abgemähte Wiesen hat Berndorf den Weg hinauf zum Schömberg genommen, allein, denn Römisch Eins hatte sich für eine Mütze Schlaf hingelegt, die Augenklappen aufgesetzt. Es dämmert bereits; wenn er sich umdreht, sieht er das Dorf auf seinem Hügel, das Alte Schulhaus ist hell erleuchtet wie ein Dampfer, der sich auf eine Nachtfahrt vorbereitet. Oberhalb einer der Wiesen zieht sich ein Riegel Feldsteine, von drei oder vier Birken gesäumt, der Steinriegel ist ihm in guter Erinnerung: Heinz und er haben hier einmal Eindringlinge aus dem Nachbardorf so richtig hereingelegt und verjagt. Nach Heinz muss er auch fragen, als Allererstes sogar.

Er geht weiter, bis zu der von Krüppelkiefern bestandenen Anhöhe, von der aus man auf das Nachbardorf Wassergumpingen mit den braunroten Dächern der alten und den ziegelroten der neuen Häuser hinunterblicken kann. Zum ersten Mal war er hier, als er seiner Mutter davonlaufen und in die weite Welt gehen wollte. Wie alt muss er damals gewesen sein? Vier? Er legt den Kopf in den Nacken, die Augen geschlossen, und prüft, was ihm die Erinnerung von jenem Fluchtversuch erzählen kann, es muss ein sonniger Tag gewesen sein, mit dem trockenen Geruch nach Wacholder.

Dann fällt ihm ein, dass er einen Anruf versprochen hat, er holt sein Handy heraus und gibt die eine Kurzwahl ein, danach muss er ein wenig warten. Schließlich meldet sich die helle, ein wenig kühle Stimme Barbaras. Sie will wissen, ob das Kalb bereits geschlachtet sei?

»Welches Kalb?«

»Das Kalb, das geschlachtet wird, wenn der verlorene Sohn zurückkehrt.«

»Kein Kalb, kein verlorener Sohn«, antwortet Berndorf. »Man wird mich hier nicht mehr kennen. Schon gar nicht meinen Namen. Ich heiße anders, als … als meine Mutter hieß.«

»Ich weiß … Aber täusch dich mal nicht. Die Leute auf dem Land haben ein gutes Gedächtnis.«

»Vorerst reicht mir, dass ich wahrhaftig in meinem alten Zimmer untergebracht bin, das heißt, jetzt ist es geradezu chic, Raufasertapete und schwedisches Mobiliar, aber das Bett steht sogar genau da, wo meines stand … Dabei hab ich gar nichts dazu getan, es hat sich so ergeben.«

»Ach ja!« Barbara lacht. Das werde aber spannende Träume geben, meint sie dann.

»Auf Träume darf man nicht gespannt sein. Sonst verweigern sie sich«, wendet Berndorf ein.

»Einverstanden. Aber was anderes … Du hast das Heft mit Anderwegs Marionetten-Geschichte hier liegen gelassen. Ich hab mir erlaubt, sie zu lesen … du weißt, dass das wirklich so – oder so ähnlich – auch stattgefunden hat?«

»Nein«, sagt Berndorf zögernd, »gewusst hab ich es nicht. Ich hab es nur geglaubt. Aber woher weißt du …?«

»Ich hab die Geschichte auch sofort geglaubt, und deshalb hat es mir keine Ruhe gelassen, bis ich eine Quelle dafür gefunden habe, und zwar in der von Sönke Neitzel und Harald Welzer unter dem Titel *Soldaten* herausgegebenen Auswahl von Protokollen deutscher Kriegsgefangener. Danach gastierte Mitte November zweiundvierzig eine Unterhaltungstruppe der Berliner Polizei zur Truppenbetreuung in Lukow, wo das Reservepolizeibataillon 101 stationiert war, und weil am nächsten Tag eine *Judenaktion* anstand, wie man das so nannte, baten die Berliner, doch auch mal mitschießen zu dürfen.«

Die unauffällige, zurückhaltend beleuchtete Teestube liegt in einer Seitenstraße; die kleinen zierlichen Korbsessel mit den bunt bestickten Sitzkissen sehen ein wenig aus, als kämen sie vom Sperrmüll und dürften nur sehr behutsam belastet werden. Dennoch erträgt eines von ihnen die Last von Marlies, die darin freilich noch ausladender aussieht als bei Tageslicht. Dies ist – nun ja, dies war das kleine Mädchen aus der nächsten Reihenhauszeile, drei Jahre jünger als Nadja, das einst mit der Entschlossenheit, die kleine Mädchen haben können, sich darangemacht hat, Nadja zu bewundern. Für jemanden, der an sich selbst nichts Bewundernswertes findet, kann das sehr lästig sein. Dazu kam, dass die Mütter befreundet waren.

»Ich glaube«, sagt Marlies, als sie ihre Bestellung aufgegeben haben, »das letzte Mal haben wir uns auf der Beerdigung deiner Mutter gesehen, das war …«

… kein so toller Anlass, vervollständigt Nadja den Satz insgeheim, ohne es auszusprechen.

»Und seither warst du nie mehr hier?«

Doch. Als das Reihenhaus entrümpelt werden musste und als endlich ein Käufer gefunden war. »Ein oder zwei Mal noch. Aber das war so stressig, da hatte ich keine Zeit, vorbeizuschauen.«

»Du musst dich nicht entschuldigen«, fällt ihr Marlies ins Wort. »Ich weiß doch, wie das ist … was man so alles am Hals hat.«

Das ist ein guter Übergang, findet Nadja, fragt nach den Kindern und erfährt, dass Alex jetzt einen Ruf nach Braunschweig erhalten hat, aber leider wieder solo ist, und Martina ihr Drittes erwartet, in zwei Monaten soll es kommen, »wieder ein Mädchen, weißt du!« Dann muss Marlies aber doch rasch in ihrer Handtasche nach dem Smartphone scharren und Nadja die jüngsten Aufnahmen der beiden Enkelinnen zeigen, zwei vergnügten blonden drallen Gören, dreieinhalb und anderthalb Jahre alt, die jüngere mit diesem Grübchen im Kinn, das auf einen sehr ausgeprägten Eigenwillen hindeutet.

»Da erinnert mich aber jemand sehr an die Großmama«, sagt Nadja, und Marlies strahlt. Es kommt der Tee und das Gebäck – ein Zwetschgenkuchen mit Dinkelmehl für Marlies –, und Nadja wird zum Glück nicht nach ihrer Enkelin Lea gefragt, eine 14-Jährige in voll erblühter Pubertät ist kein so entspanntes Thema.

»Ja«, sagt Marlies, »manchmal ist es merkwürdig, plötzlich Großmutter zu sein …« Sie stochert in ihrem Zwetschgenkuchen und hat plötzlich einen roten Kopf. »Bei dir ist es jetzt anders, aber manchmal sieht man an den anderen, wie alt man selber geworden sein muss … Vor ein paar Tagen hab ich den Studiendirektor Huggeler getroffen, er ist jetzt lang schon pensioniert und hat einen ordentlichen Bechterew, aber …« – unvermittelt kichert sie – »… vor ein paar Jahren hat er noch mal geheiratet, eine Junge, da kannst du nur den Kopf schütteln!«

Du wirst doch nicht auch?, geht es Nadja durch den Kopf. Womöglich nach mir? »Huggeler?«, fragt sie wie beiläufig, »war das der mit den Philosophie-Stunden?«

»Ja, der«, antwortet Marlies und hebt den Kopf ein wenig und blickt Nadja sehr direkt in die Augen. Dass du es nur weißt, sagt dieser Blick. Dann senkt sie den Kopf wieder und widmet sich dem Kuchenboden. »Ach ja…«, sagt sie schließlich, als das Schweigen zu lange dauert, »was ich dich fragen wollte – bist du zufällig hier, oder gibt es einen besonderen Anlass?«

»Ich will etwas über meine Mutter herausfinden«, rutscht es Nadja heraus, ein wenig schroff, wie sie selbst findet.

Überrascht, mit noch immer gerötetem Kopf, blickt Marlies auf. »Wie das klingt! Direkt geheimnisvoll. Aber was um Gottes willen hat Tante Roswitha denn für Geheimnisse gehabt?«

Für einen Augenblick ist Nadja irritiert. Warum sagt sie Tante? Die waren doch gar nicht verwandt. Aber dann erinnert sie sich – Marlies war oft im Haus und hat die Roswitha eben Tante genannt. So etwas bleibt dann.

»Keine Geheimnisse.« Sie wirft einen prüfenden Blick auf Marlies. Tut sie nur so, oder weiß sie wirklich nicht, warum ich etwas über meine *Mutter* herausfinden will? Wenn sie es nicht weiß, muss ich es ihr nicht auf die Nase binden. »Ich bastle gerade an so etwas wie einer kleinen Chronik. Lea, meine Enkelin, die ist vierzehn, der kann ich jetzt nichts von mir erzählen und auch nichts von ihren Urgroßeltern. Da hat die keine Lust drauf. Aber vielleicht ist das später anders, und sie freut sich über einen Band mit ein paar Fotos und ein bisschen Text – irgendwie will man doch wissen, wo man herkommt…« Ja doch, denkt sie, irgendwann will man das wissen. »Und vieles weiß ich nicht – deine Mutter und die Roswitha waren ja wirklich befreundet, aber ich weiß nicht einmal, woher sie sich kannten.«

»Die hatten sich in einer evangelischen Mädchengruppe kennengelernt, irgendwann zu Beginn der Dreißiger Jahre«, antwortet Marlies, »und beide hatten es nicht so mit den Nazis, so hat es jedenfalls meine Mutter immer behauptet, und als es dann nur noch den BDM gab, blieben die beiden immer mehr unter sich, gingen gemeinsam wandern oder ins Kino … Aber sag mal, fährst du heute noch zurück, oder kannst du über Nacht bleiben? Wenn du alte Fotos brauchst – wir haben da noch genug, ganz bestimmt auch aus den Dreißiger und Vierziger Jahren, wir müssten nur ein bisschen in den alten Alben kramen, wir haben auch ein Gästezimmer, das ist überhaupt kein Problem.«

Berndorf hätte darauf gewettet, dass die Kursteilnehmer in der Mehrzahl weiblich wären und dass er selbst den Altersdurchschnitt nicht wesentlich erhöhen würde. Tatsächlich aber sind es vier Frauen und vier Männer, die sich um 18 Uhr im ehemaligen Schulsaal einfinden, und wie Römisch Eins – der vielleicht gerade vierzig Jahre alt sein mochte – sind zwei Teilnehmerinnen und ein zweiter Mann sogar deutlich unter dem Rentenalter. Komisch, findet Berndorf, dass er das als etwas Besonderes registriert. Sind wir bereits so weit, dass wir beim Anblick einer – oder eines – Vierzigjährigen in Entzücken ausbrechen: Guck mal! Kann schon eine Aktentasche tragen, wie niedlich …?

Begrüßt werden sie im Schulsaal von Donatus Rupp, mit festem Handschlag und einem forschenden Blick, der unter buschigen Augenbrauen hervorschießt. Berndorfs Händedruck hält dagegen, und für einen kurzen Augenblick überlegt er, wie ihm selbst so ein Schwäbischer Bauernkittel stehen würde. Vielleicht nicht gerade das Outfit, das vom Inhaber einer Detektei in Berlin Mitte erwartet wird, aber was scheren einen eigentlich die Erwartungen anderer Leute?

Im Schulsaal sind neun Stühle im Kreis angeordnet, Berndorf setzt sich neben eine weißhaarige Dame, die sich sehr aufrecht hält, eine der jüngeren, ein wenig fülligen Frauen schließt zu ihm auf, dann kommt Römisch Eins, der unter seiner runden Brille noch heftig blinzeln muss, weil er offenbar wirklich tief geschlafen hat. Schließlich setzt sich Donatus Rupp auf den letzten freien Platz, blickt um sich und wünscht noch einmal allseits einen guten Abend und schweigt.

Das ist in Ordnung so, denkt Berndorf. Man muss nicht immer alles gleich und sofort mit Worten zumüllen. Schweigen ist überhaupt eine gute Übung. Vielleicht sollte man die Leute einfach in Seminare schicken, in denen sie nichts weiter lernen, als gemeinsam das Maul zu halten. Moment! Bieten nicht manche Klöster genau das an?

»Was ich noch zu sagen hätte …«, beginnt Donatus Rupp unvermittelt und bricht gleich wieder ab. Ja, denkt Berndorf, was hast du zu sagen? Und ich? Ich versteh dich schon. Alle hätten wir gern was zu sagen. Und gäbe man uns ein Mikrofon, um aller Welt zu erklären, was wir von ihr halten und was wirklich Sache ist – was wäre dann? Die meisten brächten kein Wort heraus.

»Ja«, sagt Rupp in die Stille, »was haben wir denn, von dem wir reden könnten? Das, was wir an Erfahrungen angesammelt haben. Was man so lernt im Leben. Wie man mit enttäuschten Hoffnungen umgeht. Mit bescheidenen Erfolgen und bitteren Rückschlägen. Mit langen Wegstrecken in Niedergeschlagenheit und den kurzen Momenten des Glücks oder der Freude … Wenn man das in Musik setzen könnte, wie würde sich das anhören?« Wieder macht er eine Pause und schaut sich in der Runde um. »Vermutlich vielstimmig. Und doch – so behaupte ich – wäre darin ein Akkord verborgen, eine bestimmte Wendung, in der wir uns wiedererkennen, von der wir plötzlich wissen, dass sie zu uns gehört …« Wieder schweigt er eine Weile, dann holt er aus seinem Kittel eine Fernbedienung und gibt einen Befehl ein. Klavierakkorde klingen auf, Berndorf legt den Kopf in den Nacken, keine Einwände! Auch wenn sein eigenes Leben sich kaum nach einer Mozartschen Sonate anhören würde, eigentlich überhaupt nicht nach Musik, höchstens, man würde ein Metronom den Hauptpart spielen und zeigen lassen, wie die Zeit vergeht, allenfalls von ein paar Trillerpfeifen, dem Jaulen eines Martinshorns und vielleicht einem Saxofon-Solo unterbrochen.

Das Klavierstück endet, und Rupp stoppt den CD-Recorder mit der Fernbedienung. »Dies war der zweite Satz der *Klaviersonate in C-Dur*, Köchelverzeichnis 545, von Mozart also, ich weiß nicht, ob jemandem von euch etwas aufgefallen ist…« Die jüngere Frau neben Berndorf meldet sich und sagt, dieser zweite Satz sei aber G-Dur gewesen, »und auf halber Strecke war ein Wechsel, von Dur nach Moll, da war die Melodie plötzlich – wie soll ich sagen? – nicht mehr heiter und fröhlich, sondern fast ein wenig schwermütig.« Mit geröteten Wangen blickt sie um sich. »Entschuldigt bitte, aber ich bin Musiklehrerin.«

»Perfekt«, sagt Rupp. »Sie hat den Punkt getroffen.« Noch einmal greift er zur Fernbedienung und spielt diese eine Passage ein, gedämpft-heiter beginnend und fast unmerklich in eine Verdüsterung überleitend. »Habt ihr es gehört?«, fragt er dann und stellt den Recorder wieder ab. »Ein paar Takte nur, der Komponist probiert mal kurz, was sonst noch geht, und plötzlich bricht in das heitere Dahinfließen ein unerwarteter Ernst ein, vielleicht sogar Schwermut…« Anerkennend nickt er der Musiklehrerin zu. »Das eine ist im anderen eingeschlossen, und beide, die Schwermut und die Heiterkeit, gehören zueinander und stoßen sich zugleich ab. Das ist wie im Leben. Nichts ist eindeutig, die Dinge vibrieren.«

Berndorf senkt den Kopf und atmet scharf ein und aus. Schwermut und Heiterkeit, ja doch. Die Nacht, die mitgedacht ist, wenn ich vom Tag rede. Gleich hören wir von Yin und Yang.

»Unser ganzes Leben hindurch wird uns ins Ohr gebrüllt, was wir zu verstehen haben«, fährt Rupp fort. »Deshalb müssen wir das Hören erst wieder lernen. Damit wir erkennen, ob im Lärmteppich unseres Lebens nicht doch eine verborgene kleine Melodie eingewoben ist. Wie lernen wir das Hören? Durch das Spiel, denn im Spiel testen wir aus, was an der platten, dumpfen, ins Ohr gebrüllten Wirklichkeit vielleicht anders sein könnte. Vielleicht erfahren wir im Spiel sogar, wie es gewesen wäre, wenn wir etwas von dem gelebt hätten, was auch in uns angelegt war …«

Ob ich dir das vorspiele, denkt Berndorf, was so in mir angelegt gewesen sein mag – das glaube ich nicht. Er blickt zum Fenster hinaus, aber die Dunkelheit hat sich über den alten Schulhof gesenkt, das Fensterglas spiegelt das Licht der Kugellampen, was tut er hier eigentlich?

»Um wirklich spielen zu können«, hört er Donatus Rupp dozieren, »müssen wir für dieses eine Mal loslassen, was man uns eingetrichtert und andressiert hat, oder anders ausgedrückt: wir müssen zurück ins Haus unserer Kindheit …«

Ins Haus der Kindheit? So wörtlich, denkt Berndorf, möchte ich mir das eigentlich nicht auf den Kopf zusagen lassen. Er blickt auf, aber Rupp sieht nicht einmal zu ihm herüber. Plötzlich werden die Stühle gerückt, die Kursteilnehmer setzen sich neu, mit Blick auf eine Leinwand, die vor der Schultafel heruntergelassen wurde. Auch Berndorf stellt seinen Stuhl um, eine ferne Erinnerung an die ersten Filmvorführungen in der Schule – in ebendiesem Schulzimmer – taucht in ihm auf, der Tanz der Bienen wurde da gezeigt oder der Nestbau der Schwalben, schwarzweiß, teilweise noch ohne Ton, aber gewiss lehrreich: Wie die Bienen ihren Kolleginnen den Fund einer neuen Futterquelle und deren Standort mitteilen, das hat er bis heute nicht vergessen.

Das Licht der Kugellampen wird heruntergedimmt, es wird

aber kein Film gezeigt, sondern eine Power-Point-Präsentation, nein: eine ganz altmodische Diaschau, mit Illustrationen von Märchen, Holzschnitte von Ludwig Richter – wie die böse Stiefmutter im Märchen vom Machandelbaum mit dem Deckel der Truhe Marlenchens Bruder enthauptet! –, farbige Reproduktionen der Aquarelle von Ruth Koser-Michaelis … Was hat Mozarts *Sonate in C-Dur* mit diesen Märchenbildern zu tun? Er hätte besser zuhören sollen.

»Lasst die Bilder auf euch wirken. Vielleicht ist eines dabei, bei dem euch eine Figur besonders anspricht, vielleicht auch ein Tier oder ein Gegenstand. Wenn ihr es gefunden habt, versucht euch in diese Figur, in dieses Ding zu versetzen, es an eure Stelle treten zu lassen.«

Eine Märchenfigur? Andersens standhafter Zinnsoldat? Trifft auf mich nicht zu, denkt Berndorf. Kein Soldat, nicht standhaft. Des Schneiders Sohn, der Drechsler wurde und als Belohnung einen Knüppel im Sack nach Hause brachte? Für einen ehemaligen Polizisten ein bisschen zu naheliegend. Der eine, der das Fürchten lernen wollte? Das nun brauchte er nicht zu lernen. Wirklich nicht.

Marlies' Ehemann – Jörg Welsheimer – ist hager und hakennasig, mit einer struppigen eisengrauen Mähne, und war bis zu seiner Pensionierung Geschäftsführer des Abwasserverbandes Unteres Schussental. Seither restauriert er alte Bauernmöbel oder baut im Reihenhaus aus den Sechziger Jahren die Deckentäfelung einer abgebrochenen Mühle aus dem Argental ein oder das Parkett eines alten Bürgerhauses. Beim Abendbrot – Bergkäse, Schinken vom Schwein aus Freilandhaltung, geräucherte Felchen, dazu Bier und einen Kräutertee für Nadja – berichtet er von seiner gegenwärtigen Arbeit, sie ist sozusagen detektivisch, denn er hat einen Bauernmaler aus dem frühen 19. Jahrhundert entdeckt, von dem er bisher nur weiß, dass er einen ganz besonderen Blick auf den Formen- und Farbenreichtum von Vögeln und Blumen entwickelt hat und eine Werkstatt irgendwo bei Wangen besessen haben muss. Nadja zeigt sich interessiert und ist es auch wirklich, von ihrer eigenen Liebhaberei für vergessene und verschollene Autoren erzählt sie aber lieber nichts.

Nach dem Abendessen zieht sich Welsheimer in seine Werkstatt im Keller zurück, und Marlies macht sich daran, alte Fotoalben anzuschleppen, und nicht nur Fotoalben, sondern auch die gefürchteten Schuhschachteln voller alter Abzüge. »Es ist ein Glück, dass du gekommen bist«, sagt sie zu Nadja, »irgendwann muss sich ja einmal jemand darum kümmern … aber wo fangen wir an?« Wie sich zeigt, hat Marlies aber einen ziemlich guten Überblick über das, was wo zu finden ist, zielsicher greift sie nach einem in dunkles Leder gebundenen Album mit Schwarzweißfotos und schlägt es an einer Stelle auf, an der man zwei Mädchen an der Reling eines Schiffes sieht, das eine ein vergnügtes kleines pummeliges Ding mit Grübchen im Kinn, daneben ein hochbeinig-knochig-mürrisches, im Hintergrund ist ein hügeliges Ufer mit einer barocken Kirche zu ahnen. »Das muss auf dem Bodensee gewesen sein, Pfingsten 1957, weißt du noch?«

Marlies blättert weiter, plötzlich sind die Fotos farbig und nicht mehr im kleinen Format mit den weißen gezackten Rändern, allerhand Kinder in bunten Kostümen sind zu sehen … Kindergeburtstag oder Fasnacht? »Hier, das bist du«, bricht es aus Marlies heraus und sie zeigt auf ein Foto, das ein mageres graues Geschöpf mit Hörnern und einem langen herunterhängenden Kinnbart zeigt, »das war das Theaterstück, das wir in der Siedlung aufgeführt haben, *Tischlein-deck-dich*, der *Goldesel* und der *Knüppel-aus-dem-Sack*, du warst die undankbare Ziege und ich der jüngste Sohn, der den Knüppel heimbringt.«

Ja, denkt Nadja, die undankbare Ziege! Passt doch.

»Aber du wolltest doch Fotos von deiner Mutter«, erinnert sich Marlies und greift – kurz überlegend – nach einem anderen Album, und plötzlich ist eine andere Zeit zu ahnen. Schwarzweißporträts würdiger Männer im Sonntagsstaat, Frauen im hochgeschlossenen Schwarzen, sorgsam vom Fotografen ausgeleuchtet, dann ein Hochzeitsfoto, sie blickt zu ihm, er zu ihr, dann hält sie ein kleines Bündel im weißen Taufkleid, aus dem kleinen Bündel wird etwas, das plötzlich verlegen in einem schwarzen Kleid herumstehen muss und offenbar gerade konfirmiert worden ist ... Das ist also die Waltraud, Marlies' Mutter und Freundin der Roswitha, erfährt Nadja, was tu ich hier, *spring über Stock und Stein und find kein einzig' Blättelein ...*

»Da haben wir ja schon die beiden«, hört sie Marlies rufen, die auf eines der kleinformatigen Fotos mit den gezackten Rändern zeigt, zwei Mädchen – oder besser: junge Frauen – sind zu sehen, in Wanderstiefeln, Rucksack umgeschnallt, die eine – das Mädchen, das gerade eben noch im schwarzen Konfirmationskleid steckte – stämmig, mit wachen, hellen Augen, die andere schmaler, ernster. »Das Foto hat was«, sagt Marlies, »das sind zwei entschlossene, selbstbewusste junge Frauen ... komisch, später hab ich sie so nicht erlebt, meine Mutter schon gar nicht, aber die deine auch nicht – entschuldige bitte, wenn ich ihr da Unrecht tue.«

»Tust du nicht«, sagt Nadja. Eigentlich traurig, wie schnell dieses bisschen Lebensmut verloren ging. Nicht nur bei den Frauen der Generation von Roswitha. Oder von Waltraud, Marlies' Mutter.

Marlies hat weitergeblättert und hält inne, zwei Fotos auf einer Seite, oben wieder die beiden jungen Frauen, diesmal nicht in Wanderkluft, sondern in hellen Übergangsmänteln und Kopftüchern unter bereits kahlen Platanen, im Hintergrund ein See und ein fernes Ufer. Auch das zweite Foto ist auf dieser Uferpromenade aufgenommen, die zwei jungen Frauen sitzen, die Beine übergeschlagen, mit einer dritten auf einer Bank – Roswitha in der Mitte, Waltraud rechts und links die Fremde – und lächeln eben nicht, sondern blicken in die Kamera, wie dies weltläufige junge Frauen tun, wenn sie auf der Parkbank einer Uferpromenade fotografiert werden. Das heißt, die eine wirkt plötzlich ein wenig verdrossen oder missvergnügt, die Waltraud ist das, es ist das erste Foto von ihr, auf dem sie so schaut. Mit dem Bleistift, aber in Schönschrift ist am Rand vermerkt:

Lausanne, 1936

Ein gemeinsame Ferienreise?, überlegt Nadja. Aber wo kommt diese Fremde her?

»Deine Mutter war doch als Au-pair-Mädchen dort«, hört sie Marlies sagen. »Wusstest du das nicht? Sie konnte doch Französisch, das hat sie da gelernt.«

Ja doch, sie konnte ganz gut Französisch. Manchmal hat sie mit ihr die richtige Aussprache geübt. Sehr pariserisch klang es freilich nicht. Aber dass sie Au-pair-Mädchen in Lausanne war? Mir hat sie nie davon erzählt. Warum eigentlich nicht? Oder hat sie es vielleicht sehr wohl getan, und ich habe nicht zugehört, weil ich mal wieder die dumme abweisende Ziege spielen musste …

»Diese dritte Frau – weißt du, wer das ist?« Sie beugt sich über das Foto. Die dritte Frau trägt einen dunklen Mantel, sie wirkt schlank, auch das Gesicht ist schmal, schmaler noch als das der Roswitha aus Ravensburg, die dunklen Haare sind nachlässig aus der Stirn gekämmt, und der Blick ist … fremd und seltsam, genauer kann sie es nicht sagen, ihr ist, als hätte dieser Blick sie schon einmal berührt.

»Das weiß ich nicht«, antwortet Marlies. »Vermutlich eine Zufallsbekanntschaft, meine Mutter hatte ja den Fotoapparat dabei, vielleicht sind sie jemandem begegnet, einem Paar, und haben gebeten, ob die von ihnen ein Foto machen … und dann hat der Mann halt auch noch ein Foto von den beiden mit seiner Freundin geknipst, irgend etwas.«

Ja, denkt Nadja. Irgend so etwas. Wenn da nur nicht diese Erinnerung wäre. Dieser Schatten einer Erinnerung.

Die Bilderfolge endet, die Leinwand wird dunkel, und die Kugellampen werden wieder heller. »Wenn wir morgen beginnen«, sagt Rupp, »solltet ihr diese eine Figur, das eine Tier, den einen Gegenstand gefunden haben, richtig gefunden, nämlich so, dass ihr euch darin findet und diese Figur oder dieses Tier oder dieses Ding für euch sprechen lassen könnt. Ein einziger Satz genügt. Es muss kein gescheiter Satz sein, kein tiefschürfender und erst recht kein witziger. Ihr sollt einfach den Satz sagen, der euch in den Sinn kommt, sobald ihr euch vorstellt, dieser andere zu sein.«

Es folgt allgemeines Aufräumen, die Stühle werden an ihren Platz zurückgestellt und die Leinwand wird eingerollt. Im Vorraum ist inzwischen das Abendessen vorbereitet, es gibt Canapés mit Käse und vegetarischer Paste, dazu wahlweise Kräuter- oder Malventee, man hat sich zwanglos an zwei Tischen gruppiert und müht sich um ebensolche Konversation, wobei Donatus Rupp darauf achtet, dass man sich *nicht* über Märchen unterhält. Berndorf klärt mit Römisch Eins ab, dass sich dieser nicht gestört fühlen wird, wenn er – Berndorf – erst spät das *Einkehr*-Zimmer aufsucht, und verabschiedet sich dann sehr bald zu einem Abendspaziergang.

Abendspaziergang? So behauptet er es. Er geht durch das Dorf, das inzwischen – was heißt inzwischen! vermutlich seit Jahrzehnten – über eine ordentliche Straßenbeleuchtung verfügt, zögert kurz, als er rechts das Anwesen sieht, in dem Heinz aufgewachsen ist, und entscheidet sich dann, dass es jetzt zu spät sei, um dort zu klingeln. Weiß er denn überhaupt, ob Heinz dort noch wohnt? Der war nach der Volksschule im Unterland in eine Lehre gegangen, als Maschinenbauer oder Werkzeugschlosser – warum sollte er später wieder ins Dorf zurückgekehrt sein?

In der *Sonne* brennt noch Licht, auch wenn die Vorhänge der Sprossenfenster zugezogen sind, er tritt ein, die Gaststube mit der holzgetäfelten Decke ist niedriger, als er es erinnert, wenig Gäste – zwei Ehepaare, am Stammtisch ein einzelner Mann vor einem Weizenbier. Berndorf hängt seinen Mantel an den Garderobenhaken und nähert sich dem Stammtisch: »Ist es gestattet?«

Der Mann, schon älter, aber noch mit dunklem dichtem Haar, weist mit einer einladenden Handbewegung auf die freien Plätze ihm gegenüber. »Das hat lang gebraucht, bis du mal wieder hergefunden hast!« Erst jetzt schaut Berndorf den Mann genauer an: ausgeprägte Wangenknochen, wie es die Einheimischen hier sonst nicht haben, dunkle aufmerksame Augen, warum hat er das Gesicht nicht sofort erkannt?

»Die Zeit vergeht so schnell«, antwortet er, »immer kommt einem was dazwischen.« Er setzt sich und streckt die Hand über den Tisch, beide tauschen einen kräftigen Händedruck.

»Ich sitz sonst nicht hier«, sagt Heinz. »Aber Lisa hat dich gesehen.« Lisa? Also die Ehefrau. Woher kennt ihn eine Lisa?

»Sie war zwei Klassen über uns.«

Und da kennt sie die Leute auch nach sechzig Jahren noch? Die Bedienung – oder ist es die Wirtin? – erscheint, und Berndorf bestellt einen Schoppen trockenen Roten.

»Sie hat dich daran erkannt, wie du den Kopf hältst«, teilt Heinz mit. »Da geht einer grad so, wie der Bub aus dem Schulhaus immer gegangen ist, hat sie mir gesagt. Und deswegen hab ich gedacht … Du bist aber gar nicht hier abgestiegen, sondern im Schulhaus.«

Und dass ich zu einem dieser Märchen-Kurse gehe, das wundert dich? Mich auch. »Manchmal zieht es einen halt zurück. Erst recht im Alter.«

Das will er gern glauben, meint Heinz. »Obwohl, im ersten Augenblick hab ich was anderes gedacht.«

»Ja?«

»Ob wir wohl in letzter Zeit einen unrechten Todesfall gehabt haben. Es ist mir aber keiner eingefallen.«

Berndorf lehnt sich zurück, denn die Bedienung – die doch wohl eher die Wirtin ist – bringt den trockenen Roten, der zum Glück kein Trollinger, sondern ein Rioja ist. Berndorf kostet, ist zufrieden, und die beiden Männer trinken sich zu. »Dass ich bei der Bullerei war, das ist schon fast nicht mehr wahr, so lange ist das her!«

Heinz nickt bedächtig. Als habe Berndorf eine tiefe Weisheit von sich gegeben, die es jetzt abzuschätzen gelte. »Manchmal kann so etwas auch weiter zurückliegen«, bemerkt er schließlich. »Trotzdem fällt mir auch dazu grad nichts ein. Aber wenn du davon nicht reden willst, ist das in Ordnung.«

Berndorf betrachtet ihn nachdenklich. »Schon gut«, sagt er dann und schaut sich kurz um. Am einen Tisch ist der Mann gerade am Bezahlen, am anderen ist man inzwischen in ein Schachspiel vertieft. Ein Ehepaar, das Schach spielt? Offenbar Hausgäste. »Kein Todesfall. Eher im Gegenteil. Ich will etwas wissen über den April Fünfundvierzig und die letzten Kriegstage hier, als die Amerikaner kamen und dann die Franzosen …«

Heinz zieht die Augenbrauen hoch. »Da waren wir noch nicht einmal fünf…«

»Ja doch«, sagt Berndorf, »und wenn wir uns überhaupt an etwas aus dieser Zeit erinnern, dann sind es Bruchstücke von dem, was wir damals verstanden haben. Aber egal – wenn du etwas herausfinden willst, musst du bei dem Faden anfangen, den du gerade erwischt hast.«

»Einen Faden hast du also«, bemerkt Heinz. »Das ist nicht nichts.«

Berndorf beugt sich vor und wirft einen nachdenklichen Blick auf Heinz, so, als müsste er sich ins Gedächtnis rufen, was das einmal für ein Junge gewesen ist.

Kein ganz dummer.

»Es ist sogar mehr als ein Faden.« Er steht auf und geht zur Garderobe, um das eine Exemplar der *Nachtwache des Soldaten Pietzsch* zu holen, das er in seinem Mantel verstaut hat. »Ich weiß nicht, ob du so was lesen magst«, sagt er, als er sich wieder gesetzt hat, »aber Wieshülen ist darin beschrieben, und ein paar Leute von hier. Vieles ist erfunden, manches kann stimmen.«

Heinz holt eine Lesebrille aus der Brusttasche seines Hemds, setzt sie auf und nimmt dann das Heft vorsichtig in die Hand, als sei es womöglich eine zerbrechliche Antiquität. »Anderweg?«, fragt er dann, »muss man den kennen?«

Nein, erklärt Berndorf, es sei dies auch gar nicht der richtige Name. »Der Mann hieß Wendel, Peter Wendel.« Aus seiner Brusttasche holt er den Umschlag mit den Fotoabzügen, die er sich in Nördlingen besorgt hat. »Und so hat er ausgesehen.«

Heinz nimmt die Fotos, betrachtet sie lange und gibt sie schließlich – fast zögernd – wieder zurück. »Ganz fremd ist mir das Gesicht nicht… aber die Namen sagen mir nichts, der eine so wenig wie der andere.«

»Aber er muss sich hier mal aufgehalten haben, und sei es nur ein paar Tage«, hakt Berndorf nach, »vermutlich um das Kriegsende herum. Später hat er ein paar Jahre in Nördlingen im Ries gelebt, danach im Raum Heidelberg/Mannheim.« Er überlegt kurz. »Er war Journalist, hat zu viel getrunken, und irgendwann kam er in die Psychiatrie. Dort hat er sich dann umgebracht.«

Heinz nickt nur und beginnt das Heft durchzublättern.

»In dieser Geschichte werden ein paar Leute beschrieben, freilich nicht mit ihrem richtigen Namen. Ich würd halt gerne wissen, ob du welche davon erkennst…« Er bricht ab, denn zwei neue Gäste sind eingetroffen, eine Frau und ein Mann, beide jünger, beides Kursteilnehmer aus dem Alten Schulhaus, die aber nicht dort übernachten und sich jetzt die Schlüssel für ihre Zimmer geben lassen. Erkennbar sind sie kein Paar, die Frau – es handelt sich um die Musiklehrerin, die den Wechsel von G-Dur in G-Moll erkannt hat – geht sofort auf ihr Zimmer, der Mann zögert erst und nähert sich dann, als er Berndorf erkannt hat, dem Stammtisch. Ob er sich wohl dazusetzen dürfe?

Man kann da schlecht nein sagen.

Jörg Welsheimer hat seine Werkstattarbeit für heute beendet und eine Flasche Hagnauer Spätburgunder geöffnet, während Marlies – weil in den Alben sonst keine Fotos von den beiden Freundinnen Waltraud und Roswitha mehr zu finden sind – sich eine der mit Fotos und Negativen vollgestopften Schuhschachteln vornimmt.

»Kann es sein«, fragt Nadja und nippt vorsichtig an dem Spätburgunder, »dass die beiden Frauen sich in der Kriegszeit aus den Augen verloren haben?«

»Schon möglich«, meint Marlies, hält einen Streifen von

Fotonegativen gegen das Licht und legt ihn wieder zurück, »meine Mutter hat ja dann lange als Krankenschwester in einer Lungenheilstätte im Allgäu gearbeitet. Sie ist erst wieder nach ihrer Heirat nach Ravensburg gezogen, Anfang dreiundvierzig, glaube ich, da hat sie eine Stelle hier im Spital bekommen.« Plötzlich lächelt sie, ein wenig schief freilich. »Jedenfalls muss da der Kontakt zwischen ihnen bald wieder aufgenommen worden sein, wenn er überhaupt abgebrochen war – ich hab nämlich all die Jahre die Sachen zum Auftragen bekommen, die dir zu klein waren!«

»Wenn man euch so sieht«, bemerkt Jörg Welsheimer, »kann man das kaum glauben – dass dir was gepasst hätte, was ihr zu klein war… Pardon!« Aber da hat er auch schon einen kräftigen Rempler seiner Frau kassiert. »Alter Dummschwätzer!« Er pariert den Rempler, ohne etwas von seinem Rotweinglas zu verschütten, das er in der Hand hält.

»Da ist übrigens wieder diese Frau«, fährt Marlies fort und zeigt Nadja ein einzelnes der kleinen Schwarzweißfotos, an einer Ecke eingeknickt. Die Fremde lehnt an einer Balustrade, hinter der sich der Blick auf eine weite Seefläche öffnet, sie blickt zwar nicht abweisend, aber doch so in die Kamera, als sei sie auf der Hut, die Hände in den Taschen ihres leichten Mantels versenkt, und plötzlich weiß Nadja, dass sie auch das schon einmal gesehen hat, aber nicht auf einem Foto: eine Frau am Straßenrand, dunkelhaarig, schlank, die Hände in den Taschen des leichten Mantels versenkt, beobachtend.

»Das muss auch bei diesem Lausanne-Besuch entstanden sein«, vermutet Marlies, und Nadja erinnert sich dunkel an eine Terrasse mit Seeblick, die Terrasse vor Lausannes Kathedrale, vor Jahren war sie einmal dort gewesen.

»Sag mal«, sagt Marlies plötzlich, als Nadja das Foto noch immer in der Hand hält, »kann das sein, dass ich eine besonders dumme Nuss bin? Du hast doch gesagt, du willst etwas über deine Mutter herausfinden…« Nadja blickt auf, dann sieht sie, dass Marlies sich mit der Hand vor den Mund schlägt und einen besorgten Blick auf ihren Mann wirft.

»Ja«, sagt Nadja, »ich will etwas über meine Mutter herausfinden. Meine leibliche Mutter.« Sie wirft einen kurzen Blick zum Ehemann Welsheimer. »Ich bin nämlich so etwas wie ein Findelkind, und die Eheleute Schwertfeger haben sich meiner angenommen und mich adoptiert.« Der Blick wandert zurück zu Marlies. »Du hast das schon immer gewusst?«

»Nein«, kommt die Antwort, »die Mutter hat es mir später mal erzählt, da warst du aber schon nicht mehr in Ravensburg.«

»Deine Mutter hat es dir erzählt«, wiederholt Nadja nachdenklich. »Und wusste sie auch, wie es zugegangen ist – wie ich damals zu den Schwertfegers gekommen bin?«

»Nein, da hat sie gar nichts weiter gesagt. Nur, dass sie dich adoptiert haben.«

»Deine Mutter war Krankenschwester…« Nadja holt aus ihrer Tasche die zusammengefaltete Liste der Adressen, die ihr der Leiter des Standesamts gegeben hat. »Kann es sein, dass sie eine von diesen Hebammen näher gekannt hat?«

Mit einem Räuspern meldet sich der Ehemann Welsheimer: Er würde gerne nebenan noch die Nachrichten sehen, ob man ihn bitte entschuldigen wolle? Marlies, bereits in die Liste vertieft, winkt ihn mit einer Handbewegung hinaus.

»Hier«, sagt Marlies, als er die Tür hinter sich schließt, »die Luisa, die war fast wie eine Tante für mich, sie ist schon lange tot. Aber die Mutter wird auch die anderen gekannt haben.« Sie gibt die Liste zurück. »Du glaubst…?«

»Gar nichts glaub ich«, sagt Nadja schroff. »Aber ich hab eine Vorstellung, wie es gelaufen sein könnte.« Sie deutet auf das Foto mit der eingeknickten Ecke. »Kannst du mir das leihen? Ich will eine Vergrößerung davon machen lassen.«

»Behalt es!« Marlies hebt abwehrend beide Hände. »Aber … du hast also jemand, dem du es zeigen willst? Magst du mehr davon erzählen?«

»Später«, sagt Nadja. »Sobald ich mehr weiß.«

Der Neuzugang am Stammtisch ist zwar Norddeutscher, lebt aber seit ein paar Jahren in Tübingen und empfiehlt sich zuerst artig mit Fragen nach Wanderrouten mit dem Ausgangspunkt Wieshülen; Heinz gibt ihm Auskunft, schlägt das Lautertal vor und den Sternberg, und die Wirtin bringt einen Prospekt mit den kartierten Wandertipps des Tourismusverbandes an den Tisch. Ohne dass man recht weiß, wie es zugegangen ist, wechselt das Gespräch aber alsbald zu den Grundstückspreisen und was denn so ein altes schwäbisches Bauernanwesen – gerne renovierungsbedürftig – wohl kosten würde. Berndorf hat sich aufs Zuhören beschränkt, und Heinz wird zunehmend einsilbiger. Schließlich trinkt er aus und bezahlt, und Berndorf schließt sich ihm an.

»Norddeutsche Tübinger!«, murmelt Heinz draußen, und weiter ist nichts zu sagen. Der Nachthimmel ist dunkel, eine zwischen zwei Häusern aufgehängte Straßenlaterne schaukelt im Wind. Sie kommen an einem dunklen, niedrigen, langgestreckten Anwesen vorbei, einer von den vier Buben aus ihrem Jahrgang ist dort aufgewachsen, liegt aber schon seit über zehn Jahren auf dem Friedhof.

Was soll man dazu sagen? Nichts.

»Und der Manni?«, fragt Berndorf nach einer Weile. »Der war im Forstdienst«, kommt die Antwort, »irgendwo im Nordschwarzwald. Manchmal kommt er noch her. Schaut nach dem Grab der Eltern. Oder zeigt den Enkeln das Gestüt Marbach.«

»Sag einen Gruß von mir.«

Sie sind jetzt unterhalb des alten Pfarrhauses, Heinz wird gleich die Gasse hinuntergehen zu dem Haus, in dem er schon immer lebt, von dem knappen halben Jahrhundert abgesehen, als er im Unterland in einem Maschinenbauunternehmen gearbeitet hat, zuletzt als Meister in der Lehrlingsausbildung. Das Heft wird er nachher lesen, sagt er, und sich überlegen, wem er die Fotos von diesem Anderweg oder Wendel zeigen kann.

»Kommst du zum Mittagessen zu uns?« Zwei von seinen Enkeln seien auch da. »Auf einen mehr oder weniger kommt es da nicht an.«

»Leider ist das Mittagessen verplant«, sagt Berndorf. »Aber vielleicht bekomm ich einen Kaffee bei euch?«

Das sei recht, meint Heinz, und sie verabschieden sich mit Handschlag. Berndorf geht weiter. Als das Schulhaus in Sicht kommt, ist das Mansardenfenster noch erleuchtet, das ist schon mal eine gute Nachricht, denn dann muss er Römisch Eins nicht aus dem Schlaf reißen. Schon tastet er in der rechten Manteltasche nach dem Schlüssel, als es in der linken plötzlich zu vibrieren beginnt. Barbara?

»Nadja Schwertfeger«, sagt eine Stimme, die ihm vorkommt, als sei sie ein wenig heiser oder zumindest angegriffen. »Ich hoffe, der Anruf kommt nicht gar zu ungelegen.«

Berndorf murmelt Geräusche, die verbindlich klingen sollen.

»Wo sind Sie jetzt? In Berlin?«

»Nein«, sagt er und gibt Auskunft.

»Ach so«, sagt die Stimme, »das haben Sie ja angekündigt. Könnten wir uns trotzdem treffen? Morgen noch? Oder würde das die Exerzitien zu sehr stören?«

»Selbstverständlich werde ich auf einer Besuchserlaubnis für Sie bestehen«, gibt Berndorf im gleichen Ton zurück, »aber …?«

»Ich habe hier ein Foto aus dem Jahre 1936 … Das Foto ist in Lausanne am Genfer See aufgenommen und zeigt eine damals junge Frau. Schmales Gesicht, dunkles Haar. Wollen Sie das Foto sehen?«

Berndorf schweigt.

»Hallo, sind wir noch verbunden?«

»Ja«, sagt Berndorf, »ich höre Sie … Ein Foto, das in Lausanne aufgenommen worden ist? Ja, das würde ich gerne sehen.«

FREITAG

Vom Fluss, den keiner überqueren will

Der Morgen hat mit Entspannungsübungen begonnen, dann folgte so etwas wie eine Andacht, in der Donatus Rupp einen Vers aus dem *Tao Te King* vorlas, der Vers handelt von der Klage des Menschen, der inmitten von unzähligen Tüchtigen, Erleuchteten und Erfolgreichen um ihn herum als einziger schwerfällig und ungeschickt bleibt, trübe und verfinstert. Inzwischen ist ein Rundgang auf dem Schulhof angeordnet, es ist so frisch, dass man dazu den Mantel anzieht, die acht Teilnehmer gehen im Kreis, dürfen auch stehen bleiben oder umkehren, und ihren Satz sagen, wenn sie sich begegnen.

»Guten Morgen«, sagt die Dame mit den kurz geschnittenen weißen Haaren, »ich bin Rapunzel. Die Zigeuner spielen so schön.«

»Eh!«, antwortet Berndorf. »Ich bin der Fährmann. Es ist nicht genug.«

Rapunzel nickt höflich und geht weiter, Berndorf dreht sich um und wäre beinahe mit Römisch Eins zusammengestoßen. »Entschuldigung«, sagt der, »ich bin das Töpfchen … das, wo der süße Hirsebrei drin gekocht wird. Mein Bruder ist ein Maler.« In diesem Augenblick tritt die Musiklehrerin zu ihnen, macht einen zierlichen Knicks und sagt, sie sei Rumpelstilzchen. »Einmal hört ihr mir zu!«

Ein Klingelzeichen ertönt, am Eingang zum Schulhaus steht Donatus Rupp und winkt die Teilnehmer herein. Vor dem Eingang trifft Berndorf mit dem einen Mann zusammen, der ebenso wie er selbst grauköpfig ist und sich als der Esel vorstellt, »der von den Bremer Stadtmusikanten!«

Im Schulhaus setzt man sich wieder im großen Kreis, der Liegestuhl in der Mitte bleibt vorerst leer. Rupp hat einen kleinen schwarzen Ball in der Hand, wirft ihn ein wenig hoch und fängt ihn – ohne auch nur hinzusehen – wieder auf. Man sei hier zwar in einem alten Schulhaus, aber nicht in der Schule, erklärt er dann, und deswegen werde er auch nicht abfragen, ob jeder sein Bild und seinen Satz gefunden habe. »Ich gehe davon aus, dass es so ist, und deswegen beginnen wir einfach, und zwar jetzt – wer den Ball fängt, fängt an!« Er blickt kurz in die Runde und wirft den Ball einer der jüngeren Frauen zu, die ein wenig erschrickt, aber den Ball dann doch gewandt mit einer Hand fängt und festhält.

»Schön«, sagt Rupp. »Wer bist du, und was sagst du uns?«

»Oh«, sagt die Frau, »also ich bin Schneewittchen, nicht weil ich mich für besonders …«

»Keine Kommentare«, unterbricht Rupp, »du bist Schneewittchen und Punkt! Bist du schon bei den Zwergen angekommen?«

»Schon lange … Ich liege doch schon im Sarg, dem aus Glas.«

»Na schön«, meint Rupp, steht auf und stellt den Liegestuhl ganz flach. »Bitte!« Zögernd folgt Schneewittchen und nimmt auf dem Liegestuhl Platz. »Ist das jetzt der Sarg?«, fragt sie, und Rupp bestätigt es. »Und um dich herum sind ganz richtig die sieben Zwerge, von mir abgesehen! Aber du hast uns deinen Satz noch nicht gesagt.«

»Entschuldige … Die Sauerkirschen sind noch nicht eingemacht.«

Berndorf versucht sich zu erinnern. Schneewittchen? So weiß wie Schnee, so rot wie Blut und so schwarzhaarig wie Ebenholz? Dieses hier hat braunes gekraustes, zu einem Pferdeschwanz gebundenes Haar und einen Teint, der nach viel Gartenarbeit aussieht – vielleicht hatten ihr die Zwerge sogar einen Golfplatz oder Tenniscourt angelegt, die Bewegung, mit der sie den Ball aufnahm, sah ziemlich routiniert aus. Was müsste einer tun, um dieses Geschöpf aus der eingebildeten Totenstarre zu holen? Ach Gott, denkt er dann, man muss ihr nur kräftig auf den Rücken klopfen, dann hustet sie den vergifteten Apfel heraus, und schon kommt Leben in die Bude.

»Sag mal«, hört er Rumpelstilzchen sagen, »wenn du doch tot bist, wen müssen wir Zwerge denn sonst noch benachrichtigen? Das wäre doch wichtiger als die Sauerkirschen.«

Wie sich herausstellt, hat Schneewittchen einen Ehemann, und gemeinsam verfügen beide über einen großen und vielfältigen Freundeskreis.

»So einen Freundeskreis«, hakt Rumpelstilzchen nach, »den muss man doch pflegen, da muss man immer nett und aufmerksam sein, womöglich auch noch besonders fein kochen für die Abendeinladung, ohne dass es nach Stress aussieht. Und dann hast du ja noch den Garten mit den Sauerkirschen … Ist dir das alles vielleicht zu viel geworden?«

Berndorf sitzt am rechten Ende des Halbkreises und betrachtet die Kakteen auf den Fensterbrettern, irgendwie passen sie nicht zu den altersgrauen und zerzausten Fichten, die sich an der Längsfront des Schulhofes erheben, und sind ihnen doch in ihrer abweisenden Selbstgenügsamkeit verwandt – so denkt er, und verweist sich den Gedanken auch gleich wieder: Woher will er wissen, dass Fichten oder Kakteen selbstgenügsam sind? Der Vormittag ist ihm bleiern geworden, er hat Mühe, die Augen offen zu halten, zwischendurch ist ihm, als entfernten die anderen sich von ihm und würden so klein wie die Zwerge um Lenins … ach Unsinn, um Schneewittchens Glassarg. Wie lange kann man eigentlich noch um den Punkt herumreden, den einen Punkt, aus dem sich das Leiden gewiss kurieren ließe?

Gewiss, meint Schneewittchen, das mit den Einladungen

sei schon nervig. »Aber es ist nicht das Problem. Manchmal ertappe ich mich, wie ich mir selber zusehe und denke – das bin doch gar nicht ich, das ist ein Abziehbild oder ein Klon von mir.«

»Aber wer liegt da nun im Glassarg – du oder der Klon?«, will Rapunzel wissen.

»Ich weiß nicht … vielleicht ist auch keiner von uns echt.«

»Wenn das so ist«, fragt da der Esel, »warum kippst du den Glasdeckel nicht einfach auf und lässt den Klon heraus und gehst mit ihm in die Welt? Ich meine, ihr seht dann schon, wer von euch beiden echt ist.«

»Dann sind die Zwerge ja erst recht traurig«, wendet Schneewittchen ein.

»Das sind aber arg liebe Zwerge, wenn du wegen ihnen im Sarg bleiben musst«, bemerkt Rumpelstilzchen, worauf Donatus Rupp eingreift. »Schneewittchen soll sich das einmal überlegen, was ihr der Esel vorgeschlagen hat: den Glasdeckel einfach aufzuklappen und davonzugehen«, sagt er. »In der Zwischenzeit geben wir den Ball weiter an einen von den Stillen … Achtung!«

Berndorf blickt auf und kann gerade noch mit der einen Hand den schwarzen weichen Lederball auffangen. Er betrachtet das Ding in seiner Hand, blickt um sich und begreift, dass er jetzt etwas sagen muss.

»Ich bin der Fährmann«, beginnt er. »Ich sitze am Ufer und warte, dass jemand kommt und übergesetzt werden will.«

»Und was ist dein Satz?«, fragt Rupp.

»Es ist nicht genug.«

»Was ist das für ein Strom oder See, wo du am Ufer sitzt?«, will der Esel wissen.

»Das weiß ich nicht«, antwortet Berndorf. »Im Märchen ist es der Fluss, den das Glückskind überqueren muss, bevor es dem Teufel seine drei goldenen Haare klauen kann.«

»Du musst deine Fahrgäste über den Fluss rudern?«, meldet sich erstmals Römisch Eins, das Töpfchen, zu Wort. »Ist das sehr anstrengend?«

»Ich glaube, das Boot ist eher ein Stocherkahn. Aber ob die Überfahrt anstrengend ist, weiß ich gar nicht. Es kommt nämlich niemand mehr, kein einziger Fahrgast, das ist das Problem.«

»An deiner Stelle ginge ich einfach nach Hause«, wirft Hans im Glück ein. Er ist der Norddeutsch-Tübinger Hotelgast, der sich am Abend zuvor in der *Sonne* an den Stammtisch gesetzt hatte und bei dem es sich um einen Juristen im Staatsdienst handelt.

»Das kann ich erst, wenn ich einen Fahrgast übergesetzt habe. Dann darf ich ihm die Ruderstange in die Hand drücken und bin den Job endlich los. Den hat er dann am Hals.« Berndorf breitet beide Hände aus, als müsse er um Entschuldigung bitten. »Steht so im Märchen.«

»Der Fährmann ist der Fährmann«, schaltet sich Donatus Rupp ein. »Er weiß nichts von einem Märchen.« Er geht zu dem Liegestuhl und klappt ihn so zurecht, dass man darin sitzen kann, winkt Berndorf, der sich hinter das Möbel stellen muss, und drückt ihm einen langen kräftigen Haselnussstecken in die Hand: das soll die Ruderstange sein. »Und jetzt suche dir einen Fahrgast aus!« Berndorf nimmt den Haselnussstecken in die linke Hand und wirft – nach kurzem Überlegen – den schwarzen Ball zu Rapunzel. Sie macht kurz ein abweisendes Gesicht, steht aber auf und stellt sich neben ihn.

»Guten Tag, Fährmann!« Sie deutet über den Stuhl in eine unbestimmte Ferne. »Wohin – bitte – geht es auf der anderen Seite, und was kostet die Überfahrt?«

»Was da drüben ist, weiß ich nicht«, antwortet Berndorf. »Aber die Überfahrt kostet dich nichts.«

»Na schön«, meint Rapunzel und setzt sich auf den Stuhl.

»Bring mich rüber!« Gehorsam stellt sich Berndorf hinter den Stuhl und beginnt, mit dem Haselnussstecken den Gondoliere zu spielen.

»Warum weißt du nichts von drüben?«, fragt Rapunzel. »Du warst doch sicher schon oft dort?«

»Es ist die Aufgabe der Fährleute, ihre Fahrgäste über den Fluss zu bringen. Was die Fahrgäste am anderen Ufer erwartet, wissen sie nicht … und sollen sie nicht wissen.«

»Das klingt nicht sehr beruhigend, weißt du das?«, stellt Rapunzel fest. »Warum hast du dir einen solchen Beruf ausgesucht?«

»Den hab ich mir nicht ausgesucht. Der ist mir … in die Hand gedrückt worden.«

»Und wie lange willst du weiter Dienst tun?«

»Es geht nicht darum, was ich will.«

»Sondern?«

»Um die Überfahrt. Die muss möglich bleiben.«

»Aber es kommt doch niemand.«

Berndorf beugt sich ein wenig über Rapunzel. »Gerade jetzt hab ich ja einen Fahrgast.«

»Einen Fahrgast!« Sie blickt zu ihm auf. »Na gut. Hast du denn niemand, dem du das alles übergeben kannst, das Boot und den Fährbetrieb?«

»Warte mal, bis wir angekommen sind!«

»Du wirst diesen Job nicht ausgerechnet mir aufhängen wollen?«, fragt Rapunzel. »Ich bin eine schwache Frau, hast du denn sonst niemand?«

»Nein«, sagt Berndorf, »hab ich nicht.«

»Stopp«, schaltet sich in diesem Augenblick Donatus Rupp ein, »ich glaube, das Boot ist jetzt am Ufer angekommen …« Er reicht Rapunzel die Hand, als müsse er ihr an Land helfen. Dann wendet er sich Berndorf zu und hebt ablehnend beide Hände, als der ihm den Haselnussstecken zurückgeben will.

»Der bleibt erst mal bei dir!« Dafür nimmt er den schwarzen Ball, wartet kurz, bis Berndorf samt Haselnussstecken an seinen Platz zurückgekehrt ist, und wirft den Ball der letzten der vier Frauen zu, vorsichtig und genau gezielt, so dass die Frau keine Mühe hat, den Ball aufzufangen. Sie lächelt ein wenig, aber so, als müsse sie gute Miene zu einem ziemlich sinnlosen Spiel machen.

»Ich bin Gerda«, sagt sie, »da hört ihr schon, dass ich nicht aus einem der Grimmschen Märchen komme. Ich bin das Mädchen aus Andersens *Schneekönigin*, das seinen Freund Kay erlösen muss – Kay, dessen Herz ein Eisklumpen geworden ist und der in der Welt nur noch Böses und Hässliches sehen kann …«

Berndorf, der die vierte Frau bisher kaum wahrgenommen hat, betrachtet sie nun etwas genauer: Jeans, grober Wollpullover, graue Strähne im schulterlangen Haar, kein oder kaum Make-up, soweit er als Mann das beurteilen kann. Wer ist Kay? Sofort fällt ihn ein Verdacht an: es wird der Sohn sein …

»Und was sagst du uns?«

»Der Mond ist aufgegangen und spiegelt sich in der Pfütze.«

Als Letzter hat sich Hans im Glück der Gruppe vorgestellt und behauptet, morgen sei ein neuer Tag. Was damit gemeint ist, bleibt aber vorerst im Dunklen, denn inzwischen ist Mittag, und gemeinsam mit Donatus Rupp begibt sich die Gruppe zum Mittagessen ins Nebenzimmer der *Sonne*, wobei weder Schneewittchen noch der Fährmann oder sonst jemand aus der Vorstellungsrunde als Gesprächsthema zugelassen sind. Rupp plaudert über die Alb, den Wechsel der Jahreszeiten, den späten und umso heftigeren Ausbruch des Frühlings, den manchmal noch immer bitterkalten Winter, über die mächtigen alleinstehenden Buchen und das – so nennt er es – insgeheime Wahrzeichen der Alb, den Schlehdorn mit seinen blauschwarzen winzigen, aber dafür auch unglaublich sauren Steinfrüchten.

»Gut gegen Fieber und Entzündungen«, wirft Gerda ein. »Und gegen die Gicht, wie Hildegard von Bingen geschrieben hat. Allerdings hat sie empfohlen, die Schlehen mit Honig zu süßen. Zum Süßen gab es damals nichts anderes.« Wenn Gerda nicht im hohen Norden nach Kay sucht, ist sie homöopathische Ärztin.

Berndorf, bereits über den Suppenteller gebeugt, nickt. Wer die Schlehen achtet, kann nicht ganz ohne Verstand sein. Das Gespräch wendet sich den mit Wacholder bestandenen Trockenwiesen der Alb zu, auf denen inzwischen der Wacholder überhandnimmt, weil immer weniger Schafherden über die Alb getrieben werden. Es rentiere sich einfach nicht mehr, teilt der Esel mit und berichtet, dass er selbst aus einer Familie von Schäfern stamme. Der Letzte in einer sich über Jahrhunderte hinziehenden Reihe sei sein Cousin, der aber die Schäferei aufgeben werde und den eigenen Sohn – der sie hätte weiterführen wollen – gezwungen habe, Volkswirtschaft zu studieren.

»Schade«, sagt dazu Hans im Glück.

»Sehr schade«, ergänzt Römisch Eins, das Töpfchen.

Es folgt das Hauptgericht, Lammragout für die einen, vegetarische Bratlinge für die anderen, dazu Salate der Saison. Noch vor dem Kaffee entschuldigt sich Berndorf und lügt, er müsse nach dem Essen ein paar Schritte tun. »Übernehmen Sie sich nicht«, sagt Rupp mit einem prüfenden Blick, »der Nachmittag wird anstrengend!«

Wenig später geht Berndorf auf einen Hof mit einer ausladenden Scheune zu, an die sich ein kleines, gelb getünchtes Wohnhaus anlehnt, in dem Bauerngarten links leuchten

Herbstblumen, kurz vor dem Verwelken. In der Scheune ist ein alter Campingbus aufgebockt, der Lack abgeschliffen, zwei junge Männer in Overalls hantieren mit Werkzeug, einer hat eine Schweißerbrille aufgesetzt. Sind das die Enkel?, überlegt Berndorf und bleibt vor dem Bus stehen. Ein kräftiger Kerl mit einem ungenierten Vollbart kommt auf ihn zu, Berndorf nickt grüßend und deutet auf den Bus.

»Ein T1, frühe Sechziger Jahre?«

»Zweiundsechzig«, sagt der Bärtige. »Sie sind der Schulfreund, nicht wahr? Der Vater ist drüben, er hat gesagt, Sie kennen den Weg.«

»Sollte ich wohl«, meint Berndorf, hebt die Hand und wendet sich zum Wohnhaus. Das war zwar schon immer gelb, aber irgendwann hat man den Anstrich erneuert, und weder an der Tür noch an den Fensterrahmen blättert Farbe ab. Die Haustür ist offen, er tritt ein und geht auf den Steinfliesen des halbdunklen Flurs nach hinten, wo eine weitere Tür nur angelehnt ist.

»Komm nur rein«, ertönt eine Stimme, Berndorf tritt in eine helle Wohnküche, die nicht viel anders aussieht als irgendeine andere moderne Küche auch, von einem zusätzlichen Eisenherd abgesehen, der offenbar für Zeiten ohne Strom bereitgehalten wird. Heinz steht auf und stellt die beiden weißhaarigen Frauen vor, die am Ecktisch sitzen, die jüngere ist Lisa, Heinz' Ehefrau und Mutter des bärtigen Vierschrots draußen. Die zweite Weißhaarige, dazu noch verhutzelt, mit kleinen roten Bäckchen, ist eine Emilie, sie sei ein Bäsle von der Lisa, erklärt Heinz, beide Frauen haben Berndorf schon gekannt, als er noch mit seiner Mutter drüben im Schulhaus gewohnt hat, in den beiden Kämmerchen oben.

Berndorf wird auf die Eckbank hinter den Tisch komplimentiert und bekommt einen kräftigen Kaffee sowie ein Stück vom Hefekranz, das er nicht ablehnen kann. Heinz erklärt, dass der Sohn und die beiden Enkel da draußen keineswegs dabei seien, einen Gebrauchtwagenhandel aufzuziehen. Aber die Enkel hätten es sich nun mal in den Kopf gesetzt, im nächsten Jahr so viel von der Welt kennenzulernen, wie es mit einem alten runderneuerten Campingbus eben möglich ist.

»Also«, fährt Heinz fort und deutet auf das Heft mit *Pietzsch' Nachtwache*, er habe diese Geschichte da gelesen, noch gestern Abend, und dass da Wieshülen beschrieben sei, will er gern zugeben. »Man erkennt es am Schulhaus. Und sonst stimmt auch viel, deine Mutter kommt ja drin vor, dass man sie gleich vor sich sieht.«

»Ja«, wirft die Emilie ein, »das war die Eva Gsell, das weiß ich noch wie heut, die war Dolmetscherin bei den Franzosen ...« Berndorf ertappt sich dabei, dass er zwar ein interessiertes Gesicht macht, aber gleichzeitig die Ohren auf Durchzug stellt. Einmal in Fahrt, erzählt Emilie, was für eine besondere Frau die Eva Gsell gewesen sei und wie sie zu den Bauern geholfen habe, und was man von ihr hat lernen können! Zum Beispiel, wie sich eine ein bisschen hübsch macht. Aber er mag es nun einmal nicht hören. Als eine Redepause eintritt, fragt er nach den Soldaten, die im Schulhaus einquartiert waren.

»Ach!«, sagt sie, »Soldaten, das sagst du so ... Da waren ganz junge Büble dabei, dass man sich gedacht hat, was müssen die jetzt auch noch sterben. Und einer ...« – plötzlich bricht sie ab und schaut ein wenig zur Seite –, »... also der war kein Büble mehr, aber auch noch jung, und hat mit dem Schifferklavier Musik gemacht, so eine hab ich nie wieder gehört, nur vielleicht im Radio ...«

»Und zur Musik habt ihr jungen Frauen mit den Soldaten getanzt?«, fragt Heinz und wirft Berndorf einen Blick zu. »Im Schulhaus vielleicht?«

»Was du dir wieder vorstellst!«, kommt es von Emilie. »Und wenn wir's getan hätten, was wäre dabei gewesen?«

»Nichts wäre dabei gewesen«, meldet sich Lisa zu Wort. »Aber was anderes – erinnerst du dich an die Russen? Von denen waren doch auch welche hier …« Nun ist sie es, die einen Blick zu Berndorf wirft; er nimmt es als Zeichen, dass inzwischen auch sie die Geschichte von der *Nachtwache* kennt.

»Oh, die Kaminskis«, ruft Emilie aus, »hör bloß von denen auf!« Gestohlen und geplündert hätten die, und was sie sonst noch getan haben, davon mag sie gar nicht reden.

»Die Kaminskis?«, fragt Berndorf.

»Russische Hiwis«, erklärt Heinz, »von denen haben sie doch auf dem Truppenübungsplatz noch eine ganze Division aufgestellt, so auf den letzten Drücker. Aus irgendeinem Grund hat man die bei uns Kaminskis genannt.«

Nicht aus irgendeinem Grund, geht es Berndorf durch den Kopf. Wlassows Stabsoffiziere hätten auf diese Truppe wohl lieber verzichtet, aber so ist das im Krieg: Man muss nehmen, was man kriegt. »Ich weiß, wen du meinst«, sagt Berndorf, »aber dass man sie so genannt hat, hör ich jetzt zum ersten Mal. Da gibt es offenbar Geschichten, die hab ich gar nicht mitgekriegt.«

»Du bist ja auch oft weg gewesen«, gibt Heinz zurück.

Mit raschen Schritten geht Berndorf auf das Schulhaus zu. Die Fotos von Anderweg/Wendel hatten der Emilie nichts gesagt, und auch an den Aufenthalt eines Gauleiters oder sonst eines Bonzen hatte sie sich nicht erinnert. Dann war es auch bereits kurz vor zwei Uhr gewesen, er musste sich eilig verabschieden, immerhin hat Heinz ihm noch versprochen, sich weiter im Dorf umzuhören.

Als er das Schulzimmer betritt, ist er tatsächlich der Letzte und findet seinen Platz zwischen Hans im Glück und der dänischen Gerda, Donatus Rupp nickt ihm kurz zu und beginnt dann auch sofort: Er würde den Ball jetzt gerne wieder zu Schneewittchen spielen. Doch sofort kommt Widerspruch von Schneewittchen, bevor sie etwas von sich erzählen will, habe sie erst einmal eine Frage an den Fährmann.

»Hab ich das richtig verstanden – diese Arbeit, also diese Ruderstange, die ist dir in die Hand gedrückt worden?«

Berndorf schrickt hoch, in seinen Gedanken hängt er noch immer einer ganz anderen Geschichte nach. »So ungefähr, ja«, antwortet er eilig. »Muss ich wohl gesagt haben.«

»Aber wer war das, der das getan hat? Dein Vater?«

»Nein.« Berndorf zuckt mit den Schultern. »Mein Vater trat vor allem vorübergehend auf.«

»Dann war es also deine Mutter?«

»Ja und nein.« Fast körperlich spürt Berndorf Verlegenheit. »Irgendetwas wird sie von mir erwartet haben. Vermutlich irgendetwas Besonderes. Ich werde sie enttäuscht haben.«

»Dein Satz war doch: Es ist nicht genug«, meldet sich Rapunzel zu Wort. »Ist es deine Mutter, die das gesagt hat?«

Berndorf senkt ein wenig den Kopf und schaut ihr mit hochgezogenen Augenbrauen ins Gesicht. »Nein«, antwortet er dann. »Das hat sie so nicht gesagt. Nicht sie. Das Bild, das ich von ihr habe, sagt es.«

»Noch etwas«, sagt Schneewittchen. »Du hast niemand, an den du das Ruder weitergeben kannst – richtig?«

Berndorf nickt.

»Heißt das, dass du auch keine Kinder hast?«

Berndorf blickt kurz auf, Schneewittchen ins plötzlich gerötete Gesicht. »Nein. Hab ich nicht.« Dabei ist das ja gar nicht mein Problem, geht es ihm durch den Kopf, mein Problem ist die Zeit, sie ist der Fluss, der mich von dem trennt, was gewesen ist. Von dem, was ich nicht zurückholen kann. »Außerdem würde ich denen einen solchen Job nicht aufhängen wollen.«

»Stopp!«, schaltet sich Rupp ein. »Selbstmitleid ist verboten.«

Berndorf verbeugt sich und hebt beide Hände als Zeichen, dass er die Rüge akzeptiert. Für einen Augenblick sagt niemand etwas, dann bricht Rapunzel das Schweigen. »Vorhin hast du gesagt, es sei nicht deine Mutter, die irgendwie nie zufrieden ist, sondern das Bild, das du dir von ihr gemalt hast, und sagen tut sie auch nur, was du ihr in den Mund legst… Warum malst du dir kein anderes Bild von ihr?«

Wieder allgemeines Schweigen, dann schaltet sich Donatus Rupp ein. »Ich glaube, diese Frage lassen wir jetzt mal so stehen, vielleicht hilft es dem Fährmann, eine Nacht darüber zu schlafen. Auch Schneewittchens Frage – sie weiß schon, was ich meine – stellen wir zurück. Wenn sie will, reden wir morgen darüber…« Er hat sich den schwarzen Lederball gegriffen, wirft ihn spielerisch hoch und fängt ihn wieder auf. »Der Mond ist aufgegangen«, sagt er fast träumerisch, »und spiegelt sich in der Pfütze… Achtung!« Er wirft den Ball zu Gerda, die etwas ungelenk nach ihm greift, ihn aber doch noch fängt.

»Eine Pfütze hätte ich jetzt ungern auf diesem Boden«, fährt Rupp fort, »aber wenn du das hier als Ersatz nehmen willst…« Er greift neben sich und hebt einen großen runden Untersatz aus Plastik hoch, wie man ihn für Kakteen oder andere Zimmerpflanzen verwendet. Gerda zögert kurz, dann steht sie auf, nimmt den Untersatz, stellt ihn auf den Boden und füllt ihn aus der Gießkanne auf, die neben den Kakteen auf dem vorderen Fensterbrett steht. Dann hockt sie sich ohne weitere Umstände im Schneidersitz vor den Untersatz.

»Ich bin Gerda«, sagt sie dann, »und ich will jetzt das Kind sein, das ich einmal war, und dass es schon dunkel ist und ich trotzdem noch draußen bin, und dass Kay dabei ist und wir auf der Pfütze Kastanienblätter schwimmen lassen, das sind unsere Schiffchen…«

Andersens *Schneekönigin* handelt von einer endogenen Depression, und wer glaubt, das ließe sich mit schierer Liebe heilen, der glaubt auch sonst an Märchen. Missmutig stößt Berndorf die Tür zur *Sonne* auf. Das Schlimmste am stillen Unglück ist diese zittrige Hoffnung, alles werde so werden wie früher, als Kay noch ein Kind war und sich über ein Kastanienblatt freuen konnte, das auf einer Pfütze segelt… Er blickt sich um, am Stammtisch sitzen zwei Männer, die er nicht kennt oder nicht zuordnen kann, an einem Ecktisch erblickt er Nadja Schwertfeger, allein vor einem Glas Wein, das schmale Gesicht außerhalb des Lichtzelts, das die Deckenlampe auf den Tisch wirft.

Sie tauschen einen Händedruck, dann setzt er sich ihr gegenüber. »Wie war Ihre Fahrt?«

Ach ja, kommt die Antwort, sie sei mit dem Zug nach Ravensburg gefahren und habe dann geglaubt, es könne weiter kein Problem sein, von dort mit öffentlichen Verkehrsmitteln auf die Alb zu gelangen. »Ich muss gestehen, dass mir die Vorzüge eines eigenen Autos selten so deutlich vor Augen geführt wurden. Und Sie? Haben Sie Ausgang bekommen?«

»Mehr oder weniger.« Berndorf verzieht das Gesicht. »Ich fürchte, Donatus Rupp beginnt an der Ernsthaftigkeit meiner Teilnahme zu zweifeln. Vielleicht schmeißt er mich ja raus, dann kann ich es auch nicht ändern.«

»Höre ich da eine stille Hoffnung?«, fragt Nadja, wartet aber gar nicht erst auf eine Antwort, sondern holt aus ihrer Handtasche einen Umschlag und reicht ihn über den Tisch. In dem Umschlag befindet sich eine Schwarzweißfotografie, aufgenommen mit einer alten Kleinbildkamera, die Fotografie – an einer Ecke geknickt – zeigt eine junge Frau, beide Hände in den Manteltaschen, an die Balustrade einer Seeterrasse gelehnt. Berndorf hält die Fotografie unter das Licht der Deckenlampe, und für Nadja, die ihn beobachtet, scheint es, als bleibe die Zeit für einen kurzen Augenblick stehen.

»Möchten Sie etwas bestellen?« Zum zweiten Mal fragt es die Wirtin, die an den Tisch gekommen ist. Berndorf fährt auf, bittet um Entschuldigung, bestellt erst ein Glas vom trockenen Roten und will dann doch nur ein Mineralwasser.

»Wie sind Sie an das da gekommen?« Noch immer hält er das Foto in der Hand, blickt Nadja aber unvermittelt in die Augen, so direkt, dass sie fast erschrickt. Sie berichtet von dem gestrigen, bei dem Ehepaar Welsheimer in Ravensburg verbrachten Abend.

»Am Telefon sagte ich Ihnen wohl schon, dass das Foto 1936 aufgenommen wurde, in Lausanne, wo meine Adoptivmutter damals Au-pair-Mädchen war. Die Mutter meiner Freundin Marlies hat sie dort besucht, und bei dieser Gelegenheit müssen die beiden diese Frau …« – sie deutet auf das Foto – »… kennengelernt haben. Meine Freundin nimmt an, dass es eine Zufallsbekanntschaft war. Sie weiß sonst aber nichts über sie, nicht einmal den Namen.« Ein wenig Eifersucht wird dabei gewesen sein, geht es ihr durch den Kopf. Man besucht die Freundin in der Schweiz, und da ist plötzlich auch noch jemand anderes da. Sie blickt auf, ein großer, älterer dunkelhaariger Mann ist an den Tisch getreten, offenbar will er zu Berndorf.

»Entschuldigung«, sagt der Mann, und erst jetzt wird auch Berndorf aufmerksam. Das sei Heinz, erklärt er, Heinz gehöre für ihn von Anfang an zu Wieshülen, und das hier sei Nadja Schwertfeger …

»Du hast ja diese Geschichte gelesen, da kommt eine Stoffkatze vor, die von der armen Elfie zusammengenäht wird, und genau eine solche Stoffkatze ist ihr« – er zeigt auf Nadja – »damals mitgegeben worden …«

»Meine Mutter hat sie mir mitgegeben«, ergänzt Nadja. »Es ist das Einzige, was ich mit Sicherheit von ihr weiß.«

Heinz nickt und macht ein höfliches Gesicht, aus dem aber nicht hervorgeht, was er von dieser Art von Erklärungen hält. Er räuspert sich und bestellt bei der Wirtin ein Weizenbier. »Erinnerst du dich an das hinkende Hannele?«, fragt er Berndorf. »Sie muss damals acht oder neun gewesen sein, als die Handgranate losgegangen ist, weiß der Teufel warum.« Er wirft einen Blick zu Nadja. »Er hat mich gefragt«, erklärt er ihr, »ob in dieser Geschichte noch andere Leute vorkommen, die es wirklich gegeben hat.«

»Aber ja doch«, sagt Berndorf und tippt sich an die Stirn.

Nur Nadja scheint irritiert. »Jetzt kann ich Ihnen gerade nicht folgen.«

»Jemand muss sie zusammengeflickt haben«, erklärt Berndorf. »Aber in diesem Dorf hat es noch nie einen Arzt gegeben, und den Transport ins Krankenhaus auf dem Ochsenkarren hätte sie kaum überlebt. Weiß man etwas über den, der das gemacht hat?«

»Das Bäsle meint, das sei ein Sanitäter gewesen und der sei mit den Soldaten ins Dorf gekommen.« Heinz hat das Foto erblickt, das Berndorf auf dem Tisch abgelegt hat. Er beugt sich vor und hält den Kopf ein wenig schief. Dann blickt er zu Berndorf.

»Ist das nicht ein Foto von deiner Mutter? Da ist sie aber noch ganz jung.«

Gut, dass du kommst«, sagt Römisch Eins, das Töpfchen, und blickt von seinem Laptop auf, »der Meister hat schon nach dir gefragt. Er wartet auf dich.«

Berndorf zieht seinen Mantel aus, hängt ihn an den Haken an der Tür und geht wieder die mit Teppichfliesen bedeckte Holztreppe hinunter. Er wendet sich nach rechts, bleibt schließlich vor der Tür des Arbeitszimmers stehen, klopft und tritt ein, als er das »Herein!« hört.

»Setzen Sie sich«, sagt Donatus Rupp, der im Schein einer grünen Lampe Aufzeichnungen durchsieht, und weist mit der Hand einladend auf den Besucherstuhl.

»Dies ist ein Gespräch mit dem Kriminalhauptkommissar in Ruhe Hans Berndorf«, fährt er fort, als der Besucher Platz genommen hat. »Nicht mit dem Fährmann. Daher die förmlichere Anrede!«

»Wie Sie meinen«, antwortet Berndorf.

»Nicht, wie ich meine«, fällt ihm Rupp ins Wort. »So, wie Sie sich verhalten! Ich hatte von Anfang an ein merkwürdiges Gefühl, müssen Sie wissen. Vor ein paar Tagen waren zwei Frauen hier, die haben mir die Hucke vollgelogen und wollten mich über jemanden ausfragen, der früher einmal hier gewohnt hat. Ich gab Auskunft, wie es mir angemessen erschien, die beiden Frauen zogen wieder ab, aber ich wusste, da kommt noch was. Und was tut der Herr? Er lässt Ihre sehr späte Anmeldung eintreffen.« Rupp lehnt sich in seinem Schreibtischstuhl zurück, stützt die Ellbogen auf der Tischplatte auf und legt die Hände mit den Fingerspitzen aneinander. »Ich habe mir daraufhin die eine oder andere Recherche erlaubt. Das Ergebnis hat mich dann aber doch überrascht.« Er neigt den Kopf ein wenig und lächelt kurz. »Mit der Ehre, den früheren Leiter des Morddezernates der Polizeidirektion Ulm hier bei mir zu beherbergen, hatte ich nicht gerechnet.«

Rupp wendet sich wieder den Aufzeichnungen zu, die vor ihm liegen. »Tatsächlich habe ich mir sogar überlegt, ob denn irgendwann einmal einer meiner Gäste plötzlich verschwunden ist – Sie wissen, es gibt hier auf der Alb so allerhand Höhlen und Dolinen, in die weggeräumt werden kann, was als störend empfunden wird. Es ist mir aber niemand eingefallen. Ich habe mich deshalb mit dem Anliegen der beiden lügnerischen Damen beschäftigt, die etwas über die Frau herausfinden wollten, die in der Nachkriegszeit in den beiden Kämmerchen da oben gewohnt hat …« – mit der Hand zeigt er zum Dachgeschoss hinauf –, »zusammen mit ihrem Buben. Die Frau hieß Eva Gsell, eine unserer Zugehfrauen weiß aber, dass sie geschieden war und den Mädchennamen wieder angenommen hatte, nur der Bub hieß nach dem Vater. Nun, Herr Berndorf, warum sind Sie nicht einfach zu mir gekommen und haben gefragt, ob Sie sich das Haus Ihrer Kindheit anschauen dürfen?«

»Weil ich mir nichts zeigen lassen wollte«, antwortet Berndorf. »Das Haus sollte von selbst zu mir reden. Was immer es mir noch zu sagen hat.« Er breitet beide Hände aus. »Sie sehen, ich habe die Einladung zu Ihrem Workshop ganz wörtlich genommen.«

»Sie haben sie ganz wörtlich missverstanden«, gibt Rupp zurück. »Wenn jemand zu Ihnen hätte sprechen können, dann wäre es das Kind gewesen, das Sie einmal waren. Oder Sie zu ihm. Aber der Bulle – entschuldigen Sie den Ausdruck – hat dem Kind keinen Platz gelassen.«

»Nichts zu entschuldigen … Sie können so etwas sehen? Im anderen Menschen lesen?«

»Man muss Ihnen nur zuhören. Sie haben sich die Rolle des Fährmanns ausgesucht, und zwar des Fährmanns an jenem gewissen Fluss, den keiner überqueren will. Lieber Herr Berndorf, das ist nichts weiter als die banale und nächstliegende Chiffre für einen Kriminalisten, der herausfinden will, was die Toten noch mitzuteilen haben, bevor sie gänzlich im Hades verschwinden. Was haben Sie?«

Berndorf hat kurz das Gesicht verzogen. »Kann es sein«, fragt er zurück, »dass Sie zu viel von diesen amerikanischen Pathologen-Serien sehen?«

»Ich doch nicht.« Rupp runzelt die Stirn. »Aber bleiben wir bei dem Bild, das schließlich Sie sich ausgesucht haben. Wer war es denn, mit dem Sie auf der Überfahrt hätten reden wollen?«

»Nicht reden. Ich wollte hören.«

»Und wen? Ihre Mutter?«

Berndorf schüttelt den Kopf. »Die Vorstellung wäre mir unangenehm.«

»Da bin ich beruhigt«, meint Rupp. »Heute Morgen klang nämlich so etwas an. Ich dachte schon, ich muss intervenieren. Von Tischrücken und anderen Esoterika halten wir nämlich nichts. Wen also wollten Sie dann hören?«

Berndorf lehnt sich zurück, so dass sein Kopf ganz außerhalb des Lichtscheins der grünen Schreibtischlampe bleibt. »Ich will etwas über die letzten Kriegstage hier in diesem Dorf erfahren. Beim Versuch, mir diese Zeit zu vergegenwärtigen, bemerke ich, dass sie voller Stimmen ist, die darauf warten, endlich gehört zu werden, endlich ihre Geschichte erzählen zu dürfen. Dass man ihre Klage anhört.«

»Und?«, fragt Rupp. »Wen haben Sie gehört?«

»Schneewittchen«, antwortet Berndorf. »Die dänische Gerda. Rapunzel. Das Töpfchen …«

»Machen Sie sich darüber nicht lustig!«, fährt ihn Rupp an. »Die Fehlbesetzung sind Sie. Übrigens enttäuschen Sie mich. Ich hätte gedacht, etwas wenigstens hätten Sie hier gelernt.«

»Ja?«

»Es gibt keine Klarheit, die wir uns nicht selbst verschaffen. Und um die Stimmen zu hören, von denen Sie gesprochen haben, muss man ihnen Worte verleihen.« Rupp steht auf und kommt um den Schreibtisch herum auf Berndorf zu. Auch der steht auf. »Es hat mich gefreut, Sie kennenzulernen. Den Workshop werden wir aber in beiderseitigem Einverständnis fortan mit einem Teilnehmer weniger weiterführen … Wenn Sie etwas herausgefunden haben, würde ich mich freuen, Sie zu einer Tasse Kaffee hier begrüßen zu dürfen!«

SAMSTAG

Der Mann, der vom Heuboden fiel

Der Morgen ist frisch, aber der Himmel ist blau, und wenn man sich ein wenig wärmen will, muss man nur das Gesicht mit geschlossenen Augen in die Sonne halten. In den Bauerngärten leuchten die letzten Herbstblumen. Nadja, die gut und traumlos geschlafen hat, wartet vor dem Gasthof und spürt dabei eine seltsame Leichtigkeit; sie weiß zwar nicht so recht, warum sie überhaupt hierhergefahren ist – sie hätte ja auch einfach einen Abzug des Lausanne-Fotos machen lassen und ihn Berndorf zuschicken können –, aber nun ist sie einmal hier und verabredet, mit Berndorf und seinem Kindheitsfreund ein altes armes Mädchen aufzusuchen, das früher einmal das hinkende Hannele hieß.

Ein Kombi nah an der Grenze zum Oldtimer kommt um die Ecke und hält, Berndorf steigt vom Beifahrersitz und hält ihr die Wagentür auf. Dabei blickt er sie fragend, fast prüfend an. Ja doch, denkt sie dann, wir beide haben noch etwas zu besprechen, über das Lausanne-Foto und was es bedeuten könnte, das ging weder gestern Abend, noch geht es jetzt, aber irgendwann werden wir es tun müssen. Sie nickt als Zeichen des Einverständnisses und nimmt auf dem Rücksitz Platz. Vom Fahrersitz grüßt Heinz, dann sitzt auch Berndorf wieder und der Kombi – ein Irgendwas-Diesel, der nach Werkzeug und nach Kartoffeln riecht – nimmt Fahrt auf.

»Haben Sie Dispens von der Märchenstunde bekommen?« Noch während sie fragt, ärgert sie sich über sich selbst. So spöttisch muss sie nicht daherreden. Auch wenn sie nach einem Anlass gesucht hat, ihn demonstrativ zu siezen.

»Der Meister hat mich rausgeschmissen … Angeblich hat er mir von Anfang an nicht getraut.«

Nadja nickt. Irgendwie war das zu erwarten gewesen. Die Fahrt führt über eine Kuppe und hinab in ein waldbestandenes Tal, vorbei an unvermutet aufragenden moosfleckigen Kalkfelsen und Buchen in der Farbenpracht ihres Herbstlaubs. Nadja will etwas wissen über das alte Mädchen, das sie im Altersheim der Kreisstadt aufstören wollen.

»Ich erinnere mich an ein mageres, ängstliches Geschöpf«, antwortet Berndorf, »mit strohblondem Haar, in Zöpfen geflochten. Und gehbehindert. Sie konnte den einen Fuß nicht abrollen.«

»Richtig heißen tut sie Hannelore Allmendinger«, ergänzt Heinz, »und gehinkt hat sie nicht von Geburt an, sondern …« Vor ihnen tuckert ein Traktor, Heinz schaltet herunter, beschleunigt und überholt. »Also, es hieß immer, sie hätte eine Handgranate gefunden und damit gespielt, und der Onkel habe noch geschrien, sie soll's wegwerfen.«

»Und sie hat es nicht getan?«

»Doch. Aber nicht weit genug. So heißt es. Bloß …« Heinz nimmt die rechte Hand vom Lenkrad und macht eine Bewegung, als müsse er etwas Ungewisses anzeigen. »Die Lisa – also meine Frau – sagt, man darf nicht alles glauben, was es im Dorf so heißt.«

»Der Onkel, das war doch der Erwin Allmendinger?«, fragt Berndorf.

»Ja«, antwortet Heinz und wirft einen raschen Blick zur Seite. »Und der Hof hat dem Bruder gehört. Aber der ist schon zweiundvierzig in Russland gefallen.«

»Und der Bruder musste nicht dorthin?«, fragt Nadja vom Rücksitz.

»Nein«, kommt es von Heinz. »Der musste nicht.«

»Er hatte Wichtigeres zu tun«, wirft Berndorf ein.

»Er hat in Grafeneck geschafft«, erklärt Heinz. »Als Hausmeister. Oder Techniker. Man hat ihn später nicht gefragt, was genau er da gemacht hat.«

»Grafeneck?«, fragt Nadja. »Aber nicht …«

»Doch«, sagt Berndorf. »Dieses Grafeneck. Einst Sommerresidenz des württembergischen Herzogs Karl Eugen. Samt eigenem Opernhaus. So viel Kultur gab es hier nicht davor und nicht danach.«

»Bitte«, sagt Nadja, »was ist mit diesem Grafeneck?«

»Später war es ein Heim der Samariterstiftung für Behinderte«, erklärt Heinz. »Es liegt nur ein paar Kilometer von hier, mit Blick aufs Lautertal, wir hätten vorhin nur rechts abbiegen müssen …«

»Neunzehnhundertvierzig kamen dann die grauen Busse«, ergreift wieder Berndorf das Wort. »Irgendwas über zehntausend behinderte Menschen – oder solche, die man für behindert hielt – wurden hierhergefahren und ins Gas geschickt.«

»Zehntausendsechshundertvierundfünfzig«, wirft Heinz ein. »Alle in diesem einen Jahr neunzehnhundertvierzig.«

»Und dieser Hausmeister oder Techniker«, fragt Nadja, »was hatte der dort zu tun?«

»Ich hab doch gesagt, dass ihn das keiner gefragt hat«, antwortet Heinz. »Er hat sich auf Installationen verstanden. Auf Gasleitungen zum Beispiel.«

»Aufgedreht hat er das Gas aber nicht«, fährt Berndorf fort. »Das war den Ärzten vorbehalten. Höchstens, wenn die Ärzte alle verhindert waren. Als Installateur wird er das dann ja hingekriegt haben.«

»Und nach dem Krieg?«, will Nadja wissen. »Ist er da zur Rechenschaft gezogen worden?«

»Zur Rechenschaft gezogen worden?«, echot Berndorf. »Wegen Grafeneck hat es einen einzigen Strafprozess gegeben, neunundvierzig in Tübingen. Zur ewigwährenden Schande der Tübinger Justiz hat das Gericht gleich zu Beginn der Urteilsbegründung erklärt, es gebe unterschiedliche Meinungen zur Frage, ob man *lebensunwertes Leben* vernichten dürfe, das heißt, es hat gleich im ersten Satz die nationalsozialistische Terminologie und Denke übernommen.«

»Und die Urteile?«

»Fünf der acht Angeklagten wurden freigesprochen, gegen zwei wurden Freiheitsstrafen verhängt, die durch die Untersuchungshaft verbüßt waren. Der Hauptangeklagte, ein Gynäkologe und Medizinalrat, der sich und seinen Gästen einmal die Vergasung behinderter Frauen hat vorführen lassen – der bekam zwar fünf Jahre, musste aber wegen angeblicher Haftunfähigkeit keinen Tag davon absitzen. Er war so krank, dass er danach noch ein Vierteljahrhundert zu leben hatte.«

»Und dieser Allmendinger?«

»Ach der!«, meint Berndorf wegwerfend. »Der war doch nur der Klempner.«

»Außerdem war er neunundvierzig schon tot«, wirft Heinz ein.

Nach einer Rechtskurve öffnet sich vor ihnen eine weite Hochfläche, ein Kirchturm und ein Gewerbegebiet mit allerhand Container-Architektur kündigen die Kreisstadt an. Wenig später holpern sie über Kopfsteinpflaster, vorbei an Fachwerkhäusern, dann haben sie die Stadtmitte auch schon durchquert, Heinz steuert einen Parkplatz an, der zu einem weitläufigen Gebäudekomplex gehört. Vom Parkplatz gehen sie zum Empfang und von dort weiter zur Cafeteria, die sich auf eine von Bäumen bestandene Grünfläche öffnet. Heinz muss sich erst umschauen, ehe er in einer Nische ein dünnes Figürchen in einem Rollstuhl entdeckt. Er steuert das Figürchen an, das weißgelbes schütteres Haar hat und sich als durchaus lebendige Person mit wachen, hellen Augen entpuppt, »ach, der Heinz, ganz pünktlich! Und Besuch hat er auch noch mitgebracht, ja was soll man dazu sagen …«

Heinz übernimmt die Vorstellung, dabei scheint die Hannelore Allmendinger vor allem von Nadja beeindruckt, eine Dame, die extra nach Wieshülen gekommen ist, um etwas herauszufinden, das ist ja fast wie eine Geschichte im Fernsehen! Ach, und das sei der Bub aus dem Schulhaus, der von der Eva Gsell? »Kann das wahr sein? So ein schmächtiges Büble bist du gewesen, und jetzt!« Berndorf lässt das auf sich beruhen, und weil die Theke der Cafeteria bereits geöffnet hat, fragt er, ob er erst mal Kaffee besorgen darf, was ihm nach heftigem Sträuben auch schließlich erlaubt wird – aber einen koffeinfreien, und bloß keinen Kuchen, sonst kriegt sie nachher nichts vom Mittagessen runter!

Während Berndorf zur Theke geht, muss Heinz das Neueste aus dem Dorf erzählen, dass schon wieder jemand aus Reutlingen ein Ferienhaus gebaut hat, oben auf Manzens Wiese, und dass es sogar eine Hochzeit gegeben habe, aber eine kroatische, der eine Sohn von den Leuten aus der Schapfengasse mit einer aus Ehingen. Das interessiert Hannelore Allmendinger aber nicht so arg, lieber will sie etwas von Heinz' Enkeln hören, weil – sie wendet sich an Nadja – »dass ich keine Kinder hab, das hat mich nie geplagt, aber so ein paar Enkele, die hätt ich doch gern.«

Heinz erzählt von der geplanten Europa-Reise, dann bringt Berndorf den Kaffee, und Heinz leitet dazu über, dass die beiden Besucher etwas über den Arzt wissen wollen, »weißt du, den, der dich damals zusammengeflickt hat, als das mit der Granate passiert ist …«

»Arzt sagst du!«, fällt ihm Hannelore Allmendinger ins Wort, und Nadja kann zusehen, wie sich ein Schatten über das Gesicht der alten Frau legt. »Das waren zwei so Sanitäter, und wenn einer davon ein Arzt gewesen wär, hat meine

Mutter immer gesagt, ein richtiger Arzt, hätt er das mit meinem Fuß auch richtig gemacht, und es wär gar nichts gewesen, gar nichts außer dem bisschen Blut.« Mit der Hand fährt sie sich über den Bauch, als müsste sie etwas wegwischen. Ihr Gesicht ist plötzlich nicht mehr das einer alten Frau, sondern das eines verängstigten Kindes.

»Weißt du noch«, fragt Berndorf (der die Hannelore duzen darf, weil er ja doch mit ihr in einem Schulzimmer gesessen hat), »weißt du noch, wie das passiert ist?«

»Ich weiß nur, dass da was mit einer Handgranate war«, kommt die Antwort. »Die hat so geglitzert. Der Onkel hat geschrien, ich soll sie wegwerfen. Und dann war es plötzlich ganz hell.« Sie zuckt mit den mageren Schultern. »Mehr weiß ich nicht … Nur dass ich nun schon fast mein Lebtag das hinkende Hannele bin, das weiß ich wohl.« Sie versucht ein Lächeln. »Jetzt ja nicht mehr. Jetzt sitz ich im Rollstuhl.«

»Diese Verletzung am Fuß«, fragt Nadja behutsam, »kam die durch einen Splitter? Ich meine, einen Splitter von der Granate?«

Über das Gesicht der alten Frau zieht ein Schatten. Argwohn oder Ablehnung?, überlegt Nadja. »Da war was gerissen«, kommt die Antwort. »Und erst war der Fuß ganz dick, das weiß ich noch. Und dann war er steif. Und ist es geblieben.« Sie wendet sich ihrem Kaffee zu und will das Plastiktöpfchen mit der Sahne öffnen, aber ihre Finger zittern so sehr, dass es ihr nicht gelingt.

»Lassen Sie mich«, sagt Nadja, beugt sich zu ihr und öffnet die kleine Dose. »Ihr Onkel war dabei, sagten Sie … Das war ja ein Glück, Sie hatten ja noch andere Verletzungen – Sie haben ja geblutet …« Sie wiederholt die Geste, die ihr vorhin aufgefallen ist: Mit der Hand fährt sie sich über den Bauch. »Hat Ihr Onkel dann den Arzt oder Sanitäter geholt?«

Die alte Frau wirft ihr einen abweisenden Blick zu. »Das

weiß ich nicht, wer das getan hat … Ich war …« Sie streicht sich mit der Hand über die Stirn. »Ich war weg, ohnmächtig …«

»Dein Onkel Erwin«, sagt Berndorf langsam, »ich glaube, ein wenig erinnere ich mich an ihn.« Er wirft einen Blick zu Heinz. »Ein großer, schwerer Mann, man hat sich vor ihm in Acht nehmen müssen.«

»Ja«, pflichtet Heinz bei, »das kannst du schon so sagen. Alle im Dorf hatten …« – er macht eine Pause, als suche er ein Wort –, »alle hatten Respekt vor ihm. Man mochte ihn nicht mal grüßen – es hat sein können, dass er einen bös angefahren hat: Was willst du?«

»Ich weiß nicht, was ihr da von ihm redet. Er ist doch schon lang tot«, sagt die alte Frau. »Diese alten Geschichten.«

»Du meinst die von Grafeneck?«, fragt Berndorf. »Darum geht es jetzt nicht. Wir reden jetzt nicht von dem, was man den armen Menschen dort angetan hat.« Er wirft einen Blick zu Nadja.

»Wir wollen davon reden, was man Ihnen angetan hat«, greift Nadja den Ball auf. »Im Dorf hatte man nicht Respekt vor Ihrem Onkel, sondern man hatte Angst, nicht wahr?« Wieder beugt sie sich zu der alten Frau. »Kann es sein, dass Sie ganz besonders viel Angst vor ihm hatten? Und das mit allem Grund?«

»Hören Sie auf!«, antwortet die alte Frau mit leiser Stimme. Mit noch immer zittriger Hand versucht sie, den Kaffee umzurühren. Dann legt sie den Löffel wieder beiseite. »Was kommen Sie hierher und quälen mich mit solchen Fragen?«

»Ich glaube«, sagt Nadja, »dass es da etwas gibt, worüber Sie irgendwann einmal reden müssen. Was irgendwann einmal rausmuss. Warum nicht jetzt? Vielleicht nicht gerade vor denen da!« Sie weist auf die beiden Männer. »Ihr zwei! Wollt ihr nicht mal nach draußen, frische Luft schnappen?«

Berndorf nickt Heinz zu und steht auf, und beide gehen

durch eine Glastür nach draußen auf die Terrasse und weiter in den Park.

»Ob sie sie zum Reden bringt?«, fragt Heinz.

»Schwer zu sagen«, antwortet Berndorf. »Ohnehin kommt es nicht darauf an. Was passiert ist, können wir uns auch so an fünf Fingern abzählen. Deine Lisa weiß es eh schon.«

»Du kannst es dir an den Fingern abzählen, meinst du?«, fragt Heinz.

Berndorf zuckt mit den Schultern. »Handgranaten glitzern nicht. Die Fußverletzung wird ein Bänderriss gewesen sein. Er hat ihr den Fuß umgedreht, als sie ihn zu treten versucht hat. Da ist es dann passiert. Und die Granate hat er selber gezündet, als das Kind nach der Vergewaltigung geblutet hat und nicht aufhören wollte zu bluten. Das hat er gemacht, damit er eine Ausrede hat. Ist es das, was dir die Lisa auch schon gesagt hat?«

»So ungefähr«, antwortet Heinz. »Dass man dem Hannele seinem Onkel aus dem Weg gehen muss, das hätten die Mädchen im Dorf damals alle gewusst… Aber groß geredet hat man nicht darüber.«

»Weil alle gewusst haben, das ist der, der den Gashahn aufdrehen kann?«

»Vielleicht.«

»Als wir hergefahren sind«, fragt Berndorf, »da hast du gesagt, der Allmendinger sei neunundvierzig schon tot gewesen?«

»Es muss kurz nach der Währungsreform passiert sein… Das war eine große Leich' damals, hast du da nicht zugeguckt?«

Berndorf überlegt. Die Währungsreform hat er im Schwarzwald erlebt. Bei der Großmutter. Die Mutter war… weiß der Teufel wo! »Nein, hab ich nicht.«

»Dass es kurz nach der Währungsreform war, weiß ich, weil

ich damals einen Fünfzig-Pfennig-Schein verloren gehabt hab. Und ich hab dem Leichenzug zugeguckt und gedacht, der hat es gut, den fragt keiner, wo der Fünfzig-Pfennig-Schein geblieben ist.«

»Und wie ist das zugegangen, dass der hinüber war?«

»Der Schein?«

»Nein. Der Allmendinger.«

»Der ist in der Scheune runtergefallen.« Mit der Hand beschreibt Heinz eine Ebene und dann eine sehr senkrechte Linie. »Vom Heuboden nach unten. Auf die Steinplatten.«

»Vom Heuboden, ja?«

»Wieso fragst du?«

»Halt so.«

Durch die Glastür gehen sie zurück in die Cafeteria. Nadja sitzt allein an dem Tisch in der Ecknische. Als sie die beiden erblickt, steht sie auf. »Die Hannelore bittet sehr um Entschuldigung. Aber jetzt will sie allein sein.«

Zu dritt verlassen sie das Altenzentrum und gehen zum Wagen zurück. »Allmendinger ist achtundvierzig ums Leben gekommen«, sagt Nadja, als der Kombi auf die Straße Richtung Stadtmitte eingebogen ist.

»Ich weiß«, sagt Heinz. »Er ist vom Heuboden gefallen.«

»Richtig«, bestätigt Nadja. »Sie hat mir erzählt, wie es passiert ist.« Und mehr, so beschließt sie, wird man von ihr nicht erfahren.

Der Kombi rumpelt über das Kopfsteinpflaster des Marktplatzes und biegt auf einen freien Parkplatz neben einem altertümlichen, von einer Linde überwölbten Brunnen ein. Vor ihnen liegt ein Gasthof mit Sprossenfenstern, links befindet sich eine Buchhandlung, wo sich Berndorf eine Zeitung besorgen will. »An dieses Lokal hier«, sagt er, wendet sich zu Nadja und deutet auf den Gasthof, »schließt sich ein Anbau mit einem Saal an. Dort fand die Tanzstunde statt. Sie gehört zu meinen schrecklichsten Jugenderinnerungen überhaupt …«

»Sie übertreiben«, antwortet Nadja sanft, aber da hat Berndorf bereits die Wagentür geschlossen und geht zur Buchhandlung hinüber. Sie hat sich, so stellt er befriedigt fest, im letzten halben Jahrhundert nicht sehr verändert, auch findet er eine Zeitung, aber da die Buchhändlerin mit einer Kundin zu verhandeln hat, wendet er sich den Bücherregalen zu, vielleicht findet er etwas zur örtlichen Zeitgeschichte.

»Berndorf«, hört er eine Stimme in seinem Rücken, »mit dir kann man nicht vorsichtig genug sein! Vor ein paar Tagen erst hab ich deinen Namen genannt, und schon bist du hier …« Er dreht sich um, vor ihm steht Carmen Weitnauer, hoch gewachsen, die weiße Strähne im schwarzen Haar war ihm schon beim ersten Wiedersehen aufgefallen. Wie lange ist das nun schon wieder her? Zwei Jahre? Drei? Sie begrüßen sich so beiläufig, dass es fast vertraut aussehen mag.

»Ich frag dich nicht, warum du hier bist«, erklärt Carmen, »ich denk mir einfach, dass es mit einer Stoffkatze zu tun hat und mit einem Akkordeonisten und einem Bub, der mit Bauklötzen spielt … da staunst du, was ich weiß?«

»Mit einem Akkordeonisten?«, fragt Berndorf. »Warum ist dir gerade der aufgefallen?«

»Weil es mit dir zu tun hat! Aber sag, hast du Zeit für eine Tasse Kaffee?«

Berndorf erklärt, dass man draußen auf ihn wartet, »Nadja Schwertfeger kennst du ja, und Heinz ist auch dabei …« Aber Carmen Weitnauer findet, dass er erst einmal fragen soll, wie eilig es seine Begleiter denn hätten. »Einverstanden«, sagt Berndorf und bezahlt seine Zeitung, gemeinsam verlassen sie die Buchhandlung und steuern den Kombi an. Ob des Wiedersehens geben sich beide Damen entzückt, nur Heinz mag nicht schon wieder einen Kaffee – ob man ihn für eine Stunde entschuldigen könne? Er hätte noch was beim Baumarkt zu besorgen.

Die beiden Frauen betreten mit Berndorf im Gefolge die Gastwirtschaft, die auf freundliche und gepflegte Weise altmodisch ist. Sie finden einen freien Tisch, die Damen bestellen Prosecco, Berndorf zieht ein Weizenbier vor, und dann will Carmen Weitnauer zwar nicht aufdringlich sein, würde aber doch gerne wissen, ob Berndorf schon etwas über diesen unbekannten Schriftsteller Anderweg und den Wirklichkeitsbezug seiner Geschichte vom Soldaten Pietzsch herausgefunden hat.

Berndorf gibt Auskunft, dann wird er unterbrochen, weil die Getränke gebracht werden, man stößt an, schließlich fährt er fort: Wendel alias Anderweg müsse um den 20. April herum tatsächlich in Wieshülen gewesen sein und sich dort auch mit einzelnen Leuten bekannt gemacht haben. »Und nicht wenige Details seiner Geschichte stimmen, zum Beispiel, dass sich damals ein Arzt im Dorf aufgehalten hat oder dass einer der Soldaten mit dem Akkordeon nachts ein wenig Tanzmusik gespielt hat.« Er wendet sich an Carmen Weitnauer. »Das ist offenbar die Szene, die dir besonders aufgefallen ist.«

»Erinnerst du dich nicht an unsere Tanzstunde?«, fragt sie zurück und deutet mit dem Daumen nach hinten, in den rückwärtigen Bereich des Gasthofs.

»Sehr ungern.«

»Der Tanzlehrer war ein gewisser Valentin Hupfauer, und selbstverständlich hat er damals schon einen Plattenspieler benutzt. Nur manchmal, wenn gewisse Leute gar zu hölzern über die Dielen getappt sind, dann hat er sich hingesetzt und sein Akkordeon genommen und uns vorgespielt, damit wir eine Ahnung von Rhythmus und der rhythmischen Bewegung bekommen. Sag mal, Berndorf, erinnerst du dich wirklich nicht mehr daran?«

»Schweig«, sagt Berndorf. »Natürlich erinnere ich mich.« Er wendet sich zu Nadja. »Der besonders hölzerne Tölpel, also der, der am meisten Anlass zu solchen Unterweisungen gab, der sitzt nämlich hier.« Er deutet auf sich. »Und die Hauptleidtragende meiner täppischen Bemühungen ist« – jetzt deutet er auf Carmen Weitnauer – »wohl meistens sie gewesen …«

»Vorbei!« Carmen Weitnauer winkt ab. »Ich erzähl es auch nur, weil ich ja diese Geschichte von der *Nachtwache des Soldaten Pietzsch* gelesen habe. Zwei Personen in dieser Geschichte waren mir sofort so gegenwärtig, als hätte man Fotos von ihnen hineingeklebt – Fotos vom trotzigen kleinen Bub und von eben dem Akkordeonspieler.«

Nadja hat ganz leicht die Augenbrauen angehoben. »Dieser Tanzlehrer«, fragt sie dann, scheinbar ohne rechten Anlass, »weiß man, wo der herkam?«

»Eben nicht. Er muss nach dem Krieg hier aufgetaucht sein«, antwortet Carmen Weitnauer, »und hat sich zunächst als Unterhaltungsmusiker durchgeschlagen, hat also auf Hochzeiten gespielt oder auf Bierfesten. Irgendwann hat er dann bei dem alten arthritischen Tanzlehrer ausgeholfen, den wir hier im Städtchen hatten, und ist schließlich dessen Nachfolger geworden … Aber brauchen Sie die genauen Daten? Da müssten Sie seinen Sohn fragen, das heißt, es ist wohl sein Stiefsohn, er hat spät geheiratet, eine Mexikanerin, die muss er mitsamt ihrem Buben irgendwo auf der Straße aufgelesen und hierhergebracht haben.« Sie holt ein Mobiltelefon aus ihrer Tasche. »Wenn Sie wollen, rufe ich ihn an, ob er mit Ihnen sprechen will.« Sie lächelt, fast ein wenig verlegen. »Mein Mann und ich, wir kennen ihn ganz gut. Wir sind beide in einem Senioren-Tanzkurs bei ihm, seit Jahren schon.«

Vom Anwesen der Tanzschule Hupfauer-Sanchez sieht man zunächst nur ein spitzgiebliges Häuschen, wie sie Ende der Vierziger Jahre in den Neubausiedlungen errichtet wurden. In einem Anbau aus den Siebziger Jahren ist ein Tanzstudio mit Musikpodium untergebracht, durch das Carlos Hupfauer-Sanchez gerade die Besucher führt. Er ist ein mittelgroßer, nicht ganz schlanker Mann mit olivenfarbenem Teint und gekräuseltem grauen Haar, spricht ein angenehm zurückhaltendes Schwäbisch und lässt es sich nicht nehmen, auch die technische Installation zu erklären, mit der sich allerhand Disco-Zauber produzieren lässt. Der Anbau sei noch von seinem Vater – von Valentin Hupfauer also – vorgenommen worden, das sei damals nicht ganz einfach gewesen, weder finanziell noch baurechtlich, aber die Mühen hätten sich dann doch gelohnt. »Ohne eigenes Studio haben Sie in unserer Branche kaum eine Chance mehr.«

Er öffnet eine weitere Tür und lässt Nadja und Berndorf in ein Büro eintreten, das zwar nüchtern möbliert ist, dessen Wände aber vollgehängt sind mit Fotografien von Tanzpaaren, deren Lächeln mit dem Weiß ihrer Gebisse und dem Glanz ihrer Haare um die Wette strahlt. Berndorf bleibt vor einem gerahmten Schwarzweißfoto stehen, das einen Akkordeonspieler mit schief sitzender Schlägermütze und Zigarette im Mundwinkel zeigt.

»Das war mein Vater«, erläutert Carlos Hupfauer-Sanchez, »dabei hat er in Wahrheit weder geraucht noch solche Mützen getragen, außer auf der Bühne. Das da ist übrigens sein letztes Akkordeon …« Er deutet auf eine Vitrine, die fast eine Seitenwand des Büros ausfüllt und in deren Mittelteil ein

Akkordeon ausgestellt ist, als sollte es gleich herausgeholt und gespielt werden. Berndorfs Blick wird von dem Akkordeon jedoch nicht lange festgehalten, sondern abgelenkt und magisch angezogen von dem Krimskrams, mit dem die Fächer in den beiden Seitenteilen der Vitrine vollgestellt sind, es sind Kleinplastiken von Musikern mit breitkrempigen mexikanischen Hüten, die sich mit ihren Blasinstrumenten, ihren Kastagnetten und Bandoneons zu immer neuen Ensembles gruppieren und mit einer Lebenslust zu spielen scheinen, dass man die Mariachis durch die Glasscheiben der Vitrine vibrieren hören möchte. Doch sie bleiben stumm, denn die Musiker tragen Totenköpfe oder sind ganz als Skelette dargestellt.

»Das sind Calaveras«, erklärt Hupfauer-Sanchez, »Skelette, die zum Tag der Toten aufspielen, in Mexiko ist das ein Volksfest. Meine Mutter Dolores hat manchmal gesagt, in Mexiko seien die Toten lebendiger als die Lebenden auf der Schwäbischen Alb.«

Berndorf neigt ein wenig den Kopf, als könne er diese letzte Bemerkung in Teilen nachvollziehen. Etwas zögernd nähert sich Nadja der Vitrine.

»Die meisten Calaveras sind aus Pappmaché, manche aber auch aus Teig geknetet. Totenköpfe wurden und werden gern aus Zuckerwerk gemacht. Ende der Fünfziger Jahre war mein Vater zum ersten Mal in Mexiko, mit einer Reisegruppe deutscher Tanzlehrer, die sich damals nach neuen Anregungen umsehen wollte. Kurz zuvor war der Cha-Cha-Cha von Kuba nach Mexiko und in die USA gekommen, überhaupt muss das eine Zeit gewesen sein, in der die Tanzmusik immer wieder neu erfunden wurde. Ich nehme an, dass mein Vater damals auf diese besondere mexikanische Volkskunst aufmerksam geworden ist und die ersten Stücke seiner späteren Sammlung erworben hat, für eine Handvoll Cent hat man damals ja noch die schönsten Totenköpfe bekommen. Später stand er über Jahre hinweg mit einem mexikanischen Kollegen in Kontakt, der für ihn besonders hübsche oder originelle Calaveras besorgen musste.« Er hebt kurz die Schultern und lässt sie wieder fallen. »Außer den Totenköpfen hat mein Vater sonst nur noch meine Mutter und mich aus Mexiko mitgebracht. Dabei hat meine Mutter nicht einmal wie ein Skelett ausgesehen, wirklich nicht. Aber sagen Sie mir doch, was genau Sie über ihn wissen wollen.« Mit einer Handbewegung lädt er ein, auf den Besucherstühlen vor dem Schreibtisch Platz zu nehmen.

Berndorf reicht ihm eines der noch übrigen Exemplare der *Nachtwache*, und Nadja erklärt, dass sie in der Erzählung einen möglichen Hinweis auf ihre Mutter gefunden habe und deswegen überprüfen wolle, ob und welche Figuren einen realen Hintergrund hätten.

Berndorf sieht zu, wie Hupfauer-Sanchez den Text durchgeht und wie sich während des Lesens eine zunehmend tiefere Falte auf seiner Stirn ausbildet, und wirft einen fragenden Blick zu Nadja. Aber sie hebt nur kurz die Augenbrauen, was so viel bedeutet wie: Ich bin das schon gewöhnt, dass es dauert! Behutsam stemmt sich Berndorf von seinem Besucherstuhl hoch und kehrt noch einmal zu der Vitrine mit den Calaveras zurück, um sich ein wenig mit den Totenköpfen zu unterhalten. Das ist zuerst ein wenig schwierig, er spricht kein Spanisch, aber mit einem Mal versteht er sie doch. Sei nicht traurig, sagen sie zu ihm, bald wirst auch du alles wissen, was vom Leben zu wissen ist, so wie wir.

Vom Tisch her hört er eine Bewegung, er dreht sich um, der Tanzlehrer blättert noch einmal zu den Stellen, an denen der Akkordeonist erwähnt wird, dann schließt er das Heft, legt es behutsam auf den Schreibtisch und blickt erst zu Nadja, dann zu Berndorf. Ob er sich eine Kopie ziehen dürfe?

»Sie können es behalten«, antwortet Berndorf.

»Danke«, sagt der Tanzlehrer, aber er klingt merkwürdig abwesend. Sein Blick ist wieder auf Nadja gerichtet. »Habe ich das richtig verstanden – Sie suchen nach Hinweisen auf Ihre Mutter?«

Das sei richtig, bestätigt sie.

»Und was ist mit Ihrem Vater?«

Sie zuckt mit den Achseln. »Das wäre dann die nächste Frage. Aber die Umstände bei Kriegsende waren so, dass sich da schwer etwas herausfinden lässt.«

»Aber Sie sind zu mir gekommen!« Hupfauer-Sanchez nimmt das Heft wieder auf und hält es nachdenklich in der Hand.

»Ich muss mich an das halten, was sich verifizieren lässt«, antwortet Nadja und blickt zu Berndorf. Der nickt, zustimmend, aber nahezu unmerklich. »Oder falsifizieren.«

»Sagt man das so?«, fragt der Tanzlehrer. Er lehnt sich zurück und betrachtet seine kurzen, kräftigen, sorgfältig manikürten Finger. Plötzlich aber richtet er sich in seinem Sessel auf, und wieder bleibt sein Blick bei Nadja hängen. »Mein Vater war ein warmherziger, ein ritterlicher Mann. Wenn Tanzlehrer nicht zum Personal gehören würden, könnte man auch sagen: Er war ein Gentleman. Aber es lag nicht nur am Altersunterschied, dass meine Mutter keine weiteren Kinder bekam. Genügt Ihnen das?«

»Warum hat er sie dann hergeholt und geheiratet?«

»Vermutlich hat Carmen Weitnauer Ihnen erzählt, dass er sie auf der Straße tanzen sah«, antwortet Hupfauer-Sanchez. »Wir lassen die Leute das gern so erzählen, aber wenn es wirklich so gewesen wäre, dann hätte man den dummen Europäer betrunken gemacht und ausgeraubt. Aber mein Vater war mit Alkohol sehr vorsichtig, trank eigentlich überhaupt nichts, ließ sich auch sonst auf nichts ein, ganz gewiss nicht auf eine Straßentänzerin. Kennengelernt hat er meine

Mutter Dolores auf einem Treffen deutscher und mexikanischer Tanzlehrer, es muss sehr lustig und temperamentvoll zugegangen sein, und zwei Tage später suchte er sie mit einem Anwalt auf, den ihm das Konsulat empfohlen hatte, und bot ihr einen Arbeitsvertrag in seiner Tanzschule hier an. So kam es, dass ich an einem kalten, nebligen Novembertag mit meiner Mutter in Stuttgart-Echterdingen landete und noch keine Ahnung davon hatte, wie kalt und grau die Welt sein kann …«

»Wie alt waren Sie damals?«, will Berndorf wissen.

»Noch nicht einmal fünf … Sie müssen nicht die Stirn runzeln. Mein Vater ist mir nie zu nahe getreten, falls Sie das meinen.«

Berndorf schüttelt den Kopf. »Es war nur … Ich habe gerade auch mit Erinnerungen an eine Zeit zu tun, in der ich noch nicht einmal fünf war.«

Nadja schaltet sich ein und fragt, ob sie etwas über die Lebensdaten von Valentin Hupfauer erfahren könne? Der Tanzlehrer greift zu einem Ordner, schlägt ihn aber gar nicht erst auf. Nach dem Anruf von Carmen Weitnauer habe er sich die Unterlagen zu seines Vaters Tod bereitgelegt, aber die wichtigsten Daten wisse er auswendig.

»Valentin Hupfauer wurde 1917 in Jena geboren, bekam sehr früh den ersten Klavierunterricht, übrigens auch Ballettstunden, entdeckte bald das Akkordeon für sich, machte Abitur und studierte an der Musikhochschule Weimar. Dann aber musste er für ein halbes Jahr zum Reichsarbeitsdienst.« Er wirft einen Blick zu Berndorf. »Er hat nie darüber gesprochen, auch über die Zeit danach nicht, aber in diesem halben Jahr muss irgendwas mit ihm passiert sein. Jedenfalls studierte er danach nicht weiter, sondern meldete sich zur Polizei und kam ziemlich bald darauf zum Polizeiorchester Berlin. Ich nehme an, mein Großvater Hupfauer, der leitender Angestellter bei Carl Zeiss Jena war und über gute Beziehungen verfügte, hat da ein wenig nachgeholfen. Immerhin hat er diesem Job beim Polizeiorchester zu verdanken, dass er erst vierundvierzig zur Wehrmacht eingezogen wurde.«

»Einen Augenblick«, unterbricht Berndorf, »habe ich das richtig verstanden: Er gehörte dem Polizeiorchester Berlin an? Steht das zweifelsfrei fest?«

»Warum fragen Sie?« Hupfauer-Sanchez schlägt den Ordner auf, muss eine Weile blättern, reicht dann den Ordner aber so zu Berndorf, dass dieser die aufgeschlagene, in Klarsichtfolie eingelegte Seite lesen kann. Es ist ein Dienstzeugnis des Polizeipräsidenten zu Berlin, der dem Kommissar z. A. Curt Valentin Hupfauer die Zugehörigkeit zur Berliner Polizei, treue Dienste sowie besondere Verdienste für das Orchester der Polizei bescheinigt. Ferner ist vermerkt, dass Curt Valentin Hupfauer am 1. Oktober 1944 dem Ruf zu den Waffen gefolgt sei.

»Auch von dem Akkordeonisten in dieser Geschichte heißt es, er sei sehr spät Soldat geworden«, wirft Nadja ein und zeigt auf das Heft mit der Erzählung von der *Nachtwache des Soldaten Pietzsch.*

»Der Verfasser muss meinen Vater wohl wirklich vor Augen gehabt haben«, bestätigt Hupfauer-Sanchez. »Diese Zarah-Leander-Lieder hat er später allerdings nicht mehr vorgetragen, ist auch nicht mehr aufgetreten, hat auch das Akkordeon nur noch für den Tanzunterricht benutzt, das heißt …« Er steht auf und geht zu der Vitrine, öffnet sie und zieht aus einem unteren Fach einen Satz Notenblätter heraus. Er legt die Notenblätter vor Nadja und Berndorf auf den Schreibtisch und nimmt wieder Platz. In einer kleinen akkuraten Handschrift ist auf den Notenblättern vermerkt: *Charles Gounod, Marche funèbre d'une Marionette, Auszug für Akkordeon,* auch die Noten sind von Hand eingetragen.

»Diesen Auszug hat er selbst angefertigt, aber er hat das Stück nie jemandem vorgespielt. Nur manchmal, wenn er allein hier im Büro war, da haben wir im Haus gehört, dass er wieder seine Totenmusik spielte, wie es meine Mutter genannt hat. Sie konnte das nicht leiden, das ist doch schrecklich, sagte sie, die Toten wollen es doch auch ein bisschen lustig haben, die sind lang genug traurig.« Er schüttelt den Kopf. »Ich glaube übrigens, dass ihn dieses Stück in den Tod begleitet hat. Dolores hat ihn nämlich hier gefunden, auf dem Boden, er war vom Stuhl gefallen, das Akkordeon noch umgehängt, das war im November 1995. Leider ist mein Französisch ziemlich lausig – heißt das jetzt Trauermarsch für eine Marionette, oder ist es die Marionette, die trauert? Ich würde nämlich gerne wissen, was für eine Geschichte hinter alldem steckt.«

»Ich glaube, es ist die Marionette, die trauert«, sagt Nadja. »Sie hängt an den Fäden und soll jetzt einen Trauermarsch klimpern, aber das will sie nicht, denn sie ist wirklich traurig. Aber nicht einmal ihre Trauer gehört ihr.«

Der Kombi riecht jetzt nicht mehr nach Kartoffeln, sondern nach frisch zugeschnittenem Bauholz, denn Heinz will den nicht mehr genutzten Heuboden in der Scheune zu einer Ferienwohnung ausbauen. Er hat Nadja und Berndorf am Tanzstudio abgeholt, und Nadja erzählt von dem verstorbenen Tanzlehrer.

»Kannten Sie ihn eigentlich? Hatten Sie auch Tanzstunden bei ihm?«

»Nein«, sagt Heinz, als die Oberschüler Tanzstunde hatten, »da ging ich schon in Reutlingen in die Lehre!« Tanzen habe er trotzdem gelernt, in einem Kurs der Gewerkschaftsjugend. »Aber ich weiß, wer dieser Tanzlehrer war – das war doch der mit der mexikanischen Frau?«

»Ja doch«, sagt Nadja, nur wüssten sie jetzt leider nicht viel mehr, als dass damals in Wieshülen nicht nur ein Arzt, sondern auch ein Akkordeonist dabei gewesen seien.

»Erinnerst du dich an den Wilhelm Jehle?«, fragt Heinz und wendet sich kurz zu Berndorf. »Der war Stellmacher oder Wagner, wie das früher bei uns hieß … der Eugen, sein Sohn, war vier Klassen über uns.«

Berndorf überlegt. Wilhelm Jehle? Ja doch. Ein magerer, ein wenig krummer Mann. Helle Augen. Einer, der sich mit vielen Dingen auskannte. Einmal war er bei ihnen im Schulhaus oben und hat die kaputte Kochplatte repariert. »Ich weiß schon«, sagt er, »aber der Eugen hat mal mit einer Armbrust auf mich geschossen. Die Armbrust muss er sich selber gebastelt haben. Ich war ganz neidisch deshalb.«

»Schon der Alte war ein ganz ein geschickter Mensch«, erklärt Heinz. »Obwohl er eine schwere Kriegsverletzung hatte, irgendwas mit der Hüfte, und man manchmal mit ihm hat gar nicht reden können deshalb. Er ist mir eingefallen, weil dieser Arzt ja irgendwie nach Wieshülen gekommen sein muss. Wenn es ein Militärarzt war, wird er ein Auto gehabt haben. Vielleicht ist das Auto liegengeblieben, und wenn das so war, werden sie es zum Jehle geschleppt haben.«

»Weiter!«

»Der Jehle Wilhelm ist schon lange tot«, fährt Heinz fort, »aber der Eugen müsst sich daran erinnern, wenn da ein Militär- oder Sanitätsauto zur Reparatur auf dem Hof gewesen wär. Wenn du willst, gehen wir heute Abend mal bei dem vorbei. Moment!« Er tritt scharf auf die Bremse. Graurot und struppig quert vor ihnen ein Fuchs die Landstraße.

»Ein Fuchs? Am helllichten Tag?«, fragt Nadja.

»Das ist so selten nicht«, antwortet Berndorf. »Ich hab hier mal an einem Sommermorgen eine Fähe mit vier grauen Jungtieren gesehen, die waren hintereinander im Straßengraben unterwegs, und es hat sie überhaupt nicht gestört, dass ich vom Rad gestiegen bin, um ihnen zuzugucken.«

»Vier Jungtiere?«, fragt Nadja. »Da hat die Alte aber zu tun gehabt.«

»Manchmal haben sie noch mehr«, meint Heinz. »Aber es ist nicht gesagt, dass alle durchkommen. Und wenn die Fähe merkt, dass sie nicht genug Fressen für alle herbeibringt, jagt sie eines weg. So ein verstoßenes Jungtier können Sie noch lange bellen hören, man meint dann, es sei ein ausgesetzter Hund.«

Nadja will fragen, was aus dem verstoßenen Tier wird, und lässt es bleiben. Was wohl!, sagt sie sich.

Das Tal wird enger, die Einmündung eines Weges kommt in Sicht.

»Sagt mal«, fragt Berndorf, »habt ihr was dagegen, dass ich hier aussteige? Ich würde gern das letzte Stück durch den Wald zurückgehen.«

Heinz setzt den Blinker und bremst ab.

»Wie weit ist das jetzt zu Fuß nach Wieshülen?«, will Nadja wissen.

»Von hier? Eine halbe Stunde. Höchstens.«

Der Wagen hält an der Einmündung des Waldwegs, mit Berndorf steigt auch Nadja aus. »Ich will mitkommen!« Heinz hebt grüßend die Hand und fährt wieder an.

Von der Einmündung führt der Waldweg steil nach oben, zwischen Fichten und Kieferngehölz hindurch, zum Glück hat Nadja am Morgen ihre festen Schuhe angezogen. Wieder fällt ihr auf, dass Berndorf das eine Bein etwas nachzieht. Dennoch kommt er zügig voran, wirft aber von Zeit zu Zeit einen Blick zu ihr, ob sie denn wohl nachkommt.

Bild dir nicht zu viel ein, alter Mann!, denkt sie bei sich.

Der Weg macht eine Kurve, der Wald wird lichter, keine Fichten mehr und auch keine Kiefern, links und rechts säumen die hellgrauen Buchenstämme den Weg, der jetzt flacher wird.

»Täusche ich mich«, fragt Nadja, »oder hat Sie der Besuch beim Tanzlehrer missmutig gemacht? Sie sind sehr einsilbig geworden.«

»Ich hatte gerade keine Puste. Der Weg war zu steil. Und missmutig? Nein. Jedenfalls ist es nicht das richtige Wort.«

»Wenn der Weg zu steil war, hätten Sie langsamer gehen sollen. Mir müssen Sie nicht vortäuschen, Sie seien jünger, als Sie es sind. Aber was wäre das richtige Wort?«

»Das weiß ich nicht. Ich muss Ihnen ein Versäumnis gestehen. Ich habe Ihnen wohl schon gesagt, dass ich zwei unveröffentlichte Erzählungen von Anderweg Schrägstrich Wendel gefunden habe. Die letzte davon habe ich erst jetzt in Berlin gelesen, und ich hätte sie Ihnen unbedingt mitbringen sollen. Aber ich hab's vergessen. Sie handelt vom Akkordeonisten.«

»Ach? Vom wahrhaften Valentin Hupfauer?«

»Von einem Akkordeonisten«, antwortet Berndorf, »der wie Hupfauer dem Polizeiorchester Berlin angehört, von diesem auf Truppenbetreuung an die Ostfront geschickt und dort von seinem begeisterten Publikum zum Judenschießen eingeladen wird. Ein authentischer Fall, hat sich im November zweiundvierzig in einem Ort namens Lukow ereignet.«

»Und dieser Tanzlehrer hat mitgeschossen?«

»So beschreibt es Anderweg. Was daran wahr sein mag, wollen Sie bitte selbst entscheiden.«

»Wie sollte ich das können?«

»Der Musiker aus dem Polizeiorchester, der Nippes-Figürchen mit Toten sammelt, die zum Totentanz aufspielen. Der sich den Trauermarsch einer Marionette fürs Akkordeon herrichtet, um es allein und für sich zu spielen – glauben Sie nicht, dass der ein Problem haben muss? Ein Problem mit dem Tod?«

»Kann es sein«, fragt Nadja, »dass Sie auf verquere Weise ein Romantiker sind?«

»Eher nicht«, antwortet Berndorf widerstrebend.

»Warum wollen Sie mich dann glauben machen, dass dieser durchaus geschäftstüchtige Tanzlehrer, der clever genug ist, sich publikumswirksam eine exotische Geschäftspartnerin einfliegen zu lassen, obwohl er selber vermutlich vom anderen Ufer ist – dass also ausgerechnet dieser Mensch sich von den Geistern der Toten heimsuchen lässt? Diese ganze Generation hat nach fünfundvierzig kollektiv die Vergangenheit und jede eigene Schuld ausgeblendet.«

»Sie vergessen Gounods Marionette«, unterbricht Berndorf. »Und Sie selbst haben gesagt, die Marionette trauert, weil sie nicht aus eigenem Willen trauern kann. Jedenfalls hab ich Sie so verstanden. Wer zu einem solchen Bild greift, will etwas beschreiben, was über seine Kräfte geht.«

»Einspruch!« Nadja bleibt stehen. »Er beschreibt nur, dass er nicht schuld sein will. Dass er nichts weiter sein will als das arme willenlose Opfer der großen Drahtzieher. Genau so hat die kollektive Verdrängung funktioniert.«

Auch Berndorf ist stehen geblieben. »Sie meinen, er will seine Hände in Unschuld waschen? Aber dazu muss er begriffen haben, dass sie schmutzig sind.«

»Von mir aus«, gibt Nadja zurück und geht weiter. »Es haben Tausende von deutschen Soldaten an solchen Massakern mitgewirkt, warum nicht auch ein Tanzlehrer? Und warum soll von diesen Tausenden nicht der eine oder andere danach das Gefühl gehabt haben, da gäbe es noch etwas, das irgendwie erklärt werden sollte … Trotzdem bin ich beruhigt.«

»Beruhigt?«

»Ja. Er kann wohl kaum mein Erzeuger sein. Falls ich seinen Stiefsohn richtig verstanden habe.«

Sie hat ein Tempo eingeschlagen, dass Berndorf Mühe hat,

mit ihr Schritt zu halten. Der Weg verlässt den Buchenwald und führt jetzt entlang einer weiten graugrünen Hochfläche mit einzelnen freistehenden Buchen. Der Himmel ist wolkenbedeckt, aus Westen frischt eine Brise auf.

»Nicht beruhigt bin ich, was diese andere Frage betrifft«, stellt Nadja fest. »Die Sache mit dem Lausanne-Foto. Was Sie mir nicht sagen wollten, hat freundlicherweise Ihr Freund Heinz klargestellt. Die Frau, die meine Adoptivmutter in der Schweiz kennengelernt hat, ist die Flüchtlingin – um bei Anderwegs Sprachgebrauch zu bleiben. Haben Sie einen Einwand?«

»Nein.«

»Okay. Damit bleiben nur zwei Möglichkeiten. Meine alte Stoffkatze ist – erstens – samt schreiendem Zubehör von der Flüchtlingin bei ihrer bis dahin kinderlosen Ravensburger Freundin oder Bekannten abgeliefert worden, oder die Flüchtlingin hat dies – zweitens – für eine andere Frau bewerkstelligt … Was meinen Sie?«

Berndorf schweigt.

»Entschuldigen Sie bitte, wenn Ihnen das Thema unangenehm sein sollte. Aber ich muss mich zumindest theoretisch mit der Möglichkeit eins auseinandersetzen, die ärgerlicherweise damit verbunden wäre, dass mir in meinem Alter noch ein Halbbruder zuläuft. Dem muss ich dann jeweils zum Geburtstag gratulieren oder ein gutes neues Jahr wünschen, stellen Sie sich das mal vor!«

Sie kommen zu einer Kuppe. Von ihr aus öffnet sich der Blick auf das Dorf Wieshülen mit seiner Kirche und den buntscheckigen Dächern des alten Ortskerns.

»Also die Neujahrsglückwünsche«, sagt Berndorf, »die kann man doch auch einfach bleiben lassen.«

Mit zwölf Jahren war Eugen Jehle ein geduckter, struppiger, aufsässiger Junge gewesen, von dem es hieß, er würde mit einer selbstgebastelten Angel in der Lauter nach Forellen fischen; die jüngeren Buben hatten es sofort geglaubt.

Der Eugen Jehle, der heute die Besucher an den Besprechungstisch seines Arbeitszimmers führt, ist deutlich kleiner als Berndorf oder Heinz, hat aber einen mächtigen weißhaarigen Schädel, der tief zwischen den Schultern eingesunken scheint. Unter buschigen weißen Augenbrauen funkeln grüne Augen.

»Ich weiß, du bist zur Polizei gegangen«, sagt er zu Berndorf, »das hat mich gewundert, ich hab immer gedacht, du wirst Anwalt oder so…« Er unterbricht sich und hebt entschuldigend die Hand. »Geht das in Ordnung, dass wir du sagen?«

Er bitte sehr darum, meint Berndorf, der inzwischen Platz genommen hat. »Es kommt mir vor, als sei es schier gar erst gestern gewesen, dass wir im selben Schulzimmer gehockt sind!«

Jehle stimmt zu, »viel zu schnell vergeht die Zeit, und je älter einer wird, desto schneller läuft sie einem davon!« Für einen Kaffee sei es ein bisschen spät, fährt er fort, ob er einen Most anbieten darf oder ein Zwetschgenwasser? Heinz meint, Jehles Selbstgebrannten sollte man zumindest einmal versucht haben, also will das auch Berndorf tun, nur Nadja bittet um ein Glas Wasser.

Während Jehle zu einem großen Sekretär aus Kiefernholz geht, hinter dessen Schreibplatte eine kleine Bar zum Vorschein kommt, blickt sich Berndorf in dem Arbeitszimmer um. Ein nicht zu wuchtiger Schreibtisch, darauf ein zugeklapptes Notebook, durch das Fenster fällt der Blick auf einen großen, mit Obstbäumen bestandenen Garten. Eugen Jehle ist kein Bauer geworden, auch kein Stellmacher oder Wagner, sondern hat – so hat es Heinz auf dem Herweg erzählt – Landmaschinentechniker gelernt und in späteren Jahren den Landmaschinenring als bäuerliche Genossenschaft gegründet und geführt.

Jehle kommt mit den Getränken zurück, man trinkt auf die Gesundheit, der Zwetschgenschnaps brennt mit fünfundvierzig Volumenprozent in der Kehle und lässt sofort freier atmen. Weil man sich auf dem Land befindet, wäre es unschicklich, sofort zur Sache zu kommen, also will Jehle erst einmal wissen, wo Berndorf jetzt lebt und was er sonst so treibt.

»Du bist ja Chef von der Ulmer Mordkommission gewesen, da muss man vorsichtig sein, das ist wie bei unserem Mohrle, die Katze lässt das Mausen nicht!«

Berndorf versichert, dass er ausnahmsweise nichts über einen Mordfall wissen will, ganz im Gegenteil! Jehles Blick ist inzwischen zu Nadja Schwertfeger gewandert, und so ganz allmählich kommt man doch zur Sache. Nadja erklärt, dass sie nach Hinweisen auf ihre leibliche Mutter sucht und jedenfalls einen in einer Geschichte gefunden habe, die offenbar in Wieshülen spielt, kurz vor Kriegsende, und Berndorf überreicht dazu das vorletzte Heft der *Nachtwache*, das ihm von seinem Fund in Heidelberg-Wieblingen noch geblieben ist.

Jehle steht auf und holt von seinem Schreibtisch eine Lesebrille, betrachtet den Titel und schüttelt den Kopf: Anderweg? Den Namen habe er noch nie gehört.

»Der richtige Name war Wendel«, erklärt Berndorf. »Peter Wendel.«

Jehle runzelt die Stirn, macht dann mit der Hand eine abwägende Bewegung, als sei er sich nicht ganz sicher. Zögernd, fast widerstrebend nimmt er das Heft wieder auf, blättert es durch und legt es schließlich wieder vor sich auf den Tisch. »Das muss in Ruhe gelesen werden. Erklärt mir einfach, worum es geht!«

»Es ist der neunzehnte April fünfundvierzig«, beginnt Berndorf, »im Schulhaus sind ein paar Soldaten einquartiert, die sollen das Dorf verteidigen, ein Parteibonze mit seinem Tross kommt vorbei, sein Lastwagen war unter Tieffliegerbeschuss geraten und hängt jetzt fest, abends hört man im Schulhaus Goebbels' Rede zu Hitlers bevorstehendem Geburtstag, auch Leute aus dem Dorf sind dabei.« Er wirft einen Blick zu Heinz.

»Der Schultes zum Beispiel«, erklärt Heinz, »der wird so beschrieben wie der alte Zainer, nur dass er in dieser Geschichte Pfeifle genannt wird. Auch die Schwiegertochter, die Elfie, kommt vor, und der Lehrer Handloser, der jetzt aber Beug heißt. Aber der Feuerwehrkommandant ist ganz richtig der Paule Reiff.«

Jehle senkt ein wenig den Kopf. »Kommt mein Vater vor?«

»Ich glaub nicht«, antwortet Heinz. »Den hätt ich gleich erkannt.«

»Das wird so sein«, meint Jehle, greift – ohne zu fragen – zur Flasche Zwetschgenwasser und füllt die Schnapsgläser auf. »Auf die Toten!«

»Speziell auf wen haben wir jetzt getrunken?«, fragt Berndorf, als er sein Glas wieder absetzt. »Hoffentlich nicht auf den Parteibonzen.«

»Nein, auf den nicht«, antwortet Jehle. »Das war übrigens nicht nur ein Bonze, sondern ein ganzer Haufen davon, acht oder neun Stück.«

»War einer davon nicht Wilhelm Murr«, fragt Nadja, »und die anderen sein Gefolge?«

»Murr? Der Stuttgarter Gauleiter?« Unter buschigen Augenbrauen hervor nimmt ein forschender Blick Nadja ins Visier. »Wenn es so war, wissen Sie mehr als ich.«

Nadja deutet auf das Heft. »Der Bonze in dieser Geschichte ist so beschrieben, als sei Murr gemeint. Aber er wird nicht bei seinem richtigen Namen genannt.«

»Einen Namen hat auch mein Vater nicht genannt«, meint Jehle nachdenklich. »Und ich selbst erinnere mich nur an ein paar aufgeregte Männer… Wenn es Ihnen also um diesen Gauleiter geht, kann ich Ihnen leider nicht weiterhelfen.«

»Nein«, antwortet Nadja, »um den geht es uns wirklich nicht! Aber erzählen Sie uns doch, was mit diesen Männern war. Und mit dem liegengebliebenen Lastwagen.«

»Da war kein Lastwagen«, widerspricht Jehle. »Die waren mit Kübelwagen unterwegs, mit zwei T 82, die waren nämlich geländegängig, und die Herren wollten sich nicht über die verstopften Straßen quälen. Muss man ja verstehen, wenn der Teufel hinter einem her ist und einem den Kragen umdrehen will. Nur lief einer der T 82 nicht mehr richtig oder nur noch auf drei Töpfen, und so sind sie zu meinem Vater, und der hat ihnen den Karren wieder hergerichtet. Das hätt keinem Glück gebracht, solche Leut im Dorf zu behalten.«

»Das kann ich gut verstehen«, meint Nadja. »Aber sagen Sie – da muss Ihr Vater ja eine richtige Kfz-Werkstatt gehabt haben.«

»Sie sind gut!«, sagt Jehle und lässt seine Augen schon wieder funkeln, als wäre er wieder der junge Kerl, der die Forellen aus der Lauter fängt und die Mädchen aus den Dörfern. »Haben Sie den Schuppen neben dem Haus gesehen?« Mit dem Daumen deutet er die Richtung an. »Das war die Werkstatt vom Jehle Wilhelm, meinem Vater. Damals stand die ganze Zeit noch ein anderes Auto drin herum, mit dem aufgemalten Roten Kreuz und einem komischen Wappen, auf dem ich so was las wie P – O – A, und ich wusste nicht, was das heißen sollte, bis mir der Vater sagte, dass das kyrillisch sei und das P ein R und das Ganze eine Abkürzung für Russische Befreiungsarmee… Was mit dem Wagen war, weiß ich nicht mehr, vielleicht war der Zündverteiler hinüber, vielleicht hätte er auch neue Kolbenringe gebraucht – jedenfalls hatte der Vater keinen Ersatz, und in der *Sonne* haben der Russenarzt und sein Sanitäter wie auf Kohlen gewartet, dass die Karre wieder ins Laufen kommt.«

Plötzlich lächelt er fast spitzbübisch. »Deswegen war das fast ein Glücksfall, als die Bonzen hier hängengeblieben sind, denn die Kübelwagen waren gut mit Ersatzteilen sortiert, und weil ihm niemand auf die Finger sah, hat mein Vater eben genommen, was er für sich oder das Russenauto hat brauchen können.«

»Und der Russe ... oder vielmehr: die beiden Russen sind dann mit dem Wagen weggefahren?«, fragt Berndorf. »Sind die gemeinsam aufgebrochen, der und die Bonzen? Oder haben die Russen die andere Richtung genommen, die nach Westen?«

»Ich glaube«, antwortet Jehle, »der Sanitäter war dann plötzlich weg, und nur noch der Doktor war da, der Stabsarzt oder was er für einen Rang hatte. Gemeinsam sind er und die Bonzen aber ganz bestimmt nicht losgefahren, konnten sie auch gar nicht, denn der Vater hat die Russenkarre ja erst herrichten können, als die anderen verduftet waren ... Und wohin der gefahren ist? Keine Ahnung. Irgendwann morgens war der Wagen mit dem Roten Kreuz plötzlich weg.« Er hebt beide Hände so, dass man die leeren Handflächen sieht. »Mehr weiß ich wirklich nicht.«

»Habe ich das richtig verstanden?«, fragt Nadja. »Ihr Vater hat diesem Arzt helfen wollen, sich so rasch als möglich aus dem Dorf abzusetzen? Aber einen Arzt im Dorf zu haben, das wär damals doch gar nicht schlecht gewesen.«

»Der wär so oder so nicht dageblieben.« Jehle schüttelt den Kopf. »Am nächsten oder übernächsten Tag wären die Amis gekommen und hätten einen von der Wlassow-Armee sofort einkassiert. Eben drum hat der Vater auch nicht wollen, dass die das Auto bei ihm finden. Sie hätten ihn womöglich für sonst wen gehalten.«

»Da war doch diese Geschichte mit der kleinen Hannelore«, fährt Nadja unbeirrt fort. »Ich habe gehört, die wär um ein Haar verblutet, wenn dieser Arzt sie nicht zusammengeflickt hätte.«

»Sie meinen das Hannele Allmendinger vom Hof nebenan.« Ein Schatten zieht sich über Jehles Gesicht. »Angeblich soll da was mit einer Handgranate passiert sein… Ich sag nix dazu, weil es im Dorf gleich geheißen hat, das sei bestimmt der Jehles Eugen gewesen, der das Ding hergebracht hat!« Er wendet sich an Berndorf und Heinz. »Das müsst ihr doch auch noch wissen – wenn irgendwas war, ging es gleich über mich her!«

Eine Szene taucht aus Berndorfs Erinnerungen auf. Ein geduckter, struppiger Junge, und ein Lehrer – der mit der Stirn, in der man noch die Delle von seinem Kopfschuss sah – prügelt mit dem Haselnussstecken auf ihn ein, bis der Stecken abbricht.

»Ich weiß das noch gut, schlimm war das«, sagt Berndorf und wirft Nadja einen Blick zu, als solle sie in dieser einen Richtung nicht weiterfragen. »Aber sag – hast du selbst noch eine Erinnerung an den Arzt? Wie er ausgesehen hat? Ob er deutsch gesprochen hat?« Berndorf registriert, dass diesmal ihn ein warnender Blick streift, und er kommt von Heinz.

»Ein großgewachsener Mann…«, beginnt Jehle zögernd. »Es ist nur… Um ehrlich zu sein, ich erzähl' nicht gern davon. Nach dem Zusammenbruch hat es viel Ärger mit den Fremdarbeitern aus dem Osten gegeben, vor allem mit den Russen…« – er blickt zu Heinz und dann zu Berndorf –, »ihr zwei habt das wahrscheinlich gar nicht so richtig mitgekriegt. Besonders verrufen waren desertierte Wlassow-Leute, die Kaminskis, wie man sie hier genannt hat, die haben auch hier im Dorf geplündert, und was der einen oder anderen jungen Frau passiert ist…« – er wirft einen vorsichtigen Blick auf Nadja –, »darüber reden wir besser nicht … Es ist nur so, dass wir Jehles bei denen waren, die verschont geblieben sind. Und wie die Leute so sind, hieß es auf einmal, das sei auch kein Wunder, der Russenfreund Jehle werde den Kaminskis schon gesteckt haben, wo was zu holen ist und wo nicht … Entschuldigung!« Verblüfft sieht Berndorf, wie der alte weißhaarige Mann sich über die Augen wischt.

»Sie müssen wissen« – Jehle, der seine Stimme wieder im Griff hat, wendet sich an Nadja –, »mein Vater ist als Krüppel aus dem Frankreich-Feldzug zurückgekommen, mit einer zertrümmerten Hüfte. An Schmerztherapie war damals nicht zu denken, und manchmal hat er es schier nicht ausgehalten und war dabei von Haus aus ein offener und hilfsbereiter Mensch. Und wenn so einer dann erlebt, wie die Leute zu ihm kommen, scheißfreundlich, wenn er ihnen was richten soll, und sich danach das Maul über ihn zerreißen …«

Er spricht den Satz nicht zu Ende, sondern deutet mit der Hand auf Heinz. »Vielleicht hat er schon erzählt, dass mein Vater sich schließlich umgebracht hat. Der arme Teufel! Die Leute, die das ganze Unheil angerichtet haben – für die war gesorgt, die hatten ihre schlauen Zyankali-Tabletten griffbereit. Als mein Vater die Schmerzen nicht mehr aushielt, da hatte er nur ein Röhrle Schlaftabletten, damit ist er an einem dritten Advent nachts in den Wald, und weil es die ganze Nacht geschneit hat, gab es keine Spuren. Was von ihm übrig war, hat man erst im Frühjahr gefunden … Noch einen Schnaps?« Fragend blickt er in die Runde, und diesmal lassen sich alle einschenken.

»Aber heute«, fährt Jehle fort, als er ausgetrunken und sich mit dem Handrücken den Mund abgewischt hat, »heute hat das ja keine Bedeutung mehr.« Er wendet sich an Berndorf. »Du hast gefragt, ob ich noch eine Erinnerung an diesen Russen hab … Ich kann dir nur sagen, dass er ein freundlicher Mensch war. Ob er gut Deutsch gesprochen hat?« Er zuckt die Schultern. »Einmal kam er dazu, wie ich mit einer Gummischleuder Schießübungen mache, auf eine Glasflasche, die umgekehrt auf den Zaun gesteckt war, und da streckt er die Hand aus und ich geb ihm die Gummischleuder, und er nimmt einen Kiesel und peng! trifft er die Flasche, dass sie auseinanderfliegt … So einer war das! Aber da haben wir nicht groß miteinander reden müssen.«

Verlassen liegt der Hof der Allmendingers, die Fensterläden vorgelegt, auf der Zufahrt zur Scheune wächst Gras, und den Apfelbaum im Garten hat niemand abgeerntet. Das Anwesen gehört jetzt dem Landkreis, berichtet Heinz, und der würde gerne eine Flüchtlingsunterkunft einrichten, aber die meisten Leute im Dorf sind dagegen, vor allem die aus Reutlingen mit ihren Ferienhäusern.

»Und der Jehle?«

»Der hält sich bedeckt«, antwortet Heinz. »Er ist ein bisschen ein Politiker, weißt du.«

»Hm.« Es klingt ärgerlich.

»Das Gespräch hat Sie enttäuscht?«, fragt Nadja.

»Zu viele falsche Fragen. Oder solche, die zu früh gestellt wurden«, kommt die Antwort.

»Hören Sie das, Heinz? Herr Kriminalrat sind mit seinem Team nicht zufrieden.«

»Ich bin mit mir nicht zufrieden«, korrigiert Berndorf. »Aber sag mal, Heinz – du hast mich vorhin zu bremsen versucht, was sicher verdienstvoll und richtig war. Aber warum genau?«

»Vergiss es. Er hat es ja erklärt. Aber warum hast du gefragt, wohin der Russenarzt gefahren ist? Hätte es sein können, dass der Richtung Westen gefahren ist? Also den Amis entgegen?«

»Warum nicht?«, fragt Berndorf zurück. »Ein Offizier der Wlassow-Armee könnte damals durchaus einen Grund gehabt haben, die Amerikaner aufzusuchen. Vielleicht hatte er eine Botschaft für sie. Oder Informationen.«

»So? Er kann da aber auch andere Leute getroffen haben.« Heinz schaut auf die Uhr und dann zum Himmel hinauf. Der Nachmittag ist fortgeschritten, aber noch ist es hell. »Mir ist da was eingefallen ... Habt ihr so viel Zeit, dass ich euch etwas zeigen kann? « Er wendet sich an Nadja. »Wir müssten dazu nach Gnadenzell fahren. Keine zehn Kilometer von hier.«

Gnadenzell?, überlegt Nadja. Wer hat ihr davon erzählt? Carmen Weitnauer, die lebte dort und musste abends Milch holen, und der Weg führte am Friedhof vorbei ...

Sie wolle sowieso noch eine Nacht in Wieshülen bleiben, antwortet sie, und Berndorf hat sich am Nachmittag ebenfalls in der *Sonne* einquartiert. Man verabredet sich, dass Heinz sie in einer Viertelstunde wieder vor dem Gasthof abholen wird. Dort trennen sie sich auch, Nadja geht noch auf ihr Zimmer, Berndorf schaltet sein Handy ein und ruft in Berlin an, um einen kurzen Zwischenbericht vom bisherigen Tag zu geben. Die Sache mit dem Foto aus Lausanne hatte er noch in der Nacht mitgeteilt.

»Das Ende dieses Onkel Erwin gefällt mir sehr gut«, kommentiert Barbara, als er zu einem Ende gelangt ist. »Und was dein Schwesterchen über den Akkordeonisten und seinen Marionetten-Tick sagt, hat meine volle Zustimmung. Ich glaube, wir werden uns gut verstehen.«

»Was du da über allfällige Verwandtschaftsbeziehungen andeutest, ist eine sehr weit hergeholte, ausgesprochen abenteuerliche Spekulation. Das Foto aus Lausanne beweist allerhöchstens, dass meine ... dass also die Flüchtlingin und die spätere Adoptiv-Mutter Schwertfeger miteinander bekannt waren! Was willst du denn daraus ableiten?«

»Lassen wir uns überraschen … Was meint denn Schwesterchen dazu?«

»Das ist nicht … ach egal!«, antwortet er. »*She's not amused.* Wegen der Glückwünsche, weißt du? Denen zum Geburtstag und zum Neujahr.«

»Das kann ich verstehen … Ich wollte aber was anderes wissen. Wenn ich dich richtig verstanden habe, scheidet der Akkordeonist als Erzeuger Gott sei Dank aus. Habt ihr euch eigentlich schon mal darüber unterhalten, dass der Vorname Nadeshda Helena ebenso gut auf einen russischen Vater wie auf eine russische Mutter hindeuten kann? Und dass, wenn die Mutter eine Deutsche war, dieser Vorname sogar als ganz absichtlicher Hinweis verstanden werden muss? Was hätte sie sonst dem Kind über seine Herkunft noch mitteilen können?«

Berndorf gibt sich geschlagen, aber Barbara setzt nach. »Dass sie einen russischen Vater haben könnte, ist das für Nadja wirklich ganz überraschend gekommen?«

»Da musst du sie schon selber fragen«, wehrt Berndorf ab. »Klar, das Foto aus Lausanne wirft auch für sie Fragen auf. Da macht sie keinen Hehl daraus.«

»Das wundert mich nicht. Aber gut! Und was ist jetzt das, was Heinz euch zeigen will?«

»Offenbar ebenfalls eine Überraschung. Aber es muss mit dem russischen Arzt zu tun haben.«

»Einen Namen hat dieser Doc bisher nicht?«

»Nein.«

»Wenn du einen Namen herausgefunden hast, gibst du ihn mir durch? Es gibt da im Umfeld der Wlassow-Armee merkwürdige Gestalten, eine davon, ebenfalls ein Militärarzt, hieß Truschnowitz, Alexander Rudolfowitsch Truschnowitz, in Triest geboren, also kein Russe, sondern Slowene. Fünfundvierzig geriet er in Gefangenschaft der Amerikaner, die ihn an Jugoslawien ausliefern wollten. Doch der Jeep, mit dem er an die Grenze gebracht werden sollte, verunglückte irgendwie, so dass er entkommen konnte und bei Beginn des Kalten Kriegs erst in Frankfurt/Main, dann in Westberlin damit beschäftigt war, sowjetische Soldaten zur Desertion zu bewegen.«

»Wie macht man das?«

»Mit Luftballons. Das heißt, erst verfasst man Flugblätter, dann hängt man sie bei günstigen Windverhältnissen an die Luftballons und lässt sie so hinter den Eisernen Vorhang wehen. Papier und Luftballons finanzierte übrigens die CIA.«

»Und das hat dann zum Zusammenbruch der Sowjetunion geführt?«

»Spar dir deine Späßchen! Das Ganze endete noch vor dem Mauerbau in Berlin. Truschnowitz wurde entweder in den Osten entführt und liquidiert, das ist die eine Version, oder er setzte sich – das ist die andere – dorthin ab, weil er die ganze Zeit schon sowjetischer Agent gewesen war und damit rechnen musste, enttarnt zu werden.«

»Das hört sich an wie die Kurzfassung eines weniger gelungenen Romans von Eric Ambler«, sagt Berndorf. »Also glaub ich dir aufs Wort. Aber es ist völlig ausgeschlossen, dass das Schulhaus von Wieshülen in einem Ambler-Roman vorkommt!« Trotzdem danke er für die Information und werde sich am Abend noch einmal melden. Dann schaltet er das Gerät aus, denn inzwischen ist Nadja vor dem Gasthof erschienen.

»Wer oder was kommt nicht in einem Ambler-Roman vor?«, fragt diese, als Berndorf das Handy einsteckt.

»Sagt Ihnen der Name Truschnowitz etwas?«, fragt er zurück.

»Nie gehört.«

»Dann ist es ja gut.«

Heinz' Kombi biegt um die Ecke und hält, Nadja und Berndorf steigen ein, ohne noch weiter über Ambler-Romane und russische Militärärzte zu sprechen.

Nadja lässt sich in den Rücksitz des Kombi sinken und ist für einen Augenblick so missmutig, wie man es nur sein kann, wenn man selbst den Anlass dazu gegeben hat. Sogar für ein blindes Huhn wäre es erkennbar gewesen, dass dieser Mensch mit seiner Berliner Tusse telefoniert – von so etwas hat sie keine Kenntnis zu nehmen und ihn auch nicht darauf anzusprechen. Es ist merkwürdig, wie schnell zwischen zwei Menschen eine unangemessene Vertraulichkeit aufkommt, nur weil sie zufällig miteinander unterwegs sind. Oder sonst eine Gemeinsamkeit haben … Stopp! Darüber will sie jetzt lieber nicht nachdenken.

Heinz entschuldigt sich, dass er nun doch etwas später gekommen ist – er habe noch einen Kollegen angerufen, »einen, der sich auch für die Zeit damals interessiert«.

Die Zeit damals!, denkt Nadja. Alle weichen sie aus. Keiner findet einen passenden Ausdruck für eine Vergangenheit, die nicht vergehen will. Falsch! Vergangenheit will gar nichts, weder das eine noch das andere. Diese *kann* nicht vergehen.

Der Himmel ist fahl geworden. Das Tal, durch das sie fahren, weitet sich erst und wird wieder enger, an einer Abzweigung halten sie sich links, ein Südhang rückt an die Straße heran, mit spitzgiebligen älteren Häusern und dann wieder mit Bungalows im Stil der Fünfziger und Sechziger Jahre bebaut. Heinz setzt den Blinker und biegt nach links ab, auf einer schmalen Brücke überqueren sie einen quirligen Bach, plötzlich weiß Nadja, dass sie hier schon einmal vorbeigekommen ist, auf der Fahrt mit Wally.

Heinz findet einen freien Parkplatz vor einer baufälligen

Mauer, neben der hässlich-grüne Recycling-Container aufgestellt sind. Sie steigen aus, ein Durchlass durch die Mauer führt sie auf einen geräumigen, von altertümlichen steinernen Stall- und Scheunengebäuden gesäumten abschüssigen Platz, der an seinem oberen Ende von einer Zisterzienser-Kirche mit Dachreiter statt Turm begrenzt wird. Das Gebäude linker Hand ist ausweislich eines schmiedeeisernen Wirtshausschildes der Klostergasthof, aber der Schaukasten mit der Speisekarte ist leer, die Glasscheibe eingeschlagen, und die vorgelegten Fensterläden sehen so aus, als würden sie so bald nicht wieder geöffnet.

Vor der Kirche steht rauchend ein Mann, nicht mehr jung, mit einem unübersehbaren Bauch, der ihm über die Jeans hängt, dazu trägt er eine Art Windjacke, und über das vor allem am Hinterkopf noch lockige Haar ist eine Art Ballonmütze gestülpt. Als er die Ankömmlinge erblickt, drückt er seine Zigarette aus und kommt auf sie zu.

Heinz übernimmt die Vorstellung, der Mann mit der Ballonmütze heißt Friedhelm Greiner und gehört zu den Leuten, die keinen Händedruck erwidern, sondern ihre Hand wie einen toten Fisch in die des anderen legen. Nadja mustert er mit einem interessierten, Berndorf mit einem eher misstrauischen Blick.

»Sie interessieren sich für diesen toten Russen?«, fragt er. »Kommen Sie nur mit!« Nadja wirft Berndorf einen fragenden Blick zu, aber dessen Gesicht wirkt plötzlich seltsam verschattet. Greiner geht ihnen voran und führt sie an der Kirche vorbei zu etwas, was Nadja zuerst für einen kleinen Park hält, bis sie die halb zugewachsenen, teilweise auch umgestürzten Grabsteine entdeckt. Das Kloster, so erklärt ihr Cicerone, sei bereits während der Reformation aufgelöst worden, den Friedhof habe man aber bis zu Beginn der Fünfziger Jahre des vorigen Jahrhunderts weiter benutzt. Ein gekiester Weg führt durch die Anlage, sie kommen an Gräbern aus den Vierziger Jahren vorbei. Neben einer Thujahecke, die schon lange keine Heckenschere mehr gesehen hat, bleibt Greiner schließlich stehen und deutet auf ein schmales Rechteck Rasen, an dessen Ende ein verwittertes Holzkreuz mit einem Namensschild in die Erde eingelassen ist, Kreuz und Schild sind mit zwei überdachenden Holzbrettchen gegen den Regen geschützt.

»Sehen Sie hier«, sagt er, holt ein gebrauchtes Taschentuch heraus und versucht damit, die kaum mehr erkennbare Inschrift leserlich zu machen, »das ist alles, was wir wissen. Obwohl es vorne an der Kreuzung passiert ist.«

Unwillkürlich ist Nadja einen Schritt zurückgetreten, plötzlich fällt ihr Berndorf auf, der etwas abseits von dem Grab steht, sehr aufrecht, mit schmalen Augen. Dann bemerkt er, dass sie ihn beobachtet, hebt kurz die Augenbrauen, holt sein Handy aus der Manteltasche und tritt an das Kreuz, um das Totenschild zu fotografieren, dessen Inschrift nun allmählich leserlich aufscheint:

Boris N. Dobroljubow
geb. 18. 5. 1921 gest. 20. April 1945
R. I. P.

Auch Nadja liest das, aber in ihrem Kopf ist eine merkwürdige Leere. Dobroljubow? Und wie war der Name, den Berndorf ihr genannt hatte? Truschnowitz? Weder der eine noch der andere ergeben einen Sinn. Keinen, der etwas mit ihr zu tun hat. Oder? Sie hört Berndorf fragen, was über den Tod dieses jungen Mannes noch bekannt sei, und sie denkt, was fragst du da? Das war doch angeblich ein Deserteur, die Weitnauers haben es uns doch erzählt … Dann fällt ihr ein, dass er bei diesem Besuch gar nicht dabei war. Wally war dabei … Greiner antwortet, dass das eben keiner wisse. Jedenfalls nicht genau. Es klingt wie die etwas selbstgefällige Einleitung zu einem längeren Vortrag.

»An der Kreuzung vor Gnadenzell – Sie sind daran vorbeigekommen – stand damals, etwas zurückgesetzt, ein Apfelbaum, der ist aber weggekommen, als sie die Kreuzung ausgebaut haben … Aber an diesem Apfelbaum, da hat man ihn gefunden …« – wieder beugt er sich über das Holzkreuz und klopft gegen das Totenschild –, »… am 20. April war das, steht ja da, Sie werden wissen, dass das dem Adolf sein Geburtstag war, sein letzter, und der, der da jetzt unterm Rasen liegt, der war an den Baum angebunden und hatte ein Schild umhängen …« – Greiner hebt seine Stimme und kräht über den Friedhof – »… *Ich bin ein Deserteur* … dabei …« Er spricht nicht weiter, ein Hustenanfall schneidet ihm erst einmal die Worte ab.

Nadja fängt einen Blick von Berndorf auf – ist er womöglich besorgt, der Lokaltermin hier sei nichts für die schwachen Nerven einer Frau? Sie gibt den Blick zurück, aber diesmal ist sie es, die kurz und ungerührt die Augenbrauen hochzieht. Greiners Bronchien haben sich inzwischen beruhigt, er greift zu seiner Packung Zigaretten, lässt sie dann aber doch stecken.

»Wo war ich stehen geblieben? Ach ja, es hätte heißen müssen: Ich *war* ein Deserteur, denn er hatte ein paar Kugeln im Brustkorb und ein Loch im Schädel, aber im Hinterkopf … der Totengräber hat das in seinem Arbeitsbuch vermerkt, das Loch im Schädel, also fand er es merkwürdig, aber wie Sie vielleicht wissen, war das damals keine Zeit, in der man sich mit Merkwürdigkeiten groß aufgehalten hat …«

Inzwischen steht er wieder auf dem Kiesweg, der an dem Grab vorbeiführt, und deutet auf die Grabstelle. »Man hat ihn hier beerdigt, etwas abseits, weil er ja wohl irgendwie orthodox gewesen sein muss, wenn er überhaupt was war, und außerdem war das damals mehr als anrüchig, wenn einer hingerichtet worden ist, auch noch als Deserteur, dabei hätte doch jeder wissen müssen, dass diese Standgerichte aus lauter tollwütigen Verbrechern bestanden haben …«

»Weiß man«, unterbricht Berndorf den Redestrom, »welches Standgericht dieses hier war?«

»Ich sagte doch – gar nichts weiß man«, antwortet Greiner und muss sich jetzt doch eine Zigarette anzünden. »Niemand aus dem Dorf hat etwas mitbekommen, nirgendwo gibt es Akten.« Weil die Brise merklich aufgefrischt hat, dreht er sich mit dem Rücken gegen den Wind und setzt glücklich und mit hochgezogenen Schultern die Zigarette in Brand.

»Man wusste aber, dass er Russe war«, wirft Nadja ein. Inzwischen hat sie sich klargemacht, dass der tote junge Mann kein Militärarzt gewesen sein konnte. Nicht mit noch nicht einmal 24 Jahren.

»Man hat einen Ausweis bei ihm gefunden«, antwortet Greiner und nimmt einen Zug auf die Lunge, »ein Ausweis der Russischen Befreiungsarmee, oder wie sie genau hieß … Er war also einer von den Wlassow-Leuten und hatte auch denen ihr Abzeichen auf dem Uniformärmel.«

»Ist etwas über den Dienstgrad bekannt?«, fragt Berndorf. »Oder über die Einheit? War er Panzergrenadier oder …« – er macht eine Handbewegung, als suche er einen beliebigen Begriff – »… Sanitäter?«

Schön, denkt Nadja. Der große Meister hat nun auch begriffen, dass es kein Militärarzt gewesen sein kann.

»Dienstgrad!« Greiner spuckt einen Tabakkrümel aus. »Da müssten Sie auf der Gemeinde nachfragen. Vielleicht finden Sie in den Unterlagen des Standesamts etwas, die werden den Tod damals ja wohl beurkundet haben.«

»Sie haben vorhin gesagt«, hakt Berndorf nach, »es gebe keine Akten zu dieser standrechtlichen Erschießung … einer der übelsten von diesen Militärrichtern war ein gewisser Major Helm… hat sich der zufällig auch hier herumgetrieben?«

»Der Übelste?«, fragt Greiner zurück. »Wollen Sie wissen, wer das wirklich war? Das war der Marinerichter, den sie danach hier im Land mal zum Ministerpräsidenten gemacht haben!«

»Ist ja gut«, meint Berndorf. »Aber dieser Helm?«

»Ich weiß, wer das war, und hab mir auch schon gedacht, der könnte es gewesen sein, der das hier angerichtet hat«, meint Greiner und deutet auf die Grabstelle. »Helm hat sich aber in dieser ganzen letzten Zeit in Franken oder schon in Thüringen aufgehalten. Um den 20. April herum hat es hier ja schon keine Front mehr gegeben, da war alles in Auflösung, selbst die SS und das andere Lumpenpack samt ihren Militärjuristen hat nur noch versucht, sich über die Donau Richtung Alpenfestung abzusetzen. Die ganzen Wälder waren voll mit dem Mordwerkzeug, das sie weggeschmissen haben, um schneller laufen zu können.«

»Ich weiß«, sagt Heinz. »Man kann heut noch was finden. Einen alten Stahlhelm oder einen verrosteten Wehrmachtskarabiner. Es gibt Leute, die mit System danach suchen.« Er blickt auf seine Uhr. »Und nicht weit von hier gibt es einen, der hat ein altes Raiffeisen-Lagerhaus gemietet, für lauter solches Zeug!« Er blickt fragend zu Nadja, dann zu Berndorf.

»Einverstanden?« Berndorf blickt fragend zu Nadja. »Nur damit wir uns nicht vorwerfen müssen, wir hätten nicht alles versucht.«

»Ich weiß zwar nicht so recht, worum es diesmal geht«, antwortet Nadja, »aber bitte!«

Das Koppel des gefleckten Kampfanzugs eng um die Wespentaille geschlossen, Spielbein vor Standbein, den Wehrmachtskarabiner lässig umgehängt, Stahlhelm überm Knäbinnengesicht: In grellem Scheinwerferlicht bewacht eine Schaufensterpuppe die Rampe vor *Ottos Wehrmachtsdepot*, das auch an diesem Samstagabend noch gut besucht ist, nicht nur von jungen Männern in Springerstiefeln. Sogar ein paar Frauen haben sich unters Publikum gemischt, sie sehen aus wie vom Campingplatz nebenan, trotzdem oder gerade deshalb empfindet Nadja sie als die unangenehmsten von all den Leuten, die sich in der von einzelnen Strahlern erhellten, säuerlich-muffig riechenden Lagerhalle aufhalten.

An einem Stand kann man sich als Unterstützer *unserer politischen Gefangenen* eintragen, aus einem Bücherregal greift sich Nadja eine Ausgabe von Hitlers *Mein Kampf*, auf dem Vorsatzblatt handschriftlich einem *lieben Wolfgang zur Konfirmation* gewidmet, und stellt sie wieder zurück. Die meisten Besucher drängen sich weiter vorn um ein effektvoll ausgeleuchtetes Motorradgespann, eine Zündapp KS 750, khakifarben lackiert und auf Hochglanz poliert.

»Alles voll funktionsfähig«, versichert ein knapp mittelgroßer, rundlicher Mann mit einer Halbbrille, »einschließlich …« – er deutet auf den Seitenwagen – »… der notwendigen Halterungen, Sie könnten also das MG im Handumdrehen montieren, nur …« – er feixt in die Runde –, »… nur sollten Sie damit dann nicht bei der Zulassungsstelle vorfahren … Bitte beachten Sie, dass die fünfunddreißig ein Fixpreis sind, wir befinden uns hier nicht im Stedtl.«

Nadja bleibt bei Berndorf und Heinz, die an den Regalen vorbeischlendern, da einen Uniformärmel prüfen, dort ein Koppelschloss mit der Aufschrift *Unsere Ehre heißt Treue* begutachten oder einen Dolch, der ihr vorkommt wie eine Angeberei von Pfadfindern. Unversehens werden sie aufgehalten, der kleine Rundliche hat seinen Platz an der Zündapp KS 750 verlassen und sich Heinz in den Weg gestellt.

»Sie sind neu hier? Wollen sich umsehen?« Über den Rand seiner Halbbrille hinweg mustert er Heinz, dann Nadja und Berndorf. Hinter ihm haben sich zwei breitschultrige Männer aufgebaut.

»Ja und nein«, antwortet Heinz, »wir sind neu hier, suchen aber etwas Bestimmtes – Material über ehemalige Wlassow-Leute.«

»Das ist ein Wehrmachtsdepot«, sagt der Bebrillte, »der General Wlassow und anderes Russenvolk, die alle gehen uns einen feuchten Kehricht an. Aber sagen Sie, sind Sie Hobbyhistoriker oder was?«

»Moment«, sagt Berndorf. Er tritt einen Schritt vor, holt seine Brieftasche heraus und überreicht eine Visitenkarte. »Wir versuchen etwas über Angehörige der Russischen Befreiungsarmee herauszufinden, abgekürzt ROA, die sich fünfundvierzig hier in der Gegend aufgehalten haben, Einheiten der ROA sollten ja in die Albrand-Stellung einbezogen werden.«

Der Mann scheint nicht zugehört zu haben, sondern studiert die Visitenkarte, auf der Stirn unterm zurückgekämmten ölig-schwarzen Haar hat sich eine Falte eingegraben. »Ich kann mir nicht helfen, aber Sie kommen mir seltsam vor … Sie sehen, ich bin höflich, ich sage nicht: komisch.« Dann zieht er ein wenig die Oberlippe hoch und zeigt seine blendend weißen dritten Zähne. »Falls Sie meinen Laden hier überprüfen wollen – bitte sehr! Sie werden nicht das kleinste Fitzelchen finden, das gegen das Kriegswaffenkontrollgesetz verstößt, oder sonst irgendetwas Ungesetzliches!« Mit einer Handbewegung schickt er die beiden Männer weg, die noch immer hinter ihm in Bereitschaft stehen. Dann wendet er sich wieder Berndorf zu und weist einladend auf Regale und Vitrinen.

Berndorf dankt, wiederholt aber, er sei wirklich nur an Material über die Wlassow-Leute interessiert, genauer: an Material über einen Sanitäter oder Militärarzt der ROA. »Das können Fotos oder Dokumente sein, vielleicht auch eine Arzttasche mit Hinweis auf den Eigentümer. Vielleicht können Sie mir auch jemanden nennen, der über die Wlassow-Leute gearbeitet hat, wie auch immer. Selbstverständlich haben Sie Anspruch auf ein Honorar – sofern das Material etwas darüber aussagt, wo sich eine solche Person in den Tagen um das Kriegsende fünfundvierzig aufgehalten hat. Ob er noch am Leben war. Oder wo man einen Wagen mit dem Roten Kreuz und dem Wappen der ROA gesehen hat, das sieht aus …«

»Ich weiß, wie das in kyrillischer Schrift aussieht«, unterbricht ihn der Mann. »So ROA-Abzeichen zum Aufnähen auf den Uniformärmel können Sie bei mir natürlich bekommen, vierzig das Stück, bei einem sieht man noch die Blutflecken, da müssten Sie aber mehr drauflegen. Doch wenn ich das richtig sehe, sind Sie hinter was anderem her.« Mit der Visitenkarte in der Hand zeigt er auf sein Gegenüber. »Da hat Sie jemand also beauftragt, etwas über Russen herauszufinden, die bei Kriegsende hier herumgestromert sind. Warum tut das jemand? Jemand, der Geld übrig hat. Russische Neureiche haben viel Geld übrig. Sehr viel Geld.«

»Nein«, sagt Berndorf knapp. »Dreihundert ist das Limit.« Er wirft einen Blick zu Nadja, der irgendwie beruhigend oder beschwichtigend wirken soll. »Aber nur für wirklich gutes Material. Und vergessen Sie den Oligarchen. Mit dem würden Sie auch nicht handeln. Jedenfalls würde ich Ihnen das nicht empfehlen.« Er deutet auf die Visitenkarte. »Meine Handy-Nummer haben Sie ja!« Er hebt grüßend die Hand und wendet sich zum Ausgang, die beiden anderen folgen ihm.

»Moment«, ruft der Mann hinter ihnen her. »Hier«, sagt er, als die Gruppe stehen bleibt. »Meine Karte. Ohrdruff ist der Name, Otto Ohrdruff, bisschen viel O drin, hab ich mir so nicht ausgesucht, Ihren Auftraggeber wird es nicht stören … Einen schönen Abend auch, allerseits!«

»Wenn Sie nächstens wieder so etwas vorhaben«, sagt Nadja, als Heinz mit dem Kombi aus dem Parkplatz vor *Ottos Wehrmachtsdepot* zurückstößt, »dann erklären Sie mir bitte genau, was mich erwartet. In eine solche Gesellschaft möchte ich nicht noch einmal geraten.«

»Diesen Menschen«, antwortet Berndorf und kurbelt die Fensterscheibe neben dem Beifahrersitz herunter, »den werden wir nicht noch einmal aufsuchen müssen.« Er dreht den Außenspiegel so, dass er von seinem Sitz aus die Straße hinter ihnen beobachten kann. »Er wird ganz von selbst zu uns kommen. Falls er was zu bieten hat.«

»Du meinst, du hast ihn an die Angel gekriegt?«, fragt Heinz.

»Er sich selbst«, kommt die Antwort. »Er hat den Köder geschluckt, den er sich einbildet.«

Irgendetwas verleitet Nadja, durch das Rückfenster einen letzten Blick auf *Ottos Wehrmachtsdepot* zu werfen, bevor es in der Dunkelheit hinten ihnen verschwindet. Doch sie sieht nur die Lichter eines zweiten Wagens, der hinter ihnen vom Parkplatz auf die Straße eingebogen ist.

Sind wir auf der Rückfahrt nun verfolgt worden oder nicht?«

Vor einer Stunde hatte Heinz seine Fahrgäste in der *Sonne* abgeliefert, wo Nadja und Berndorf zu ihrer Überraschung noch ein warmes Abendessen bekamen. Nun sitzen sie sich bei einer Flasche Wein gegenüber, vielleicht, weil es doch noch zu früh ist, auf ihre Zimmer zu gehen, oder auch, weil beide zu müde dazu sind.

»Verfolgt?«, fragt Berndorf zurück. »Es ist uns einer nachgefahren. Ja doch. Ziemlich unprofessionell. Oder er wollte wissen, ob Heinz versucht, ihn abzuschütteln. Und wie er das dann anstellt.«

»Und Heinz hat das nicht getan? Um so zu tun, als merke er nichts … eine Art Indianerspiel, ja? Und Sie mittendrin. Der Junge, der mit Bauklötzen Krieg spielt, mal so richtig in seinem Element!«

»Wie Sie meinen.«

»Tun Sie nicht pikiert, das passt nicht zu dem Jungen, der Sie mal waren! Außerdem … gehe ich recht in der Annahme, dass diesem Otto Ohrdruff seine Bravos jetzt da draußen um den Gasthof herumschnüren? Und wenn ja – worauf lauern sie?«

»Wir werden es erfahren.«

»Cool!«, ruft Nadja aus. »Old Shatterhand wäre jetzt vermutlich nach draußen gegangen und hätte die Schurken mit einem Doppelschlag niedergestreckt, aber Sie – Sie haben nicht einmal das nötig, Sie entledigen sich der Feinde mit schierer Gelassenheit!«

Sie unterbricht sich, denn die Tür zum Gastraum öffnet sich, und ein Brocken von einem bärtigen Kerl füllt den Eingang aus. Er blickt sich kurz um, grüßt die Wirtin und steuert dann den Tisch von Nadja und Berndorf an. »Schönen Gruß vom Vater, die sind jetzt wieder weg!« Aus der Brusttasche seiner Lederjacke holt er einen Zettel und reicht ihn Berndorf. »Das Kennzeichen.« Mit dem Daumen deutet er nach draußen. »Die hatten den Wagen an der Seite geparkt, so halb unter Bäumen, und da sind wir halt hin und haben gefragt, ob sie wen suchen … Kann sein, dass sie erst auf Streit aus waren, aber wie sie gesehen haben, dass wir zu dritt sind, sind sie friedlich geblieben und abgehauen.«

Berndorf bedankt sich sehr und fragt, ob er ein Bier ausgeben darf, aber der Bärtige meint, dass das gern ein anderes Mal sein dürfe, jetzt sei es ihm und den Jungen doch zu spät! Er verbeugt sich vor der Dame und verabschiedet sich.

»Wow!«, entfährt es Nadja, »was für ein Kerl! Und seine Jungen, sind das auch solche Kaliber?«

Soviel er gesehen habe: ja, kommt die Antwort.

»Ich kann also beruhigt schlafen«, fährt Nadja fort. »Ist es das, was Sie mir vermitteln wollen?« Sie beugt sich vor und versucht, seinen Blick mit dem ihren festzuhalten. »Was bilden Sie sich eigentlich ein? Sie marschieren hier durch die Landschaft, inszenieren Ihre Spielchen, und ich tappe hinterher wie das Beistellpüppchen des Kommissars im Vorabend-Krimi …«

»Spielchen?«, fragt Berndorf. »Ich glaube, da irren Sie. Wir haben es hier mit einem Kriminalfall zu tun. Einem solchen, der nicht verjährt.«

»Ach ja? Und deshalb glauben Sie, Sie seien endlich in Ihrem Element und dürften sich wieder so benehmen, wie Sie lustig sind? Wie kommen Sie eigentlich dazu, diesem Nazi-Trödler dreihundert Euro anzubieten? Ich dachte, ich höre nicht recht … Hätte ich da nicht ein Wörtchen mitzureden gehabt?«

»Nein. Die Dreihundert gehen zu meinen Lasten. Wenn sie überhaupt fällig werden.«

»*Die Dreihundert gehen zu meinen Lasten*«, kommt es als Echo zurück. »Hören Sie eigentlich nicht, wie das klingt? Vielleicht könnte ich ja einen Grund haben, mich an dieser Ausgabe beteiligen zu wollen, aber Sie haben längst entschieden, ohne mich auch nur in Betracht zu ziehen.«

»Entschuldigen Sie bitte, aber vor diesem Menschen wollte ich nicht offenlegen, dass Sie mein Auftraggeber sind.«

»Warum nicht? Weil es Ihnen peinlich gewesen wäre?« Entschlossen greift sie zu ihrem Glas und nimmt einen dann doch vorsichtigen Schluck. Kurz blickt sie sich im Gastraum um. Außer ihnen sitzen nur noch zwei Paare vor ihren Gläsern, beide nicht nahe bei ihnen und beide in Gespräche vertieft. »Es ist so, wie ich sagte: Sie treiben Spielchen, und ich – ich habe genug davon. Ich möchte, dass wir endlich zur Sache reden. Dass Sie mir erklären, was genau Ihr Interesse an dieser Geschichte ist. Und was das Foto aus Lausanne Ihrer Ansicht nach bedeutet – und zwar sowohl für Sie wie für mich.« Sie sucht seinen Blick und bemerkt mit einem Mal, dass ihr ein Fremder gegenübersitzt. Einer, der ihr mindestens so fern ist wie bei der ersten Begegnung in dem staubigen kleinen Büro in Berlin Mitte.

Dennoch beugt er sich vor und sucht ihren Blick. »Wenn Sie ein Problem mit der Frau auf dieser Fotografie haben, dann lassen Sie doch einen DNA-Abgleich machen«, sagt er mit gedämpfter Stimme. »Einen Abgleich zwischen Ihnen und mir. Zumindest wissen Sie dann, ob … ob diese Frau auf dem Foto aus Lausanne als Ihre Mutter in Betracht kommt oder nicht.«

»Was reden Sie da?« Sie betrachtet ihn aus schmalen Augen. »Will ich vielleicht Alimente einklagen? Oder ein Erbteil herausschlagen? Was soll also … ?« Sie spricht nicht weiter, denn von irgendwoher quengelt ein Mobiltelefon.

Berndorf holt sein Handy heraus und meldet sich mit einem knappen »Ja?« Man hört jemanden sprechen, Berndorf unterbricht den Anrufer und bittet, einen Augenblick zu warten. Dann steht er auf, entschuldigt sich bei Nadja und geht nach draußen.

Der GROSSE DETEKTIV weiß sich zu benehmen, denkt Nadja. Er bekommt Anrufe, die nicht für jedermanns Ohren bestimmt sind. Er entschuldigt sich, bevor er den Gesprächspartner in die Ecke stellt. Er konzentriert sich auf das Wesentliche. Selbst für das Herzeleid eines verstoßenen Kindes hat er ein Pflästerchen parat: Lassen Sie einen DNA-Test machen! … Sie winkt der Wirtin und bittet um die Rechnung.

Jetzt«, meldet sich Berndorf, der draußen vor der Tür des Gasthofs stehen geblieben ist. »Ich höre.«

»Feines Lokal, wo Sie abgestiegen sind«, sagt Ohrdruff.

»Stilvoll. Nicht großkotzig. Und Leute fürs Grobe haben Sie auch.«

»Soviel ich weiß, mussten sie nicht sehr grob werden.«

»Das wäre sonst auch anders ausgegangen«, meint Ohrdruff. »Aber genug geplänkelt … Ich habe mir erlaubt, Sie ein bisschen zu googeln, und weiß jetzt so ungefähr Bescheid. Wir ticken nicht auf gleicher Wellenlänge.«

»Wohl nicht«, bestätigt Berndorf.

»Aber Geschäft ist Geschäft … Außerdem habe ich meine Unterlagen durchgesehen, die sind zum Glück mit Verstand geordnet, und kann jetzt Ihrem Auftraggeber ein Angebot unterbreiten. Drei sehr schöne Fotos, aufgenommen nach einem Tieffliegerangriff vom neunzehnten April Fünfundvierzig … Das erste zeigt Pferdekadaver, ein Sanitätswagen liegt weiter hinten im Straßengraben, das Rote Kreuz auf der Motorhaube ist gut zu erkennen … Dann haben wir hier zwei Frauen im Kopftuch, dazu ein alter Mann, alle mit Eimern, und alle drei schnipfeln an den Kadavern herum, und das dritte Foto – also das würde ich schon gerne Ihrem Auftraggeber persönlich zeigen …«

»Vergessen Sie den Auftraggeber«, antwortet Berndorf, »das hab ich Ihnen schon einmal gesagt. Wo sind die Aufnahmen gemacht worden, und was zeigt das dritte Foto?«

»Das hätten Sie wohl gerne, Meister, dass ich den Auftraggeber vergesse, aber das ist mit mir nicht zu machen. Ich muss wissen, an wen ich verkaufe, und ich muss wissen, was mit den Fotografien geschehen soll. Oder wofür sie als Beweis dienen werden.«

»Ihr Angebot ist zu ungenau. Diese Fotos können sonst wo entstanden sein, und das von dem Wagen mit dem Roten Kreuz hat für uns nur dann einen Beweiswert, wenn das Fahrzeug durch Nummernschild oder Wappen mit der ROA in Verbindung gebracht werden kann.«

»Sie bringen es auf den Punkt: Genau um den Beweiswert geht es. Einen Beweis braucht man in einem Prozess, und der Prozess wiederum hat einen Streitwert … Darüber wüsste ich gerne etwas mehr!«

»Wenn Sie mir dieses eine bestimmte Foto nicht zeigen wollen und auch keine weiteren Angaben machen, drehen wir uns nur im Kreis. Genauso gut können Sie behaupten, Sie hätten diesmal die wahren Tagebücher vom Adolf.«

»Damit käme ich nicht zu Ihnen!«, kommt es kichernd durchs Telefon. »Aber wissen Sie was? Ich schicke Ihnen morgen einen Ausschnitt auf Ihr Handy, so dass Ihr Auftraggeber sich ausrechnen kann, was das Foto sonst noch an Informationen hergibt.«

»Na gut«, antwortet Berndorf. »Schicken Sie das Foto, aber vergessen Sie nicht, was ich Ihnen gesagt habe: Es gibt keinen Auftraggeber.«

Berndorf beendet das Gespräch, steckt das Handy wieder ein und geht zurück zum Eingang der Gastwirtschaft. Von der anderen Seite nähert sich ein Schatten, beinahe stoßen sie an der Tür zusammen, der Schatten ist Hans im Glück, und Berndorf hält ihm die Tür auf.

»Oh, der Fährmann«, ruft Hans im Glück, »es hieß, Sie seien schon abgereist.« Er hängt seinen Mantel an die Garderobe. »Ich bitte, den Rückfall ins *Sie* entschuldigen zu wollen, aber Sie kommen mir vor wie jemand, der sich außerhalb der Märchenstunde nicht so ohne Weiteres auf ein *Du* einlässt.«

»Da mag etwas dran sein«, antwortet Berndorf unaufmerksam und runzelt die Stirn, denn auf seinem Tisch steht nur noch sein Glas, alles andere ist abgeräumt. Er wirft einen fragenden Blick zur Wirtin, die gerade vorbeikommt, und erfährt, die Dame sei schon nach oben gegangen.

»Sind Sie denn Ihre Stocherstange inzwischen losgeworden?« Noch immer steht Hans im Glück neben ihm und ist auf Konversation aus.

»Noch nicht so ganz.«

»Nun, mein Lieber«, sagt Hans im Glück und hebt mahnend den Zeigefinger, »das kommt mir aber ganz so vor wie die Sache mit der Jungfräulichkeit!«

Berndorf stutzt. »Ich hab's verstanden«, sagt er dann. »Also hab ich sie wohl noch. Die Stocherstange, meine ich.«

Hans im Glück nickt, als habe er auch nichts anderes erwartet. »Was hingegen ich jetzt ganz gerne hätte, wäre ein kleiner Schlummertrunk … Darf man sich damit zu Ihnen setzen?«

Berndorf unterdrückt ein Achselzucken und deutet einladend auf den Tisch, auf dem nur noch sein eigenes Glas steht. Man nimmt Platz, Hans im Glück bestellt sich ein Bier, das es in der *Sonne* vom Fass gibt, und bemerkt dann, er wolle ja nicht aufdringlich sein, aber dass dem Fährmann dieser ganze Märchenzauber zu viel geworden sei, könne er durchaus verstehen. »Aber da Sie sich noch immer hier in diesem gewiss reizenden Ort aufhalten, fragt man sich als neugieriger Mensch dann doch, ob Sie denn wirklich in diesem alten Schulhaus Erleuchtung gesucht haben, oder nicht woanders.«

Berndorf wirft einen prüfenden Blick auf sein Gegenüber. Hans im Glück ist ein vielleicht mittelgroßer, eher schmächtiger Mann, um die fünfzig Jahre alt, das dunkle Haar so kurz geschnitten, dass er es in die Stirn kämmen kann. Hinter einer randlosen Brille lauern aufmerksame Augen. Was hat er gesagt, dass er ist? Jurist im Staatsdienst? »Sie werden lachen«, antwortet er, »falls es Erleuchtung hätte sein sollen, hab ich sie wirklich im Schulhaus drüben gesucht … Sollten wir uns mal wieder treffen, erzähl ich Ihnen die ganze Geschichte.«

»Jetzt hab ich verstanden«, antwortet Hans im Glück, »und war nun doch zu aufdringlich! Entschuldigen Sie bitte.« Die

Wirtin bringt das Bier, er hebt das Glas – »zum Wohl!« –, nimmt einen kräftigen Schluck und wischt sich mit der Hand befriedigt den Schaum vom Mund.

»Nichts zu entschuldigen ... Wie ist es denn Ihnen ergangen? Können Sie Ihren Stein jetzt in den Brunnen schmeißen?«, fragt Berndorf. »Wenn ich es recht erinnere, endet das Märchen damit.«

»Nein!«, ruft Hans im Glück und winkt mit der Hand, die gerade wieder nach dem Bierglas greifen wollte, heftig ab. »Das verstehen Sie falsch ... Kennen Sie den Mythos von Sisyphos? Als Fährmann am Fluss, den keiner gern überquert, sollten Sie ihn kennen, denn Sisyphos hat da mal das Wasser abgedreht, das war eine seiner Missetaten ...«

Und jetzt wirst du mir gleich erzählen, dass Sisyphos ein glücklicher Mensch gewesen ist, denkt Berndorf. »Mir war diese Geschichte immer unheimlich«, sagt er, »ich hab mir gedacht, was passiert, wenn der den Stein ganz auf die Spitze wälzt und dort so ausbalanciert, dass er oben bleibt?«

»Hm«, macht Hans im Glück, »Sie wollen darauf hinaus, dass Sisyphos die Götter besiegt, und dann tanzen mit ihm die Menschen im Tal und feiern ihren Sieg, bis ihnen der Stein auf den Kopf fällt. Oder die Atombombe.«

»So ungefähr«, bestätigt Berndorf. »Und auf irgend so etwas wird es in der modernen Wirklichkeit ja auch hinauslaufen.«

»Sehen Sie«, trumpft Hans im Glück auf, »da haben wir doch eine etwas menschenfreundlichere Deutung gefunden! Weil nämlich der Mensch immer unzulänglich bleibt, immer irgendwie scheitern muss, kann er den Stein – oder die Dinge überhaupt – eben nicht auf die Spitze treiben. Das ist seine Rettung. Ich zum Beispiel bin wirklich Hans im Glück, nicht obwohl ich nichts anderes habe als diesen bescheuerten Stein, sondern gerade deshalb ... Zum Wohl!«

SONNTAG

Ein Schnaps auf die Toten – und einer auf die Wahrheit

In diesem Teil Süddeutschlands gibt der Verbund der Heimatverlage eine eigene Sonntagszeitung heraus, die an diesem Morgen berichtet, die Bundesverteidigungsministerin habe nach fast einjähriger Amtszeit davon Kenntnis erhalten, dass ein erheblicher Teil der Hubschrauber und Panzer ihrer Bundeswehr überhaupt nicht einsatzfähig sei und dass von 109 Eurofightern gerade 42 noch vom Boden hochkommen. Berndorf überlegt, wie hoch der Etat der Verteidigungsministerin wohl sein mag, schätzt ihn auf etwas über dreißig Milliarden Euro und findet die Nachricht im Übrigen erheiternd. So wünscht man sich Militär! Er greift nach seiner Teetasse und blickt dabei vom Frühstückstisch auf. An der Rezeption steht Nadja Schwertfeger, bereits in ihrem Dufflecoat, ihre Reisetasche neben sich, und bezahlt ihre Zimmerrechnung.

»Sie reisen ab?« Er ist aufgestanden und steht jetzt neben ihr. »Guten Morgen auch!«

Sie erwidert den Gruß, dreht ihm aber den Rücken zu, um die PIN-Nummer ihrer Karte einzugeben. Während sie wartet, bis die Transaktion bestätigt ist, bedankt sie sich bei der Wirtin – auch diesmal habe sie ein ganz reizendes Zimmer gehabt und sich sehr wohlgefühlt! Schließlich wendet sie sich Berndorf zu.

»Gut, dass ich Sie noch sehe …« – sie wirft einen Blick auf ihre Armbanduhr –, »der Bus kommt in wenigen Minuten. Schicken Sie mir bitte Ihre Rechnung, meine Freiburger Adresse kennen Sie ja. Weiter haben wir, glaube ich, nichts mehr zu besprechen.« Sie nickt ihm zu und zeigt dabei ein knappes Lächeln. »Ich wünsche Ihnen eine gute Zeit!« Ohne auf eine Antwort oder Reaktion zu warten, nimmt sie ihre Tasche, geht an ihm vorbei zur Tür und verlässt den Gastraum.

Berndorf bleibt stehen, für einen Augenblick so benommen, dass er nicht einmal auf den Gedanken gekommen ist, ihr wenigstens die Tasche bis zur Bushaltestelle zu tragen. Oder sie zu bitten, dass er wenigstens noch das tun darf. Er spürt, wie ihn die Wirtin hinter dem Tresen hervor beobachtet, und geht an seinen Tisch zurück. Außer ihm sitzt nur noch ein jüngeres Paar beim Frühstück und tut so, als habe es die Szene an der Rezeption nicht verfolgt. Wenigstens scheinen sowohl Rumpelstilzchen als auch Hans im Glück bereits gefrühstückt zu haben, denn zu irgendwelcher Konversation hätte er jetzt nicht die Nerven.

Was ist da passiert? Offenbar hast du Nadja brüskiert. Verletzt. Vor den Kopf gestoßen. Wie? Weshalb? Offenbar gestern Abend, als du zum Telefonieren auf die Straße gegangen bist.

Dafür hast du deine Gründe gehabt. Erstens ist es wichtigtuerisch und ungezogen, in Gesellschaft in ein Handy zu blöken. Zweitens ist es einsichtig, dass du mit diesem Nazi-Trödler nicht vor Zeugen reden magst… Moment. Dir ist das einsichtig. Ihr schon deshalb nicht, weil sie nicht wissen konnte, wer angerufen hat.

Hat sie gedacht, es sei Barbara? Wenn es so gewesen wäre, kann sie sich doch bei Gott nicht einbilden, dass sie deswegen beleidigt sein darf… Warte! Der Anruf platzte in eine heikle Situation… Nein. Heikel ist der falsche Ausdruck. Es war etwas anderes. Erst hat sie die Kratzbürsten-Nummer abgezogen, dann kam ohne Vorwarnung die Keule mit der existenziellen Frage, was das Foto der jungen Frau in dem dünnen Mäntelchen am herbstgrauen Genfer See zu bedeuten habe, und zwar für sie und für dich und also für euch beide…

Ein Weiberspiel also. Das eine wird ins andere gemengt.

Das Beißen und Kratzen und insgeheime Flehen zum Beispiel. Das kennst du doch. Von Kindheit an kennst du das. Du hättest gewarnt sein müssen. Trotzdem hast du kurz mal den alten Bullen markiert und sie auflaufen lassen. Machen Sie einen DNA-Test, basta! Und dann noch der verdammte Anruf... Den hast du nicht ablehnen können? Ja dann... Er greift zu seinem Handy und schaut nach, ob Kurznachrichten eingegangen sind, tatsächlich ist eine da, eine sehr knappe:

Na? O. O.

...und dazu im Anhang ein Schwarzweißfoto, ein Ausschnitt einer Blechplatte, auf der ein Wappen aufgepinselt ist, Andreaskreuz auf grauem Untergrund, darüber hell auf schwarz drei Buchstaben, die so aussehen wie P und O und A... Viel mehr ist auf dem kleinen Monitor von Berndorfs Handy nicht zu erkennen, höchstens, dass die Blechplatte in keinem besonders guten Zustand ist, sondern irgendwie löchrig.

Berndorf schreibt eine kurze Antwort:

Angekommen. Danke. B.

Zu dem *Danke* hat er sich überwinden müssen.

Auffrischender Wind aus Westen treibt nicht nur die Wolken in rascher Fahrt über den Himmel, sondern hilft auch dem in einen Mantel gehüllten Radfahrer die Steigung hinauf, die sich hinter dem Dorf Wieshülen erhebt. Das Rad, das mit seinen schmalen Felgen und den zwölf Gängen nicht so recht zum Outfit des Fahrers passen will, hat sich Berndorf bei Heinz ausgeliehen, denn ein Bus wäre erst wieder am späteren Nachmittag gefahren. Außerdem hat ihm ein Orthopäde vor einiger Zeit empfohlen, es mit Rücksicht auf sein Knie wieder mit dem Radfahren zu versuchen. Er ist inzwischen nicht ganz untrainiert, muss aber feststellen, dass es solche

Steigungen wie gerade jetzt weder in Berlin gibt noch im Umkreis der Datsche an der Ostsee, in der er mit Barbara gerne seine Freizeit verbringt.

Endlich ist er oben auf der Kuppe angekommen und hält kurz am Straßenrand, einen Fuß auf dem Boden, um sich die erhitzte Stirn vom Wind kühlen zu lassen. Er blickt sich um, bis zum Horizont erstrecken sich Hügel, zumeist fichtengründunkel, dazwischen braungelbes Herbstlaub. Wie war das – ist er da als Junge eigentlich immer zügig hochgefahren, oder ist er zwischendurch abgestiegen und hat geschoben? Er weiß es nicht mehr. Manchmal – das zum Beispiel weiß er noch – war der Wind so stark, dass er Lust gehabt hat, den Anorak zu öffnen und wie ein Segel in den Wind zu halten, um sich freihändig in die Stadt treiben zu lassen, und manchmal war der Gegenwind so heftig, dass er in die Pedale steigen musste.

Er will weiterfahren und lässt sich ins andere Tal hinabrollen, wo eine zweite Straße einmündet. Auch die Gleise der Bahnlinie, die noch immer betrieben wird, führen hier entlang. Manchmal lag im Winter so viel Schnee, dass mit dem Rad kein Durchkommen war und er zu Fuß zum Bahnhof im Nachbardorf laufen musste, um noch den Zug zur Schule zu erwischen. Nachtdunkel war es da noch, und wenn er nicht aufpasste, kam er vom Weg ab …

Rechts erhebt sich einer dieser von Moos und Flechten graugrün gemusterten Felsen, er muss lächeln, denn noch immer würde man von der Straße aus nicht glauben, dass man vom Tal aus ohne Mühe hinaufkommt, wenn man nur den richtigen Einstieg weiß. Wie stolz er war, als er ihn gefunden hatte! Die anderen kannten ihn längst …

Er fährt weiter, irgendwann kommt er an der Stelle vorbei, an der er die Fähe mit den vier Jungen gesehen hat, dann zweigt auch schon die Zufahrt zu der Kolonie ab, die von freikirchlichen Leuten auf der Hochebene errichtet worden ist, den Himmel über sich, das Gebetbuch in der Hand und die Schwermut im Haus. Ein Mädchen von dort – zart und blond – ging in seine Klasse, er wird sich lieber nicht nach ihr erkundigen. Es folgt eine Linkskurve, und er stellt das Rad ab. Links von ihm senkt sich Heide zur Straße hinab, jetzt – anders als früher – von Wacholdergebüsch bestanden, rechts klafft oberhalb der Bahngleise eine Wand aus Kalkstein, die freigelegt wurde, als die Erbauer der Bahnlinie die Trasse freisprengen mussten.

Er betrachtet das Gelände. Die Tiefflieger mussten damals von Westen gekommen sein und den Konvoi von hinten angegriffen haben. Was heißt Konvoi! Eine Kolonne von Pferdefuhrwerken war es. Und offenbar war noch ein Sanitätsfahrzeug dabei. Dass es kein Entkommen gab, kann man sich ausrechnen. Was weiß er sonst davon? Eigentlich nichts. Er hat nur ein paar Erinnerungen – genauer: Schnipsel von Erinnerungen, die er selbst nicht mehr zu einem Film zusammensetzen kann.

Das erste dieser Filmschnipsel setzt damit ein, dass es warm ist und schön und er ins Nachbardorf geht. Vielleicht will er die Mama am Bahnhof abholen. Soldaten kommen ihm entgegen, einer der Soldaten führt zwei Pferde, er geht langsam, und er führt die Tiere nicht am Zügel, sondern hält die Hände unter ihrem Bauch … Trägst du die Pferde?, fragt er den Soldaten, wobei es gut möglich ist, dass er damals bereits *Sie* zu einem Erwachsenen gesagt hat. Und der Soldat lacht ein wenig und sagt: nur ein bisschen. Sonst sind sie es, die den Menschen tragen, aber diese Pferde können jetzt niemanden auf sich reiten lassen. Das ist jetzt eine Zeit, weißt du, wo alles ein wenig verkehrt ist … Damit verschwindet diese Erinnerung auch schon wieder, er sitzt jetzt im Zug und spickt durch die Ritzen der Holzlatten, die die Glasfenster ersetzt haben, und sieht so die Pferdegerippe, sie liegen im Graben zwischen der

Straße und dem Bahnkörper und sind grau und weißlich, und die grau-weißliche Farbe dieser Gerippe und ihre monströse Größe wird er niemals vergessen …

Berndorf schüttelt den Kopf. Vielleicht sortieren sich dann seine Gedanken. Der doppelte O behauptet, es habe am 19. April 1945 hier in der Region einen Tiefflieger-Angriff auf einen Konvoi gegeben, und er habe Fotos von Pferdekadavern und einem durchlöcherten Wagen, der mit dem Roten Kreuz gekennzeichnet war. Nun wird es an diesem Tag des Unheils nicht nur einen Angriff gegeben haben. Nicht nur ein zerschossenes Auto. Nicht nur … Schluss damit! Dass es diesen Angriff hier gegeben hat, das weißt du, wie du sonst kaum etwas weißt.

Berndorf greift nach seiner Taschenuhr und lässt den Deckel aufspringen. Es ist fast Viertel nach zehn. Um elf Uhr wird er von dem Ehepaar Carmen und Thomas Weitnauer erwartet – und willkommen sein, wie Carmen ihm am Telefon versichert hat. Da er keine zwei Kilometer mehr zu radeln hat, ist er also zu früh dran, er blickt sich um und entdeckt am Waldrand oberhalb der Heide eine Schlehenhecke.

Zur Begrüßung gibt es bei Weitnauers erst einmal ein Glas Überkinger für den erhitzten Berndorf und einen Tonkrug mit Wasser für den Zweig voller blauschwarzer Schlehen, den er mitgebracht hat. Dass Berndorf mit dem Rad gekommen ist, beeindruckt Thomas Weitnauer dabei deutlich mehr als seine Ehefrau Carmen: »Das ist der doch gewohnt!«

»So ganz nicht mehr«, wehrt Berndorf ab und erzählt von den anstiegsfreien Radtouren durch den Grunewald oder rund ums Salzhaff hinter Rerik. Das wiederum bringt Thomas Weitnauer auf die Abenteuer eines befreundeten Ehepaars, das sich Akku-Räder zugelegt habe, wobei deren Elektronik regelmäßig dann blockiere, wenn die Eheleute an einem besonders abgelegenen Ort angelangt seien. Einmal hätten sie deshalb eine ganze Nacht unter einer Buche auf dem alten Truppenübungsplatz verbringen müssen. Als er beginnt, die Nacht zu schildern, unterbricht ihn Carmen: »Berndorf ist eigentlich wegen einer anderen Gespenstergeschichte hier, wenn ich seinen Anruf richtig verstanden habe.«

Berndorf wirft ihr einen dankbaren Blick zu und beginnt zu erklären, was er über den Tieffliegerangriff vom 19. April 1945 wissen will, wird aber sehr bald unterbrochen.

»Ein Toter, zwölf Pferde verendet«, fasst Thomas Weitnauer das Ereignis zusammen. »Es war ein Trupp von jungen Burschen, direkt aus einer Waffenschule gezogen, und von Volkssturmmännern, und sie hätten die Amerikaner aufhalten sollen, damit die Reste von SS und regulärer Wehrmacht sich über die Donau absetzen können. Die Männer konnten noch Deckung suchen, bis eben auf den einen Volkssturmmann, die Pferde nicht.« Er steht auf und wendet sich an seine Frau. »Wenn du mich so lange entbehren kannst, such ich ihm grade mal raus, was ich noch an Fotos und Unterlagen dazu habe.« Mit einer Handbewegung lädt er Berndorf ein, ihm zu folgen.

»Nein«, befiehlt Carmen, »der kommt mit in die Küche und unterhält mich!« Sie wendet sich an Berndorf und erklärt ihm, dass es nun einmal beschlossene Sache sei, dass er heute bei ihnen essen werde. Daran sei nichts mehr zu ändern! Ergeben folgt er ihr in die Küche, wird an einen Holztisch gesetzt und bekommt nichts zu tun, denn es soll Pellkartoffeln geben, geräucherte Forellen und ein wenig Salat, es handle sich also um ein Essen, behauptet Carmen, das sich sozusagen von selbst zubereite. Berndorf sieht sich um, vom bäuerlichen Holztisch abgesehen ist die Einrichtung die einer modernen sachlichen Einbauküche, doch an der Wand hinter dem Tisch hängen gerahmte Bleistiftzeichnungen, irgendwie nicht gegenständlich, irgendwie spinnwebhaft zart und alles andere als harmlos.

»Was ich dich die ganze Zeit fragen will«, beginnt Carmen, während sie sich daranmacht, Tomaten für den Salat zu schneiden, »wie ist eigentlich euer Besuch bei Carlos verlaufen? Hat er etwas über seinen Stiefvater rausgelassen?«

»Er war gesprächsbereit«, antwortet Berndorf, dem es erst jetzt einfällt, dass er sich für die Vermittlung dieses Gesprächs hätte bedanken müssen, »und hat uns wirklich weitergeholfen ...«

Wirklich? Ja doch. Denn der Akkordeonist kommt nicht in Betracht. Jedenfalls nicht für die eine von den jetzt noch offenen Fragen.

»Wir bekommen allmählich eine Vorstellung davon, wie diese Erzählung von der *Nachtwache des Soldaten Pietzsch* aus realen und erfundenen Details zusammengesetzt ist ...«

Was redest du da? Sind wir hier vielleicht in einem Proseminar für zukünftige Deutschlehrer?

»Weißt du, was mir auffällt?«, unterbricht ihn Carmen, »du hast gerade *wir* gesagt ... du meinst damit deine Schwester und dich, nicht wahr?«

»Moment«, sagt Berndorf, und es klingt hilflos, »da bist du etwas voreilig ...« Gewiss, es gebe offenbar eine Verbindung zwischen Nadjas Adoptivmutter und eben der Eva Gsell, also seiner Mutter, daraus könne aber zum jetzigen Zeitpunkt ...

»Unsinn«, stellt Carmen klar, was von diesem Gestotter zu halten ist, »das sieht man doch, dass sie deine Schwester ist.«

»Bitte ...? Übrigens kann sie allenfalls meine Halbschwester sein.«

»In ihrer äußeren Erscheinung geraten Söhne eher nach der Mutter, Töchter nach dem Vater«, erklärt Carmen. »Ihr beide aber habt etwas Gemeinsames, das ganz unverkennbar ist, so eine Art ...« – sie dreht sich zu Berndorf um, das Küchenmesser in der erhobenen Hand, als könne es beim Denken helfen – »... vorsätzliches Einzelgängertum.« Sie deutet mit dem Messer auf Berndorf. »Und weißt du, bei wem mir das zum ersten Mal so richtig aufgefallen ist? Nicht bei dir. Bei deiner Mutter ist es mir aufgefallen ...«

Berndorf schüttelt den Kopf. »Wann hast du sie denn kennengelernt?«

»Kennengelernt ist zu viel gesagt. Wir hatten doch immer wieder mal Schulfeiern, zu Weihnachten oder zum Schuljahrsende, diese furchtbaren Veranstaltungen mit Geigengekratze und Gedichtvorträgen! Dort hab ich sie das eine oder andere Mal gesehen, und du bist dann mit ihr weggegangen, so dass ich gewusst habe, wer sie ist. Und dann habe ich sie das eine oder andere Mal hier in der Stadt entdeckt ... Als Mädchen sieht man es sofort, wenn eine Frau – also wenn sie ein bisschen anders angezogen ist als all die anderen Mütter und Hausfrauen. Und das war sie ja nun. Dabei hattet ihr es wohl auch nicht besonders üppig ...«

Nein, bestätigt Berndorf, besonders üppig habe man es in den beiden Dachkämmerchen nicht gehabt. »Ihre Sachen hat sie halt selbst genäht.«

»Ja, das sieht dann bei der einen so und bei der anderen anders aus«, meint Carmen. »Jedenfalls habe ich immer wieder zu ihr hinübergesehen oder hinter ihr hergeschaut, wenn sie in der Stadt war. Ich hab das getan, weil ... einfach, weil ich wissen wollte, wie man sich als Frau auch geben und auftreten kann.«

»Ah ja«, sagt Berndorf, »da stolpert man durchs Leben und hat keine Ahnung, wie um einen herum die Frauen ihre unsichtbaren Fäden knüpfen.«

»Da war kein Faden zwischen ihr und mir. Sie hat mich halt interessiert, das ist alles. Wie sollst du in so gottverlassener

Provinz sonst herausfinden, ob das Leben auch anders sein kann… Guck nicht so!« Sie wendet sich wieder den Tomaten zu. »Am Ende bin ich ja doch wieder in diesem Nest gelandet und bin nicht einmal besonders unglücklich dabei…« Mit dem Handrücken wischt sie sich eine Haarsträhne aus dem Gesicht. »Jedenfalls weiß ich, dass deine Mutter etwas Unverfügbares hatte. Sie war eine Frau, der man ansah, dass sie niemandem gehört.« Wieder dreht sie sich um und deutet mit dem Messer auf Berndorf. »Etwas hast du davon – nicht so arg viel. Wie das bei deiner Schwester ist, weiß ich nicht. Aber etwas hat auch sie davon. Ich meine, sogar eher mehr als du…«

»Halbschwester«, korrigiert Berndorf. »Bestenfalls.«

»Eine Viertelschwester gibt es nicht, wenn ich dich da aufklären darf«, bemerkt Carmen. »Aber wenn wir schon dabei sind, beim Aufklären… Auch wenn du damals erst vier oder dann gerade fünf gewesen bist – du musst doch mitgekriegt haben, dass sich bei deiner Mutter etwas verändert. Dass sie einen dicken Bauch bekommen hat… Hast du wirklich keine Erinnerung daran?«

Berndorf hebt abwehrend beide Hände. »Absolut Fehlanzeige.«

»Aber deine Schwester«, hakt Carmen nach, »die ist Anfang sechsundvierzig auf die Welt gekommen, also drei oder vier Wochen nach Weihnachten fünfundvierzig. Versuch doch mal, dich an ein ganz frühes Weihnachten zu erinnern!«

Berndorf senkt den Kopf und blickt schief zu ihr hinüber. »Eine Erinnerung ist da… Da war ein Engel, und der stand nicht richtig auf seinem Ast. Da hab ich ihn zurechtrücken wollen, und der ganze Christbaum ist mit seinen Kugeln und seinen Kerzen und dem ganzen Lametta vom Hocker gefallen, auf dem er aufgestellt war, und die Kugeln waren hinüber, und das Wachs lief über den Boden.«

»Nett, so ein Weihnachten«, meint Carmen. »Und deine Mutter, was hat die gesagt?«

»Das war nicht bei ihr«, antwortet Berndorf, »das war bei der Großmutter, und der Christbaum stand neben dem Flügel, solange er eben stand ...«

»Ich hoffe«, ertönt es von der Tür, »ich störe euer Zusammensein nicht!« Thomas Weitnauer kommt in die Küche, eine Klarsichtmappe mit Fotos und Kopien in der Hand. »Ich hab da doch noch einiges Material zu diesem Tieffliegerangriff gefunden ...«

»Sind das die Fotos«, unterbricht ihn Carmen, »die ihr dann doch nicht in eure Broschüre reingenommen habt? Vor dem Essen zeigst du die nicht!«

Berndorf stellt das Rad neben der Haustür ab, fährt sich durchs Haar und löst die Fahrradklammern von seinen Hosen. Die Taschenuhr zeigt an, dass es kurz vor fünf Uhr ist, viel zu lange ist er bei den Weitnauers geblieben, denn nach dem Kaffee hatte er noch bewundern müssen, was der Hausherr sonst noch alles zur Zeit- und Heimatgeschichte zusammengetragen und gesammelt hat.

Kann man an einem Sonntag kurz vor fünf Uhr die Leute überfallen? Zum Glück stehen keine anderen Autos im Hof, er wird also nicht gerade in ein Familienfest hineinplatzen, er klingelt, eine Frau mit kurzen grauen Haaren öffnet ihm, Berndorf stellt sich vor ...

»Ich weiß schon, wer Sie sind«, unterbricht ihn die Frau, »Sie wollen zum Eugen, der ist in der Werkstatt.« Sie deutet nach rechts, zu einem freistehenden eingeschossigen Bau mit einer doppelten Garageneinfahrt. »Gehen Sie einfach zur Tür links rein, manchmal hat er die Ohrenschützer auf, dann hört er keinen!«

Berndorf geht zur angegebenen Tür, klopft vorsichtshalber erst einmal, stößt dann die Tür auf und betritt einen Werkstattraum, der so aussieht, als gehöre er jemandem, der sein Handwerk noch richtig gelernt hat. An der Werkbank steht Eugen Jehle, tatsächlich trägt er Ohrenschützer, obwohl er gerade damit beschäftigt ist, behutsam und mit einer Handfeile die Kanten an einem wenige Zentimeter langen hölzernen Werkstück zu glätten. Noch bevor Berndorf sich bemerkbar machen kann, legt er das Werkstück – das eher an ein Blättchen erinnert – zurück, nimmt die Ohrenschützer ab und wendet sich dem Besucher zu.

»Ich hab mir gedacht, dass du noch mal vorbeikommst«, sagt er und streckt die Hand aus. Sie tauschen einen kräftigen Händedruck. »Einen Schnaps? Du schaust aus, als ob du einen brauchen könntest. Oder einen Most?« Berndorf lehnt dankend ab, er sei nur ein wenig verschwitzt – er habe nämlich ganz vergessen gehabt, wie heftig der Gegenwind sein kann, wenn man auf der Alb mit dem Rad unterwegs ist.

»Ja so, mit dem Rad!«, meint Jehle und deutet auf einen Tisch, zu dem es zwei Hocker als Sitzgelegenheit gibt. Bevor er sich setzt, wirft Berndorf einen Blick auf die Planskizzen, die auf dem Tisch liegen. Die Skizzen zeigen einen merkwürdigen Baum, dessen Äste von ebensolchen Holzblättchen gebildet werden, wie Jehle gerade eines geglättet hat. Die Blättchen ziehen sich wie eine Spirale um den Stamm. »Ein Kugelspiel für die Enkelin«, erklärt Jehle, »du wirfst oben an der Spitze eine Kugel rein, und die fällt dann von einem Holzblättchen zum nächsten, und wenn ich das so hinkriege, wie ich es will, müsste es sogar eine Melodie ergeben …«

»Glückwunsch!«, sagt Berndorf. »Zur Enkelin. Und zum Handwerk!«

»Ist nichts Besonderes. Ich hab so was mal wo gesehen und gedacht, das müsste noch besser gehen. Zum Beispiel mit verschiedenem Holz, damit der Klang sich ändert … Aber wenn es fertig ist, wird die Kleine eh nur ein Gesicht ziehen, weil es ein Smartphone hätt sein sollen.« Er macht sich daran, die Planskizzen zusammenzulegen, schiebt den Stapel dann zur Seite, stützt die Ellbogen auf den Tisch auf und das Kinn auf die zusammengelegten Hände. »So!«, sagt er dann und wirft einen forschenden Blick auf den Besucher. »Wer eine Antwort haben will, muss eine Frage stellen.«

»Gestern«, beginnt Berndorf, »bist du dir nicht ganz sicher gewesen, ob du den Namen Peter Wendel nicht schon mal gehört hast … Jedenfalls ist es mir so vorgekommen. Du weißt, das ist der richtige Name von diesem Schriftsteller, der sich Anderweg nannte.«

»Peter Wendel, ja doch«, antwortet Jehle knapp. »Und wie ich die Geschichte dann gelesen hab, kam mir, wer das gewesen sein könnte, und ich hab noch mal rumgefragt. Die Webers hatten damals, also kurz nach dem Zusammenbruch, einen entlassenen oder davongelaufenen Soldaten als Knecht, aber nicht lange, dann ist er von den Franzosen als Zwangsarbeiter einkassiert worden. Ich hab sogar eine ungefähre Erinnerung an ihn oder genauer: an einen Menschen mit zwei linken Händen, dass man gar nicht versteht, wie ungeschickt einer sein kann. Die Franzosen werden viel Freude mit ihm gehabt haben … Also dieser Mensch könnte Peter Wendel geheißen haben – wenn du es genauer wissen willst, musst du die Klara Weber fragen. Aber überleg dir das gut, die Klara schwätzt dir das Ohr vom Kopf.«

»Danke.« Es passt, denkt Berndorf. Nachdem in Wieshülen – französische Besatzungszone – ein Peter Wendel zur Zwangsarbeit eingezogen wurde – oder eingezogen werden sollte –, taucht hundert Kilometer weiter östlich, in Nördlingen, ein Paul Anderweg auf und befindet sich damit in der amerikanischen Zone. Die Amerikaner hoben keine Zwangsarbeiter aus, es sei denn, einer war ein Blaupausentäter und hatte an den V1- und V2-Raketen mitgeplant. Peter Wendel alias Anderweg mit den zwei linken Händen kam hier ganz sicher nicht in Betracht.

»Du hast mir sehr geholfen.« Er legt die Hände auf den Tisch, als wolle er jetzt gleich aufstehen. »Das war es schon ... Das heißt, eines noch würde mich interessieren. In meinem Kopf steckt noch immer die Erinnerung an die toten Pferde, die bei einem Tieffliegerangriff an der Bahnlinie zusammengeschossen worden sind, die Gerippe hat man noch lang im Graben gesehen, wenn man mit dem Zug vorbeigekommen ist ... Du musst das doch auch gesehen haben?«

»Ich weiß, was du meinst.«

»Aber hast du es auch gesehen?«

»Damals hat man öfters Gerippe sehen können«, antwortet Jehle, »vor allem, wenn es einer darauf angelegt hat. Mein Bedarf jedenfalls war bald gedeckt, und speziell an diese eine Geschichte habe ich keine besondere Erinnerung mehr.«

»Schade«, sagt Berndorf und holt aus seiner Jackentasche einen Umschlag. »Es ist nämlich etwas Merkwürdiges dabei.« Er zieht mehrere Fotos aus dem Umschlag und schiebt sie über den Tisch. »In Kaltensteig gab es einen Fotografen, der nach dem Angriff an der Bahnlinie ein paar Aufnahmen gemacht hat – vermutlich am Tag danach.« Zögernd nimmt Jehle die Fotos und wirft dabei einen misstrauischen Blick auf Berndorf.

»Die Fotos sind meines Wissens nie publiziert worden«, plaudert Berndorf weiter, »man hätte keinem von den Leuten, die da an den Kadavern herumschnipfeln, eine Freude damit gemacht ... Trotzdem sind Abzüge in Umlauf gekommen. Von dritter Seite ist mir zum Beispiel ein Bildausschnitt angeboten worden ... Moment!« Er holt sein Handy hervor, ruft das Foto von der Blechplatte mit dem ROA-Wappen auf und zeigt es Jehle. »Wenn du vergleichen willst – ich halte das für einen Ausschnitt von diesem einen Foto, auf dem du einen Sanitätswagen von damals siehst, das Auto hängt im Straßengraben und hat gehörig Treffer abbekommen, obwohl das Rote Kreuz auf der Motorhaube deutlich zu sehen ist… ich glaube, es ist genau das Foto, das du gerade in der Hand hast…«

Jehle wirft einen kurzen Blick auf das Handy, hebt dann aber abwehrend die Hand und schiebt die Abzüge über den Tisch zurück. »Das kann damals alles so ausgesehen haben wie auf diesen Fotos, das will ich gar nicht bestreiten… Nun zeigst du mir diese Bilder aus einem bestimmten Grund. Du willst also wissen, ob das Auto auf dem einen Foto das von diesem Russenarzt ist. Das, dem mein Vater die neuen Zündkerzen eingesetzt hat. Oder die Kolbenringe.«

Berndorf nickt kurz.

»Mir wäre es lieber gewesen«, fährt Jehle fort, »du wärst gleich damit herausgerückt. Ich hätte dir sofort und ohne Umschweife gesagt, dass das Auto im Straßengraben nach meiner Erinnerung der gleiche Typ ist wie der Wagen von dem Russenarzt – also wie das Auto, das hier in dieser Werkstatt abgestellt war. Genau wie auf dem Foto war bei dem Fahrzeug, das wir hier hatten, außer dem Roten Kreuz auch dieses Wappen aufgemalt, und zwar an der Seite. Aber…« – Jehle hebt die rechte Hand mit hochgestrecktem Zeige- und Mittelfinger – »… beschwören könnte ich das niemals.«

»Das verlangt auch niemand von dir.« Berndorf schüttelt den Kopf. »Wir haben nur das Problem, dass so viele Militärärzte der Wlassow-Armee in diesen Tagen und in dieser Gegend nicht spazieren gefahren sein können. Der Großteil dieser Truppe hatte sich ja bereits Richtung Osten in Bewegung gesetzt. Also besteht eine gewisse Wahrscheinlichkeit, dass dieses Auto« – er greift das eine Foto und hält es hoch –, »dass dieses Auto ebendasselbe ist, das dein Vater in der Nacht vom neunzehnten auf den zwanzigsten April zum Laufen gebracht hat … Bist du so weit einverstanden?«

»Hab ich doch schon gesagt.«

»Na schön«, sagt Berndorf. »Der Tieffliegerangriff war am 19. April. Und zwar am Tag. Nachts waren Tiefflüge zu riskant. Wie gerät dann dieses Auto, das erst in der Nacht darauf fahrbereit sein wird, in diesen Angriff?«

Jehle runzelt die Stirn, antwortet aber nicht.

»Entschuldige bitte «, fährt Berndorf fort, »wir müssen da gar nicht groß darüber reden, du siehst selbst, dass etwas nicht stimmt. Übrigens ist auch das Foto merkwürdig … schau es dir ruhig noch einmal an!« Wieder hält er ihm den Abzug hin. »Das Auto hängt im Straßengraben, halb nach rechts gekippt, und man sieht die Einschüsse in Wagentür und Seitenfenster … Wieso Wagentür? Wieso Seitenfenster?«

»Ach so!«, sagt Jehle. »Der Wagen muss schon auf der Seite gelegen haben, bevor die Tiefflieger kamen – meinst du das?«

»Ja, sofern wir davon ausgehen, dass die Tiefflieger nicht in der Höhe von Maulwurfshügeln angerauscht kamen … Falls die Einschüsse überhaupt von Tieffliegern herrühren.«

»Von wem denn sonst?«

»Um das herauszufinden«, antwortet Berndorf, »sitzen wir hier und reden … Bevor wir aber richtig zur Sache kommen, noch eine Kleinigkeit. So wie dieses Auto ausschaut, hat nicht überlebt, wer am Steuer saß. Nun hat es bei diesem Angriff vom neunzehnten April tatsächlich einen Toten gegeben, das war ein Volkssturmmann aus Reutlingen, zweiundsechzig Jahre alt und Buchhalter in einer Spinnerei … Der aber ist nicht mit einem Auto hinter der Wehrmacht hergefahren, schon gar nicht mit einem Auto der Wlassow-Leute … Wer also hat dieses Auto gesteuert und ist trotzdem nicht auf dem Soldatenfriedhof gelandet?«

Jehle schüttelt den Kopf. »Lass gut sein. Bevor wir richtig zur Sache kommen, hast du gerade gesagt. Tu das jetzt bitte.«

Berndorf blickt ihn an. »Vorher könnte ich einen Schnaps brauchen.«

Jehle steht auf, geht zu einem kleinen Wandschrank über der Werkbank und kommt mit einer Glasflasche ohne Etikett und zwei Schnapsgläsern zurück. Er schenkt ein, sie heben die Gläser.

»Noch einmal auf die Toten«, sagt Berndorf, »dass man sie hört!« Sie kippen den wasserhellen Schnaps, der Berndorf für einen Augenblick den Atem nimmt.

»So!«, sagt Jehle und fährt sich über den Mund, »und wen haben wir diesmal gemeint?«

»Wieder deinen Vater«, antwortet Berndorf. »Dann den Mann, der unter dem Namen Boris Dobroljubow in Gnadenzell begraben ist und angeblich keine vierundzwanzig Jahre alt war. Und auch den Erwin Allmendinger.«

»Augenblick!« Plötzlich richtet sich Jehle auf, mit einem Blick, als wäre der Achtzigjährige wieder der junge Kerl, der keiner Schlägerei aus dem Weg geht. »Wieso tust du meinen Vater mit dem zusammen?«

»Es waren Nachbarn«, antwortet Berndorf friedlich. »Zwar ist es wahr, dass mit dem Allmendinger kein Auskommen war, für niemand. Dein Vater aber war anders. Jedenfalls dann, wenn seine Schmerzen nicht zu schlimm waren. Seine halbe Hüfte war zertrümmert, so hast du gestern gesagt, und ich weiß gut, wie krumm er manchmal gegangen ist…« Er blickt zu Jehle. »Muss ich die Geschichte weitererzählen?«

Jehle wiegt den Kopf. »Ich überlege, was der Vater jetzt meinen würde…« Dabei betrachtet er Berndorf. In der Werkstatt macht sich Schweigen breit und füllt sie aus, bis hinauf unters halbdunkle Dach. Aber dann hebt Jehle doch die Hand und deutet auf sein Gegenüber. »Erzähl, was du zu erzählen hast.«

Berndorf nickt. »Dein Vater brauchte Morphin. Mehr als alles andere. Vielleicht hat Allmendinger ihm da manchmal helfen können. Allmendinger, der den Ärzten drüben in der Anstalt die Gasleitung installiert und am Laufen gehalten hat. Der mitbekam, was das für ein Spaß war für die allmächtigen Ärzte, wenn sie das Gas aufgedreht haben. Und was sie sonst für Späßchen getrieben haben. Die ihm dafür auch immer wieder mal ein Paket Morphin-Ampullen zuschoben, zehnmal mehr wert als ein paar Reichsmark-Scheine.«

»Warum? Der brauchte so etwas nicht.«

»Doch. Für deinen Vater brauchte er es. Zwar haben alle im Dorf den Allmendinger gefürchtet, und alle sind ihm aus dem Weg gegangen. Aber es wollte auch niemand etwas mit ihm zu tun haben … Ich muss dir nicht erklären, wie das im Dorf geht.«

»Das ist doch uns passiert. Hab ich dir doch gesagt.«

»Ja«, sagt Berndorf. »Danach ist es euch passiert. Aber zuerst war es nur der Allmendinger, und da hat er eben geschaut, wie er zu einem kommt, der zu ihm hält. Darum die Morphin-Ampullen für deinen Vater, wobei ich annehme, dass er sie sich gut hat bezahlen lassen. Außerdem werden da auch noch andere Abnehmer gewesen sein.«

Jehle hebt die Augenbrauen. »Ende vierzig war in Grafeneck mit dem Vergasen Schluss. Die Ärzte und anderen Mörder haben in Auschwitz weitergemacht oder an anderen solchen Orten. Und Grafeneck haben sie für die Kinderlandverschickung genommen. Ich weiß nicht, ob sie den Kindern erklärt haben, warum manche Bäume so schwarz waren und voller schmierigem Ruß.«

Schwarze Bäume? Ja doch, denkt Berndorf. Aber das ist jetzt nicht das Thema. »Vierzig, sagst du«, fährt er fort, »da hatte der Klempner Allmendinger sein Leitungsnetz bereits gelegt und fest verschraubt. Er wusste, wen er wofür anzapfen musste«, antwortet Berndorf. »Aber es ist schon wahr – ich weiß das alles nicht. Ich stell es mir nur vor. Damit wir wissen, wie es gelaufen sein kann. Natürlich wurde zum Kriegsende auch das Morphin knapp. Aber das ist nur der eine Aspekt.«

»Und der andere?«

»Ein anderer betrifft auch den Allmendinger. Und die kleine Hannele, die das Unglück hatte, seine Nichte zu sein.« Berndorf beugt sich ein wenig vor, als ob er etwas Vertrauliches sagen wolle. »Und dann gibt es so Sachen, die ich mir bloß ausgedacht habe. Gestern, nachdem wir bei dir waren, hat uns der Heinz nach Gnadenzell gefahren, zu dem Grab von diesem Dobroljubow, von dem es heißt, er sei als Deserteur hingerichtet worden. Da ist mir eingefallen, dass der Anderweg oder Wendel noch andere Geschichten geschrieben hat, und in einer davon ist die Rede von einem Bronislaw Kaminski, auch so einem Häuptling von russischen Hilfswilligen. Der hat in die eigene Tasche geplündert, und da hat ihn die SS kurzerhand standrechtlich erschossen. Aber damit seine Hiwis bei der Stange blieben, hat man das als ein Attentat der kommunistischen Partisanen kaschiert … Wenn du willst, schick ich dir eine Kopie der Geschichte.«

Jehle schüttelt den Kopf. »Was soll ich damit? Und warum erzählst du mir all dieses Zeug?«

»Wenn man eine Hinrichtung als was anderes kaschieren kann«, antwortet Berndorf, »dann kann man umgekehrt auch was anderes als Hinrichtung ausgeben.«

Jehle hebt kurz die Hand. »Lass mal gut sein!« Er betrachtet Berndorf, ruhig und aufmerksam. Der gibt den Blick zurück. Wieder vergeht Zeit. Schließlich hebt Jehle kurz die Schultern und lässt sie wieder fallen. Dann greift er zur Flasche und gießt eine neue Runde ein. »Auf die Wahrheit!« Berndorf tut ihm Bescheid.

»Du hast vorhin von den Toten gesprochen«, sagt Jehle, als er das Glas zurückgestellt hat. »Was meinen Vater betrifft – heut noch seh ich die leeren Ampullen vor mir, die ich auf den Schuttplatz bringen muss, aber so, dass sie unterm andern Abfall versteckt sind. Nicht schön … Der andere Tote ist der Allmendinger, der vom Heuboden gefallen ist und sich dabei vor lauter Fallen gar nicht mehr die Hosen hat richtig hochziehen können. Auch nicht schön. Aber wenn man mitbekommen hat, was der Dr. Jurkowski ihm gesagt hat, nachdem er das kleine Hannele zusammengeflickt hat … dann war das alles noch weniger schön.«

»Was hast du gerade gesagt? Dr. Jurkowski?«

»Ja«, antwortet Jehle, greift hinter sich und legt ein altertümliches, in Leder eingebundenes Buch auf den Tisch. »Dr. Sergej Jurkowski, Oberstabsarzt oder so etwas, hat sich am fünfzehnten April fünfundvierzig im Gästebuch der *Sonne* eingetragen …« Jehle lächelt, ein wenig verlegen. »Als die alte Sonnenwirtin gestorben war, kam das ganze Inventar unter den Hammer. Das Gästebuch da wollte niemand haben, da hab ich's für zehn Mark genommen. Ich hab gedacht, so etwas ist ein Dokument für die Dorfgeschichte … Gestern Abend, nach eurem Besuch, hab ich es wieder herausgesucht und mir überlegt, was ich damit machen soll … wie du siehst, hab ich es nicht verbrannt.«

»Darf ich mal?« Berndorf schaut sich den Band an und blättert zur Stelle, die durch einen eingelegten Zettel markiert ist. In exakter Sütterlin-Schrift ist da vermerkt, wer in diesen Apriltagen 1945 in der *Sonne* abgestiegen ist, Offiziere zumeist, ein Hauptschriftleiter, ein Gauamtsleiter, dann ein Dr. med. Sergej Jurkowski, Oberstabsarzt, geboren am 20. November 1911 in Nischni Nowgorod, mit dem Vermerk: *abge-*

reist am 20. April 1945. Zu jeder Eintragung gehört auch die eigenhändige Unterschrift des Gastes. Die Unterschrift des Gauamtsleiters zum Beispiel ist sehr groß und ausschweifend, die des Dr. Jurkowski eher wie ein knappes Kürzel. Er blättert weiter, unterm Datum vom 15. April ist auch der Sanitätssoldat Boris Dobroljubow eingetragen und dazu der Abreisetag 18. April.

Berndorf blickt auf und betrachtet Jehle. Der gibt den Blick ungerührt zurück. »Du hast es nicht verbrannt, sagst du. Also hast du daran gedacht, zumindest einen Augenblick lang. Gut … aber warum zeigst du mir es?«

»Wir haben auf die Wahrheit getrunken«, antwortet Jehle. »Und auf das, was die Toten sagen. Außerdem darfst du mich nicht für blöd halten. Als ich begriffen habe, dass du die Sache mit dem Toten von Gnadenzell herausgefunden hast, war mir klar, dass kein Weg daran vorbeiführt.«

»Woran vorbei?«

»Diese ganze Geschichte auszugraben und anzuschauen und aufzuräumen. Ich weiß nicht, ob du das verstehst – aber ich bin es meinem Vater schuldig, dass wir nichts mehr verstecken.«

MONTAG

Es wird amtlich

Es gibt keine schlimmere Tageszeit, keine, die noch bleierner wäre als die anderthalb oder zwei Stunden nach dem Mittagessen. Oberstaatsanwalt Rolf Langmuth überwindet sich, seinen Mantel im Garderobenschrank seines Büros aufzuhängen, und vermeidet dabei, mit einem Blick die Aktenstöße auch nur zu streifen, die sich wie Mühlsteine auf seinem Schreibtisch stapeln. Jedes Jahr wird es schwerer, die Fälle in dem Tempo aufzuarbeiten, in dem sie neu hereinkommen.

Ach ja. Wäre er doch Hans im Glück geblieben.

Und schon muss das Telefon anschlagen. Was ist?

»Ein Herr Berndorf möchte Sie sprechen«, meldet die Sekretärin Kapottka.

»Da ist aber kein Termin bei mir eingetragen – und überhaupt, dass mich ein Herr Berndorf sprechen will, kann irgendwie nicht sein …«

»Er sagt, er warte gern«, erklärt die Kapottka. »Er habe Zeit.« Sie fügt es mit einem leicht boshaften Unterton hinzu.

Langmuth ergibt sich. »Schicken Sie ihn halt rein.« Noch einmal gähnt er herzhaft, dann klopft es auch schon, die Tür öffnet sich, ein Mann tritt herein und bleibt überrascht stehen. Auch Langmuth muss kurz den Kopf schütteln.

»Also doch! Aber treten Sie ein«, sagt er dann und steht auf, um den Besucher mit Handschlag zu begrüßen. »Ihre Stocherstange haben Sie nicht mitgebracht?«

»Aber ja«, antwortet Berndorf und hebt eine Plastiktasche hoch. »Ich glaube, diesmal werde ich sie auch loswerden. In Tübingen versteht man sich doch auf den Umgang mit so etwas?«

»Mehr oder weniger. Meistens weniger. Aber setzen Sie sich.«

Berndorf nimmt auf dem Besucherstuhl Platz und betrachtet suchend den Schreibtisch. Schließlich findet er einen Platz, auf dem er das dicke, in Leder eingebundene Buch ablegen kann, das er aus seiner Plastiktüte hervorholt. Dazu kommt noch eine Klarsichtmappe mit Fotografien und eine Druckschrift mit einem flammend schwarzen Titel auf gelblichem Untergrund.

»Als wir uns vorgestern unterhalten haben«, sagt Langmuth, während er ihm zusieht, »da haben Sie mir versprochen, beim nächsten Wiedersehen würden Sie mir Ihre Geschichte erzählen. Haben Sie da bereits gewusst, dass das so bald sein wird?«

»Nein«, kommt die Antwort, »Sie dieser Abteilung zuzuordnen, hätte meine hellseherischen Fähigkeiten überfordert. Ich bin nicht mehr auf dem Laufenden, was die baden-württembergische Justiz angeht.«

»Also waren Sie es mal?«

»Ein wenig. Aber da war ich in Ulm.«

Also außerhalb der Sphäre, die aus Tübinger Sicht für wahrnehmungswürdig gehalten wird. Aber das ist ein anderes Thema.

»Na schön«, meint Langmuth, »da Sie jetzt zu wissen scheinen, um welchen Aufgabenbereich ich mich zu kümmern versuche, haben Sie vermutlich einen entsprechenden Sachverhalt vorzutragen.«

Berndorf nickt und beginnt, scheinbar kühl und unbeteiligt. In der Nacht vom 19. auf den 20. April 1945 sei in dem Dorf Wieshülen – »es ist Ihnen ja bekannt« – der damals 34jährige Oberstabsarzt Dr. Sergej Jurkowski erschlagen worden, weil er als Arzt Kenntnis von einem Sexualverbrechen an einem achtjährigen Mädchen erlangt hatte.

»Der oder die Täter, die sich außerdem Jurkowskis Vorrat an Morphin-Ampullen aneignen wollten, fuhren mit dem Toten in dessen Wagen an eine einige Kilometer entfernte Wegkreuzung kurz vor Gnadenzell, banden die Leiche an einen Baum und gaben mehrere Schüsse auf sie ab, um eine standrechtliche Exekution vorzutäuschen. Zuvor hatten sie die Rangabzeichen von der Uniform Dr. Jurkowskis entfernt und ihm den Militärausweis seines Fahrers zugesteckt, der zwei Tage zuvor desertiert war. Sowohl Dr. Jurkowski wie auch sein Fahrer waren Angehörige der sogenannten Russischen Befreiungsarmee gewesen … Habe ich etwas vergessen?« Berndorf überlegt kurz.

»Ach ja!«, beginnt er von Neuem, »nachdem sie die Leiche auf die beschriebene Weise fixiert hatten, fuhren die Täter mit dem Dienstwagen des Toten zurück und dann weiter in Richtung Kaltensteig, bis zu einer Stelle, an der am Tag zuvor Tiefflieger eine Pferdewagen-Kolonne der Wehrmacht angegriffen hatten. Bei den Kadavern der getöteten Pferde steuerten die Täter den Dienstwagen in den Graben zwischen Straße und Bahntrasse, stiegen aus und gaben erneut mehrere Schüsse ab, diesmal, um vorzutäuschen, das Fahrzeug sei ebenfalls unter den Tiefflieger-Beschuss geraten … Im Morgengrauen des 20. April kehrten sie nach Wieshülen zurück …« Er bricht ab und hebt die Hand, als sei ihm ein Einwand gekommen. »Es ist möglich, dass an dieser letzten Aktion, also an der Verbringung des Dienstwagens, nur noch einer der Täter beteiligt war.«

Nun ist es Langmuth, der die Hand hebt. »Erst sind es mehrere, dann ist es – wenn auch möglicherweise – nur noch einer … Woher wissen Sie das?«

»Einer der mutmaßlichen Täter hatte eine schwere Kriegsverletzung. Die vier oder fünf Kilometer zurück nach Wieshülen hätte er wohl kaum zu Fuß geschafft.«

»Das heißt, es gibt zwei mögliche Tatbeteiligte?«, fragt Langmuth. »Einen, der die fünf Kilometer noch laufen kann, und einen, der's nicht kann?«

»Ich bin weit davon entfernt, Ihnen eine Liste vorzulegen!«, antwortet Berndorf. »Wie käme ich dazu! Ich habe Ihnen den Tatablauf vorzutragen und die Indizien dafür …«

»Die Indizien, ei freilich! Ich bitte darum!«

Berndorf breitet aus und erläutert, was er so vorzulegen hat: Das Gästebuch der alten *Sonne*, die Fotografien – vor allem die eine, die den halb auf der Seite liegenden Wagen mit dem Roten Kreuz und dem russischen Wappen zeigt …

»Die Tiefflieger, die ihn angeblich beschossen haben, konnten nur von hinten gekommen sein, nicht von der Seite. Sie hätten sonst ein Problem gehabt, ihre Maschinen rechtzeitig vor der Felswand wieder hochzuziehen, an der Bahntrasse und Straße vorbeizuführen … Wie hätten die Tiefflieger also ausgerechnet die Fahrertür durchlöchern können?«

Langmuth nickt. Es ist ein sibyllinisches Nicken. Berndorf lässt sich nicht entmutigen und präsentiert sein letztes Exemplar der *Nachtwache des Soldaten Pietzsch.*

»Oh«, ruft Langmuth aus und streift Berndorf mit einem fast scheuen Blick, »eine Erzählung! Um nicht zu sagen: ein literarisches Werk! Was glauben Sie, was die hiesige Große Strafkammer für Augen machen wird, wenn ich ein solches Beweisstück präsentiere!«

»Sie tun ihm Unrecht«, sagt Berndorf. »Dem Beweisstück, meine ich … In dieser Geschichte ist geschildert, wie ein Stuttgarter Nazi-Häuptling über die Alb flüchtet, wie er die Nacht zum 20. April verbringt und dabei einem russischen Militärarzt begegnet, also jemandem, von dem wir inzwischen wissen, dass es ihn wirklich gegeben hat. Geschildert wird weiter, wie sich in dieser Nacht alles auflöst und auseinanderläuft. Nur in diesem allgemeinen Zusammenbruch war ein solcher Tatablauf möglich, wie ich ihn gerade vorgetragen habe …« Er wirft einen Blick auf Langmuth. »Einen durchschlagenden Beweis werden Sie freilich erst dann haben, wenn Sie die angeblichen Überreste des Sanitätssoldaten Dobroljubow exhumieren lassen, der in Gnadenzell bestattet wurde. Die Grabstelle gibt es noch immer.« Er holt sein Handy hervor, ruft die Aufnahme von Grabkreuz samt Totenschild auf, die er in Gnadenzell gemacht hat, und reicht es Langmuth über den Tisch. »Die Obduktion wird ergeben, dass dieser Mann bei seinem Tod nicht vierundzwanzig Jahre alt war, sondern gut und gern zehn Jahre älter. Und dass er nicht erschossen worden ist, sondern dass man ihm den Schädel eingeschlagen hat.«

Über Langmuths Gesicht hat sich ein Ausdruck äußersten Zweifels gelegt. Unschlüssig blättert er durch das Heft mit Anderwegs Erzählung. Plötzlich hält er inne und holt zwischen den vergilbten Seiten einen noch brüchigeren Zeitungsausschnitt hervor. »Und was, bitte, ist das?«, fragt er und hält den Ausschnitt mit spitzen Fingern hoch.

»Entschuldigung«, sagt Berndorf mit gerunzelter Stirn, »das muss mir entgangen sein … Darf ich mal sehen?«

Langmuth winkt ab. »*Schwere Verluste der Angloamerikaner in Nordafrika*«, liest er vor, »*Angriff auf Tobruk abgeschlagen … Sturmpioniere bereiten entscheidenden Schlag in Stalingrad vor* … Kein Datum …« Er nimmt sich die Rückseite vor. »Hier auch nicht …«

»Das hört sich nach Spätherbst neunzehnhundertzweiundvierzig an«, bemerkt Berndorf, »was steht denn auf der Rückseite?«

»Da ist ein komplettes Artikelchen, samt Titel: *Kann denn Lachen Sünde sein?* Offenbar was Feuilletonistisches, hatte man damals für so was Papier übrig?« Er blickt kurz zu Berndorf. »Also hören wir es uns mal an …« Er beginnt vorzulesen:

»Unter dem weiten russischen Himmel eine Ansammlung von Holzhäusern, nicht einfach eine Ansammlung, es ist eine Stadt, nach den eigenen Maßstäben eine Weltstadt, denn das führende und nebenbei einzige Hotel am Ort heißt Metropol. Um die Wahrheit zu sagen, hat das führende Haus nicht die besten Zeiten hinter sich, über zwei Jahrzehnte lang musste es Gäste beherbergen, deren Reinlichkeitsverständnis den mitteleuropäischen Maßstäben nicht so recht entsprach. Nun freilich haben sich die Umstände geändert, es ist mit eisernem Besen ausgekehrt worden, höchstens, dass irgendwo im Wind noch ein Fetzen von einem der Plakate in der prahlerischen und brutalen Bildersprache schaukelt, mit der die einstigen Machthaber ihre Unkultur in die Welt schrien …«

Langmuth lässt den Ausschnitt sinken. »Was ist das für ein Schrott?«

»Ein Ausriss aus der *Litzmannstädter Zeitung*, nehme ich mal an«, sagt Berndorf. »Das war ein deutsches Besatzungsblatt, in Lodz herausgegeben. Der Verfasser könnte ein Peter Wendel sein … Ist am Ende des Artikels nicht ein Kürzel vermerkt? *pw* zum Beispiel?«

Langmuth blickt überrascht auf. »Tatsächlich … Sie kannten den Ausriss also doch?«

»Nein, ich hab's mir ausgerechnet. Wendel hat später eine Zeit lang den Aliasnamen Paul Anderweg benutzt – er ist also der Autor auch dieser Erzählung, in der Sie den Ausschnitt gefunden haben … Das Kürzel konnte für beide Namen durchgehen.«

Der Oberstaatsanwalt zuckt mit den Achseln und liest weiter.

»Wie sehr sich die Zeiten geändert haben, zeigt an diesem Abend der Große Saal des Metropol, Theater, Tonhalle und

Kino in einem, und bis auf den letzten Platz besetzt von den straffen, disziplinierten, kampferprobten Männern eines unserer Polizeibataillone, deren unerbittliche Wachsamkeit…« Langmuth schüttelt den Kopf. »Das ist ja nicht zu ertragen… Wann kommt dieser Kerl eigentlich zur Sache?« Er versucht sich an einem neuen Absatz, greift sich aber nur noch einzelne Sätze heraus:

»Mit welchem Schmiss und welcher technischen Perfektion das Polizeiorchester Berlin auch in kleinerer Besetzung zu musizieren weiß, wurde gleich zu Beginn am Beispiel des Marsches Preußens Gloria demonstriert, der sich jetzt freilich die Gloria des Großdeutschen Reiches nennen sollte… Sich von Mal zu Mal steigernd, erreichte das Programm einen besonderen Höhepunkt mit dem Auftritt des Berliner Akkordeonisten, der in so geschmackvoller wie witziger Weise die Berühmtheiten aus Film und Rundfunk in eigener Person darstellte und so mitten unter die begeisterten Polizeisoldaten brachte… So klang der Abend in beschwingter Kameradschaft aus, unter dem insgeheimen Motto: Kann denn Lachen Sünde sein! Doch als in der Nacht die Nachricht eintraf, ein letztes Banditennest sei eingekreist worden, hielt es auch die Polizeimusiker nicht beim Feiern: An der Waffe ausgebildet, bestanden sie darauf, ihren Gastgebern am nächsten Morgen im Kampf zur Seite zu stehen…«

Langmuth lässt den Ausschnitt sinken. »Sagen Sie mal – was haben die da getrieben?«

»Lukow, November neunzehnhundertzweiundvierzig«, antwortet Berndorf, »wie hier beschrieben, gastieren Künstler des Berliner Polizeiorchesters zwecks Truppenbetreuung bei einer der Einheiten, die hinter der Front das besorgt haben, wofür deutsche Polizeibataillone damals eingesetzt wurden. Und wie die Musiker nach ihrem Auftritt beim gemeinsamen Bankett erfahren, dass am nächsten Morgen wieder ein paar hundert

Juden erschossen werden sollen, geben sie keine Ruhe, bis sie auch mitschießen dürfen … Schauen Sie nicht so. Der Fall ist bekannt.«

»Ich war überzeugt«, sagt Langmuth bedächtig, »dass Sie Polizist gewesen sein müssen, und wenn ich Sie so anschaue, glaube ich es noch immer. Aber das ist ein verdammt böser Blick, mit dem Sie da Ihren eigenen Verein sehen.«

»Den dürften Sie bei dem Ihrigen ruhig auch haben«, antwortet Berndorf.

Langmuth hebt beide Hände und lässt sie resigniert wieder fallen. Dann greift er zum Telefonhörer und blickt zu Berndorf. »Trinken Sie einen Kaffee mit?« Das nimmt Berndorf gerne an, und Langmuth gibt die Bestellung seiner Sekretärin durch. »Ich möchte jetzt nämlich die ganze Geschichte hören«, sagt er dann und lehnt sich in seinem Schreibtischsessel zurück. »Von Anfang an. Damit ich weiß, wie viele Tote ich wo exhumieren lassen muss.«

Nadja hat sich aus ihrer Bertolt-Brecht-Ausgabe den Band *Stücke 5* herausgesucht und liest gerade den *Kaukasischen Kreidekreis*. Aus den Seiten steigt ihr ein strenger Geruch nach Chemiekombinat und erhobenem Zeigefinger in die Nase, wenn sie es genau nimmt, hat sie es hier mit einer explizit stalinistischen, um nicht zu sagen: empörend peinlichen Rechtfertigung von Landraub und Umweltzerstörung zu tun – das Kollektiv der Ziegenzüchter muss dem der Obstbauern weichen, weil die einen mehr zum Gelingen des nächsten Fünfjahresplans beitragen als die anderen. Und weil, was für das System gut ist, auch menschlich zu sein hat, wird der Landraub mit einer Parabel über wahre und falsche Mütterlichkeit verschleiert. Entschlossen will sie den Band ins Regal zurückstellen, da bleibt sie doch an dem einen Lied der Grusche hängen, die sich gerade des verlassenen fremden Kindes angenommen hat:

Da dich keiner nehmen will
Muss nun ich dich nehmen
Musst dich, da kein andrer war
Schwarzer Tag im magern Jahr
Halt mit mir bequemen.

Ja, denkt sie. Das ist es, was die Roswitha-Mutter ihr hätte sagen können. Wenn man so etwas auf Ravensburger Schwäbisch überhaupt über die Lippen bringt. Und du – warum gibst du dich damit nicht zufrieden? Die Roswitha-Mutter war eine gute, warmherzige Frau und der Vater rechtschaffen und hinter seinen *Frankfurter Heften* gut aufgehoben – was kann ein junges Mädchen von seinen Eltern mehr erwarten? Aber du – du musst mit einem altersschwachen Ex-Polizisten hinter Geistern hertappen und hast nicht einmal Zeit, in Ravensburg auf den Friedhof zu gehen und nach dem Grab zu schauen!

Scharf schlägt die Klingel an.

Nadja wirft einen Blick auf die Uhr. Es ist halb fünf, also wird es die Wally sein, platzend vor Neugier und mit dem Vorwand, dass sie eine Tasse Tee braucht. Sie steht auf und öffnet die Tür.

»Na endlich!«, schnauft Wally und entledigt sich ihres Capes und knüpft das Kopftuch auf und wirft alles auf den einen Sessel, »ich dachte schon, du willst dich ganz und gar eingraben und überhaupt niemandem mehr erzählen, was du tust und gemacht hast und was bei alldem herausgekommen ist! Einen guten Tag auch … !«

»Einen Tee?«, fragt Nadja und schaltet, ohne eine Antwort abzuwarten, den Wasserkocher ein. »Ja doch«, meint Wally,

»gerne einen Tee!« Und sie hat auch was von der Konditorei mitgebracht, obwohl sie schon ein bisschen beleidigt ist, denn die Nadja hätte sie in der Zwischenzeit wohl mal kurz anrufen können, das sei doch nicht zu viel verlangt!

»Ich bin erst gestern Abend zurückgekommen«, verteidigt sich Nadja. »Von Wieshülen aus ist das nicht ganz einfach, wenn man auf öffentliche ...«

»Von Wieshülen!«, schreit Wally auf, »warst du wieder bei dem Märchenonkel?«

Nein, will Nadja antworten, bei dem nicht – und lässt es sofort bleiben. Denn wenn sie das sagt, will Wally wissen, bei wem sie dann war, worauf Nadja ihr nicht damit kommen kann, dass sie diesen Berndorf dort getroffen hat. Sonst wäre Wallys Neugier überhaupt nicht mehr zu bremsen. »Ich erzähl dir's gleich«, weicht sie aus und gießt den Tee auf.

Wally beschäftigt sich inzwischen mit dem, was auf dem Tisch herumliegt. »Brecht ... sag mal, kann man den noch lesen? ... Und was sind das für Fotos?«

»Auf den beiden Fotografen-Fotos, die so aussehen wie fürs Familienalbum, siehst du meine Eltern Schwertfeger, aber der Schnappschuss mit der Frau in dem Mantel zeigt eine Bekannte der Roswitha-Mutter aus der Zeit, als sie in Lausanne war, und den Brecht kannst du immer lesen, der hat gerade dann tolle Stellen, wo man denkt, es ist ganz und gar unmöglich.«

»Moment ... Was redest du da!« Wally hat das eine Foto hochgenommen, studiert es, blickt zu Nadja und wieder zurück auf das Foto. »Du weißt schon, dass du dieser Frau da verdammt ähnlich siehst, dieser angeblichen Bekannten ... Das muss übrigens eine ganz Hübsche gewesen sein, wenn ich dir das so sagen darf!«

»Mag sein.« Nadja stellt das Tablett mit dem Tee auf dem Tisch ab und zündet den Rechaud für die Teekanne an. »Ob sie mir ähnlich sieht, kann ich nicht beurteilen. Töchter schlagen eher nicht nach der Mutter … Es ist auch egal. Möglicherweise ist sie meine leibliche Mutter, aber das hat keine Bedeutung …«

»Du spinnst!«, fährt Wally auf, und es klingt, als ob sie richtig zornig sei. »Ich fahr mit dir durch halb Süddeutschland und in die hinterste Pampa, um etwas über diese unglückliche Frau zu erfahren, die ihr Baby fremden Leuten hat überlassen müssen – und mit einem Mal hat das alles keine Bedeutung mehr! Hättest du dir das nicht ein bisschen früher überlegen können?«

»Entschuldige.« Es ist die Geschichte von der Füchsin, die das eine Junge verstößt. Aber das binde ich dir nicht auf die Nase. »Ich habe plötzlich begriffen, dass ich über meine leibliche Mutter nicht urteilen darf. Sie hat ihre Gründe gehabt, warum sie mich weggeben musste. Oder weggeben wollte. Was hätte ich ihr denn vorzuwerfen? Ich habe es nicht schlecht gehabt … und ganz gewiss besser als andere Kinder in dieser Zeit.«

Wally schüttelt den Kopf. »Es geht doch nicht darum, ihr Vorwürfe zu machen! Ich dachte, du willst einfach wissen, wer das gewesen ist, welches Schicksal sie gehabt hat und wie ihr es vielleicht weiter ergangen ist … Wenn ich mir das so vorstelle, wie es dieser Frau zumute gewesen sein mag – also, ich würde da an deiner Stelle keine Ruhe geben, bis ich alles herausgefunden habe …« Sie unterbricht sich, denn das Telefon hat geklingelt. Nadja steht auf, nimmt den Hörer und wirft einen raschen Blick auf das Display, der Anruf erfolgt offenbar von einem Mobiltelefon aus. Sie meldet sich mit einem knappen: »Ja, bitte?«

»Berndorf hier«, sagt eine Stimme, die ihr im ersten Moment noch fremd ist, »ich bitte die Störung zu entschuldigen, aber ich habe einen dringenden Grund für meinen Anruf.«

»Das mag sein«, gibt Nadja zurück. »Ich hingegen habe einen Besuch hier, dem ich mich gerne weiter widmen würde.«

»Und ich würde mein Anliegen ungern am Telefon vortragen. Wäre es möglich, dass ich Sie morgen aufsuchen darf? Ich könnte am frühen Nachmittag in Freiburg sein.«

»Einen Augenblick.« *Ich will dich hier nicht. Ich will dich überhaupt nicht sehen.* »Sie werden bemerkt haben, dass ich nicht sehr interessiert bin. Aber wenn Sie unbedingt nach Freiburg fahren wollen … Kommen Sie denn mit einem Wagen oder mit dem Zug?«

»Mit dem Zug.«

»Dann geben Sie mir die Ankunftszeit durch, sobald Sie sie wissen, und ich werde Sie wieder am Bahnhof abholen. Wir können uns dann in einem der Cafés dort unterhalten, wobei es mir recht wäre, wenn wir mit einer halben Stunde auskämen.«

Ja, kommt die Antwort, das werde sicherlich genügen. Sie verabschiedet sich knapp – »bis morgen dann!« –, legt auf und kehrt zum Tisch zurück.

»Puh«, sagt Wally und schüttelt sich, »da friert es einen ja in Mark und Bein, so viel Eis hast du da gerade aufgelegt! Ich frag lieber nicht …«

»Das war dieser Berliner Ermittler, und offenbar hat er doch noch was rausgefunden …« Sie hebt die Schultern und lässt sie wieder fallen. »Wenn er was vorzeigen will für sein Honorar, werde ich es ihm nicht wehren. Aber sag mal …« – sie deutet auf die Tüte aus der Konditorei –, »… was hast du da eigentlich mitgebracht?«

DIENSTAG

Abschied in der Nacht

Diesmal hat der Intercity keine Verspätung. Vor dem einfahrenden Zug tritt Nadja ein paar Schritte zurück. Wieder fällt ihr ein, dass sie sich besser am Meeting Point verabredet hätten, schon beim letzten Mal hätten sie das tun sollen, vermutlich hat sie es beide Male nur deshalb nicht vorgeschlagen, weil ihr *Meeting Point* zu albern klingt. Weil sie sich noch beim Car-Sharing einen Wagen besorgt hat, wäre sie fast zu spät gekommen. Und? Dann hätte er eben ein bisschen warten müssen. Notfalls am Meeting Point.

Wieso eigentlich geht ihr das Wort *Car-Sharing* nicht auch auf die Nerven?

Die Türen öffnen sich, Menschen strömen heraus und an ihr vorbei, beim letzten Mal war er genau vor ihr ausgestiegen, das hatte sie als Vorzeichen genommen. Als Vorzeichen wofür? Vergiss es. Der Menschenstrom ebbt ab, vielleicht hat er sie versetzt oder den Zug verpasst, aber das ist dann sein Problem, sie will doch nichts von ihm.

»Guten Tag«, sagt eine Stimme neben ihr, sie erschrickt kurz, Berndorf – dunkler Mantel, dunkler Hut, Umhängetasche am Lederriemen – streckt ihr die Hand hin, sie tauschen einen flüchtigen Händedruck. Sein Gesicht – die Augenbrauen leicht angehoben – signalisiert höflich-distanzierte Aufmerksamkeit. Nadja erklärt, dass sie leider keine Zeit gehabt habe, vorab einen geeigneten Tisch zu reservieren, sie müssten also einen Platz suchen, wo sie sich unterhalten könnten. Er macht eine Handbewegung, die zeigen soll, dass es an ihr sei, die Richtung vorzugeben, sie gehen hinüber in die Empfangshalle. Nadja blickt sich um und sieht Kioske, Stehimbisse und Selbstbedienungsrestaurants, also schlägt sie nach kurzem Zögern vor, es in einem der Cafés auf der Empore zu versuchen, Berndorf nickt nur, tatsächlich finden sie oben schließlich ein Tischchen mit Eckbank und Sessel, so dass sie einander gegenüber Platz nehmen können. Nadja setzt sich sehr aufrecht hin, eine Hand über der anderen auf der Tischplatte, und betrachtet ihr Gegenüber. Es kommt ihr vor, als seien die Falten in seinem Gesicht schärfer eingekerbt und die Augen müder als zuletzt. Dann gelingt es ihm, die Aufmerksamkeit der Kellnerin auf sich zu lenken, beide bestellen sie Tee. *Nun könntest du eigentlich allmählich damit herausrücken, was du von mir willst,* denkt Nadja. *Wenn es darum geht, wer länger das Maul halten kann, hast du sowieso keine Chance!*

»Sie erinnern sich an das Grab«, beginnt er, »das man uns am Samstag im ehemaligen Kloster Gnadenzell gezeigt hat?«

»Das Grab dieses russischen Deserteurs? Gewiss doch.«

»Der Mann hieß angeblich Dobroljubow. Angeblich war er ein Deserteur. Angeblich wurde er erschossen.«

Berndorf blickt auf das Tischchen, es hat eine dunkle marmorierte Platte, und in der Mitte steht ein absurder kleiner Kaktus aus Plastik.

Angeblich, denkt Nadja, *haben mittelmäßige Zauberer nichts im Zylinder, wenn sie einem einen solchen zeigen.*

»Der Tübinger Oberstaatsanwalt Rolf Langmuth hat veranlasst, dass die Überreste dieses Toten exhumiert werden.« Er blickt auf, denn die Bedienung erscheint am Tisch und bringt die beiden Gläser Tee.

»Nach siebzig Jahren?«, fragt Nadja und reißt die Verpackung ihres Teebeutels auf. »Nett. Vorher gab es keinen Grund dazu?« Der Teebeutel sinkt in das heiße Wasser.

»Offenbar nicht.«

»Ah ja.« Für einen ganz kurzen Augenblick schließt sie die Augen. *Du bekommst jetzt keinen Wutanfall. Du schüttest ihm nicht das heiße Teewasser ins Gesicht. Du lässt den Kaktus an seinem Platz. Auch der Tisch wird nicht umgeworfen.* »Ich nehme an, die Exhumierung ist durch Informationen veranlasst worden, die Sie diesem Staatsanwalt unterbreitet haben. Ferner nehme ich an, dass ich Ihnen jetzt meine Anerkennung für Ihre wundersame Ermittlungsarbeit aussprechen soll. Bitte – hiermit ...«

»Stopp.« Berndorf betrachtet sie aus schmalen Augen. »Ich glaube, dass es sich bei diesen Überresten um die eines Dr. Sergej Jurkowski handelt, Oberstabsarzt der Russischen Befreiungsarmee, der in der Nacht zum 20. April 1945 in Wieshülen erschlagen wurde.«

»Wo ist der Unterschied?«, fragt Nadja. »Erschossen oder erschlagen – beides ist Mord. Warum erzählen Sie mir das alles eigentlich?«

»Weil dieser Staatsanwalt Ihre Hilfe braucht, um die Überreste zu identifizieren.«

»Sie scherzen! Falls Sie es vergessen haben sollten, ich war Gymnasiallehrerin. Meiner Lebtag habe ich kein Skalpell ...«

»Dr. Jurkowski war vermutlich Ihr Vater.«

Nadja betrachtet ihre Hand, mit der sie nach dem Teeglas greifen wollte. Sie zieht die Hand zurück und blickt sich um. Zwei Tische weiter sitzen zwei Frauen. Eine redet, und die andere muss zuhören. Die Bedienung hat einen geschlitzten Rock. Der Schlitz geht zu weit nach oben. Eine Halbwüchsige nuckelt an ihrer Cola und ist in ihr iPhone versunken, Stöpsel im Ohr. Die eine Frau redet noch immer. Immer ist es eine, die pausenlos redet, und eine andere muss zuhören. Über die große staubige Fensterscheibe ziehen sich die Spuren der Sturzbäche vom letzten Regen.

Was tu ich hier? Entschlossen steht sie auf und greift nach ihrem Dufflecoat. »Es geht nicht. Nicht hier.« Sie winkt der Kellnerin. Auch Berndorf ist aufgestanden und schafft es, zu bezahlen, denn die Kellnerin ist es gewohnt, dass die Gäste plötzlich aufbrechen müssen.

»Kommen Sie.«

Zum Glück sagt er nichts. Das ist noch das Beste, was er tun kann. Er steckt die Brieftasche in den Sakko. Er zieht seinen Mantel an. Setzt sich seinen dunklen verknautschten albernen Hut auf. »Ich bin mit einem Wagen da. Wir fahren … ach egal. Wo wir ein paar Schritte gehen können.« Zum Glück sagt er noch immer nichts. Mit dem Lift fahren sie zum Parkdeck hinunter. Ohne nachzudenken geht sie zu dem kleinen silbergrauen Auto, das sie sich beim Car-Sharing besorgt hat.

Er muss erst den Beifahrersitz zurückstellen, damit er einsteigen kann, dann hat er glücklich seine Reisetasche und sich selbst verstaut, und sie können losfahren. Wohin? Von der Tiefgarage kommen sie sowieso als Erstes auf die Bismarckallee, da ist sie dann gleich auf dem Autobahnzubringer, von dem kann sie zum Mooswald abbiegen. Am Kleinen Opfinger See ist ein Parkplatz, da kann man den Wagen stehen lassen und einfach nur durch den Wald gehen, da gibt es sonst gar nichts außer Bäumen und Schweigen und Wege voller Laub.

Kein Wagen sonst auf dem Parkplatz. Sie steigen aus. Durch die Bäume sieht man moorig-schwärzlich den kleinen See schimmern. Sie überqueren einen Bach, Zulauf zum oder Abfluss vom kleinen See? An einer heruntergelassenen Schranke vorbei kommen sie auf einen holprigen Weg, sie geht mit ausgreifenden Schritten, wie sie immer geht, wie sie schon immer gegangen ist. Der Mann hinter ihr folgt, wenn ihm das Tempo seines Knies wegen zu schnell ist, soll er sich halt melden. Warum sind sie hier? Um einen Weg zu finden, auf dem sie reden können.

»Sie haben vorhin einen Namen genannt ... Sagen Sie ihn mir noch einmal.«

Der Mann hinter ihr schließt auf, wenn auch mit einiger Mühe.

»Dr. Sergej Jurkowski, geboren 1911 in Nischni Nowgorod. Oberstabsarzt.«

»Und Sie behaupten ...«

»Nein.« Die Antwort kommt schroff, fast abweisend. »Vorerst ist es nur eine Annahme.«

»Vorerst! Und wenn er also mein Erzeuger war, wer wäre dann die andere Person gewesen, die bei dem Vorgang irgendwie beteiligt gewesen sein muss?«

»Das wissen Sie doch. Die Flüchtlingin. Eva Gsell. Meine Mutter.«

Inzwischen ist er auf gleicher Höhe mit ihr. »Die Person, wegen der wir – also Sie und ich – die ganze Zeit schon ein Problem haben.«

»Ach? Sie haben ein Problem mit mir? Von Zeit zu Zeit werfen Sie mir ein paar Brosamen Information vor die Füße – aber die Zicke, die bin ich?«

Er schweigt und geht weiter, und sie neben ihm her. Der Weg ist nicht mehr ganz so holprig, durch die halb entlaubten Bäume kann man einen herbstlich blauen Himmel sehen, es wäre wirklich ein Tag, in den Schwarzwald hinaufzufahren. Oder hinüber ins Elsass. Sie gelangen an den Waldrand, über Wiesen hinweg blickt man auf Tuniberg und Kaiserstuhl. Eine Holzbank sieht so aus, als ob sie zwei Leute gerade noch verkraften würde.

»So kommen wir nicht weiter«, stellt sie fest und lässt sich auf die Bank nieder.

»Nein«, antwortet er. »So nicht.«

Er ist einen Augenblick stehen geblieben, nimmt dann aber auch Platz, mit einem gewissen Abstand von ihr.

»Dann beginnen Sie noch einmal von vorne. Erzählen Sie mir, wie Sie auf den Namen Jurkowski gekommen sind, und was dieser Staatsanwalt jetzt will. Und warum.«

»Jehle war es.« Er sitzt etwas nach vorn gebeugt, die Ellbogen auf den Knien aufgestützt, die Hände gefaltet. »Er hat das alte Gästebuch der *Sonne* aufgehoben, als Antiquität, verstehen Sie? Ja, und da stand der Name drin ...«

Hoch über den Wiesen zieht ein Milan seine Kreise, vom Aufwind getragen. Einzelne weiße Wolken treiben von Westen her über den Kaiserstuhl. Über den Kiesweg mit seinem von Gras bewachsenen Mittelstreifen krabbelt ein später Käfer. Ein Benn-Gedicht kommt Nadja in den Sinn und wird sogleich wieder verjagt. Noch immer redet Berndorf. Was soll das? Sie hat ihn aufgesucht, weil sie etwas über das Schicksal einer Frau wissen wollte. Einer Frau, die in Elend und Zusammenbruch nach einem Platz für ihr Neugeborenes sucht. Was erfährt sie? Ein Toter wird an einen Baum gebunden. Um einen Tieffliegerangriff vorzutäuschen, wird auf ein Auto geschossen. Indianerspiele im Proszenium einer Weltkatastrophe.

Plötzlich fällt ihr auf, dass er zu reden aufgehört hat. Eine ganze Weile schon. Als ob nun wirklich alles gesagt und erklärt worden wäre. Nichts ist erklärt.

»Dieser Mann, Jurkowski – wohin hätte er denn fahren wollen, nachdem das Auto repariert war?«

»Ich glaube, er wollte gar nicht weg«, antwortet Berndorf. »Vermutlich hat er schon die Tage zuvor beabsichtigt, in Wieshülen die Ankunft der Amerikaner abzuwarten. Sonst wäre er gar nicht dageblieben.«

»Warum ist er dann noch in der Nacht zu diesem Mechaniker Jehle?«

»Ich nehme an, dass er im Gasthof die Nachricht vorgefunden hat, dass das Auto fertig sei und dass er es holen soll ... Weil es gut möglich war, dass die Amerikaner bereits in wenigen Stunden eintreffen würden, musste er das Gepäck sicherstellen, das sich noch im Wagen befunden haben wird. Vielleicht wollte er Jehle sogar vorschlagen, den Wagen zu behalten. Der brauchte ja nur die Zündkerzen wieder rauszuschrauben und die Räder abzumontieren, dann hätte er Amerikanern und Franzosen erklären können, *Auto kaputt …* Aber Jehle war weder an dem Auto interessiert noch an Reichsmark. An der schon gar nicht.« Berndorf macht eine Pause, als müsse er nachträglich überprüfen, ob das alles stimmig sei, was er da erzählt.

Vermutlich soll ich jetzt fragen, woran er denn dann interessiert gewesen sei, denkt Nadja. Aber da kann er lang warten.

»Jehle war ausschließlich am Morphin interessiert, über das der Oberstabsarzt Jurkowski noch verfügen musste. Vielleicht hatte er sich auch bereits aus den Vorräten bedient, falls welche davon noch im Wagen gewesen waren. Jedenfalls muss es zum Streit gekommen sein, sei es über das Honorar für die Reparatur, sei es wegen geplünderter Vorräte … und dann …«

Und dann holt der Zauberer das Kaninchen aus dem Zylinder, denkt Nadja.

»Und dann kommt aus der Dunkelheit und Tiefe der Werkstatt der Nachbar Allmendinger und haut dem verfluchten Arzt, der zu viele Dinge weiß, die ihn nichts angehen … haut also dem Russenarzt einen Prügel oder eine Axt hinterrücks auf den Schädel …«

»Und der Jehle sieht dabei zu und lässt es geschehen?«

»Das kann so schnell gehen«, meint Berndorf, »dass ein anderer da nicht mehr viel verhindert, vor allem nicht, wenn er damit beschäftigt ist, sich herumzustreiten.«

»Wieso hat er dann aber bei dieser widerlichen Trickserei mitgeholfen – also den Toten an den Baum zu binden und all das?«

Berndorf steht auf, stellt sich breitbeinig vor sie und zeigt drohend mit dem Finger auf sie. »Schrei hier nicht rum, Jehle, so, wie du mit dem Russen da herumgeschrien hast! Ich hab's doch gehört, wie ihr gestritten habt, und wie du das Morphin gestohlen hast, das hab ich auch gesehen … Was glaubst du denn, was du den Amis ihren Militärpolizisten noch erzählen kannst? Im Handumdrehen finden die das Morphin und haben dich am Kragen …« Er setzt sich wieder.

»Irgend so etwas wird er ihm erklärt haben«, fährt er in normaler Stimmlage fort. »Und Jehle wird begriffen haben, dass er gegen diesen Saukerl Allmendinger nicht ankommt. Das war ja eine Grunderfahrung der Bewohner des Dritten Reiches, dass Recht immer nur der größte Saukerl hat.«

»Das mag alles so gewesen sein«, sagt Nadja, aber ihre Stimme klingt schon wieder gleichgültig. »Mich interessiert etwas anderes. Hab ich Sie richtig verstanden, dass Jurkowski die Stunden davor oben im Schulhaus verbracht hat?«

»Vermutlich hat er das.«

»Geniert Sie das? Dass Ihre Mutter eine solche Beziehung eingegangen ist?« Sie beugt den Kopf ein wenig vor und lächelt leise. »Und dass sie später entsetzlicherweise ein uneheliches Kind bekommen hat?«

»Um ehrlich zu sein – ich finde, dass das Sexualleben meiner Mutter mich nichts angeht. Deshalb wäre es mir lieber, wir würden von ihr in diesem Zusammenhang einfach als der Flüchtlingin sprechen. Oder der Eva Gsell.«

»Moment … was haben Sie da gerade gesagt?« Sie lacht ungläubig. »Weil Sie ein Problem mit der Sexualität haben, soll ich die Frau, die vermutlich oder offenbar meine leibliche Mutter ist, nicht Mutter nennen dürfen?«

»Ich bitte um Entschuldigung.« Er hebt beide Hände. »Wenn einer als Einzelkind aufgewachsen ist, kriegt er es nicht so schnell auf die Reihe, dass er das möglicherweise doch nicht gewesen ist … Wir schaffen es ja nicht einmal, uns vom *Sie* zu lösen …«

»Das behalten wir auch bitte bei«, fährt sie dazwischen. »Zumindest solange uns nichts anderes nachgewiesen wird. Im Übrigen leitet sich mangelnde soziale Kompetenz nicht davon ab, dass jemand ein Einzelkind gewesen ist. Solchen Unsinn kann ich nicht mehr hören, Adolf Eichmann hatte sieben Geschwister. Ich wollte aber etwas ganz anderes wissen.« Sie lehnt sich wieder zurück und blickt hinüber zu den Weinbergen. »Wenn Jurkowski damals oben im Schulhaus war, warum hat er nicht die ganze Nacht dort verbracht? Er war damals fünfunddreißig Jahre alt. In diesem Alter …«

Ja, denkt Berndorf. In diesem Alter hat einer immer noch ein paar Runden drauf. Eben darum sollte er nicht bis zum Morgen bleiben.

»In der anderen Ecke des Zimmers schlief das Kind«, sagt er. »Die Flüchtlingin wollte nicht, dass es in der Morgendämmerung etwas davon mitbekommt.«

Nadja blickt auf. Der Mann neben ihr hat wieder diese nach vorn gebeugte Haltung eingenommen, die Ellbogen auf den Knien aufgestützt, die Hände gefaltet. Seine Augen sieht sie nicht. Er blickt zur Seite.

»Deshalb hat sie ihn weggeschickt. Vermutlich noch vorm Morgengrauen.« Er hebt ein wenig die Schultern und lässt sie wieder fallen. »Und dann wurde er totgeschlagen.«

EPILOG

Zehn Tage später

Herbststurm rüttelt an den Fensterläden und macht, dass das elektrische Licht immer wieder ins Flackern gerät. Im Herd prasselt Holzfeuer. Im Korbstuhl hat sich die Katze Virginia auf den Rücken gerollt, die Vorderpfoten eingewinkelt, den Kopf zur Seite geneigt, die hängenden Lefzen legen rasiermesserscharfe spitze Raubtierzähnchen frei. Am Tisch sitzt Berndorf, einen halbleeren Umzugskarton neben sich auf einem Hocker, auf dem hell geschrubbten Küchentisch sind Bündel von Schriftstücken ausgebreitet. Ihm gegenüber liest Barbara in einem in schwarzes Wachstuch eingebundenen Heft, neben sich den eingeschalteten Laptop, in den sie von Zeit zu Zeit einen Suchbegriff eingibt – offenbar, um eine Textstelle zu überprüfen.

»Manchmal«, sagt er und hält einen prall gefüllten DIN-A4-Umschlag ins Licht der Lampe, die über dem Küchentisch aufgehängt ist, »manchmal ist die Koketterie alter Leute nicht mehr zu ertragen.«

»Welcher Jahrgang bist du noch mal?«, fragt Barbara, »neunzehnhundertvierzig, ja?«

»Tu nicht so, und hör dir das an: *Briefe von Armand, nach meinem Tod ungelesen zu vernichten*… Was soll ich jetzt damit anfangen? Wenn ich den Packen in den Herd schmeiße, ist das Umweltverschmutzung. Wenn ich das Zeug in den Reißwolf stecken wollte, müsste ich das Blatt für Blatt tun, da würde ich dann ja wohl nicht umhinkommen, einen Blick drauf zu werfen.«

»Warum hat sie's nicht selbst verbrannt?«

»In ihrer letzten Wohnung hatte sie keine offene Feuerstelle … Obwohl – noch vor dem Umzug ins Altenheim muss sie einen erheblichen Teil ihrer Korrespondenz beseitigt haben. Den Brief zum Beispiel, mit dem Anderweg alias Wendel sich bei ihr angewanzt hat, habe ich bisher nicht gefunden.«

»Und wer ist oder war dieser Armand?«

»Keine Ahnung. Vielleicht irgendwer aus ihrem früheren Leben … Warum nicht jemand, den sie in Lausanne kennengelernt hat?«

»Es gibt zwei Möglichkeiten«, meint Barbara und schaltet ihren Laptop aus. Weil das System sich mit einem kaum hörbaren Glockenton abmeldet, schreckt die Katze Virginia hoch, und beginnt – nachdem sie festgestellt hat, dass es sonst nichts zu tun gibt –, sich zu putzen. »Du kannst den Umschlag in den Karton zurücklegen und diesen mitsamt den Liebesbriefen darin wieder auf den Dachboden stellen und ihn dort vergessen. Dann ist es gut. Oder du holst den Reißwolf. Bis Mitternacht müsstest du durch sein, falls der Reißwolf sich keinen Kurzschluss einfängt. Dann ist es auch gut. Oder du schaust dir an, was das für Briefe sind und von wem und woher sie gekommen sind, dann kannst du entscheiden, ob sie noch eine Bedeutung für dich und diese Sache jetzt haben … aber erzähl mir nicht, deine Mama habe es dir verboten, darin zu lesen!«

Berndorf wirft einen Blick zur Decke, dann reißt er den Umschlag auf und holt ein Bündel handschriftlicher Briefe heraus, zumeist mit grüner Tinte auf hellblauem Papier geschrieben. Er sieht sie flüchtig durch, hält dann bei einem Brief auf weißem Bütten inne: »Hier ist ein Briefkopf, der einen Armand Girardin als Verfasser nennt, und die Adresse ist – ganz richtig – in Lausanne … Der Brief ist auf Oktober zweiundvierzig datiert und an die *chère Eve* gerichtet, zum Unterschied von den Briefen auf Hellblau, da heißt es: *Ma chère et tendre Eve* … Die älteren Briefe sind übrigens die hellblauen, alle aus den Jahren neunzehnhundertsiebenunddreißig und achtunddreißig …«

»Also eine Beziehung, die allmählich ein wenig förmlicher wird«, fasst Barbara zusammen. »Aus den späten Vierziger Jahren ist kein Brief mehr da?«

»Nein«, antwortet er zögernd, und blättert die Briefe noch einmal durch. »Es würde mich nicht wundern, wenn sie die Korrespondenz auf eine ähnliche Weise beendet hat, wie der arme Anderweg abgebürstet wurde.«

Die Katze Virginia, die ihre Toilette beendet hat, springt mit einem leisen Gurren von ihrem Platz, setzt sich vor Barbara und kratzt mit der Pfote an deren Jeans. Barbara steht gehorsam auf, erklärt aber, dass es jetzt nichts mehr gibt. Sie geht zur Tür, die zum Hinterhof führt, und öffnet sie. Noch immer regnet es in Strömen. Virginia folgt ihr, bleibt dann aber stehen und blickt anklagend maunzend zu ihr hoch. Barbara schließt die Tür wieder und geht zum Küchenregal, wo auch das Tierfutter gelagert ist.

»Noch was zu Anderweg«, sagt sie und nimmt eine Handvoll vom feinen Trockenfutter für glückliche Katzen, »ich habe gerade die eine Geschichte gelesen, wegen der du mich angerufen hast – die über den nächtlichen Ausflug ins Ghetto, in der sich zu Beginn die NS-Bonzen über Bronislaw Kaminski unterhalten … Wenn Anderweg solche Interna kannte – warum, verdammt noch mal, hat er nicht eine knallharte Story darüber runtergeklopft? Er war doch Journalist! Stattdessen saugt er sich eine spätromantische Gespensterreise durch das verlassene Ghetto aus den Fingern …« Sie kniet nieder und lässt die Katze aus ihrer Hand fressen.

»Wo hätte er die knallharte Geschichte unterbringen wollen?«, fragt Berndorf zurück. »Das Fach Zeitgeschichte war bis weit in die Sechziger Jahre fest in den Händen von Leuten, die sich schon unter Goebbels ihre Lorbeeren verdient hatten. Anderweg alias Wendel kam zwar aus demselben Stall, war aber ein kleines Licht… Außerdem glaube ich wirklich, dass ihn Gespenster heimgesucht haben, und zwar nicht nur im Suff.«

»Meinst du, dass er bei diesem Gastspiel der Berliner Polizeimusiker in Lukow… dass er da am nächsten Morgen mitgeschossen hat?«

»Möglich. Es muss einen Grund geben, warum er sich zunächst als Paul Anderweg ausgegeben hat… Erst als er begriffen hat, dass in der Bundesrepublik den meisten der Nazi-Mörder kein Haar gekrümmt werden würde, schon gar nicht solchen Gelegenheitstätern wie den Berliner Polizeimusikern, die bloß ein bisschen Spaß haben wollten – da hat er sich wieder Wendel genannt.«

»Ist es wohl möglich, dass er den Akkordeonspieler von Lukow tatsächlich in den letzten Kriegstagen wiedergetroffen hat? Und das in Wieshülen?«

»Sowohl Anderweg alias Wendel als auch unser Akkordeonspieler sind erst im Herbst vierundvierzig der Aktion Heldenklau zum Opfer gefallen. Durchaus denkbar, dass sie in dieselbe Ausbildungseinheit gesteckt wurden und es sie so beide auf die Alb verschlagen hat. Ganz sicher war Anderweg aber nicht der Vorgesetzte, wie er es dem Pietzsch angedichtet hat. Anderweg war niemals irgendjemandes Vorgesetzter. Das ist eines der wenigen freundlichen Dinge, die ich über ihn sagen kann.«

»Nun gut.« Barbara scheint nicht ganz zufrieden. »Deine Mutter jedenfalls hat dieser Anderweg wirklich gekannt, hat sogar um sie geworben, wie täppisch auch immer… Aber er hatte keine Chance. Ich glaube, das lag nicht nur an ihm. Die ganze Zeit schon versuche ich, mir all diese endlosen langen Jahre vorzustellen, in denen sich deine Mutter in der Dachkammer oben im Schulhaus eines Dorfes hinter den sieben Bergen eingegraben hat, als Untermieterin eines vermutlich missgünstigen bis unangenehmen Lehrer-Ehepaars … Sich das vorzustellen, geht eigentlich nur unter einer einzigen Prämisse …«

»Ja?«, fragt Berndorf und löst das Packpapier von einem Stapel abgegriffener, auf billigem Papier gedruckter Bücher und Broschüren, in denen zusammengefaltete Zeitungsseiten eingelegt sind.

»Sie war depressiv.«

»Möglich«, sagt Berndorf, aber es klingt seltsam unbeteiligt. »Dass sie nicht glücklich war, hat sich mir mitgeteilt … Ja doch, durchaus hat es das. Aber es stimmt nicht, dass sie sich eingegraben hätte. Immer wieder war sie mal weg, vor allem in den ersten Jahren. Immer wieder war ich bei der Großmutter oder bei anderen Verwandten, ging in die eine Grundschule und dann in die andere oder war für ein paar Wochen bei Bauern im Dorf untergebracht.«

»Und sie? Wo war sie in dieser Zeit?«

»Ich weiß es nicht. Vielleicht hat sie nach Arbeit gesucht. Oder nach einer Wohnung in der Stadt … Ich weiß es wirklich nicht … Aber hier!« Er deutet auf den Stapel, den er gerade ausgepackt hat. Barbara verstreut die letzten Krümel vom Katzenfutter auf dem Boden und kommt zu ihm her. Auf dem Tisch ausgebreitet liegen längst vergriffene und vergessene Schriften über das Schicksal des Generals Andrei Wlassow und seiner Russischen Befreiungsarmee – der *Verratenen von Jalta*, wie der Titel eines der Pamphlete lautet. »Ich hab keine Ahnung gehabt, dass sie sich dieses Zeug reinzog. Sie hat mir nie etwas davon erzählt. Ich sollte es nicht wissen, oder sie traute mir nicht zu, dass ich etwas für sie herausfinden könnte …«

Barbara nimmt eine der Broschüren auf und blättert sie

durch, greift dann zu einer zweiten. »Ist das ihre Schrift?« Sie zeigt ihm handschriftliche Anmerkungen und Korrekturen. Er nickt nur. Auf dem Fußboden krispelt Virginia noch immer Trockenfutter.

»Weißt du jetzt also, wonach sie gesucht hat?«, fragt Barbara und gibt selbst die Antwort. »Sie hat nicht nach Arbeit gesucht und nicht nach einer Wohnung.«

»Ja doch«, antwortet Berndorf, und es klingt müde. »Im Grunde weiß ich es sogar die ganze Zeit schon. Einmal war ich dabei. Das war in Gnadenzell. Es war sehr heiß, und meine Mutter stand vor dem Grabkreuz und betrachtete es, und dann gingen wir wieder ... das ist alles. Offenbar war es nicht das richtige Grab. Ich hatte es vergessen, erst als mich Heinz dorthin führte, kam dieses Bild wieder hoch ... Ich habe Heinz übrigens eingeladen, vielleicht kommt er nächstes Jahr mal her. «

»Heinz soll willkommen sein ... Aber noch einmal zu deiner Mutter. Wie sicher bist du dir, dass Nadja ihre Tochter ist? Und die des russischen Arztes?«

»Überhaupt nicht.« Berndorf steht auf und holt sich vom Samowar einen Becher Tee. »Nach dem letzten Stand der Dinge war der Tote in dem Gnadenzeller Grab ein Mann im Alter von mindestens dreißig Jahren. Außerdem glaubt die Tübinger Gerichtsmedizin, dass der Mann nicht erschossen, sondern durch einen Schlag auf den Hinterkopf getötet wurde. Jedenfalls kann es sich bei ihm nicht um den damals dreiundzwanzigjährigen Sanitäter Dobroljubow handeln. Das hat jetzt auch der Oberstaatsanwalt Langmuth akzeptiert. Übrigens auch deshalb nicht, weil ein gewisser Boris Dobroljubow, ebenfalls Jahrgang neunzehnhunderteinundzwanzig, bis zur Jahrtausendwende eine Naturheilpraxis in Baden-Baden betrieb, wo er zweitausendsechs friedlich in seinem Bett starb ...«

»Schön, dass in dieser Geschichte auch solche Leute vorkommen«, meint Barbara. »Aber mich interessiert Nadja. Was kann sie über ihre Herkunft erfahren?«

»Das hängt von ihr selbst ab«, antwortet er. »Niemand kann sie zwingen, eine DNA-Probe abzugeben. Es ist der Tote von Gnadenzell, der sie dazu überreden muss. Irgendwo habe ich gelesen, die Toten würden das tun. Sich unter den lebenden Menschen einen suchen, der sich vielleicht dazu bringen lässt, ihre Geschichte zu erzählen …«

Barbara hebt ein wenig den Kopf und rezitiert:

»… Leise soll ich des Unrechts
Anschein abtun, der ihrer Geister
Reine Bewegung manchmal ein wenig behindert …«

Sie bricht wieder ab, mit einem etwas verlegenen Lächeln. »Steht so in der ersten *Duineser Elegie* … Aber wenn Nadja sich darauf einlässt, erfährt sie doch höchstens, ob sie die Tochter dieses einen Toten sein kann.«

Er schüttelt den Kopf und holt aus dem Umzugskarton einen in Serviettenpapier eingewickelten Gegenstand hervor. »Außerdem würde ihre DNA mit der meinen verglichen. Dann wüsste man, ob wir Halbgeschwister sind. Oder wie hoch die Wahrscheinlichkeit dafür ist. Bringen beide Abgleiche ein positives Ergebnis, dann wüsste man, dass es sich bei dem Toten von Gnadenzell um jemand handelt, der mit meiner Mutter zusammen war. Und ich denke, dass das dann wohl nur Sergej Jurkowski gewesen kann …«

»Und welche Folgen hätte das?«

»Strafrechtlich keine. Der Mörder – oder die beiden Mörder – sind lange tot, der eine wurde vom Heuboden gestoßen, der andere hat ein Röhrchen Schlaftabletten geschluckt …« – mit der kleinen Schere seines Taschenmessers trennt er den

Bindfaden durch, der das Serviettenpapier zusammenhält –, »... aber das wird der Oberstaatsanwalt Langmuth dann schon allein herausfinden.«

»Ich überlege mir gerade, was ich an Nadjas Stelle tun würde«, meint Barbara und muss mit dem Stuhl zurückrücken, damit die Katze auf ihren Schoß kann. »Vielleicht würde ich beschließen, das Kind einer polnischen Zwangsarbeiterin zu sein und zu bleiben. So, wie man es mir gesagt hat.«

Berndorf wirft ihr einen fragenden Blick zu, während er das Serviettenpapier von einem ovalen blechernen Ding löst. »Du würdest dich also allem verweigern, auch dieser DNA-Analyse?«

»Das habe ich nicht gesagt!«, widerspricht Barbara. »Wenn ich dich richtig verstanden habe, geht es zunächst einmal nur darum, ob Nadja mit diesem einen Toten verwandt ist, diesem angeblichen Deserteur ... ob er ihr Vater war. Das würde ich dann doch wissen wollen. Vielleicht will es Nadja auch.«

»Warum? Sind Väter so wichtig?«

»Sie hätte ihn für sich«, antwortet Barbara.

»Ja so!«, sagt Berndorf. »Irgendwann werden wir es erfahren ... Aber schau mal!« In der offenen Hand zeigt er ihr seine Entdeckung, etwas, das wie eine Taschenlampe aussieht, aus der aber ein merkwürdiger Tastenhebel herausragt. Er schließt die Hand und muss dabei einen erheblichen Druck ausüben, öffnet sie, schließt sie wieder, ein seltsames Jaulen ertönt, er pumpt immer weiter und beobachtet dabei gespannt die winzige Birne im Lichtschacht der Lampe, plötzlich glüht ein Lichtfunke auf.

»Du glaubst es nicht, es geht!«, bricht es aus ihm heraus. »Siebzig Jahre ist das alt, mindestens, und es funktioniert noch immer ...«

»Nett«, meint Barbara, »aber was ist das?«

»Eine Knijpkat«, antwortet er, »eine von Philips in den besetzten Niederlanden für die Wehrmacht hergestellte Taschenlampe mit Handgenerator, so geheißen, weil sie so schön jault, wenn man sie drückt.«

Er blickt auf, denn das Telefon hat angeschlagen. Barbara setzt die Katze ab, steht auf, geht hinüber zu der Anrichte, auf der das Telefon abgestellt ist, nimmt den Hörer ab und meldet sich… Jemand spricht, Berndorf sieht, wie Barbaras Blick zu ihm geht.

»Aber gewiss doch können Sie ihn sprechen«, sagt sie und bringt ihm, die Augenbrauen leicht hochgezogen, den Hörer. Er meldet sich.

»Nadja hier«, sagt eine Stimme, die ihm seltsam nah erscheint, »hast du schon bei Langmuth angerufen? Das Ergebnis liegt jetzt vor…«

Kurzes Literaturverzeichnis

Über den Frontverlauf im April 1945 versucht sich Nadja Schwertfeger bei *Kurt v. Tippelskirch, »Geschichte des Zweiten Weltkriegs«, Bonn 1951*, zu informieren. – Einen Einblick in die Schicksale polnischer Zwangsarbeiter erhält sie in dem von *Silvester Lechner* herausgegebenen Dokumentationsband *»Schönes, schreckliches Ulm«, Ulm, Oktober 1996, Schriftenreihe des Dokumentationszentrums Oberer Kuhberg Ulm/KZ-Gedenkstätte.* – Berndorf zieht für seine Recherchen auch heran: *Joachim Hoffmann, »Die Geschichte der Wlassow-Armee«, Freiburg 1984*, herausgegeben vom *Militärgeschichtlichen Forschungsamt.* – Zu der Anderweg-Geschichte *»Einladung für eine Marionette«* findet Barbara Stein den Beleg bei *Sönke Neitzel/Harald Welzer, »Soldaten – Protokolle vom Kämpfen, Töten und Sterben«, Frankfurt a. M. 2011.*

Neben vielen anderen treten auf:

NADJA SCHWERTFEGER, sammelt vergessene Autoren
MAUNZ, einäugig; WALLY, Ortschaftsrätin (*alle Freiburg*)
HANS BERNDORF, Ermittler; BARBARA STEIN, Politologin (*beide Berlin*)
MARLIES und JÖRG WELSHEIMER (*Ravensburg*)
KLARA WEBER, Bäuerin
DONATUS RUPP, Lebensberater
HEINZ, kennt sich in vielen Dingen aus
LISA, seine Frau
EMILIE, Bäsle
WILHELM JEHLE, Stellmacher
EUGEN JEHLE, sein Sohn, hat auch geschickte Hände
ERWIN ALLMENDINGER, Installateur
DR. SERGEJ JURKOWSKI, Oberstabsarzt
(*alle Wieshülen*)
CHRISTOF und CHRISTINA LETTENBAUR
ALF GRAUSSER, Fotograf
LISBETH JUNG, Tierfreundin
PAUL ANDERWEG, Journalist
(*alle Nördlingen*)
CARMEN und THOMAS WEITNAUER
HANNELORE ALLMENDINGER, gehbehindert
CARLOS HUPFAUER-SANCHEZ, Tanzlehrer
(*alle Kaltensteig*)
DZEMIL IBRAHIMOVIC, Hausbesitzer
MILENA, seine Enkelin
FRANZISKA SINHEIM, eine alte Bekannte

DR. EVROS PAPANTONIU, ihr Gefährte
(*Heidelberg-Wieblingen/Sandhausen*)
FRIEDHELM GREINER, hat es etwas zu wichtig
BORIS DOBROLJUBOW, am falschen Platz
(*Gnadenzell*)
ROLF LANGMUTH, Staatsanwalt, hat einen Stein zu tragen
(*Tübingen*)
KLAUS TRUMMER, Hundebesitzer (*Schönenbach*)

Aus der Welt des Paul Anderweg:

PIETZSCH, spätberufener Soldat
Die Flüchtlingin
LUKAS, vier Jahre alt
BEUG, Lehrer und Ortsgruppenleiter, *recte*: HANDLOSER
THEODOR JOHLER, *recte*: WILHELM MURR
PFEIFLE, Bürgermeister, *recte*: ZAINER
ELFIE PFEIFLE, macht Näharbeiten
PAUL REIFF, Feuerwehrkommandant
VÖHRINGER, Bauer
Der Akkordeonist
KURASCHKE, Bauchredner
WALTZ, Kapellmeister
SWETLANA, jetzt selbständig
GUHL, Wirtschaftsverwaltung Sonderzone
REUTTLINGER, immer fern vom Schuss
RÜBENACK, Regierungsrat
MORSBACH-ZIELOWSKI, Leiter der Kriminalpolizei
GOTTHOLD KÖNIGSBERGER, Dekan

ULRICH RITZEL

Die Hans-Berndorf-Krimis

»Ein schwäbischer Maigret« (Der Spiegel)

Trotzkis Narr

Roman, 464 Seiten, btb 74292

Vorwahlkampf in Berlin. Eine energische und populäre Staatsanwältin, die als Bürgermeisterin aufgebaut werden soll, übernimmt die Ermittlungen in zwei Mordfällen. Auch Privatermittler Berndorf wird in die Sache verwickelt – und stößt auf informelle Netzwerke mit erheblichen kriminellen Energien …

KrimiZEIT-Bestenliste

Schlangenkopf

Roman, 448 Seiten, btb 74291

Eine Frühlingsnacht in Berlin. Ein junger Mann geht am Alten Garnisonsfriedhof vorbei, ein Landrover lauert im Dunkel und nimmt langsam Fahrt auf, am Ende liegt ein Toter auf der Straße – und Ex-Kommissar Hans Berndorf scheint als einziger an der Auflösung dieses Verbrechens interessiert.

KrimiZEIT-Bestenliste

Beifang

Roman, 464 Seiten, btb 74162

Der ausgediente Kriminalbeamte Hans Berndorf bekommt den Auftrag, Ermittlungen zu dem Mord an einer jungen Frau zu führen, deren Ehemann in Ulm vor Gericht steht. Doch als Berndorf ein-trifft, ist sein Auftraggeber – der Verteidiger des Angeklagten – tot. War es Selbstmord oder Mord?

Ausgezeichnet mit dem Deutschen Krimi-Preis

Der Hund des Propheten

Roman, 448 Seiten, btb 73256

Als ein junger Sinti beschuldigt wird, den Lokalreporter und heimlichen Sexfotografen Hollerbach umgebracht zu haben, gerät Hans Berndorf in ein explosives Geschiebe aus Waffenhändlern, alten Stasi-Seilschaften und behördlich abgesegneter US-Spionage.

Ausgezeichnet mit dem Burgdorfer Krimipreis

Die schwarzen Ränder der Glut

Roman, 416 Seiten, btb 73010

Der Brief eines Selbstmörders zwingt Hans Berndorf, Ermittlungen in einem weit zurückliegenden Todesfall aufzunehmen. Zugleich muss er sich seiner eigenen Vergangenheit stellen – als Polizist in der Hochphase der RAF. Dabei gerät er in eine lebensgefährliche politische Intrige.

Schwemmholz

Roman, 416 Seiten, btb 72801

Frühjahr 1999: Das Hochwasser in Donau und Bodensee schwemmt nicht nur totes Holz mit sich. Es überflutet auch einen Neubau und legt hinter einer Mauer menschliche Überreste frei: Gehören sie zu dem verschwundenen Justizangestellten, der zu feige war, die Vergewaltigung seiner Freundin zu verhindern?

Ausgezeichnet mit dem Deutschen Krimi-Preis

Der Schatten des Schwans

Roman, 288 Seiten, btb 72800

In einem verschneiten Steinbruch wird die Leiche eines Arbeitslosen gefunden. Doch das ist nicht das einzige Problem für Kommissar Berndorf: Der »Rasiermesser-Mörder« ist ausgebrochen und rächt sich an der Justiz. Seine Vorgeschichte führt zurück zu dem düsteren Kapitel medizinischer Forschung in der NS-Zeit…

Bernhard Aichner

Die Totenfrau-Trilogie

Totenfrau

Thriller

464 Seiten, btb 74926

Blum ist Bestatterin. Sie ist liebevolle Mutter zweier Kinder, fährt Motorrad, trinkt gerne und ist glücklich verheiratet. Blums Leben ist gut. Doch plötzlich gerät dieses Leben durch den Unfalltod ihres Mannes aus den Fugen. Vor ihren Augen wird Mark überfahren. Fahrerflucht. Alles bricht auseinander. Das Wichtigste in ihrem Leben ist plötzlich nicht mehr da. Durch Zufall findet sie heraus, dass mehr hinter dem Unfall ihres Mannes steckt, dass fünf einflussreiche Menschen seinen Tod wollten. Blum sucht Rache.

Totenhaus

Thriller

448 Seiten, gebunden, btb 71442

Die Jägerin wird zur Gejagten

»Totenhaus von Bernhard Aichner liegt irgendwo zwischen »Shining« und »Alice im Wunderland« auf Speed. Betörend verstörend schön.«
3SAT KULTURZEIT

Totenrausch

Thriller

erscheint im Januar 2017 bei btb HC

Das furiose Finale der Totenfrau-Trilogie

Die Frau, die in das Büro eines Hamburger Zuhälters stürmt, ist verzweifelt. »Ich brauche Pässe für mich und meine zwei Kinder«, sagt sie. Und: »Wenn du mir hilfst, werde ich jemanden für dich töten.« Es wäre nicht das erste Mal ...

btb

Melanie Raabe

Die Falle

Thriller

352 Seiten, btb 71417

Sie kennt den Mörder ihrer Schwester.
Dieses Buch ist für ihn.

Die berühmte Bestsellerautorin Linda Conrads lebt sehr zurückgezogen. Seit elf Jahren hat sie ihr Haus nicht mehr verlassen. Als sie im Fernsehen den Mann zu erkennen glaubt, der vor Jahren ihre Schwester umgebracht hat, versucht sie, ihm eine Falle zu stellen – Köder ist sie selbst.

»Liebe, Spannung, Tiefgang und ein Hauch von Stephen King: Von all dem steckt etwas in dieser großartigen Geschichte.«

Stephan Bartels, Brigitte

SPIEGEL-BESTSELLER